ullstein

Das Buch

Als die junge Chloe den Künstleragenten Ryan kennenlernt, entbrennt in ihr sofort ein inniges Verlangen. Auch Ryan fühlt sich unmittelbar zu Chloe hingezogen. Doch dieser Leidenschaft steht eine Verlobung im Weg: die zwischen Ryan und Chloes Mutter. Entgegen allen Widerständen stürzt sich Chloe dennoch in eine heiße Affäre mit Ryan, und schon bald wird aus dem anfänglichen erotischen Verlangen zumindest für Chloe eine starke Liebe. Ryan hingegen ist eher dem Reiz der jungen Schönheit erlegen. So lange, bis ein Konkurrent auftritt und sich Chloe vor eine Wahl gestellt sieht.

Die Autorin

Die Autorin wurde 1977 in einer schwäbischen Kleinstadt geboren und lebt heute mit Mann und Kind in einem idyllischen Dörfchen nahe der Donau.

Vivian Hall

Family Affairs

Verbotenes Verlangen

Roman

Ullstein

Sämtliche Personen in diesem Roman
sind frei erfunden.

MIX
Papier aus verantwortungsvollen Quellen
FSC® C014496

Besuchen Sie uns im Internet:
www.ullstein-taschenbuch.de
Lizenzausgabe im Ullstein Taschenbuch
1. Auflage August 2014

Umschlaggestaltung: ZERO Werbeagentur, München
Titelabbildung: © Getty Images/BeautifulLotus
Satz: Pinkuin, Satz und Datentechnik, Berlin
Gesetzt aus der Sabon
Papier: Pamo Super von Arctic Paper Mochenwangen
Druck und Bindearbeiten: GGP Media GmbH, Pößneck
Printed in Germany
ISBN 978-3-548-28627-3

Kapitel 1

Es war schon kurz vor zweiundzwanzig Uhr, als Chloe mit der Vitalität und Geschwindigkeit einer alten Frau über die Schwelle ihrer Wohnung schlurfte. Bleierne Müdigkeit machte ihr die Beine schwer, und sie fragte sich ernsthaft, ob einsame Abende in Gesellschaft einer zickigen Katze alles waren, was sie vom Leben noch zu erwarten hatte. Momentan bestand ihr Alltag nur aus nervtötenden Wiederholungen, die ihr mit ihrer stupiden Regelmäßigkeit gehörig auf den Wecker gingen. Morgens mit blutunterlaufenen Maulwurfsaugen aus dem Bett krabbeln, duschen und anziehen. Anschließend musste ihre Katze versorgt werden, bevor Chloe an den Küchentresen gelehnt eine Tasse Kaffee hinunterstürzte, um ihren schlaftrunkenen Kopf in einen funktionstüchtigen Zustand zu versetzen. Den brauchte sie auch, wenn sie weiterhin ihren Lebensunterhalt damit bestreiten wollte, überteuerte Wohnungen an finanziell gutgestellte Londoner zu verkaufen. Der Job machte ihr Spaß, und sie war gut darin. Daher war es kaum verwunderlich, dass sie es abends nicht sonderlich eilig hatte, nach Hause zu kommen. Dort erwartete sie höchstens ein sterbenslangweiliges Fernsehprogramm oder ein Buch, mit dem sie sich ins Bett verkroch. Das war's. Mehr Höhepunkte gab es in ihrem Leben derzeit nicht. Sie fühlte sich inzwischen wie Bill Murray in dem Film »Und täglich grüßt das Murmeltier«, nur dass sie nicht in einer Zeitschleife festsaß, sondern in der Realität.

In einem merkwürdig tröstlichen Anfall von rücksichtsloser Gewalt kickte sie die Tür mit dem Absatz ihres Schuhs zu und lehnte sich gegen den Rahmen, ohne auch nur den Hauch eines schlechten Gewissens zu empfinden, dass ihre Nachbarin Mrs. Simmons vermutlich in diesem Augenblick kerzengerade im Bett saß, die Hand dramatisch über dem Herzen platziert, während sie sich über die Unverschämtheit ihrer Mitmenschen beschwerte.

Normalerweise war sie nicht so gewissenlos, doch der Frust nagte an ihr wie eine hungrige Maus an einem würzigen Stück Käse. Und das trotz eines präzise ausgetüftelten Drei-Punkte-Plans, der eine reibungslose Karriere, eine funktionierende Beziehung und irgendwann ein Baby beinhaltete.

Aktuell fühlte sie sich noch zu jung für einen lasch gewordenen Kerl im allmorgendlichen Frotteebademantel, ebenso wenig sehnte sie sich nach vollgeschissenen Windeln, Babykotze und Öko-Hebammen, die ihr mit vorwurfsvoll erhobener Augenbraue signalisierten, dass Stillen die einzig bekömmliche Form der Nahrungsaufnahme für so einen Winzling darstellte.

Sie konzentrierte sich lieber auf ihre Karriere, und in der Hinsicht konnte sie schon ganz ansehnliche Erfolge aufweisen. Ihr Terminkalender platzte aus allen Nähten, und es grenzte schon fast an ein Wunder, wenn sie tagsüber ein bisschen Zeit für ein anständiges Mittagessen herausschlagen konnte.

Auch der heutige Tag hatte diesem Schema entsprochen, noch dazu hatte ihr der ohrenbetäubende Londoner Geräuschpegel dermaßen zugesetzt, dass sich ihr armer Kopf anfühlte wie ein zu heiß gekochtes Würstchen. Der Verkehrslärm, das Rattern der U-Bahn, das Hupen der endlosen Taxikolonnen, die sich während der Rushhour durch die Innenstadt schoben, oder das lautstarke Tuten der Schiffssirenen von den Docks entlang der Themse – all das hatte sie innerlich aufgerieben und ihr nichts als bohrende Kopfschmerzen beschert. Bis am späten Nachmittag ein lukrativer Geschäftsabschluss diesen Tag zu einem versöhnlichen Abschluss brachte.

Ihr war das Kunststück gelungen, eine luxuriöse Wohnung in Mayfair an den Mann beziehungsweise an die Frau zu bringen. Mittlerweile war die Tinte auf dem Kaufvertrag trocken, und der schwungvoll gezeichnete Namenszug garantierte Chloe eine ordentliche Provision sowie wachsendes Ansehen unter ihren vornehmlich männlichen Kollegen der renommierten Maklerfirma *Sorenson & Söhne*. Sie hoffte, dass sich dadurch die allgemeine Skepsis ihr gegenüber ein wenig abschwächen würde.

Der Stand ihres Gute-Laune-Barometers fiel ins Bodenlose, wie immer, wenn sie an diese steifen Typen mit den akkurat sitzenden Anzügen dachte. Diese Männer setzten ein hübsches Gesicht mit der Unfähigkeit gleich, zwei und zwei zusammenzuzählen.

Da sie sich nicht den restlichen Feierabend vermiesen wollte, beschloss sie, jeden Gedanken an sie aus ihrem Kopf zu verbannen, strich sich das störende Haar nach hinten und ignorierte absichtlich den frenetisch blinkenden Anrufbeantworter auf dem kleinen Telefontisch. Mit einer entschlossenen Bewegung stieß sie sich von der Tür ab und durchquerte den schmalen Flur. Unterwegs wurde sie noch ihre hochhackigen Pumps los, indem sie die im Ausverkauf erworbenen Designerstücke lieblos von ihren schmerzenden Füßen streifte.

Ein genießerisches Stöhnen entwich ihr, als sie ihre Zehen wieder uneingeschränkt bewegen konnte. Sobald sie das Wohnzimmer erreichte, streckte sie die Hand aus und stieß die angelehnte Tür ein Stück weit auf. Durch den schmalen Spalt hindurch sah sie nichts als tiefe Dunkelheit, die gierig durch die Lücke nach außen drängte. Chloe verpasste der lackierten Oberfläche einen weiteren Schubs und trat über die Schwelle, ihre Hand tastete automatisch nach dem seitlich angebrachten Lichtschalter. Die Beleuchtung flammte auf, und keine zwei Sekunden später kam ihre Katze hinter der Couch hervorgeschlichen und lief ihr auf leisen Sohlen entgegen. Kläglich miauend und mit einem vorwurfsvollen Ausdruck in den geheimnisvollen grünen Augen.

Chloe fühlte sich schuldig, weil sie bestimmt Hunger hatte, und sank auf die Knie, um die protestierende Miezekatze zu begrüßen. Sie hatte nicht damit gerechnet, dass es heute so spät werden würde, sonst hätte sie das Tier in der Früh zu Mrs. Simmons gebracht, die sich immer über ein bisschen Gesellschaft freute.

»Hey Pussycat, was macht denn meine kleine Miezekatze?«

Sie strich der launischen Katzendame über den fellbedeckten Rücken. Pussycat, die eigentlich den viel klangvolleren Namen Kassiopeia trug, machte einen Buckel und gähnte, so dass die kleinen spitzen Zähne in ihrem Maul sichtbar wurden. Chloe erhaschte einen Blick auf die zartrosa Zunge des Tieres, ehe es das Maul wieder schloss und sich abwandte. Sie ließ Chloe einfach stehen und stolzierte mit arrogant erhobenem Kopf auf ihr Körbchen zu, machte es sich dort gemütlich und fing an, emsig ihre Pfoten zu lecken.

Chloe streckte ihr die Zunge raus.

»Blödes Vieh.«

Es war doch ein wenig frustrierend, dass selbst eine Katze sich zu fein war, um mit ihr zu kuscheln. Sie hatte sich das Tier einzig und allein aus dem Grund zugelegt, um wenigstens mit einem Lebewesen eine emotionale

Bindung einzugehen, aber diese Diva dachte gar nicht daran, sich wie ein Schmusetier zu verhalten, sondern ignorierte Chloe, wann immer es ihr gerade in den Kram passte. Eingeschnappt drehte sie sich um und marschierte geradewegs in ihr Schlafzimmer. Dort schlüpfte sie aus ihrer *Uniform*, wie sie die unvermeidlichen Hosenanzüge, die sie tagtäglich zur Arbeit trug, gedanklich immer schimpfte. Chloe hatte eine ganze Reihe davon, alle in gedeckten Farben und nach seriösen Schnittmustern gefertigt. Wie Soldaten beim Appell hingen sie in Reih und Glied auf hölzernen Bügeln in ihrem Schrank und warteten auf ihren Einsatz.

Nur noch mit einem praktischen, aber nicht sonderlich aufreizenden Baumwolltanga bekleidet, schlüpfte sie in bequeme Freizeitkleidung. Eine schwarze Yoga-Hose und ein weites, mintfarbenes T-Shirt mit einem großzügigen Halsausschnitt. Wohlig seufzend streckte sie die steifen Glieder, bis sie unheilvoll knacksten, lief über den dicken eierschalenfarbenen Teppich tiefer in den Raum hinein und spähte aus dem Fenster, das von bodenlangen kaffeebraunen Stoffbahnen flankiert wurde. Die zwei helleren Vorhänge dazwischen, beide in einem durchsichtigen Champagnerton, waren noch vom morgendlichen Lüften halb aufgezogen, und so schimmerten die bunten Lichter der Stadt ungehindert durch die Verglasung. Sie wohnte im obersten Stockwerk eines modernen Wohnblocks im südlichen Teil der Stadt und konnte von hier aus die verschwommenen Umrisse der London Bridge erkennen, die Southwark von der City trennte. Durch ihre vertraute Umgebung besänftigt, machte sie sich leise summend auf den Weg in die Küche, um ihren leeren Magen zu füllen.

Ein mickriges Spiegelei mit Toast und die erfolgreich verlaufene Fütterung ihrer Terrorkatze später lümmelte sie bäuchlings auf ihrem Bett herum und verschlang einen Erotikthriller, da das Fernsehprogramm wieder mal mit einem unterirdischen Programm glänzte.

Die sprachlich gebannten Lustspiele der Protagonistin nahmen Chloe gefangen. Sie spürte, wie sich nach und nach flüssige Hitze zwischen ihren Schenkeln einnistete, ihr Blut kochte und strömte immer rascher in ihren sehnsüchtigen Unterleib, während sie sich in den äußerst graphisch beschriebenen Details eines Liebesaktes verlor.

Gott, wie lange hatte sie schon keinen Mann mehr gehabt? Es kam ihr vor wie eine Ewigkeit, und sie konnte die Lust auf Sex nicht mehr ignorieren. Sie begann, ihre Scham rhythmisch gegen die Matratze zu pressen, als sich in ihrem Kopf das Bild eines tropfnassen weiblichen Geschlechts formte, das von der geschickten Zunge des männlichen Helden in den siebten Himmel geleckt wurde. Ziemlich angetörnt las sie weiter, bis ihr die Buchstaben vor den Augen verschwammen und die erotischen Bilder in ihrem Kopf überhandnahmen. Bebend schloss sie die Augen, das Buch wurde unwichtig …

Es entglitt ihren Händen, und sie drehte sich mit einem erstickten Laut auf den Rücken. Sie glättete ihre trocken gewordenen Lippen mit der Zunge, bis sie von einem feuchten Film benetzt waren. Ihre Hand strich liebkosend über ihren Hals und ihre Kehle, ehe sie mit beiden Händen nach dem Saum ihres T-Shirts griff und es langsam nach oben über ihre nackten Brüste zog. Das warme Licht der Nachttischlampe tauchte ihr Schlafzimmer in goldenes Licht, und sie meinte, ein flüsterzartes Knistern zu hören, das zärtlich über ihre Haut hinwegflutete. Ihre Brustspitzen stellten sich steil auf und prickelten.

Chloe verlagerte ihre Stellung, bis sie weich eingebettet auf ihren Laken ruhte, und blickte hinunter zu ihren dunkelroten Nippeln, die einen farbintensiven Kontrast zu ihrer hellen Haut bildeten. Sie wünschte spontan, sie wäre gelenkig genug, um die Knospen in ihrem Mund verschwinden zu lassen. Die Vorstellung, an ihnen zu saugen, machte sie noch feuchter zwischen den Beinen. Ihr Kopfkino lief auf Hochtouren, und die Nippel wurden infolgedessen noch praller und reckten sich ihr bettelnd entgegen.

Da es ihr leider rein anatomisch nicht möglich war, verwöhnte sie sich auf andere Weise. Behutsam schloss sie die Finger um die Halbkugeln, drückte und verbiss sich ein lustvolles Stöhnen, obwohl sie hier drin keiner hören konnte. Der Busen unter ihren Händen fühlte sich hart und heiß an, die Röte auf ihrer Haut vertiefte sich. Hemmungslos warf sie den Kopf nach hinten und quälte sich selbst, indem sie die erigierten Spitzen zwischen Daumen und Zeigefinger nahm. Sie rollte sie, bis sie wie Feuer brannten, und dieses unglaubliche Gefühl zwischen angenehmem Wohlbefinden und schmerzhafter Ruhelosigkeit schoss direkt in ihren Unterleib. Ihre Hüften bewegten sich in gleichmäßigem Rhythmus auf dem Bettlaken auf und ab. Sie sehnte sich nach einem dicken Schwanz zwischen den Schenkeln. Hartes, geädertes Fleisch, das ihre seidigen Wände entlangrieb und all die süßen Punkte reizte, die so lustvolle Gefühle verursachten.

»Oh Gott …«

Ihr Flüstern verlor sich, als sich all diese süchtig machenden Qualen in dem winzigen Nervenbündel in ihrer Weiblichkeit sammelten. Chloe hielt es nicht mehr länger aus und schob sich die leichte Hose und ihren Slip ein Stück über die Schenkel hinunter. Sie machte sich nicht die Mühe, sie ganz auszuziehen, sondern legte die bebenden Fingerspitzen auf ihrem glatten Venushügel ab. Ein Stöhnen unterdrückend, begann sie, sich zu streicheln. Die Empfindungen waren so himmlisch, dass sie einen scharfen Stich der Wonne fühlte. Dennoch erschienen ihr die fast zeitgleich einsetzenden Kontraktionen nur als laue Vorboten für die gewaltige Entspannung, die sich schon bald in ihrem Geschlecht ausbreiten würde.

Erneut kam ihr in den Sinn, wie die Frau im Buch geleckt worden war. Sie sehnte sich ebenfalls nach einer feuchtwarmen Zunge, die sich durch die Falten ihrer Weiblichkeit pflügte, jede Furche und jede Vertiefung nachzog, um am Ende ihre bebende Klit mit peitschenden Schlägen zur Räson zu bringen. Nur mühsam unterdrückte sie den Schrei, der ihr in der Kehle saß, und grub stattdessen die Zähne in ihre Unterlippe. Sie riss sich die Haut auf, schmeckte das herausperlende Blut und rang nach Luft, was ihr jedoch nicht die Lust nahm, sich weiter zu berühren. Träge glitt sie an ihrem nackten Schoß abwärts. Mit zwei Fingern teilte sie die äußeren Schamlippen, ihr Zeigefinger verteilte kreisend die feuchte Lust und ertastete die schon deutlich vergrößerte Knospe zwischen den Schamlippen. Mit einem erregten Ächzen presste Chloe ihren Mittelfinger auf das so reizempfängliche Knöpfchen und begann, gleichmäßig auf und ab zu reiben. Es machte sie an, doch sie benötigte noch weit mehr Druck, um dieses einsame Spiel zu einem befriedigenden Abschluss zu bringen.

Ihr Blick blieb am oberen Bettgestell hängen. Hastig drehte sie sich mit den Füßen voraus in diese Richtung, stemmte die Fußsohlen dagegen. Jetzt konnte sie den Druck auf ihre Klitoris beliebig intensiveren, die eigene Lust steuern und auf das fulminante Ende hinarbeiten. Rasch leckte sie den feinen Schweiß über ihrer Lippenpartie ab. In ihrem Bauch und einige Zentimeter tiefer sammelte sich die Glut, die wie ein Schwelbrand auf ihren gesamten Körper übergriff und die delikate Spannung auf ein unerträgliches Maß hochpushte. Sie dachte aber nicht daran aufzuhören und nahm den geschwollenen Kitzler zwischen Daumen und Zeigefinger.

Chloe presste ihn, als würde sie den Gummiball eines klassischen Blutdruckmessgeräts bearbeiten, was eine Reihe von kleinen Explosionen in ihr verursachte. Innerhalb kürzester Zeit jagten pure Feuerstöße durch ihren Leib, doch es war nicht genug. Sie wollte Fülle in sich spüren, also schob sie erst einen, dann einen zweiten Finger in ihre Öffnung und machte es sich selbst mit langsamen Stößen, die stetig an Geschwindigkeit zunahmen. Die Feuchtigkeit, die aus ihr herausfloss, war ein wunderbar natürliches Gleitmittel. Sie krümmte einen Finger im Inneren ihres Körpers und reizte beharrlich diesen versteckten Punkt, der ihr die wahnsinnigsten Lustgefühle bereitete. Ihr nahender Orgasmus drohte sie mit seiner Intensität zu überwältigen. Sie spannte sich an, stieß schneller, härter, weinte beinahe, als die unerträglich süßen, ziehenden Wellen sich spasmisch ausbreiteten. Nur noch ein bisschen, nur noch ein paar Stöße ...

Ihre Vagina fing an, sich um ihre Finger herum zusammenzuziehen, und sie stand kurz davor, einen gewaltigen Höhepunkt zu erleben, als plötzlich ihr Handy vibrierend auf dem Nachtkästchen herumhüpfte. Ihr Kopf schoss ruckartig nach rechts, und sie starrte keuchend auf das scheinbar lebendig gewordene Kunststoffgehäuse. Zentimeter für Zentimeter schob es sich auf den Rand zu, begleitet vom Glockengeläut des Big Ben. Anfangs hatte sie diesen Klingelton ja noch witzig gefunden, doch jetzt erstarrte sie bei diesem dämlichen Gebimmel, und die Lustwelle schwappte in unerreichbare Ferne zurück. Sie sank wie ein nasser Sack auf die Matratze zurück und sandte dem blöden Ding einen beinahe verzweifelten Blick zu. Hoffentlich musste der Störenfried den Rest seines Lebens orgasmusfrei bewältigen ...

»Eins sag ich dir, wer immer du auch bist, du hast besser einen guten Grund, um mich zu stören!«, schimpfte sie nach einigen Sekunden erbittert, krabbelte seitwärts auf das Nachtschränkchen zu und grapschte verärgert nach dem Mobiltelefon, das ihr vor lauter Hast um ein Haar aus der Hand gelitten wäre. Chloe konnte es gerade noch festhalten, ehe es auf den weichen Hochflorteppich zu ihren Füßen segeln konnte. Sie starrte stirnrunzelnd auf das Display. Sofort erlosch ihre Wut, als hätte jemand eine dicke Decke darübergeworfen. Es war ihre Mutter.

Normalerweise war Chloe immer diejenige, die den Kontakt aufbaute. Leanne Carter war alles andere als der Prototyp einer liebevollen *Mami* und meldete sich nur, wenn sie etwas brauchte.

Chloe fragte sich, was es diesmal war. Vielleicht ein offizieller Anlass, bei dem sie wieder eine liebevolle Mutter-Tochter-Beziehung zum Besten geben sollten. Oder sie war mal wieder einem aufstrebenden hübschen Schönling auf den Leim gegangen, der sie nur dazu benutzt hatte, um seine Schauspielkarriere zu pushen.

Letzteres erschien Chloe am wahrscheinlichsten. Leanne war ungemein eitel und fiel andauernd auf schleimige Schmeichler herein, die außer einem muskelgestählten Körper und einem Gehirn von Einzellerniveau nichts zu bieten hatten. Sobald sich diese Kerle dann tatsächlich als nichtsnutzige Glückritter herausstellten und selbst Leanne einen weiteren Fehlgriff in puncto Männer nicht mehr verleugnen konnte, versank sie in Depressionen und brauchte jemanden, um sich auszuheulen.

Dafür bin ich ja gut genug ...

»Guten Abend, Mutter«, grüßte Chloe daher entsprechend reserviert, nachdem sie das Gespräch angenommen hatte. »Wie komme ich zu der seltenen Ehre?«

»Oh bitte, Chloe«, erwiderte ihre Mutter nörgelnd. Ihre Stimme hatte einen eindeutig pikierten Unterton. »Wie oft habe ich dich schon darum gebeten, dass du mich Ashley oder Leanne nennen sollst? Wenn du ›Mutter‹ zu mir sagst, fühle ich mich wie eine Hundertjährige.«

Enttäuschung machte sich in Chloe breit, weil sich wieder mal bestätigte, dass Leanne ihr niemals die Mutter sein würde, die sie sich wünschte. Die Wut darüber verdrängte die Sorge. Das war so typisch!

»Es tut mir leid, wenn dir das nicht passt, aber da du nun mal meine Mutter bist und ich diese Tatsache weder ändern noch verdrängen kann, werde ich dich auch weiterhin so nennen.«

Ein resigniertes Seufzen kroch durch die Leitung, außerdem meinte Chloe im Hintergrund ein empörtes Schnauben zu hören. War da noch eine zweite Person bei ihr, oder war das nur der Fernseher, der bei Leanne fast ununterbrochen lief?

»Baby, müssen wir immer streiten, wenn wir miteinander reden? Du bist meine Tochter, da sollte es doch möglich sein, auf zivilisierte Weise miteinander umzugehen.«

Chloe hätte, ohne zu zögern, ihre linke Brust hergegeben, wenn dies tatsächlich möglich gewesen wäre. Allerdings war allein die Vorstellung pures Wunschdenken, und so verdrehte sie lediglich die Augen.

»Wer's glaubt, wird selig.«

»Bitte …?«

Chloe räusperte sich.

»Nichts weiter«, wich sie aus, klemmte das Handy zwischen Ohr und Schulter ein und zerrte die Yoga-Hose samt Slip nach oben. Wieder anständig bedeckt, machte sie es sich auf dem Bett bequem und horchte aufmerksam. Trotz ihrer Ernüchterung war ihre Neugierde geweckt, da sich Leanne eigentlich recht fröhlich anhörte für eine sitzengelassene Frau.

»Was gibt es denn so Dringendes?«

»Ich werde heiraten!«, platzte ihre Mutter unvermittelt heraus, und Chloe fiel vor lauter Überraschung nun doch das Handy aus der Hand. Es landete mitten auf den zerwühlten Laken und verschwand auf Nimmerwiedersehen zwischen den zusammengeschobenen Falten. Hektisch fuhr sie über die Oberfläche dieses Kuddelmuddels, bis sie es wieder in den Händen hielt, und drückte es schwer atmend erneut ans Ohr.

»Chloe? ... Bist du noch dran?«

»Ja ... ja.« Sie schloss ganz kurz die Augen und rieb sich über die Nasenwurzel, ehe sie mit kontrolliert ruhiger Stimme fragte: »Könntest du deinen letzten Satz noch mal wiederholen? Ich habe nämlich verstanden, du willst heiraten.«

Ein fröhliches Lachen folgte. Es war das Echo einer glücklich verliebten Frau, und mit einem Mal fühlte Chloe eine feste Hand, die sich um ihr Herz legte und es so fest quetschte, dass sie den imaginären Schmerz körperlich spüren konnte. Wenn das mit den Hochzeitsplänen tatsächlich stimmte, was würde dann aus ihr werden? Ihre Mutter hatte jetzt schon keine Zeit für sie. Mit einem neuen Ehemann an ihrer Seite würde sie Leanne gar nicht mehr zu Gesicht bekommen. Trotz dieser Vorahnung versuchte sie, sich nichts von ihren widersprüchlichen Gefühlen anmerken zu lassen.

»Also, das ist ... unerwartet«, stammelte sie mühsam und setzte hinzu: »Ich wusste nicht mal, dass du dich mit jemandem triffst.«

»Liebes, keiner hat es gewusst, dafür habe ich schon gesorgt«, erklärte ihre Mutter daraufhin mit gönnerhaftem Unterton und kicherte affektiert. »Irgendwie ist es uns immer gelungen, die Pressemeute abzuschütteln. Ryan und ich wollten unsere gemeinsame Zeit genießen, ohne auf den Titelblättern der Yellow Press zu landen.«

»Ach so …«

Chloe merkte selbst, wie lahm sich ihre Antwort anhörte, doch ihre Mutter schien das nicht weiter zu stören.

»Oh Baby, ich weiß, ich habe das schon oft gesagt, aber mit ihm ist es etwas Besonderes.«

Chloe hoffte um Leannes willen, dass es das tatsächlich war, doch sie war trotzdem verletzt, weil sie nie ein Wort über den neuen Mann in ihrem Leben verloren hatte.

»Du hättest ruhig etwas erwähnen können. Ich bin immerhin deine Tochter.«

Leanne lachte erneut, eindeutig verlegen diesmal. Chloe konnte sich lebhaft vorstellen, wie unwohl sie sich wegen ihres unausgesprochenen Vorwurfs fühlen musste, einfach nicht wichtig genug zu sein, um so grundlegende Dinge zu besprechen.

»Ich hatte Angst, dass du dich aus Versehen verplapperst«, erklärte ihre Mutter in dem wenig überzeugenden Versuch, ihr Schweigen zu rechtfertigen. »Glaub mir, ich hatte keine Lust, laufend einen dieser Papparazzo an mir kleben zu haben.«

Dass ihre Mutter erneut betonte, die Presse so lange wie möglich im Dunklen zu lassen, ließ sämtliche Alarmglocken in ihr klingeln. Normalerweise gierte Leanne nach der Aufmerksamkeit der Medien. Dass sie jetzt dazu überging, ihr Privatleben davor schützen zu wollen, war vollkommen untypisch und machte ihre Heiratsabsicht glaubwürdiger.

»Na dann … Das hört sich wirklich alles ganz wunderbar an«, erwiderte Chloe nach kurzem Schweigen. Sie räusperte sich unbehaglich und setzte etwas gestelzt hinzu: »Kenn ich ihn?«

Wieder dieses glockenhelle Lachen. Es ging ihr langsam auf die Nerven.

»Nicht dass ich wüsste. Aber um auf deine Frage zurückzukommen: Sein Name ist Ryan, und er ist ein sehr erfolgreicher Künstleragent. Außerdem sieht er unglaublich gut aus. Ein bisschen wie Josh Holloway, nur viel besser«, zählte Leanne mit unüberhörbarem Stolz in der Stimme auf. Chloe verdrehte leicht die Augen über die Angewohnheit ihrer Mutter, alle Menschen mit irgendeinem bekannten Schauspieler zu vergleichen.

»Soso, ein Typ wie Josh Holloway«, dachte Chloe. Also hatte sie sich schon wieder so einen blonden Kerl angelacht, der aussah wie ein Surfer.

»Und wo hast du ihn kennengelernt?«

»In einer Bar im West End. Er hat dort mit ein paar Freunden seinen dreißigsten Geburtstag gefeiert. Ein Blick, und es war um uns geschehen«, schwärmte Leanne. »Aber darüber kann ich dir ein anderes Mal mehr erzählen. Ich möchte, dass du Sonntagabend in zwei Wochen zum Essen kommst. Acht Uhr, bei mir. Und sei bitte pünktlich, wenn du deinem zukünftigen Stiefvater das erste Mal begegnest.«

Die Einladung wurde nebensächlich anlässlich der geringen Anzahl an Lebensjahren, die der Bursche auf dem Buckel hatte.

»Dreißig Jahre alt! Das ist jetzt nicht dein Ernst?«

»Ich weiß, was du jetzt denkst, aber das er ein bisschen jünger ist …«

»Ein bisschen«, unterbrach sie ihre Mutter unhöflich. »Er ist nur ein paar Jahre älter als ich.«

»Meine Güte, jetzt stell dich nicht so an!« Leanne war aufgebracht. »Was sind schon ein paar Jahre hin oder her in den heutigen Zeiten? Ist es nicht wichtiger, dass wir uns lieben?«

So in die Ecke gedrängt, blieb Chloe nichts anderes übrig, als ihr beizupflichten. Wie betäubt nahm sie die Einladung zu dem Essen an und hörte, wie sich ihre Mutter mit einem lapidaren »Wir sehen uns in zwei Wochen« verabschiedete.

Danach lag Chloe reglos auf dem Bett und starrte Löcher in die Decke. Sie fühlte sich leer. Wie ein Gefäß, das dringend gefüllt werden musste und doch immer ohne einen Tropfen zurückblieb, wenn das Schicksal ein bisschen Glück ausschenkte. So allein gelassen mit sich selbst und ihren wenig optimistischen Gedankengängen, stellte sie sich die alles entscheidende Frage: Würde sie jemals einen Mann treffen, dem sie genug vertrauen konnte, um ihm ihre uneingeschränkte Liebe zu schenken, oder würde sie mit einer Katze alt werden, die sie nicht mal leiden konnte?

Kapitel 2

Ryan sah dabei zu, wie Leanne vorsichtig den Hörer auflegte, und begegnete ihrem leicht säuerlichen Blick mit betont beschwichtigender Miene. Ihr unverhohlener Ärger war auch nach dem Telefonat mit den Händen greifbar, und sie atmete mehrmals tief durch, ehe sie das Wort an ihn richtete.

»Manchmal kann ich kaum glauben, dass sie meine Tochter ist, so verklemmt, wie sie sich ab und an anstellt«, stellte sie nicht sonderlich mütterlich fest und setzte verärgert hinzu: »Sie hat sich überhaupt nicht gefreut.«

Ryan, der das Gespräch über den Lautsprecher ebenfalls verfolgt hatte, tätschelte tröstend ihren festen Apfelpo und stimmte ihr insgeheim zu. Allein wie sie sich über sein Alter echauffiert hatte! Als ob das irgendeine Bedeutung oder irgendeinen Einfluss auf seine Gefühle für Leanne gehabt hätte.

»Mach dir nichts draus«, meinte er leichthin und hoffte, dass sie sich rasch wieder beruhigen würde. Obwohl er ihre Enttäuschung durchaus nachvollziehen konnte, wollte er nicht weiter auf den mangelnden Enthusiasmus ihrer Tochter eingehen, denn gedanklich war er schon mit weit angenehmeren Dingen beschäftigt. In unmissverständlicher Absicht stellte er sich hinter sie und konnte durch den Spiegel jede ihrer Regungen auf ihrem Gesicht ablesen. Voller Genugtuung registrierte er, dass sie sich haltsuchend mit den Händen am Außenrand der Kommode festkrallte. Dort stand neben dem Telefon noch eine mit chinesischen Ornamenten bemalte Vase. Unzählige rote Rosen lugten daraus hervor, deren samtig weiche Blütenblätter einen betäubenden Duft verbreiteten. Er atmete das erregende Bouquet tief ein und schwelgte in der sinnlichen Note, die ihn an Leannes warmen Schoß erinnerte.

Er sah wieder hoch und erfreute sich am Anblick ihres warmgoldenen Teints und der glühenden Saphiraugen, die durch die lackschwarzen Haare noch mehr an Leuchtkraft gewannen. Betört von ihrer Schönheit, genoss er ihr zärtliches Lächeln und die Hingabe, die sich in jedem Zug ihres Gesichts widerspiegelte. Es war offensichtlich, dass sie ihre Tochter schon längst aus ihren Gedanken verbannt hatte und sehnsüchtig darauf wartete, dass er endlich die Initiative ergriff. Er wusste genau, wonach sie verlangte, und sein blitzartig zum Leben erwachter Schwanz war mehr als bereit, ihre Wünsche zu erfüllen.

Ryan liebte ihr ausdrucksstarkes Mienenspiel und vergaß darüber sogar seinen Ärger über diese unverschämte Göre, die eine so wundervolle Persönlichkeit wie Leanne offenbar nicht zu schätzen wusste. Nur in einem Punkt konnte er ihr patziges Verhalten nachvollziehen. Er konnte, genau wie sie, nicht verstehen, warum Leanne sich so sehr dagegen sträubte, als Mutter bezeichnet zu werden.

Ryan unterdrückte erfolgreich das aufkeimende Unbehagen über dieses Verhalten und konzentrierte sich darauf, seiner Verlobten langsam das Kleid über den Arsch nach oben zu ziehen. Hmm …

Er leckte sich die Lippen, als er die delikat geformte Rückseite betrachtete. Ein schmaler Rücken, der in ein bezaubernd gewölbtes Hinterteil überging. Es fühlte sich so straff und aufregend unter seinen liebkosenden Händen an, dass ihm seine Hose mit einem Mal wie ein unerträglich einengendes Gefängnis vorkam. Ein wollüstiges Brummen löste sich aus seiner Kehle, und er hörte sie sinnlich lachen.

»Willst du mich ficken, Ryan? Wenn ja, dann tu dir keinen Zwang an.«

Sie schwang aufreizend den himmlischen Po hin und her, der in einem aufregenden Spitzenslip steckte. Ryan knurrte rau, diese Frau weckte einfach das Tier in ihm.

»Du kannst es wohl kaum erwarten. Oder sehe ich das falsch?«, antwortete er. Nur mühsam hielt er seine lüsternen Gedanken in Zaum, um nicht über sie herzufallen.

Ihr heißer Blick über die Schulter hinweg zwang ihn jedoch fast in die Knie. Er versank unwiederbringlich in ihren blauen Augen und dankte den Göttern, die ihn zu dieser Frau geführt hatten.

Leanne war im wahrsten Sinne elektrisierend. Und sie war ein ganzes Stück älter als er. Über zehn Jahre, was rein optisch jedoch kaum ins Gewicht fiel. Ein paar feine Linien um die Augen herum und seitlich an ihren Mundwinkeln, mehr war nicht vorhanden, um ihr wahres Alter einzuschätzen. Sie sah kaum älter aus als er.

»Du bist wunderschön, Leanne.«

Ein schmelzendes Lächeln war der Dank für dieses ernstgemeinte Kompliment. Sie drehte sich vollständig um und ging vor ihm auf die Knie.

»Soll ich dich zur Belohnung für deine blumigen Komplimente ein wenig mit dem Mund verwöhnen, Darling?«

Ein mädchenhaftes Kichern folgte, und wäre er nicht so gnadenlos scharf auf sie gewesen und damit jenseits von Gut und Böse, hätte er geschmunzelt. Sie spielte mal wieder das Weibchen, weil sie genau wusste, wie sehr ihm das gefiel. Logisch, dass sich sein Lachen anhörte, als hätte es eine unsichtbare Hand an seinem Hals einfach abgewürgt. Ryan senkte den Blick und starrte auf die enorme Wölbung unter dem Stoff seiner Hose. Sein Fleisch drängte nach außen, um wieder nach innen zu gelangen – tief hinein in ihre heiße Höhle, die so eng war, dass er manchmal Angst bekam, von ihr zerquetscht zu werden.

Obwohl sie am frühen Morgen das letzte Mal Sex gehabt hatten, konnte er es kaum erwarten, sich erneut tief in ihr zu versenken.

Ihre zarten Hände legten sich seitlich auf seine Oberschenkel und fuhren quälend langsam auf und ab, ohne sich dem Mittelpunkt seines Unterleibs zu nähern. Seine Hose ähnelte jetzt fast einem Zelt, jeden Augenblick würde sein Glied mit einem brachialen Ruck herausbrechen und sich mitten in ihren wartenden Mund bohren. Zudem schimmerte in ihren Augen ein Ausdruck unverfälschter Gier, und das machte ihn tierisch an.

»Du bringst mich noch um.«

Er war wie berauscht von der Aussicht, sie in wenigen Minuten wieder lieben zu dürfen. Hastig fuhren seine Finger an die Schnalle seines Gürtels, um sich davon zu befreien. Er wünschte sich nichts sehnlicher, als schnellstens diese verfluchte Hose loszuwerden, um Leanne dann mit harten Stößen in andere Dimensionen zu vögeln. Doch sie stoppte seine Bemühungen, indem sie ihre Hände über seine legte.

»Nicht so schnell, Darling. *Das* …«, sie betonte das Wort auf eine Weise, die ihn nur noch wilder machte, »ist mein Job. Halt still, und lass mich das erledigen.«

Ryan gehorchte, obwohl es ihm schwerfiel. Es gab einfach keine Frau auf diesem Planeten, die ihr auch nur annähernd das Wasser reichen konnte, und so unterdrückte er seine zutiefst männliche Neigung, sich rücksichtslos alles zu nehmen, was er haben wollte. Das leise

Geräusch des Reißverschlusses riss ihn aus seinen Gedanken. Der surrende Ton war erotisch, ging ihm durch und durch.

»Wie willst du es, Darling? Mit dem Mund, zwischen meinen Brüsten oder …«, sie machte eine kleine Kunstpause und schenkte ihm dann ein obszön anmutendes Grinsen, »willst du direkt in meiner heißen Pussy kommen?«

Er schluckte schwer. Ein Teil von ihm hasste es, wenn sie so nuttig sprach, während seine dunkle Seite förmlich danach hungerte, schmutzige Wörter aus ihrem Mund zu hören. Doch es war gerade ihr freizügiger Umgang mit ihrer Sexualität, der ihn mit rasender Geschwindigkeit näher an den Abgrund zog. Er musste nur noch an den Rand treten und springen.

»Mit dem Mund.«

Nachdem er seine Entscheidung getroffen und mitgeteilt hatte, wartete er darauf, dass sie sich rührte. Die Schamlosigkeit in ihrem Blick verschwand und wurde ersetzt von zärtlicher Hingabe, als sie eine Handfläche auf seine Vorderseite legte und leicht dagegendrückte. Ryan stöhnte erneut und biss die Zähne zusammen. Wenn sie weiterhin so träge agierte und damit seine Erregung anfachte, würde er jeden Moment abheben und in seiner Hose kommen. Ryan konnte sehen, wie sich ihr Lächeln vertiefte, als könnte sie seine Gedanken lesen.

»Oh, du bist ein böser Junge, Ryan. Wag es ja nicht, vor mir zu kommen.«

Kurz darauf fuhr ihre Zunge über ihre Lippen und hinterließ ein feuchtes Glänzen auf der rosigen Oberfläche. Der Anblick dieser flinken Spitze machte ihn geil, er konnte sich nur zu gut daran erinnern, wie heiß sie sich an seinem Glied anfühlte, sobald sie flatternd über seine Härte tanzte.

Auf einmal operierte sie deutlich hektischer und machte sich mit geschickten Fingern an seinem Gürtel zu schaffen, zog ihn aus der Schlaufe und schob die Hose über seine Oberschenkel und Knie herunter. Ryan hielt die Luft an und atmete mit einem vernehmlichen Zischen aus, als sie mit ihren langen Fingernägeln über den dünnen Stoff seiner Unterhose kratzte. Sie reizte ihn auf exquisiteste Art und Weise, während sein Schwanz zu einer fauchenden Kobra mutierte, die bei dieser Provokation stolz ihr Haupt erhob, um jeden Moment ihr tödliches Gift herauszuspritzen. Glücklicherweise war Leanne erfahren genug, um zu merken, dass er kurz davorstand, die Beherrschung zu verlieren. Sie würde ihm helfen, einem vorschnellen Ende dieser lustvollen Begegnung entgegenzusteuern. Das tat sie immer.

»Baby, versuch es zu unterdrücken«, flüsterte sie ihm bittend zu, die Stimme heiser vor lauter Lust. »Ich will es genießen, deinen prachtvollen Schwanz tief in meinem Mund zu spüren und dich zu schmecken. Die ganze herrliche Länge …«

Dieses Flehen reichte aus, um sich selbst und seine Bedürfnisse in den Hintergrund zu rücken. Er bediente sich der üblichen Tricks, um seine Erregung abzuschwächen, indem er von null bis hundert zählte und sich gedanklich mit der anstehenden Steuererklärung befasste. Ryan versuchte einfach alles, damit es nicht innerhalb weniger Augenblicke vorbei war, sobald sie ihn in ihrem warmen Mund aufnahm, und sah atemlos dabei zu, wie sie die Finger unter den elastischen Bund seines Slips klemmte. Langsam zog sie ihn herunter, sein Glied sprang ihr federnd entgegen, und er fühlte umgehend ihren heißen Atem darüber hinwegstreifen, was ihn endgültig zu beeindruckender Größe anschwellen ließ. Ein glitzernder Lusttropfen trat aus dem schmalen Spalt seiner feucht glänzenden Eichel heraus, der sofort ihrer herausschießenden Zunge zum Opfer fiel. Mit einem genüsslichen Laut nahm sie den ersten Tau seiner Lust auf und ließ ihn sich mit einem Gesichtsausdruck auf der Zunge zergehen, als wäre diese winzige Perle die leckere Kreation eines begabten Chocolatiers. Ryan schrie lauthals auf, weil er es kaum ertragen konnte.

»Oh shit, nimm ihn dir richtig«, bettelte er keuchend. Unbeherrscht packte er eine Handvoll ihres Haares und zog sie an seinen Unterleib heran.

Leanne öffnete bereitwillig den Mund und nahm seine Härte hemmungslos tiefer zwischen die Lippen. Sein männlichster Körperteil verschwand fast bis zur Hälfte in ihrer Mundhöhle, sie lutschte mit seligem Entzücken an ihm, als wäre sein dicker Schaft eine köstliche Zuckerstange.

Sie so zu sehen, ihr Mund voll mit seinem Glied und in aufreizend willfähriger Pose vor ihm kniend, machte jede weitere Zurückhaltung unmöglich, und er begann, in ihren Mund zu stoßen. Vorsichtig. Er wollte ihr nicht wehtun und unterdrückte den Wunsch, sich härter in sie zu rammen. Stattdessen beschränkte er sich auf sanftes Gleiten. Rein und raus, ein sich wiederholender, beherrschter Rhythmus. Er spürte ihre scharfen Zähne, die seine Haut zusätzlich reizten und elektrische Impulse durch seinen Körper jagten, die sich noch verstärkten, als Leanne ihre Hände zu Hilfe nahm und seine mittlerweile prall geschwollenen Hodensäcke knetete. Sie wiegte sie in ihren Handtellern, als wären sie wertvoller als zwei randvoll gefüllte Beutel voller Gold. Seine Reaktion kam nahtlos.

Ryans Eier zogen sich zusammen und ballten sich zu harten Kugeln. Es konnte nicht mehr lange dauern, bis sein Sperma direkt in ihre Kehle schoss und mit dem winzigen Zäpfchen in ihrem Rachen kollidierte. Abrupt riss er seinen Penis aus dem Käfig ihres Mundes und zog sie an den Oberarmen nach oben.

»Dreh dich um, und halt dich an der Kommode fest!«

Seine Stimme ähnelte einem Reibeisen. Erregt befolgte sie seine Anweisung, während er schwer atmend den Seidenstoff ihres Kleides zusammenraffte und ihn über ihren Hüften drapierte. Alles, was ihn noch am Eindringen hinderte, war das hauchdünne Etwas ihres Slips, der nur notdürftig ihren Hintern und ihre Scham bedeckte. Ryan riss ihn einfach entzwei, ohne sich darum zu kümmern, dass dieses edle Wäschestück ein Vermögen gekostet hatte. Sie war ihm wohl nicht böse, denn sie stöhnte voller Entzücken auf.

»Mach schon!«, quengelte sie ungeduldig. Sie winselte fast unter seinen Händen, die nun fest ihre Pobacken packten und sie prüfend auseinanderschoben.

»Keine Sorge, du kommst gleich auf deine Kosten. Beug dich noch ein bisschen weiter vor«, forderte er. Sie tat sofort, was er verlangte, neigte sich tiefer über die Kommode und gab den Blick frei auf ihre glühende Weiblichkeit.

Sich vorfreudig die Lippen leckend, nahm er seinen Schwanz in die Hand und strich mit der pflaumenförmigen Spitze über ihre glatten Schamlippen, verteilte ihren Saft darauf und benetzte seine Eichel damit. Dann verrieb er die Mischung aus ihren und seinen Säften auf der gesamten Länge seines Gliedes, bis es glänzte.

»Lass dir nicht so viel Zeit, nimm mich endlich.«

Ihr Oberkörper senkte sich sogar noch ein Stück mehr nach unten, bis sich ihre Brüste fest auf die glatte Oberfläche des Möbels pressten, ihre Beine fuhren noch weiter auseinander. Schamlos offerierte sie ihm ihre gerötete Vagina, und Ryan nahm diese Einladung willig an. Mit einem gezielten Stoß drang er ein, spaltete sie, brachte sie zum Schreien.

»Oh Gott, das ist unglaublich«, stöhnte sie ungehemmt und drängte sich seinen Stößen entgegen, während seine Hüften klatschend gegen ihr Gesäß prallten.

»Spreiz die Beine weiter …«, ächzte er knurrend und grub die Finger in die Senke ihrer Hüften, um sie besser halten zu können. Leanne reagierte sofort, indem sie ihre Schenkel so weit wie möglich auseinanderschob. Ryan glitt bis zum Schwanzansatz in sie hinein, verharrte einen Moment, um die herrliche Enge ihres Körpers zu genießen, und begann erst dann wieder, sie mit der stetigen Penetration seines Steifen zu verwöhnen. Wollüstiges Stöhnen und Keuchen sowie schmatzendes Fleisch waren die einzigen Geräusche, die durch die Wohnung hallten.

»Gott, du bist so wunderbar eng«, presste er zwischen zusammengebissenen Zähnen hervor und beschleunigte gleichzeitig das Tempo seiner Stöße. Seine rechte Hand legte sich an ihre Schulter, damit er besseren Halt hatte, und er fühlte den Druck in sich anwachsen. Irgendwann konnte er den Orgasmus nicht mehr unterdrücken und explodierte, eingehüllt von ihrem Fleisch. Als würde dieses sengende Gefühl seines herausschießenden Spermas einen Schalter in ihrem Körper umlegen, kam auch Leanne ein paar Sekunden später. Er fühlte, wie sich ihre heiße Höhle rhythmisch um ihn zusammenzog, wie sie seinen zuckenden Schwanz molk, bis ihre engen Wände ihm alles abgezapft hatten, was er so großzügig aus seinem Körper strömen ließ. Danach sank er schwer atmend gegen ihren Rücken, drückte die Lippen auf ihren feuchten Nacken und genoss die angenehmen Nachwirkungen ihres Liebesspiels, während er sich an ihren üppigen Brüsten festhielt.

»Das war phantastisch«, murmelte sie leise und seufzte

selig. Ryan grinste und pflichtete ihr stumm bei. Sex mit Leanne war mit nichts vergleichbar, was er je mit anderen Frauen erlebt hatte, und davon hatte es viele gegeben. Jahrelang hatte er ein lockeres Singleleben genossen und unzählige Frauen in seinem Bett gehabt. Ein Lebenswandel, der von seinem älteren Bruder Victor schon immer nur widerwillig akzeptiert worden war.

Das Bild seines puritanischen und stockkonservativen Bruders schob sich ungebeten vor sein geistiges Auge. Bis jetzt hatte er sich erfolgreich davor gedrückt, Victor die Beziehung zu Leanne zu beichten, und wenn es nach ihm gegangen wäre, dann wäre dies auch weiterhin so geblieben. Schließlich erzählte auch Victor nie etwas von seinen amourösen Abenteuern, sollte er denn welche erleben. Insgeheim bezweifelte Ryan das, denn sein Bruder besaß seit jeher einen übertriebenen Hang zur Tugendhaftigkeit und behandelte die meisten Frauen, als wären sie eine lästige Notwendigkeit, die man nun mal zum Erhalt der menschlichen Spezies ertragen musste. Trotzdem war Victor stets von Frauen umgeben, die ihn umschwärmten wie die sprichwörtlichen Motten das Licht, doch keine schaffte es, sein Interesse zu wecken.

Eine Zeitlang hatte er sogar vermutet, Victor wäre eher dem eigenen Geschlecht zugetan. Doch dieser Verdacht hatte sich über die Jahre hinweg zerschlagen, da er Männer genauso leidenschaftslos betrachtete wie die zahlreichen Vertreterinnen des weiblichen Geschlechts.

Fakt war, dass sein Bruder bei neugierigen Fragen über sein Liebesleben stets mit eisernem Schweigen reagierte. Nicht selten hatte er das Gefühl, dass Victor etwas vor ihm verheimlichte, doch fehlende Beweise und sein eigenes hektisches Leben ließen ihm keine Zeit, sich großartig mit dem Privatleben seines älteren Bruders zu befassen. Sollte Victor also tatsächlich hin und wieder das Bett mit einer Frau teilen, dann ging er dabei mit äußerster Diskretion vor.

Ihn hingegen drängte Victor schon seit Jahren dazu, sich doch endlich intensiver um eine passende Frau zu bemühen, um dann schnellstmöglich für den erforderlichen Erben zu sorgen. Nun, zumindest den ersten Punkt hatte er befolgt, auch wenn sich Ryan sicher war, dass Leanne nicht mal ansatzweise den hohen Ansprüchen genügen würde, die Victor an die zukünftige Lady Seymour stellte. In der Hinsicht war er fast so verknöchert wie die Gebeine ihrer verstorbenen Vorfahren, die in der Familiengruft vor sich hin staubten.

»Ryan, du bist auf einmal so schweigsam. Was hast du?«

Er blinzelte und sah ihr über den Spiegel hinweg ins Gesicht. Sie lächelte ihn an, doch er bemerkte dennoch ein leicht verärgertes Funkeln in ihrem Blick.

»Sorry, Liebling. Ich war mit meinen Gedanken ganz weit weg.«

»Hoffentlich nicht bei einer anderen Frau.«

Er lachte, weil die Vorstellung, an eine andere zu denken, ihm so absurd vorkam.

»Du hast mich für alle Frauen verdorben«, gestand er mit rauer Stimme und schob mit seinen Fingern ihr dunkles Haar zur Seite, um ihr einen weichen Kuss auf den samtigen Hals zu tupfen. Dabei starrte er auf ihr gemeinsames Spiegelbild. Sein sandfarbenes Haar mischte sich mit dem satten Schwarz ihrer seidigen Wellen. Ein vertrauter Anblick, nur der Ausdruck in seinen Augen gefiel ihm nicht. In ihnen schimmerte sichtbare Frustration, weil er das Gespräch mit seinem Bruder nicht mehr länger hinauszögern konnte, auch wenn er die Bedenken, mit denen Victor ihn zweifellos konfrontieren würde, zumindest in Teilen durchaus nachvollziehen konnte.

Mit dieser Eheschließung würde die weit in die Vergangenheit zurückreichende Linie der Seymours wohl für immer aussterben, denn er und Victor waren die letzten männlichen Vertreter dieses altehrwürdigen Stammbaums. Er reichte bis zur Zeit Heinrichs des Achten zurück, und sein Bruder hätte es nur zu gerne gesehen, wenn dieser traditionsbeladene Name weiterhin die elitäre Londoner Gesellschaft bereichert hätte. Victor selbst war nach einer kompliziert verlaufenen Kinderkrankheit zeugungsunfähig, und so war schon seit jeher klar gewesen, dass Ryan eines Tages für die Sicherung der männlichen Erbfolge sorgen musste. Leider konnte Leanne nach einer freiwilligen Sterilisation vor einigen Jahren keine Kinder mehr bekommen, was einen Erben von vorneherein ausschloss. Unter diesen Umständen herrschten die denkbar schlechtesten Voraussetzungen, um den Namen der Seymours durch die nächsten Jahrzehnte zu tragen.

Kapitel 3

Einige Tage nach dem Anruf ihrer Mutter stand Chloe ratlos vor ihrem Kleiderschrank und kämpfte mit dem ewig weiblichen Problem, trotz vielfältiger Auswahl nichts Passendes zum Anziehen zu finden. Ihre Freundinnen Beth und Amber lungerten derweil auf ihrem Bett herum, blätterten gelangweilt durch diverse Frauenzeitschriften und vernichteten nebenbei eine Schachtel mit sündhaft leckeren Pralinen.

»Sag mal, da du anscheinend in diesem Leben nicht mehr fertig wirst, könnte ich mich doch an deinem Kühlschrank bedienen. Diese verdammten Pralinen haben meinen Appetit angeregt, und ich könnte noch einen kleinen Snack vertragen, bevor wir uns auf den Weg machen.«

Die Stimme ihrer Freundin Beth hatte einen bettelnden Unterton, was ihrer Bitte, den Kühlschrank plündern zu dürfen, einen durchaus ernstgemeinten Charakter verlieh.

»Bedien dich ruhig, nur zu«, antwortete Chloe desinteressiert und starrte kritisch auf die zwei Kleider, die es in die engere Auswahl geschafft hatten: ein enganliegendes Schwarzes aus feiner Merinowolle mit einem verlockenden, aber durchaus züchtigen Ausschnitt und ein smaragdgrünes Seidenkleid im Empirestil. Der fließende Stoff endete kurz über ihren Knien und wurde vorn von einer schlichten Schleife geziert. Chloe war jedoch am Zweifeln, ob es wirklich das Passende war, um eine Vernissage zu besuchen. Sie entschied sich kurzerhand für das kleine Schwarze und hängte das andere zurück in den Schrank.

Ohne sich über die Gegenwart ihrer Freundinnen Gedanken zu machen, zog sie sich das Shirt über den Kopf, streifte die Jeans ab und schmiss beides achtlos auf den Boden. Barfüßig und lediglich mit einem winzigen Slip bekleidet, lief sie zielgerichtet auf ihren Unterwäscheschrank zu. Sobald sie die Kommode erreicht hatte, öffnete sie eine der vier übereinanderliegenden Schubladen und langte hinein. Exakt zeitgleich ertönte Beths Stimme im Hintergrund.

»Ich habe Liebeskummer«, erzählte sie völlig unerwartet und hatte ihre Pläne, sich über den Kühlschrank herzumachen, ganz offensichtlich vergessen. Chloe hörte für einen Augenblick auf, ihre Wäscheschublade zu durchwühlen, und linste über ihre Schulter nach hinten. Ein leicht amüsierter Ton schwang in ihrer Stimme mit, als sie sagte: »Heißt das jetzt, du bespitzelst deinen Boss nicht mehr?«

Beth schnaubte entrüstet und ließ sich auf den Rücken fallen. Ihre babyblauen Augen starrten mit einem Ausdruck allergrößter Frustration auf die cremefarbene Zimmerdecke.

»Er hat jetzt eine neue Freundin«, erklärte sie missmutig. »Es macht echt keine Laune, ihn zu beobachten, wenn sich laufend die ätzenden Silikontitten dieser dummen Barbiepuppe vor mein Fernglas schieben.«

Beth war das, was manche wohl als Stalkerin bezeichnet hätten, ohne dass sie jedoch die ausufernden Dimensionen einer Kriminellen erreichte. Laufend fuhr sie ihrem Chef Quinn St. Clair hinterher, wenn er seinen gesellschaftlichen *Verpflichtungen* nachging, und wurde dabei immer unglücklicher, weil sich der Casanova mit so ziemlich jedem weiblichen Wesen in London amüsierte, nur nicht mit seiner bedauernswerten Sekretärin.

»Dann hör einfach auf, ihm hinterherzuspionieren«, sagte Chloe pragmatisch. Sie hielt überhaupt nichts von diesem adeligen Schnösel. Leider war Beth verrückt nach diesem blasierten Arschloch und ließ sich auch durch sein offensichtliches Desinteresse nicht davon abbringen, ihn als zukünftigen Vater ihrer noch ungeborenen Kinder zu betrachten.

»Ich spioniere niemandem nach! Ich war nur zufällig immer in der Nähe, wenn er abends ausgegangen ist«, behauptete sie allen Ernstes, während ihre Gesichtsfarbe rasant das charakteristische Rot der Londoner Doppeldeckerbusse annahm.

Chloe grinste lediglich, sparte sich jeglichen Kommentar und machte sich wieder daran, ihre hübschen Dessous nach einem ganz speziellen Stück zu durchsuchen. Beth war in puncto Quinn ohnehin nicht zu helfen, und sie würde ihren Boss so lange anhimmeln, bis er entweder ins Gras biss oder sie erhörte. Ihre Blicke fahndeten zielgerichtet nach einem absolut anbetungswürdigen Slip aus der letzten Victoria-Secret-Kollektion. Sie hatte ihn noch nie getragen, und der heutige Abend war ein guter Zeitpunkt, um das edle Teil endlich einzuweihen, denn sie hatte sich fest vorgenommen, diese Nacht auf keinen Fall allein zu verbringen. Der Grund für ihren Entschluss, sich nach ewigen Zeiten wieder einen One-Night-Stand zu gönnen, war ein akuter Anfall von Torschlusspanik. Dass ihre eigentlich beziehungsunfähige Mutter einen Mann gefunden hatte, der sogar bereit war, mit ihr in den Hafen der Ehe zu schippern, löste völlig neue Dimensionen von Panik in ihr aus. Sie musste dringend etwas gegen die beginnenden Spinnweben in den unteren Regionen ihres Körpers unternehmen, wenn sie nicht als alte Jungfer enden wollte. Die passende Katze hatte sie ja schon …

»Ist dir kalt?«, fragte Beth nach, als Chloe unwillkürlich erschauerte. Ihre rundliche Freundin schob sich genüsslich die allerletzte Praline aus der goldschimmernden Packung zwischen die Lippen. Beth hatte den Inhalt fast im Alleingang verputzt, obwohl sie sich ständig vornahm, ein paar Kilo abzunehmen. Chloe hätte ihr liebend gern ein paar Pfunde abgenommen, weil sie sich zu dünn fand. Männer mochten keine klapprigen Hungerhaken im Bett, das war doch allgemein bekannt.

Amber meldete sich derweil auch zu Wort.

»Ich wette, sie denkt an ihre Mutter und würde sie am liebsten zum Teufel schicken, weil sie noch vor ihr einen Mann abbekommen hat.«

Chloe, die ihre Freundinnen über die Heiratspläne ihrer Mutter informiert hatte, verdrehte ironisch die Augen.

»Danke, Amber, das war jetzt wirklich hilfreich. Ich wäre dir dankbar, wenn du ein bisschen netter über meine Mutter sprechen würdest, schließlich war sie es, die dir den Job als Wetterfee im Fernsehen besorgt hat.«

Amber, die jede zweite Woche das Vergnügen hatte, einen Teil der englischen Bevölkerung über die ständig wechselnden Hochs und Tiefs über der Insel in Kenntnis zu setzen, zwinkerte ihr nur grinsend zu und warf die bernsteinfarbene Mähne schwungvoll nach hinten.

»Jetzt stell dich nicht so an! Du weißt, dass ich ihr schon kilometerweit in den Hintern gekrochen bin, um mich zu bedanken. Schau du lieber, dass du endlich fertig wirst. Die Ausstellung beginnt in zwei Stunden, und ich will auf keinen Fall die Ankunft des Künstlers verpassen, nur weil wir in der abendlichen Rushhour feststecken.«

Ein schwärmerischer Ausdruck trat auf Ambers Gesicht. Zwar hatte sie den chinesischen Bildhauer noch nie zu

Gesicht bekommen, doch sie war der unverrückbaren Meinung, dass jeder Mann, der seine Brötchen mit den Händen verdiente, ein wahrer Magier im Bett sein musste. Chloe beschloss, den Rat ihrer Freundin zu befolgen und sich zu beeilen, denn sie hatte den Nagel auf den Kopf getroffen. Sollten sie mitten in den Feierabendverkehr geraten, würden sie unter Garantie zu spät kommen und nur noch die männlichen Restposten zur Auswahl haben.

Die Ausstellung fand in Seymour Manor statt, einem historischen Herrenhaus außerhalb von London. Schon seit ihrer Kindheit hatte sie ein Faible für altertümliche Gemäuer, und dieses Schmuckstück gotischer Baukunst war zweifelsohne ein wahrer Augenschmaus für jeden, der ein bisschen Sinn für Ästhetik besaß. Es hatte die für den Tudorstil so typische Fassade aus rechteckigen Flankierungstürmchen und Erkern, Lanzettfenster mit steinernem Kreuzstock und Tudorbögen. Auch der Anblick des zinnenbekrönten Mauerabschlusses, hin und wieder unterbrochen von optisch ansprechenden Dreiecksgiebeln, verlieh dem Gebäude einen herben Charme, der gerade bei diesem Baustil so bezeichnend wirkte. Der gesamte Gebäudekomplex war wunderbar erhalten und ließ mit seinem prunkvollen Interieur den Geist der Vergangenheit wiederaufleben.

Chloe fühlte sich eigenartig gefangen von der geschichtsträchtigen Atmosphäre, die in jedem Raum zu spüren war, und nippte an ihrem Champagnerglas, während sie durch den gut gefüllten Ausstellungsraum flanierte. Mit dem gebotenen Respekt besah sie sich die Skulpturen aus Eisen und Metall, die der vielgerühmte chinesische Künstler Song Li erschaffen hatte. Er war auf dem besten Wege, sich als der neue Ai Weiwei zu profilieren und wurde gefeiert wie ein Popstar, was diesem zurückhaltenden Mann ziemlich unangenehm zu sein schien, wenn man seinen Gesichtsausdruck richtig deutete. Doch auch die Welt der Dichter und Denker, der Bilderhauer und Maler wurde mittlerweile vom schnöden Mammon regiert. Persönliche Ressentiments gegen was auch immer mussten tunlichst unterdrückt werden, wenn man auf der Welle des Erfolgs weiterschwimmen wollte. Und Song Li schwamm tapfer – wenn auch nach außen hin mit mühsam erhobenem Kopf – durch die pikanten Gewässer der europäischen Kunstszene. Wer immer diesen talentierten Chinesen unter Vertrag genommen hatte, konnte sich auf die Schulter klopfen und entspannt dabei zusehen, wie die kunsthungrige High Society von London, Paris oder Madrid ihn hochleben ließ.

Chloe musste lächeln, als sie sich die maßlose Enttäuschung ihrer Freundin Amber in Erinnerung rief, sobald sie den Chinesen zu Gesicht bekommen hatte. Der kleine Asiate entsprach so gar nicht ihrer Vorstellung von einem romantischen Liebhaber. Der Gute war schon weit in den Vierzigern und für einen Mann recht zierlich gebaut. Ernüchtert, hatte sich ihre liebeshungrige Freundin ein anderes Opfer gesucht und war mit einem knackigen Kunststudenten verschwunden. Beth hingegen war schon vor über einer Stunde abgetaucht und seitdem wie vom Erdboden verschluckt. Chloe hatte nicht den Hauch einer Ahnung, wo sie gerade steckte.

So schnöde alleingelassen, vertrieb sie sich die Zeit, indem sie die anwesenden Männer begutachtete, nur um frustriert festzustellen, dass keiner sie auch nur ansatzweise reizte.

Adieu One-Night-Stand …

Offenbar war es ihr einfach nicht vergönnt, einen heißen Kerl für gewisse Stunden zu finden. Es war zum Mäusemelken, dabei verspürte sie schon seit etlichen Tagen ein unerträglich kitzelndes Kribbeln im Unterleib, das sich auch vom unermüdlichen Einsatz ihrer Finger nicht eindämmen ließ. Es kam ihr so vor, als hätte die Nachricht von der bevorstehenden Hochzeit ihrer Mutter etwas in ihr freigesetzt, das sie nicht kontrollieren konnte. Was sie dringend brauchte, war die Berührung eines Mannes. Eine warme Hand, die sich tastend den Weg unter ihren Rock bahnte, ihn hochschob und mit einer einzigen herrischen Bewegung ihre feuchtwarmen Schenkel teilte …

Als ihr klar wurde, in welche Richtung ihre Gedanken gerade abschweiften, versuchte sie, sich ein wenig zusammenzureißen, um sich nicht in aller Öffentlichkeit zu blamieren.

So bewegte sie sich ziellos weiter, starrte auf unzählige gut frisierte Köpfe, auf Münder, die sich bewegten, die lachten oder verführerische Worte für ihr Gegenüber formten. Leise Musik begleitete diese illusorische Szenerie aus vorgetäuschtem Kunstverstand und harmonischem Miteinander, während hintenrum wie immer gelästert wurde. Sie konnte dieses falsche Getue kaum noch ertragen und wollte raus hier. Unbeachtet schlüpfte sie durch eine der Flügeltüren und fand sich mutterseelenallein in einem langen Flur wieder. Soweit Chloe informiert war, handelte es sich bei den Besitzern des Hauses um einen entfernten Zweig der Linie von Jane Seymour, der dritten von sechs Ehefrauen König Heinrichs des Achten. Es reizte sie ungemein, ein Gebäude zu erforschen, das allein durch die überstandenen Zeitepochen seine ganz eigene Geschichte erzählen konnte.

Neugierig sah sie den Flur entlang, in dem sie sich gerade befand. Der Boden war mit einem weinroten Teppichboden bedeckt, die Wände mit üppig geprägten Goldledertapeten überzogen, wie sie vor allem im 17. Jahrhundert üblich gewesen waren. Eine Ahnengalerie hing auf der rechten Seite und zeigte die in Gold gerahmten Gesichter der schon lange verstorbenen Seymours. Sie wurden zu Lebzeiten prachtvoll gewandet auf Leinwand gebannt, damit sie auch den nachfolgenden Generationen in Erinnerung blieben.

Chloe war beeindruckt, als sie die in Öl verewigten Adeligen der Reihe nach betrachtete, die mit ihren starren Augen hochnäsig auf sie hinuntersahen, und fühlte eine gewisse Demut in sich aufsteigen, während sie ganz langsam einen Fuß vor den anderen setzte und schließlich am Ende des Ganges stehen blieb. Eine geschlossene Tür versperrte den Weg.

Jetzt wäre der passende Zeitpunkt gewesen, um sich auf dem Absatz umzudrehen und wieder zurück zu den anderen Gästen zu gehen, doch anstatt diesem durchaus vernünftigen Impuls zu folgen, drückte sie wie von einem fremden Willen gesteuert die Klinke herunter und fand sich in einem dunklen Raum wieder. Er wurde vom einfallenden Licht des Mondes und einer direkt vor dem Fenster stehenden Laterne so ausreichend erhellt, dass eine zusätzliche Beleuchtung gar nicht notwendig wurde. Also verzichtete sie darauf, das Licht einzuschalten, und ging ein paar Schritte, bis sie mitten in einem hellen Lichtkreis stand, der von draußen auf den Boden geworfen wurde. Träge drehte sie sich um die eigene Achse und erkundete die visuellen Eigenheiten ihrer Umgebung.

Ganz offensichtlich handelte es sich hier um einen unbewohnten Teil des Hauses. Sämtliche Möbel waren mit weißen Tüchern verhängt, um sie gegen den lästigen Staub zu schützen. Sie wirkten auf Chloe wie einsame Statisten in einem Stummfilm, schweigsame Gestalten in einer surreal anmutenden Atmosphäre. Es war totenstill. Alles, was sie hören konnte, waren ihre Schritte und das knarrende Ächzen von Holz, sobald sie das Gewicht verlagerte. Sie unterdrückte die Enttäuschung und seufzte, da es hier nichts Besonderes zu sehen gab. Was hatte sie eigentlich erwartet? Etwa einen verwunschenen Prinzen, der schlummernd auf einer Chaiselongue ruhte und darauf wartete, von einer tapferen Prinzessin vom Fluch des hundertjährigen Schlafes erlöst zu werden? Sie war schon drauf und dran, den Raum schleunigst zu verlassen, als etwas in der Ecke, nahe beim Fenster, ihre Aufmerksamkeit erregte.

Leicht erhöht auf einem Absatz stand eine Statue. Das Laternenlicht von außen erhellte die bleichen Konturen der Figur, und Chloe wunderte sich, dass sie das Kunstwerk jetzt erst bemerkte. Sie trat neugierig näher heran, bis sie nur eine Armeslänge davon entfernt zum Stillstand kam. Mit leicht geneigtem Kopf betrachtete sie die liebevoll geschliffenen Körperlinien, die einen eindeutig weiblichen Körper formten. Ihre Finger zuckten, weil sie gerne herausgefunden hätte, ob sich dieser kalte Stein unter ihren Händen erwärmen könnte.

Irgendetwas Merkwürdiges geschah mit ihr, während ihre Augen über die Skulptur hinwegflogen. Ob es an den drei Gläsern Champagner lag, die sie innerhalb kürzester Zeit hinuntergestürzt hatte, oder an der ständig schwelenden Erregung, die sie seit einigen Tagen nicht mehr loslassen wollte, wusste sie nicht. Doch beim Anblick dieses aus Stein gehauenen Weibes ballte sich in ihrem Bauch eine gewaltige Hitze zusammen. Chloes Augen verschlangen die vollen Brüste, sie fühlte eine prickelnde Unruhe in sich anwachsen. Obwohl sie nicht auf Frauen stand, spürte sie beim Anblick dieser sinnlichen Formen ein unleugbares Aufbäumen von Lust in ihrem Körper. Sie wollte diese starren Erhebungen mit ihren Händen umspannen, sie streicheln. Ihre rechte Hand entwickelte ein Eigenleben und hob sich. Schon lagen ihre Fingerspitzen leicht auf dem hellen Untergrund, strichen neugierig darüber hinweg, doch bevor sie die steinerne Rundung ganz umfassen konnte, ertönte in ihrem Rücken eine verärgerte Männerstimme.

»Was machen Sie da?«

Mit einem erstickten Keuchen drehte sie sich um, unendlich peinlich berührt, weil man sie dabei erwischt hatte, wie sie einen toten Gegenstand betatschte. Zuerst konnte sie nicht viel erkennen, denn das Licht erhellte nur den hinteren Teil des Zimmers, in dem sie stand. Er selbst blieb im Schatten, und alles, was sie wahrnehmen konnte, waren die Umrisse eines hochgewachsenen Männerkörpers.

Betreten versuchte sie, einen vernünftigen Satz herauszubekommen, doch anstatt einer plausiblen Begründung für ihre Anwesenheit hier brachte sie lediglich ein peinliches Stammeln zustande: »Ich … also …«

Sie brach ab, ehe ihr wirres Gestotter noch schlimmere Ausmaße annehmen konnte, und empfand eine gewisse Hilflosigkeit, weil der Fremde keinerlei Anstalten machte, näher zu kommen. Seine Identität blieb weiterhin ein Mysterium, doch statt der Angst, die sie eigentlich hätte empfinden müssen, verspürte sie nur ein angenehmes Flattern in der Magengegend.

»Wer sind Sie, und wie kommen Sie hier herein?«

Sein Tonfall blieb schneidend. Er war ganz offensichtlich wenig begeistert von ihrer Anwesenheit.

»Nun ja, durch die Tür, nehme ich an«, meinte sie. »Ich …«

Ihr Versuch, witzig zu sein, scheiterte schon beim ersten Anlauf, denn er schnitt ihr einfach das Wort ab.

»Ihnen ist wohl nicht klar, dass dieser Teil des Hauses für die Öffentlichkeit nicht zugänglich ist.«

Oh, er war böse … doch obwohl er sich ziemlich ruppig

gab, hatte allein schon das Timbre seiner Stimme eine verheerende Wirkung auf sie. Rau, fast schon kratzig flossen die Worte aus seinem Mund. Ein verräterisches Klopfen in ihrer Mitte setzte ein und wurde stetig heftiger, lauter. Ihr Körper schrie nach ihm. Lieber Himmel, sie musste sich wirklich unter Kontrolle bekommen, bevor das hier ausartete.

»Gnädigste.« Sein Ton war unendlich blasiert. »Ich will Ihnen nicht zu nahe treten, aber es ist nicht sonderlich höflich, sich in vornehmes Schweigen zu hüllen, wenn man Ihnen eine Frage stellt.«

Chloe wünschte sich verzweifelt ein Loch, in das sie sich verkriechen konnte, als sie die beißend formulierten Worte hörte. Sie beschloss, alles auf eine Karte zu setzen und zu lügen.

»Ich habe mich verlaufen und bin zufällig hier gelandet. In diesem Haus gibt es so viele Türen, ich habe schlicht und ergreifend die Orientierung verloren.«

Sie schaffte es irgendwie, zu lachen, obgleich es sich schrecklich gekünstelt anhörte, und versuchte gleichzeitig, den alkoholgeschwängerten Nebel, in dem sich ihr gesunder Menschenverstand verirrt hatte, wieder halbwegs zu klären. Der Mann im Dunkeln lachte heiser. Es klang aufregend. Dieser Ton, dieser gutturale Laut, der tief in seiner Kehle ruhte und sich nun den Weg in die Freiheit bahnte, schien eine geheime Verbindung zu ihrem Schoß zu knüpfen, denn das kleine Knöspchen unter ihrem Slip – dieses unartige kleine Luder – fing an, nur noch zorniger zu pulsieren, drängte auf Erlösung und tränkte die Seide ihres Slips mit Feuchtigkeit. Konnte man an unerfüllter sexueller Lust sterben, fragte sie sich leicht hysterisch?

Chloe war vollkommen erschlagen von dieser Situation und rieb sachte die Schenkel aneinander.

»Reiß dich zusammen, Chloe«, mahnte sie sich. »Du kennst ihn gar nicht, weißt nicht mal, wie er aussieht!«

Plötzlich löste er sich aus dem Schatten und ging mit bedächtigen Schritten auf sie zu. Seine Schuhe verursachten ein dumpfes Geräusch bei jedem Auftreten, die Sohlen quietschen leise. Sie hielt den Atem an, erwartungsvoll und panisch zugleich.

Als er endlich vor ihr stand, gaben ihre Knie beinahe nach. Durch seine Körpergröße bedingt stand sein Gesicht direkt im Lichtstrahl der Laterne, so dass sie ihn nun klar und deutlich erkennen konnte. Ihr wurde das zweifelhafte Vergnügen zuteil, in die kältesten blauen Augen zu blicken, die sie jemals gesehen hatte. Kalt im Sinne des Farbtones, nicht des Ausdrucks wegen. Dieses mit silbrigem Eis durchsetzte Ozeanblau erinnerte sie an einen winterlichen Himmel, kurz bevor der erste Schnee fiel. Das halb belustigte, halb verärgerte Glitzern darin sprühte ihr unzählige graue Funken entgegen. Chloe fing sie mühelos auf und antwortete mit grünem Feuer, um die aufflammende Verlegenheit in sich zu löschen. Parallel zu ihrem rasenden Herzschlag beschleunigten sich ihre Atemzüge, sogar ihr dummer Magen überschlug sich, und sie befürchtete schon, dass sie ihm gleich ihr Abendessen vor die Füße kotzen könnte.

Waren das diese vielgerühmten Schmetterlinge im Bauch, die bei ihr gerade die Ausmaße der nationalen Streitkräfte annahmen?

Sein kritischer Blick, mit dem er sie von Kopf bis Fuß bedachte, ging ihr jedenfalls durch und durch, und sie konnte nicht aufhören, ihn anzustarren. Er war wirklich schön, allerdings kein androgyner Typ, wie sie gerade in Mode waren. Dieser Adonis gehörte zu den Männern, die lässig auf einem feurigen Hengst saßen und mit einer Marlboro im Mundwinkel dem Sonnenuntergang entgegenritten. Seine Haare waren blond und im Nacken zusammengebunden, wodurch die scharf geschnittenen Züge seines gutaussehenden Gesichts besonders hervorgehoben wurden. Er besaß enorm virile Konturen, die sie unglaublich ansprachen. Ein eckiges Kinn, eine gerade Nase, einen verwirrend sinnlichen Mund. Die untere Lippe war voller als die obere. Chloe wollte sie am liebsten zwischen die Zähne ziehen, sie beißen, sie lecken, an ihr saugen …

»Hat es Ihnen die Sprache verschlagen, oder haben Sie ihre Zunge verschluckt?«, zog er sie auf.

Sie spürte, wie Hitze ihre Wangen hochkroch und ein zartes Brennen auf der Oberfläche hinterließ. Der Kerl war wirklich gnadenlos und zerstückelte ihr Selbstbewusstsein gerade in hauchdünne Scheibchen. Statt ihn weiter mit Lügen zu provozieren, wollte sie es zur Abwechslung mal mit der Wahrheit probieren.

»Sie haben recht, ich befinde mich unbefugt hier und bin mir dessen auch vollkommen bewusst. Wenn Sie möchten, werde ich das Anwesen umgehend verlassen.«

Dieser so resolut hervorgebrachte Satz ließ Ryan lächeln. Er starrte in zwei faszinierende Jadeaugen, die man in ihrem Fall wirklich als den Spiegel der Seele bezeichnen konnte. Alles konnte er in ihnen lesen. Scham, Verlegenheit. Sie war entzückend und – er gestand es sich ungern ein – ungemein aufreizend.

Die Erinnerung an ihre weichen Hände auf dem harten Marmor pumpte Unmengen Blut in sein schlaffes Glied und sorgte dafür, dass es sich in Sekundenschnelle aufrichtete. Das schürte sein schlechtes Gewissen, weil diese Härte nicht für Leanne pochte, sondern für diese Fremde. Sie hatte den Stein berührt, als wollte sie ihn zum Leben erwecken, doch alles, was sie damit ziemlich effektiv belebt hatte, war das Biest in seiner Hose, das brüllend danach verlangte, befreit zu werden, um dieser Frau zu zeigen, dass auch er hart genug war, um ihre Lust zu befriedigen.

»Sie müssen nicht gehen«, hörte er sich mit rauer Stimme sagen. Ein riesiger Fehler, der ihm eine Menge Ärger einbringen konnte, doch er wollte diese Begegnung noch nicht beenden, so riskant das auch sein mochte. Er war gegen seinen Willen vollkommen fasziniert von ihr. Dieser Mischung aus süßer Kindfrau und verführerischer Sirene konnte er sich nicht entziehen.

Jetzt zog sie den Kopf nach hinten und sah mit leicht geöffneten Lippen zu ihm hoch, als läge in seinem Gesicht die Weisheit der ganzen Welt verborgen. Er fühlte sich stark, mächtig, überlegen. Ryan nahm sie genauer in Augenschein, besah sich jede fein konturierte Linie ihrer Gesichtszüge. Er fand sie unglaublich hübsch, obwohl sie nicht mit der atemberaubenden Schönheit von Leanne mithalten konnte. Doch welche Frau konnte das schon.

Dafür besaß dieses hinreißende Geschöpf unglaublich weich aussehende Lippen, die alles und nichts versprachen. Süß, voll und so zart, dass selbst die samtigen Blätter einer Rose wie raue Baumrinden dagegen wirken mussten. Er versuchte, nicht daran zu denken, wie sie sich um seinen Schwanz stülpten, um lustvoll an ihm zu saugen. Stattdessen beschwor er angestrengt Leannes Gesicht herauf, damit er nicht in Versuchung geriet, eine bodenlose Dummheit zu begehen. Seit er mit ihr zusammen war, lebte er monogam. Ein absolutes Novum für ihn. Körperliche Treue war ihm bisher immer sinnlos erschienen. Warum sich etwas versagen, warum zurückstecken, wenn doch so viele Frauen herumliefen, die es verdienten, geliebt und verwöhnt zu werden?

Ryan hatte sich immer genommen, was er begehrte,

rücksichtslos und in Ermangelung von störenden Gewissensbissen, wenn dabei die Gefühle der jeweiligen Frau auf der Strecke blieben. Die Beziehung mit Leanne hatte seine Einstellung in diesen Dingen grundlegend verändert. Er war ihr treu gewesen, all die Monate, doch dieser entzückende Störenfried mit dem rötlich schimmernden Haar stellte seine Beständigkeit auf eine harte Probe.

Er schluckte heftig, während er weiterhin gebannt ihr Gesicht betrachtete. Ihr verhangener Blick klebte auf seinem, als sie auf einmal die Lippen teilte. Erst dachte er, sie wolle etwas sagen, doch sie atmete nur tief ein und ließ für ein paar Augenblicke ihre rosa Zungenspitze aufblitzen. Um ein Haar hätte er aufgestöhnt. Er hatte ein Faible für Zungen, genoss ihre süße Schlagkraft, wenn sie auf seine trafen. Unwillkürlich fragte er sich, wie sie wohl schmecken würde. Und als ob sie ihn absichtlich quälen wollte, indem sie ihm zeigte, welch exquisite Köstlichkeit ihm entging, schoss dieses vorwitzige kleine Ding heraus und fuhr einmal quer über ihre Unterlippe. Sein Blick wanderte zurück zu ihren Augen. Maßlose Aufregung packte ihn, als er die zurückhaltende Sinnlichkeit in ihnen lesen konnte.

Er atmete tief ein, um zur Ruhe zu kommen, doch es wurde dadurch nur noch schlimmer. Die Luft war geschwängert mit dem Duft ihres Parfums. Blumiges Jasmin in der Herznote, Bourbon-Vanille und Sandelholz im Abgang. Er fühlte sich trunkener von ihrem Duft als vom Alkohol, der heute durch seine Kehle geflossen war. Dazu dieser unschuldig provokante Blick, der ihm unbewusst den besten Sex seines Lebens versprach. Ihre Augenbrauen zuckten ein wenig. Die Härchen wiesen eine ähnliche Tönung auf wie ihr Haupthaar, waren fein gezeichnet und verliefen in einem zarten Bogen über ihren Lidern. Um ihre Nase herum glitzerten vereinzelt ein paar Sommersprossen im Licht des Mondes. Sie besaß ein Gesicht, das einen an verwunschene Märchengärten, an Kobolde und an Feen denken ließ. Lieblich. Das war wohl das passendste Adjektiv, um sie zu beschreiben.

Mühsam kappte er den Augenkontakt, stattdessen starrte er erneut auf diesen Mund. Er wollte sie küssen. Verdammt. Ryan kämpfte verbissen um Beherrschung, schaffte es aber nicht, das drängende Verlangen nach ihr auszuschalten. Überfordert wandte er den Blick ab, denn er konnte sie nicht ansehen, ohne den Wunsch zu verspüren, ihr diesen Fummel über die Schenkel nach oben zu ziehen, um sie dann, gegen die nächstgelegene Wand gelehnt, im Stehen zu ficken. Er wünschte sich verzweifelt etwas von der Standhaftigkeit seines prüden Bruders herbei, der sicher die Kraft besessen hätte, diesem heißen kleinen Schätzchen zu widerstehen. Plötzlich durchbrach sie die lastende Stille, die nun schon seit mehreren Sekunden zwischen ihnen herrschte.

»Hören Sie …«

Sie stockte kurz, leckte sich noch mal glättend über diesen gottverdammten Mund und trieb ihn damit fast in die Raserei.

»Ich wollte Ihnen wirklich keinen Ärger bereiten. Ich nehme an, Sie sind der Besitzer dieses Hauses, und Sie haben jedes Recht, sauer auf mich zu sein. Ich kann Ihnen noch nicht mal sagen, was ich hier wollte. Eigentlich war ich schon auf halbem Weg hinaus, als ich diese Statue entdeckt habe. Ich wollte sie wirklich nur ganz kurz anschauen, und dann konnte ich mich einfach nicht von ihrem Anblick losreißen.«

Ein wenig verlegen, hob sie die schmalen Schultern, eine entschuldigende Geste, die seltsam anrührend wirkte. Ryan war nicht mehr imstande, ihr böse zu sein. Um überhaupt etwas zu sagen und die geladene Stimmung ein wenig zu entschärfen, lenkte er das Gespräch auf die Figur.

»Die Statue, die sie nicht zu Unrecht bewundert haben, stellt Helena von Troja dar.«

Keine Sekunde ließ er die Augen von ihr, während sie sich erneut der Figur zuwandte. Ryan ballte die Hände, weil ihn der Anblick ihres Profils verrückt machte. Es zeigte die zarte Linie ihres Kinns, die weiche Wange, Augen, gesäumt von langen Wimpern, die ihre Schatten auf die zarte Haut ihres blassen Gesichts warfen. Er wollte all das mit seinen Lippen nachfahren, die sanften Konturen erforschen und herausfinden, ob die sahnige Haut wirklich so gut schmeckte, wie sie aussah.

»Wer hat sie erschaffen?«, wollte sie wissen, während er ein vorfreudiges Kitzeln auf dem Gaumen verspürte.

Er räusperte sich vernehmlich, damit er überhaupt einen vernünftigen Ton herausbrachte.

»Ein ehemaliger Studienkollege, der leider vor ein paar Jahren bei einem Unfall ums Leben kam.« Er hatte Mühe, seine Tonlage zu kontrollieren. Sein Hals schnürte sich zu, fühlte sich ganz rau und kratzig an. Leise hüstelnd entstaubte er seine Stimmbänder, ehe er seine Erklärungen weiterführte.

»Er war Künstler, unglaublich talentiert. Charles war und ist ein unglaublicher Verlust für die Kunstwelt und hätte sie im Sturm erobert, wäre er nicht so früh verstorben.«

Ryan hielt wehmütig inne, als sein Gedächtnis das Gesicht seines Freundes heraufbeschwor. Er fühlte auch nach so vielen Jahren Bedauern über Charlies viel zu frühen Tod, doch wenigstens hatte er etwas Bleibendes von ihm zurückbehalten. Die Statue der schönen Helena. Sie war viel mehr als nur ein kaltes Stück Stein. Sie war das Monument einer Freundschaft, die selbst über den Tod hinaus Bestand hatte, denn er würde Charlie niemals vergessen.

»Dieses Kunstwerk bedeutet Ihnen viel, nicht wahr?«, stellte sie fest.

Ruhig und klar ruhten ihre Augen auf seinem Gesicht. Ryan lächelte schwach und verscheuchte die gleichermaßen fröhlichen und traurigen Erinnerungen, die er mit der Statue verband.

»Das stimmt, es ist das einzige Stück in meiner Sammlung, das ich für kein Geld der Welt verkaufen würde«, bestätigte er nach kurzem Zögern und fügte etwas kühler hinzu: »Deswegen sehe ich es gar nicht gern, wenn sie von Fremden betatscht wird.«

Sie senkte verlegen den Blick, ehe sie mit zitternden Lippen wieder zu ihm aufsah. Am liebsten hätte er diesen Mund mit seinem bedeckt, um das Beben mit einem heißen Kuss zu ersticken. Er konnte spüren, wie ihm immer mehr die Kontrolle über diese Situation entglitt.

»Wollen Sie meine Helena immer noch anfassen?«, fragte er und ignorierte das Brüllen seines Gewissens, weil er sich mit dieser Frage auf gefährliches Terrain begab. Er folgte einem Instinkt, der jede Vernunft überlagerte.

Sie sah ihn jetzt direkt an, blinzelte mehrfach, weil sie sich offensichtlich überrumpelt fühlte.

»Ich ... also ... wie kommen Sie darauf?«, entrüstete sie sich.

»Vielleicht, weil Sie Ihre Finger an ihrer Brust hatten, als ich den Raum betreten habe?«

Ihre Lippen bewegten sich lautlos, ihr Gesicht wurde in tiefes Rot getaucht. Bezaubert von diesem Anblick, schloss er den Abstand zwischen ihnen, bis er kaum zwei Handbreit von ihr entfernt war. Der Duft nach Jasmin wurde stärker, er mischte sich mit dem ihrer Haut. Eine stimulierende Note. Es roch nach Sex und nach Hemmungslosigkeit, und seine übersprudelnde Phantasie präsentierte ihm sündige Bilder, die ihn gnadenlos anheizten. Er und sie, nackt und schlüpfrig von stundenlangen Liebesspielen, zerwühlte Bettlaken, die kaum ihre Blöße bedeckten. Sie lag auf dem Bauch, das frühe Licht des Morgens zeichnete helle Muster auf ihre Haut.

»Möchten Sie nicht beenden, was Sie vorhin angefangen haben? Ich würde gerne dabei zusehen, wie Sie meine Helena berühren«, wisperte er heiser. Ihre Augen flogen nach oben. Bestürzung lag in ihrem Blick, aber auch eine Spur von Neugier.

Ryan schickte sein schlechtes Gewissen zum Teufel und verbannte Leannes vorwurfsvolles Gesicht, als er nach unten griff und die kleine Hand in seine nahm. Ihr Protest war zu schwach, um ihn aufzuhalten. Behutsam drehte er ihre zarten Finger und legte ihre Handfläche auf der steinernen Hüfte der Skulptur ab.

Chloe fühlte sich wie gelähmt und konnte sich nicht vom Fleck rühren. Dabei hätte sie die Hand unter seiner einfach wegreißen sollen, um diesem unverschämten Kerl für sein dreistes Verhalten eine Ohrfeige zu verpassen. Stattdessen ließ sie zu, dass er ihren Handteller auf den kalten Untergrund presste. Scharf sog sie die Luft in ihre Lungen, ihr wurde schwindelig von seiner Nähe, von der Kälte unter ihren Fingerspitzen und der ganzen unwirklich erscheinenden Situation. Die Erregung, die sie nun schon seit Tagen plagte, steuerte ungebremst auf den finalen Höhepunkt zu, als er dicht an ihren Rücken heranrückte. Er war ganz nah und presste seinen Körper in geradezu unanständiger Weise an ihren. Sie fühlte heiße Muskeln, berauschende Hitze. Sein männlicher Duft verwirrte sie. Würzig und ursprünglich, umschmeichelte er ihre Sinne, die sich verzweifelt darum bemühten, noch mehr von diesem herrlichen Bouquet aus Mann und Aftershave zu erhaschen. Ihr Kopf fiel kraftlos nach hinten, ihr Mund öffnete sich wie die Knospe einer aufgehenden Orchidee.

»Fass sie an!«, befahl er ihr. Der Ton war kompromisslos, seine Worte ein eindeutiger Befehl und keineswegs eine Bitte. Heftig schüttelte sie den Kopf, was ihn nicht daran hinderte, ihre bebenden Finger über die glatte Ebene zu führen.

»Spürst du, wie seidig sich ein Stein anfühlen kann?«

Sie konnte nicht antworten, der Schwindel nahm zu. Was hatte er nur mit ihr vor?

Egal, was seine Beweggründe waren, ihrem Körper waren sie gleich. Ihr Schoß verglühte förmlich unter dem Einfluss seiner leidenschaftlich klingenden Stimme, das kleine Nervenbündel zwischen ihren Schenkeln trommelte wie verrückt, bis sie ein Stöhnen ausstieß, das er mit einem leidenschaftlichen Ächzen beantwortete.

»Du kannst es fühlen, nicht wahr?«

Er klang drängend.

»Nein, lass mich«, antwortete sie mühsam, während sie sich so heftig auf die Lippen biss, dass sie ihr eigenes Blut schmecken konnte. »Bitte …«

Seine Hand auf ihrer tauchte sie in einen wohligen See aus Hitze, während er sie zielgerichtet auf die Brust der Helena führte. Seine andere, bisher stützend auf ihrem Bauch, wanderte nach oben und umfasste nach einem Moment des Zögerns ihre linke Brust. Hilflos ließ sie es geschehen, dass dieser Mann einen süßen Kokon der Lust um sie spann. Nicht mehr lange, und die Frau in ihr würde wie ein Schmetterling erwachen, die seidigen Wände ihres Gefängnisses durchstoßen und einfach auf einer Woge der Lust davonflattern.

Diese erreichte ihren Zenit, als er sie mit einer leichten Drehung an das leicht ausgestellte Knie der Skulptur heranschob. Chloes Mitte befand sich genau in der richtigen Höhe, um sich im vorgegebenen Takt seiner Bewegungen daran zu reiben. Mit jedem treibenden Stoß seiner Hüften drückte er ihr Schambein dagegen, und der Druck auf ihr Geschlecht erhöhte sich.

Seine Hand hatte sich mittlerweile unter den Ausschnitt ihres Kleides gestohlen. Sie trug keinen BH, so dass sie seine spielenden Finger ungehindert auf ihrer Haut und ihrer steil aufgerichteten Brustwarze fühlen konnte. Der Druck seiner Hüften wurde intensiver, was ein süßes Schwindelgefühl zur Folge hatte. Sie war wie berauscht. Er war es, der den Rhythmus bestimmte, die Geschwindigkeit, während sie einfach seinem Willen folgte. Mit zermürbender Regelmäßigkeit presste er sie gegen das starre Ding, bis sie glaubte, sich in ihre Bestandteile aufzulösen. Noch nie in ihrem bisherigen Leben war sie dermaßen erregt gewesen.

»Oh Gott, fass mich richtig an!«

Ohne Hemmungen versuchte sie, seine Finger tiefer zu schieben, hinunter zu ihrer sehnsüchtig wartenden Weiblichkeit. Sie wollte von ihm gestreichelt werden, dort, wo sie es am meisten brauchte, seine Finger sollten sich tief in ihre wartende Wärme bohren und sie nur verlassen, um danach erneut einzudringen. Er lachte heiser und war offensichtlich entzückt über ihre Ungeduld. Dieses Lachen glich einem hauchfeinen Streicheln und wanderte liebkosend über die empfindliche Haut ihres Dekolletés. Eine nicht mehr einzudämmende Welle an heißkalten Schauern überschwemmte sie von Kopf bis Fuß. Chloe tastete zwischen ihre dicht aneinandergedrängten Körper und fasste nach dem harten Stück Fleisch, das sich so aufreizend an ihren Hintern schmiegte. Schamlos begann sie, ihn zu massieren und stellte schnell fest, wie wohlwollend die Natur ihn bestückt hatte. Sie drückte fester, bekam das kleine Zäpfchen an seinem Reißverschluss zu fassen und wollte es nach unten ziehen. Sofort schob er die Hüften ein wenig zurück, um sie daran zu hindern.

»Hey, nicht so eilig, Prinzessin.«

Er hörte sich erstaunt an, als hätte er nie und nimmer damit gerechnet, dass sie so offensiv ihren Begierden nachgab. Was erwartete er denn, wenn er sie so mir nichts, dir nichts in einen erotischen Wahnsinn hineintrieb, aus dem sie sich aus eigener Kraft nicht mehr befreien konnte? Seine nächste Bemerkung holte sie jedoch äußerst effektiv aus ihrem sexuellen Rauschzustand.

»Ich hätte nicht gedacht, dass du derartig schnell die Kontrolle über dich verlierst.«

Chloe schluckte hart, sobald ihr die Arroganz dieser Aussage bewusst wurde, und ging beinahe unter in der Welle heißer Scham, die sich über ihr aufbaute und sie dann unter sich begrub. Dieser Kerl machte sich lustig über sie!

Das war ernüchternd. So sehr, dass ihr gesunder Menschenverstand zurückkehrte.

»Lass mich augenblicklich los, sonst kannst du was erleben!«, forderte sie energisch.

Ein letzter Rest an Anstand katapultierte seinen im Sexrausch versunkenen Geist wieder zurück in die Realität. Ryan atmete in bewusst langsamen Schüben ein, als er behutsam die Hände von ihrem Körper nahm und einen Schritt zurücktrat. Kaum verlor er den Kontakt zu ihr, drehte sie sich um und sah ihn lange an. Wortlos und sichtlich verwirrt. Er glaubte auch, eine Spur von Wut auf ihren Zügen ablesen zu können. Gerade als er sich fragte, wann ihr entrüstetes Donnerwetter auf ihn niedergehen würde, fing sie an zu sprechen.

»Sag mir, wer du bist?«, forderte sie herrisch.

Mehr kam nicht, nur diese eine Frage, die Ryan in einen ziemlichen Gewissenskonflikt stürzte. Der Austausch von Namen war nicht frei von einer gewissen Intimität, es bestand die Möglichkeit eines Wiedersehens, und sosehr er sie auch begehrte, so war eine weitere Begegnung mit ihr das Allerletzte, was er wollte. Die Gefahr, ihren Reizen endgültig zu erliegen, war einfach zu groß. Das konnte er Leanne nicht antun.

»Ich glaube, es wäre besser, wenn wir Fremde füreinander bleiben«, meinte er gedehnt.

Sie lachte, keineswegs belustigt, sondern ungläubig.

»Deinen Namen zu erfahren bedeutet keineswegs, dich zu kennen«, hielt sie ihm vor. »Was hast du zu verbergen, dass du anonym bleiben willst? Bist du etwa verheiratet und hast einen Stall voll Kinder?«

Sofort sah er wieder Leannes Gesicht vor sich, und Ryan versank knietief in Schuldgefühlen. Es hätte wirklich nicht viel gefehlt und er hätte sie betrogen. Mit einer Frau, die wahrscheinlich nur halb so alt war wie sie selbst. Entschlossen, sein Verhalten wiedergutzumachen, straffte er die Schultern und warf ihr einen möglichst kühlen Blick zu.

»Wenn es so wäre, dann kannst du nur froh sein, dass ich aufgehört habe, bevor ich deinen Rock hochgeschoben und dir das Hirn aus dem Leib gevögelt habe.«

Sie schnaubte angesichts seiner vulgären Anmerkung. Er stellte fest, dass sie ihre winzigen Hände zu wütenden Fäusten ballte, und hätte beinahe gelächelt, wäre er nicht so angespannt gewesen. Glaubte sie etwa, ihm damit wehtun zu können? Lächerlich.

»Wenn ich tatsächlich noch Hirn in meinem Kopf hätte, dann wäre ich schreiend davongelaufen, nachdem du diesen Raum betreten hast«, zischte sie ihm aufgebracht zu und warf die Haare nach hinten. Der Anblick war hinreißend, weiblich bis zur Unerträglichkeit. Doch sie zerstörte den Anschein von Sanftmut und gebärdete sich wie eine Wildkatze.

»Mir ist wirklich nie ein Mann begegnet, der sich einer Frau so schamlos genähert hat wie du. Und jetzt entschuldige mich bitte. Ich will diesen schrecklichen Abend nur noch vergessen und werde jetzt nach Hause fahren. Du erlaubst?«

Sie drängte sich an ihm vorbei und marschierte mit einer aufrecht stolzen Haltung auf die Türe zu, die selbst Napoleon zu Lebzeiten Respekt abgerungen hätte. Ryan sah ihr bedauernd nach. Er hatte sie mit seiner Weigerung, seinen Namen zu verraten, zweifelsohne gekränkt, aber unter den momentanen Umständen war es das Beste, diesem Erlebnis so wenig Bedeutung wie möglich beizumessen. In wenigen Monaten würde er vor den Altar treten und Leanne Carter zu seiner Frau machen. Da konnte er keine Komplikationen gebrauchen, auch wenn sie in noch so verführerischer Verpackung daherkamen.

Kapitel 4

Die Penthouse-Wohnung ihrer Mutter lag am Rande von Greenwich und war mit der U-Bahn und anschließend wenigen Minuten Fußweg bequem zu erreichen. Chloe nutzte ungern ihren alten Mini, um ihre Mutter zu besuchen, denn es war schlichtweg unmöglich, einen Parkplatz in der Nähe zu ergattern. Also sparte sie sich die lästige Suche, indem sie auf öffentliche Verkehrsmittel auswich.

Statt Vorfreude auf diesen Abend verspürte sie einen unangenehmen Druck in der Magengegend, sobald sich die Türen des Aufzugs vor ihr zusammenschoben. Eine ungute Vorahnung beschlich sie, was den bevorstehenden Verlauf des Abends anbelangte, ohne dass sie hätte sagen können, warum. Dann schüttelte sie den Kopf über sich selbst. Sie musste wirklich aufhören, immer so viel zu grübeln, und schob das mentale Unwohlsein einfach auf den Umstand, dass sie sich nun mal grundsätzlich fehl am Platz fühlte, sobald sie die Wohnung ihrer Mutter betrat. Während Chloes vier Wände dem normalen Durchschnitt eines regelmäßig arbeitenden Menschen entsprachen, erstrahlten Leannes Privaträume in luxuriösem Glanz, der ihren dekadenten Lebensstil widerspiegelte. Alles war supermodern geschnitten, klare Linien, sehr hell und offen. Dennoch verfügte das weitläufige Apartment über eine zeitlose Eleganz, die Leanne ganz und gar einer talentierten Innenausstatterin zu verdanken hatte. Doch es waren nicht die geschmackvoll ausgesuchten Möbel, die den Wohnsitz so besonders machten, sondern vielmehr die phänomenale Aussicht auf die träge dahinfließende Themse.

Chloe war jedoch zu angespannt, um sich auf den Ausblick zu freuen, den Leannes traumhafte Dachterrasse zu bieten hatte, und wanderte wie ein gereizter Tiger im Lift hin und her. Tatsächlich hätte sie ohne mit der Wimper zu zucken einen staubtrockenen Dia-Vortrag über den letzten Urlaub ihrer Nachbarin vorgezogen, anstatt sich in die bevorstehende Begegnung mit ihrem zukünftigen *Daddy* zu stürzen.

Unruhig klopfte sie mit dem Absatz ihrer hochhackigen Pumps auf dem Fahrstuhlboden herum und lauschte dem typischen Gedudel, das in dezenter Lautstärke aus den oben angebrachten Lautsprechern schallte. Ihr Blick fiel auf den grellroten Stoppknopf. Für eine Sekunde war sie versucht draufzudrücken, um diesem Abend vorzeitig zu beenden, verwarf den Gedanken aber sofort wieder. Sie würde ohnehin nicht drum herumkommen, ihrem künftigen Stiefvater irgendwann guten Tag zu sagen, also wartete sie darauf, dass der Aufzug sie endlich im obersten Stockwerk ausspuckte. Mit einem glockenhellen *Pling* hielt er an, die Türen fuhren surrend auseinander, und sie stieg aus.

»Vorhang auf für eine weitere Episode aus der Seifenoper ›Meine Mutter ist die Beste‹, murmelte Chloe sarkastisch und ging den Flur entlang. Er war mit einem hellen Teppich ausgelegt und dämpfte die Geräusche ihrer Absätze, während sie dem schicken Wohntempel ihrer Mutter immer näher kam. Als sie endlich vor der weißlackierten Wohnungstür stand, zögerte sie merklich und atmete ganz tief durch, ehe sie wie ein kleines Kind das Ohr an die Tür legte und lauschte.

Von innen war leise Musik zu hören. Blues, wenn sie ihre Ohren nicht völlig im Stich ließen. Ein wenig irritiert zog sie die Augenbrauen hoch, denn das war so gar nicht die Musikrichtung ihrer Mutter, die eher ein Fan von einschlägiger Popmusik war – Marke *Britain's Got Talent*. Auf einmal drang ein Kichern an ihr Ohr. Leanne. Gefolgt wurde dieser liebliche Ton von einem heiseren Männerlachen, das Chloe ein heftiges Kribbeln in ihren unteren Regionen bescherte. Verwirrt nahm sie das Ohr weg und blinzelte. Dieses Lachen, dieses heisere Raunen tief aus der Kehle, kam ihr außerordentlich bekannt vor. Sofort stieg das Bild des schönen Fremden von der Vernissage wieder vor ihrem geistigen Auge auf, und sie ärgerte sich fürchterlich über ihre Unfähigkeit, ihn zu vergessen.

Er war wie ein Geist, der sie überallhin verfolgte. Mehr als einmal hatte sie sich eingebildet, dass sein markantes Gesicht als Spiegelbild von diversen Schaufensterscheiben zurückgeworfen wurde, sobald ihr jemand über den Weg lief, der auch nur entfernte Ähnlichkeit mit ihm besaß. Bis sich der vermeintliche Casanova als ein x-beliebiger Passant herausstellte.

Ob es ihr in den Kram passte oder nicht, er hatte sie nachhaltig beeindruckt. Sie träumte fast jede Nacht von ihm, fühlte eine Sehnsucht, die in ihrer Intensität so lächerlich und unerfüllbar war, dass sie sich wohl in absehbarer Zeit einen Psychiater zulegen musste, sollte sie nicht endlich Vernunft annehmen. Trotzdem fragte sie sich, wer er war. Er hatte ihre Vermutung, er wäre der Besitzer des Landsitzes, weder verneint noch bestätigt. Andererseits gehörte die Statue dort ihm, was wohl eindeutig darauf hinwies, dass er irgendwie mit Seymour Manor zu tun hatte. Sie hatte jedoch ihrer Neugier zum Trotz bewusst darauf verzichtet, Informationen über ihn einzuholen. Chloe war sich sicher, dass das Internet einiges an persönlichen Details über den Besitzer von Seymour Manor ausgespuckt hätte, doch seine Weigerung, ihr seinen Namen zu verraten, hatte sie derart in ihrem Stolz verletzt, dass sie sich schlichtweg weigerte, sich weiter mit einem Mann zu beschäftigen, der sie offensichtlich nicht mehr wiedersehen wollte.

Chloes Handfläche landete mit einem kräftigen Schlag auf dem Klingelknopf, um ihre dummen und absolut nutzlosen Gedanken zu beenden. Geduldig wartete sie darauf, dass ihr geöffnet wurde, und es dauerte tatsächlich nur wenige Augenblicke, bis sie nach fast eineinhalb Monaten ihrer Mutter wieder gegenüberstand. Wie immer, wenn ihr Leannes äußerliche Perfektion vor Augen geführt wurde, fühlte sie sich wie erschlagen vom Anblick der perlengleich schimmernden Haut und dem irisierenden Leuchten ihrer meerblauen Augen. Es wunderte sie kein bisschen, dass sich die britischen Fernsehsender nach wie vor um sie rissen und sie, trotz des Überschreitens der magischen *Vierzig*, einen Film nach dem anderen drehte.

Ashley Dubois, wie sie sich öffentlich nannte, war eine ausnehmend exotische Erscheinung mit olivfarbenem Teint, nachtschwarzem Haar und ungewöhnlich leuchtenden Saphiraugen. Sie erinnerte ein wenig an die indischen Bollywood-Schönheiten, die eine Zeit lang so populär gewesen waren, oder an die junge Elizabeth Taylor. Der Vergleich reichte jedenfalls aus, damit sich Chloe in ihrer Gegenwart immer sehr farblos und langweilig vorkam. Zu ihrem Leidwesen schlug sie mehr nach ihrem irischen Vater, den sie lediglich von einer verblichenen Fotografie her kannte. Sie wusste nicht viel von ihm, nur das, was ihre Mutter ihr an spärlichen Informationen hatte zukommen lassen.

Teddy MacAvoy. Das war sein Name. Der junge Ire war Leannes erste große Liebe gewesen, doch nach wenigen Wochen des Zusammenseins hatte der leidenschaftliche Seemann auf einem Frachter angeheuert und war auf Nimmerwiedersehen davongefahren. Ihre Mutter war zu diesem Zeitpunkt gerade achtzehn Jahre alt und ohne einen Penny, dafür aber mit einem Kind im Bauch, zurückgeblieben. Er hingegen tauchte nicht mehr auf. Chloe war es stets schwergefallen, zu akzeptieren, dass sie ihm wohl niemals leibhaftig gegenüberstehen würde, weil sie gern einen Vater gehabt hätte, der die Gleichgültigkeit ihrer Mutter kompensierte. Mit den Jahren lernte sie jedoch, dankbar dafür zu sein, dass Leanne sie damals trotz der schwierigen Lage nicht in einem Heim unterbrachte. Sie hatte die Rolle der Mutter übernommen, so mies sie diese auch ausfüllte.

Chloe straffte die Schultern und hob den Kopf.

»Hallo, Mutter«, grüßte sie hölzern.

»Baby, endlich!«, rief Leanne ungewohnt überschwänglich aus und wedelte geschäftig mit den Armen. »Ich kann es kaum erwarten, dir Ryan vorzustellen. Er vergeht fast vor Neugier und will dich unbedingt kennenlernen.«

Darauf würde ich keine Wetten abschließen …

Sie spähte über Leannes Schulter hinweg in den Flur hinein in der Hoffnung, einen Blick auf den Wunderknaben zu erhaschen. Neugierig auf den Neuzugang im Leben ihrer Mutter war sie ja schon. Immerhin wollte Leanne den Burschen heiraten und war damit erst mal weg vom Londoner Häppchenmarkt, von dem sie immer so gern gekostet hatte. Chloe rang sich ein Lächeln ab und wartete darauf, dass sie endlich hereingelassen wurde. Als würde Leanne gerade bewusst werden, dass sie ihre Tochter wie einen lästigen Vertreter vor der Tür stehen ließ, trat sie zurück und ließ Chloe über die Schwelle treten.

Mit wiegenden Hüften schlenderte ihre Mutter über den edlen Parkettboden aus weiß geölter Eiche. Chloe folgte ihr. Die spitzen Absätze ihrer Riemchensandalen knallten wie Pistolenschüsse auf den Grund der langgezogenen Diele. Sie ging schneller, die Schüsse wurden zu Salven und verstummten, sobald sie die sperrangelweit geöffnete Flügeltür hinter sich ließ und sich mitten in einer durchgestylten Wohnlandschaft aus italienischen Designermöbeln wiederfand.

Weiß, einfach alles hier drin war auf den ersten Blick weiß. Um nicht in klinische Sterilität abzudriften, wurde die frostige Farbgebung im Raum durch einzelne wohlplatzierte Akzente aufgelockert. Gewollt wild zusammengesteckte lange Äste, knorrig und mit einigen dezent blühenden Kamelien dazwischen, ragten in jeder Ecke des Zimmers aus marokkanischen Bodenvasen heraus. Die Wände wurden von schreiend bunten Bildern geziert. Besonders hübsch nahm sich das handgeschnitzte Beistelltischchen aus golden schimmerndem Walnussholz aus, das neben der breiten weißen Ledercouch platziert war. All diese gegensätzlichen Betonungen im Raum setzten angenehme Kontraste, ohne die ruhige Atmosphäre zu zerstören.

Suchend wanderten ihre Augen durch das Zimmer, bis ihr Blick auf die beeindruckende Rückenansicht von Leannes Verlobtem traf. Er stand mit dem Gesicht nach vorn vor dem offenen Kamin und hielt ein Handy ans Ohr. Sie betrachtete den gut geformten Hinterkopf. Sein dunkelblondes Haar war länger als bei den Männern, mit denen sie sonst Umgang pflegte, und hinten zusammengefasst.

So wie bei ihm …

Chloe wurde der Mund trocken. Er erinnerte sie auf frappierende Weise an *ihren* Fremden. Ein leichter

Schwindel ließ Funken vor ihren Augen sprühen, doch sie fing sich in Windeseile, derweil er immer noch leise telefonierte. Ihr zukünftiger Stiefvater – sie konnte sich immer noch nicht mit dem Gedanken anfreunden – hatte bisher noch mit keiner Geste erkennen lassen, dass er den Eintritt der beiden Frauen bemerkt hatte, und widmete sich weiterhin seinem Gespräch.

Leanne achtete indessen nicht mehr auf sie und flog praktisch auf ihren Verlobten zu, das Gesicht von unverkennbarem Besitzerstolz gezeichnet und zu einem glückstrahlenden Lächeln verzogen. Chloe blieb diskret zurück und wartete. Ein unangenehm hohles Gefühl im Bauch überlagerte die irritierende Vertrautheit bei seinem Anblick. Es war nicht nur die Art, wie er sein Haar trug, die ihr merkwürdig bekannt vorkam, sondern auch seine gesamte Körperhaltung.

Der geschmeidig kraftvolle Wuchs seiner Gliedmaßen verriet eine sportliche Natur, die durch sein lässiges Outfit noch betont wurde. Kritisch beäugte sie ihn. Er war so zwanglos gekleidet, dass sie sich in ihrem eleganten taubengrauen Chiffonkleid mit dem weitschwingenden Rock total overdressed vorkam. Schließlich begutachtete sie den beeindruckenden Rest von ihm. Ihr Herz hüpfte wie ein außer Kontrolle geratener Pingpongball auf und ab, weil ihr viel zu gut gefiel, was er zu bieten hatte. Lange Beine, ein knackiger Hintern, der von dunkelblauem Jeansstoff umspannt wurde, und zur Abrundung ein weißes Longsleeve, das sich eng an die gerade Linie seines Rückens schmiegte. Unwillkürlich wünschte sie sich an die Stelle seines Oberteils und fühlte sich unglaublich schuldig deswegen. In dieser Sekunde drehte er sich leicht zur Seite, da Leannes laut klappernde Absätze ihr temperamentvolles Heranpreschen ankündigten. Begierig fasste er nach ihrer Hand, sobald sie in Reichweite war, und die Geste besaß etwas dermaßen Liebevolles, das Chloe der Mund trocken wurde. Vor Neid.

Irritiert von diesem Gefühl, versuchte sie, die beiden nicht allzu unverhohlen anzustarren, und wandte sich ab, um tief durchzuatmen. Ihr Blick fiel direkt auf die Schiebetür der Dachterrasse. Sie stand offen, und eine laue Sommerbrise blähte die hellen Vorhänge zu bauschigen Ballons auf. Trotz ihres Unbehagens schaffte sie es nicht, ihre natürliche Neugier zu unterdrücken, und linste erneut zum offensichtlich glücklich verliebten Paar. In dieser Sekunde war es schlagartig vorbei mit den Ausflüchten. Er hatte seinen langen Körper so gedreht, dass sie jede Linie und jede Regung in seinem Gesicht erkennen konnte. Ihr wurde schlecht, ihr Magen schien sich mehrfach zu überschlagen, und sein Gesicht verschwamm ihr vor den Augen, während völlig absurde Fluchtgedanken ihren gesunden Menschenverstand außer Kraft setzten.

Oh Gott …

Das *war* der schöne Fremde von der Vernissage. Definitiv. Ein Irrtum war ausgeschlossen.

Diese Erkenntnis schnürte ihr die Luftzufuhr ab, als würde jemand in ihren Thoraxbereich hineingreifen, die Finger zwischen Wirbelsäule und Brustbein schieben und ihre Lungen miteinander verknoten. Sie hatte Mühe, ausreichend Luft zu holen, jeder Atemzug verursachte einen stechenden Schmerz, der den vorherigen übertraf. Benommen spähte sie zu Leanne, die mit verklärtem Gesichtsausdruck an seinem Körper lehnte und darauf wartete, dass ihr Verlobter das Telefonat beendete. Er war ebenfalls ganz versunken in den Anblick ihrer Mutter, die ihn wie eine Närrin anhimmelte, während Chloe gerade tausend Tode starb, weil sie nur zu genau wusste, welche Wirkung er auf eine Frau haben konnte.

Dieser Abend hier, entwickelte sich zu einer Katastrophe. Ihre Mutter war im Begriff, in naher Zukunft einen Mann zu heiraten, den sie vor ein paar Tagen beinahe selbst vernascht hätte, wenn er nicht rechtzeitig einen Rückzieher gemacht hätte.

Wollen Sie meine Helena anfassen …

Genau das hatte er gesagt, nachdem sie die wunderschöne Statue so sehr bewundert hatte. Mit diesem schlichten Satz hatte er eine Lawine in Gang gesetzt, die Chloe voll und ganz unter sich begraben hatte. Betäubt vor Entsetzen, sah sie der Konfrontation mit ihm entgegen, während er seinen Blick langsam in ihre Richtung schickte, das Handy immer noch am Ohr und ein charmantes, wenn auch entschuldigendes Lächeln auf den Lippen, da er unhöflicherweise immer noch in das Ding hineinsprach. Doch dieses Lächeln erstarb exakt in der Sekunde, als er sie entdeckte. Ihre Blicke kollidierten, verfingen sich ineinander und sorgten für ein betäubendes Rauschen in ihren Ohren. Er stockte mitten im Satz, nur einen Wimpernschlag lang, ehe er das Gespräch mit den üblichen Abschiedsfloskeln zu Ende brachte, ohne sie aus den Augen zu lassen. Sein stahlblauer Blick saugte sich an ihr fest, erkennend, verwirrt, wütend. Eine halbe Ewigkeit verstrich, bis Leanne das unangenehme Schweigen durchbrach.

»Ryan, das ist meine Chloe«, erklärte sie und spielte die stolze Mutter. Chloe kannte sie jedoch zu gut, um auf diese Show hereinzufallen. Ihr Verhalten diente nur einem Zweck: Sie gab in der Öffentlichkeit die »Supermom«, um so zusätzliche Sympathiepunkte zu sammeln. Dieses Verhalten tat ihr von Herzen weh, wenngleich es nicht überraschend war, und so verdrängte sie die aufkeimende Enttäuschung und hielt weiter Blickkontakt mit ihm. Es war ihr einfach unmöglich, sich von diesen ozeanblauen Sturmaugen abzuwenden.

Sein sinnlicher Mund teilte sich ein wenig, eine leichter Hauch Rot überschattete die gebräunten Wangen mit dem goldblonden Dreitagebart. Der war neu, bei ihrer ersten Begegnung – Chloe kam es vor, als wären seitdem Jahre vergangen – war er glattrasiert gewesen. Diese Stoppeln machten ihn jedoch keineswegs unattraktiver, ganz im Gegenteil. Sie begann sich vorzustellen, wie diese raue Oberfläche über ihre Haut schabte, sie rötete, verletzte, nur um sie dann mit feuchten Küssen zu heilen ...

»Hallo, Chloe«, grüßte er leise. Diese harmlosen Worte flossen wie süßer Honig über seine Lippen, beruhigten ihre überreizten Sinne und linderten ein wenig die heiße Wut, die schwelend in ihr brodelte, weil sie sich schon wieder in erotischen Phantasien über ihn erging. Er streckte die Hand aus. Sie starrte auf diese schlanken Finger, die so kurz davor gestanden hatten, sich durch den feuchten Tau ihres Unterleibs zu tasten. Widerwillig überbrückte sie den letzten trennenden Zentimeter, legte ihre Finger zwischen seine und hätte um ein Haar aufgestöhnt, als sie seine warme Handfläche unter ihrem Handteller spürte. Dort, wo er ihre Haut berührte, entfaltete sich eine infernalische Hitzewelle, die durch ihren gesamten Arm jagte. Obwohl ihre Mutter direkt neben ihr stand, vertrauensselig und nichtsahnend, gelang es ihr nicht, die Vorstellung in ihrem Kopf auszuschalten, wie er mit eben dieser Hand über ihren nackten Körper fuhr, wie er ihn erkundete, all die weichen Täler und Hügel.

»Freut mich«, presste sie zwischen den Zähnen heraus und vermied es tunlichst, ihm weiter in die Augen zu blicken. Er war gefährlich und bedrohte ihren Seelenfrieden.

»Leanne hat mir schon viel von dir erzählt«, setzte er gerade an, wollte wohl noch mehr sagen, verstummte jedoch, als sie ihm einen mörderischen Blick zusandte.

Obwohl sie eine geradezu gefräßige Wut auf ihn empfand, hätte sie fast geseufzt. Jetzt, bei vollem Licht, wirkte er noch attraktiver als damals in dem mondlichtdurchfluteten Raum. Seine Gesichtskonturen wirkten schärfer, das Kinn markanter und männlicher. Kein blondes Bübchen mit milchweißer Haut, sondern eine vibrierende Persönlichkeit mit kantigen Zügen. Was würde Leanne wohl sagen, wenn sie wüsste, dass ihr feiner Verlobter fremden Frauen im Dunkeln auflauerte und sie zu unzüchtigen Handlungen mit nackten Skulpturen verführte?

Die Frage stand ihr wohl deutlich lesbar ins Gesicht geschrieben, denn er schüttelte kaum merklich den Kopf. Ein leiser Hauch von Genugtuung zog eine heiße Spur durch ihre Eingeweide. Er hatte wohl Angst, sie könnte reden und so das trügerische Bild des perfekten Liebhabers mit sichtbaren Kratzern kennzeichnen.

»Nun hört doch auf euch anzuschweigen und kommt raus auf die Terrasse! Dort wartet eine Flasche vom allerfeinsten Champagner.«

Beinahe hätte sie vergessen, dass ihre Mutter da war, so sehr war sie von seiner Anwesenheit gefangen. Es dauerte einige Sekunden, ehe sie imstande war, sich von ihm loszureißen und sich ihrer Mutter zuzuwenden. Die bombardierte sie mit warnenden Blicken. Leanne war augenscheinlich wenig begeistert von ihrer mundfaulen Darbietung einer liebevollen Tochter.

Oh Mutter, wenn du nur wüsstest.

Sie fühlte sich unglaublich elend, räusperte sich und meinte rechtfertigend:

»Entschuldige bitte, ich bin ein wenig befangen, wenn ich ehrlich bin. Es kommt schließlich nicht jeden Tag vor, dass man einen Stiefvater präsentiert bekommt.«

Leanne lachte hell auf, viel zu leicht zufriedengestellt von der simplen Erklärung.

»Du und deine ewigen Sorgen, Chloe«, rief sie kopfschüttelnd. »Nimm dir ein Beispiel an mir und denk nicht so viel über alles nach. Du wirst sehen, dass dir das Leben einige aufregende Überraschungen bietet. Ich für meinen Teil bin sicher, dass ihr zwei euch schnell aneinander gewöhnen werdet.« Sie sah zu dem blonden Gott an ihrer Seite auf. »Nicht wahr, Darling?«

Er lächelte bemüht und nuschelte etwas Ähnliches wie »aber sicher doch, Liebes«.

Leanne gab sich auch damit zufrieden. Strahlend vor Glück, bedachte sie ihn mit derart bewundernden Blicken, dass Chloe sie aufgrund ihrer Naivität in Bezug auf Ryan am liebsten geschüttelt hätte, bis sich ihr Gehirn wieder in ein funktionsfähiges Organ verwandelte. Auf der anderen Seite wollte sie ihr keinesfalls wehtun, denn sie sah so verdammt glücklich aus. Dabei war es eine trügerische Freude, denn die goldschimmernde Rüstung ihres edlen Ritters hatte einige Beulen und glänzte längst nicht so sehr, wie er es Leanne glauben machen wollte.

Fass sie an …

Chloe schwankte, ihre Finger zuckten, als sie sich an den so bestimmend ausgesprochenen Befehl erinnerte, der sie fast zu einem willenlosen Stück Fleisch gemacht hätte. Einzig und allein danach strebend, sich die ersehnte Befriedigung zu nehmen. Chloe meinte, wieder seine Finger auf ihrem Bauch zu spüren, seinen harten Schwanz, der sich drängend gegen ihren Hintern zwängte …

Seine bemüht fröhliche Stimme setzte ihren Erinnerungen ein jähes Ende.

»An mir soll es nicht liegen«, erklärte er und schenkte Chloe einen rätselhaften Blick. »Lass uns rausgehen und auf uns anstoßen, Darling«, fuhr er fort und küsste Leanne liebevoll auf die Schläfe. Obwohl sich sein Mund fest auf die Haut ihrer Mutter presste, suchte er erneut den Augenkontakt zu Chloe. Sie wandte sich ab, weil sie diesen glühenden Blick nicht länger ertragen konnte, und wankte auf ihren hohen Absätzen auf die Schiebetür zu. Kaum war sie draußen, starrte sie blind nach vorn, ohne einen Blick für die nächtliche Schönheit der Themse übrig zu haben. In der Ferne glitzerten unzählige Lichter, sie wirkten unscharf, genau wie das Bild, das sie auf einmal von sich selbst hatte. Nicht mal das ätherische Leuchten der Sterne berührte sie, dafür war sie viel zu aufgewühlt.

Oh Gott, was hatte sie nur getan? Sie sah ja jetzt schon kaum eine Möglichkeit, sich ihrer Mutter auf emotionale Weise anzunähern. Sollte diese unselige Geschichte mit Ryan jemals rauskommen, würde sie die Tür zu ihrem Herzen endgültig verrammeln und den Schlüssel vom höchsten Punkt der London Bridge in die eisige Themse werfen. Sie hörte an den näher kommenden Schritten, dass die beiden ihr gefolgt waren, drehte sich jedoch nicht um, sondern machte drei weitere Schritte vorwärts, um sich haltsuchend an das Geländer zu klammern. Ihre Finger krampften sich um den kühlen Stahl, ein Windhauch fegte über die Terrasse und trug einen kernig männlichen Duft an ihre sensibilisierte Nase. Ryan. Eindeutig seine unverwechselbare Note. Bebend schloss sie die Augen, inhalierte ihn, wollte ihn …

»Chloe …«, ertönte es an ihrer rechten Seite.

Sie drehte den Kopf leicht seitwärts und sah direkt in Leannes misstrauische Augen. Ihre Mutter war nicht dumm, sie ahnte, dass etwas nicht stimmte. Chloe fühlte, wie ihr der kalte Schweiß ausbrach. Sie musste wirklich auf ihr Verhalten achtgeben, sonst würde ihre Mutter unweigerlich Verdacht schöpfen.

»Bist du sicher, dass alles in Ordnung ist?«, wiederholte Leanne und betrachtete sie von Kopf bis Fuß. »Du siehst aus, als würdest du ein bisschen neben dir stehen.«

Chloe rang sich ein Lächeln ab.

»Es ist alles okay. Nur ein wenig Kopfschmerzen, das ist alles. Die Woche war hart, und mir fehlt einfach Schlaf.«

Ihre Mutter seufzte ungeduldig, während Ryan still hinter ihr stand und Chloe aufmerksam betrachtete. Fast ein wenig neugierig. Leanne drehte sich zu ihm um.

»Meine Tochter ist Immobilienmaklerin in einer renommierten Londoner Firma. Hab ich das schon erwähnt, Liebling?«

Er schüttelte den Kopf.

»Nein, aber das ist gut zu wissen«, meinte er in freundlichem Ton und kam ein bisschen näher. Er schlang einen Arm um Leannes Schultern und zog sie dichter zu sich heran. Seine Augen saugten sich jedoch an Chloe fest. »Dann weiß ich ja, an wen ich mich in Zukunft wenden muss, wenn ich mir ein neues Apartment kaufen will. Tatsächlich hatte ich vor, mir in nicht allzu ferner Zukunft eine weitere Wohnung zuzulegen. Ich dachte da an so was wie dieses Penthouse. Schön hell und luftig.«

Angesäuert nahm sie sein herausforderndes Grinsen hin, ehe er hinzusetzte: »Leanne und ich brauchen noch einen geheimen Rückzugsort für den Fall, dass die Pressemeute zu lästig wird.«

Na klar, und sie würde demnächst alle Brücken hinter sich abbrechen, auf eine einsame Insel ziehen und den Rest ihres Lebens Kokosnüsse zählen. Wahrscheinlich brauchte er einfach ein Liebesnest, wo er hemmungslos andere Frauen vögeln konnte.

»Hell und luftig?«, hakte sie daher gedehnt nach. »Ich hätte eher gedacht, dass Sie dunklere Räume bevorzugen.«

Seine Mundwinkel kräuselten sich amüsiert, seine Reaktion war souverän.

»Dunkle Räume können durchaus ihre Vorzüge haben«, meinte er leichthin und zuckte dann gleichgültig die breiten Schultern. Er ging nicht mal im Ansatz auf ihre unausgesprochene Kriegserklärung ein, was Chloe fuchsteufelswild machte. Vor allem, als er hinzufügte: »Allerdings weiß man nie, wer einem begegnet, und deswegen bevorzuge ich das Licht und nicht den Schatten.«

Fast hätte sie wie ein trotziges Kleinkind mit dem Fuß aufgestampft und einen lauten Wutschrei ausgestoßen. Dieser unverschämte Kerl! Wollte er damit etwa andeuten, sie sei nicht öffentlichkeitstauglich? Ein gellendes Klingeln stoppte dieses zweideutige Geplänkel.

»Oh, das wird dein Bruder sein!«, rief Leanne, während ihre Augen zwischen ihrem Verlobten und ihrer Tochter hin- und hersprangen. Ahnte sie was? Ihr konnte kaum entgehen, dass sich die Sympathien zwischen ihr und Ryan in übersichtlichen Grenzen hielten, von daher kam ihr diese Unterbrechung nicht ungelegen. Sie wollte Ryan unbedingt zur Rede stellen, bevor sie platzte.

»Willst du nicht zur Tür gehen, Mutter?«

Leanne lächelte schmal.

»Natürlich. Ihr entschuldigt mich …«

Schon hatte sie den beiden den Rücken gekehrt und schwebte zurück in die Wohnung, während Ryan ihr sinnend hinterherblickte. Sobald sie sich außer Sichtweite befand, fackelte er nicht lange und ließ die höfliche Maske fallen, bevor Chloe auch nur einen Pieps von sich geben konnte.

»So, und jetzt wirst du mir verraten, was für ein mieses Spielchen du hier treibst!«, forderte er geradeheraus und spießte Chloe mit seinen Eisaugen auf.

Ihr blieb förmlich der Mund offen stehen vor ungläubiger Überraschung. Er machte mit fremden Frauen rum, obwohl er verlobt war, und bezichtigte sie, etwas gegen ihn im Schilde zu führen? Offenbar hatte sein Hirn ein

Leck, so groß wie einst der Riss in der Titanic. Sie hob stolz den Kopf.

»Ich ...!«, rief sie laut aus, dämpfte aber sofort ihre schrille Stimmlage, um keine unwillkommenen Zuhörer anzulocken. Sie begnügte sich mit einem zischenden Flüstern, um ihrem Ärger Luft zu machen. »Ich fasse es einfach nicht. Du verhältst dich nicht korrekt und bezichtigst mich, dir ans Leder zu wollen?«

Er spitzte maliziös die Lippen, was ihm eine dandyhafte Ausstrahlung verlieh. Es stand ihm gut, wie sie frustriert feststellen musste.

»Komm schon! Du musst doch gewusst haben, wer ich bin. Denkst du, ich bin bescheuert und merke nicht, was hier läuft?«

Sie schnaubte und trat einen Schritt näher an ihn heran, bis sie kaum eine Handbreit voneinander entfernt waren.

»Jetzt hör mir mal genau zu! Ich hatte keinen blassen Schimmer, wer du bist. Verstanden. Mutter hat bei unserem Telefonat nur deinen Vornamen erwähnt. Woher hätte ich denn wissen sollen, dass du dieser besagte Ryan bist, als wir in Seymour Manor aufeinandergetroffen sind? Komm wieder auf den Teppich. Du bist derjenige, der Mist gebaut hat. Nicht ich.«

»Wer im Glashaus sitzt, sollte nicht mit Steinen werfen«, entgegnete er kühl und musterte sie von Kopf bis Fuß. Chloe atmete schwer, weil seine Augen auf ihrem Körper sie erregten. Sein aufreizendes Lächeln offenbarte eine Reihe strahlend weißer Zähne und brachte sie zum Zittern. Vor Zorn. Der Bursche war wirklich unerträglich arrogant.

»Weißt du was, lassen wir es doch einfach darauf ankommen. Ich werde zu Mutter gehen und ihr von unserem kleinen *Tête-à-Tête* erzählen. Was hältst du davon?«

Sie hoffte, ihre Drohung würde ihn ein wenig in seiner

gelassenen Arschlochhaltung erschüttern. Sie drehte sich Richtung Penthouse, wurde aber am Handgelenk gepackt und herumgerissen. Chloe prallte frontal gegen seine Brust, sah keuchend zu ihm auf und versuchte erfolglos, ihre Hand aus seinem unnachgiebigen Griff zu befreien.

»Lass mich los!«, forderte sie heiser und wünschte sich gleichzeitig, diese verführerische Unterlippe anzuknabbern, die so verlockend dicht über ihrem Mund schwebte. Sie spürte, wie sie untenrum wieder feucht wurde, die sexuelle Spannung, die sich blitzartig zwischen ihnen aufbaute, lag wie ein unsichtbares Band in der Luft und fesselte sie aneinander.

Seine Augen waren in der Zwischenzeit dunkler geworden und klebten am Spalt zwischen ihren Brüsten. Ihr schwirrte der Kopf, weil sie, schwankend zwischen dem Wunsch, ihn zu schlagen oder ihn zu küssen, keinen klaren Gedanken mehr fassen konnte.

»Starrst du allen Frauen in den Ausschnitt, oder habe nur ich die Ehre?«, fragte sie schließlich, um die explosive Stille zu durchbrechen. Ihre Zunge fühlte sich bleischwer an, alles um sie herum schien zu knistern. Es ärgerte sie über alle Maßen, dass allein ein simples Aufblitzen seiner Augen ausreichte, um aus ihrem Gehirn eine wabernde Ansammlung von Sexualhormonen zu machen. Er lachte nur unverschämt, während Chloe von dem triumphierenden Glitzern in seinen Augen magisch angezogen wurde. Ihn wieder so nah an ihrem Körper zu spüren, ließ ihren Widerstand auf dramatische Weise bröckeln. Sein Körper fühlte sich heiß an, so männlich, so unglaublich fest. Sie versuchte erneut, sich seinem Griff zu entziehen, was er nicht zuließ.

»Das wirst du hübsch bleibenlassen, Prinzessin. Du gehst erst dann, wenn ich es sage«, raunte er nahe an ihrem Ohr. Sein feuchtwarmer Atem legte sich auf ihre

Ohrmuschel, seine Lippen streiften beim Sprechen ihr empfindliches Ohrläppchen.

Leicht eingeschüchtert durch diese Mischung aus verspielter Dominanz und sanftem Nachdruck, rührte sie sich nicht vom Fleck. Für einen kurzen Augenblick sah er zur Seite, direkt in den Wohnraum, wahrscheinlich um Leannes Wiederkommen nicht zu verpassen. Erst dann beugte er sich noch tiefer über sie, so nah, dass sich beinahe ihre Lippen berührten. Sein warmer Atem, eine Mischung aus Pfefferminz und salziger Meeresluft, streifte liebkosend über ihre Haut und setzte sie nur noch mehr in Flammen.

»Ein Wort zu ihr, und du wirst es für den Rest deines Lebens bereuen, Chloe«, flüsterte er drohend und warf sie damit schlagartig in einen eisig kalten See der Enttäuschung. »Es ist nichts passiert, also gibt es auch keinen Grund, eine Staatsaffäre daraus zu machen.«

Ihre Zunge fuhr heraus und glitt über ihre trockenen Lippen. Sein Blick folgte dieser Bewegung, und der Ausdruck seiner Augen machte sie ganz schwach. Sie kam nicht mehr dazu, etwas zu erwidern, denn Leanne kam in Begleitung eines großen dunkelhaarigen Mannes zurück.

Ryan ließ sie sofort los und machte zwei Schritte zur Seite, um möglichst schnell Abstand zwischen sich und diese rothaarige Sirene zu bringen, während sein Bruder und Leanne Seite an Seite auf die Terrasse zugingen. Beide machten Gesichter, als hätten sie abwechselnd in eine saure Zitrone gebissen, und er unterdrückte einen Fluch. Victor und Leanne konnten sich auf den Tod nicht leiden, dennoch hatte er gehofft, dass sich die Antipathie beim zweiten Treffen endlich legen würde. Eine naive Vorstellung, wie er gerade feststellen musste. Tief einatmend wandte er sich an Chloe, die mit verschränkten Armen hinter ihm stand und ihm mit ihren durchdringenden Blicken Löcher in den Rücken brannte. Zu behaupten, er wäre überrascht, ausgerechnet sie hier anzutreffen, entsprach nicht ganz seiner aktuellen Gefühlslage. Vielmehr war er entsetzt, in ihr die entzückende Fremde von der Ausstellung wiederzuerkennen. Leannes Tochter. Gottverdammte Scheiße …

Ein bitteres Lachen lag ihm auf der Zunge, weil er sie nach wie vor unwiderstehlich sexy fand. Dabei war er so stolz auf sich gewesen, weil er sie nach dieser Episode vollkommen aus seinen Gedanken gestrichen hatte. Als hätte dieser Zwischenfall niemals stattgefunden.

Und jetzt war sie hier, bombardierte ihn mit vorwurfsvollen Blicken und trieb ganz nebenbei seinen Puls in astronomische Höhen. Nicht nur, weil er sie noch bezaubernder fand als in jener Nacht, sondern weil sie mit einigen wohlplatzierten Worten seine gesamte Zukunft zerstören konnte. Hatte sie damals schon gewusst, wer er war, und es bewusst darauf angelegt, ihn scharfzumachen? Ihre Anwesenheit auf Seymour Manor warf nun eine Menge Fragen auf, und er wollte Antworten. Und das so schnell wie möglich.

»Unsere Unterhaltung ist noch nicht zu Ende«, teilte er ihr leise mit und gab ihr zum vorläufigen Abschluss ihres Gesprächs eine letzte Warnung mit auf den Weg. »Ich kann dir nur eines raten: Komm ja nicht auf die Idee, ihr irgendwas zu erzählen. Ich werde nicht zulassen, dass du Leanne verletzt wegen eines Zwischenfalls, der mir nichts bedeutet hat.«

Er sah auf sie hinunter, löste seinen Blick dann von ihr und wandte sich der Schiebetür zu, um seine Verlobte und seinen Bruder in Empfang zu nehmen.

Chloe presste nach dieser Drohung die Lippen fest zusammen und wünschte ihm die Pest an den Hals. Er hatte Glück, dass ihre Mutter mit ihrem Begleiter auf die Dachterrasse heraustrat, sonst hätte sie seinen hübschen blauen Augen noch einen passenden violetten Rahmen verpasst. Lackaffe. Sie warf ihm noch einen letzten abfälligen Blick zu und widmete ihre Aufmerksamkeit ihrer Mutter und Ryans Bruder, die sich nun zu ihnen gesellten.

»Jetzt ist die Familie komplett«, erklärte Leanne betont fröhlich und warf einen beifallheischenden Blick auf den sehr ernsthaft wirkenden Mann an ihrer Seite, als erwarte sie eine Bestätigung für ihre Behauptung. Ihr Lächeln wirkte dabei ungemein aufgesetzt, während der Kerl neben ihr gleichgültig dreinblickte. Offensichtlich war dieser Abend für ihn nur eine Pflichtübung, was ihn in Chloes Augen – der es ja genauso erging – durchaus sympathisch machte.

Sie unterzog ihn einer genauen Musterung. Er war groß, größer noch als Ryan, und schlank, seine Züge wirkten unglaublich streng. Das kantige Gesicht mit den schmalen Lippen verstärkte diesen Eindruck noch. Er war nicht schön im eigentlichen Sinne, verfügte aber über enorme körperliche Präsenz, gepaart mit einer skrupellosen Ausstrahlung, die auf manche Frauen durchaus anziehend wirken konnte. Auch war er sichtlich älter als Ryan. Ende dreißig, schätzte sie. Unwillkürlich flog ihr Blick zu seinem jüngeren Bruder zurück. Es war kaum zu fassen, dass die beiden verwandt sein sollten, so gravierend waren die optischen Unterschiede. Nur die blaugrauen Augen wirkten identisch und klassifizierten den dunkelhaarigen Seymour als Ryans Bruder. Sie beschloss, sich selbst vorzustellen, und hielt ihm die Hand hin.

»Ich bin Chloe, Leannes Tochter«, meinte sie in freundlichem Tonfall und schenkte ihm ein möglichst reizendes Lächeln.

Seine Augen weiteten sich ein wenig, ehe er nach einigem Zögern ihre ausgestreckte Hand ergriff und sie sachte schüttelte. Er hatte einen festen Händedruck, ließ sie jedoch schnell wieder los. Er mochte es wohl nicht, fremde Menschen zu berühren.

»Hallo, sehr erfreut, Sie kennenzulernen«, grüßte er ziemlich gestelzt.

Sie unterdrückte ein unhöfliches Kichern. Er wirkte ein bisschen wie diese altehrwürdigen Gentlemen im White's Club, die in überdimensionalen Ohrensesseln vor dem Kaminfeuer saßen, einen edlen Brandy in ihren Kristallgläsern schwenkend, während sie in Erinnerungen an die gute alte Zeit schwelgten. Ihr Lächeln vertiefte sich. Aus den Augenwinkeln erhaschte sie einen äußerst wütenden Blick von Ryan. War er aufgebracht, weil sie zu seinem Bruder netter war als zu ihm?

»Also«, die Stimme ihre Mutter klang unnatürlich hoch, »da wir nun vollzählig sind, lasst uns endlich alle gemeinsam auf die Verlobung anstoßen.«

Sie tippelte auf ihren Stilettos auf den hohen Beistelltisch zu, auf dem das Tablett mit weiteren langstieligen Kristallgläsern stand. Daneben befand sich ein silberner Kübel, randvoll gefüllt mit frostig schimmernden Eisbrocken. Mittendrin thronte eine schräg hineingebohrte Flasche, die mit Sicherheit den edelsten Schaumwein enthielt, den man für Geld käuflich erwerben konnte.

Wie auf ein geheimes Kommando hin setzten sie sich alle gleichzeitig in Bewegung, und während sie einige Minuten später auf das Wohl des zukünftigen Brautpaares anstießen, fragte sich Chloe verzweifelt, wie sie den Rest des Abends überstehen sollte, ohne sich zu betrinken.

Das Essen war eine Zerreißprobe für sie. Ständig widerstand sie der Versuchung, ihren Kopf zu heben, um quer über den Tisch hinweg Ryans Blick zu suchen, der immer wieder auf ihr ruhte. Sie konnte sein Starren beinahe körperlich fühlen, doch ihr fehlte der Mut, sich seiner bohrenden Aufmerksamkeit zu stellen. Wozu auch? Um den Vorwurf der Falschheit in seinen Augen zu erkennen? Dabei war er doch ein Meister in diesen Dingen. Hätte sie nicht solche Angst gehabt, das lose Band, das sie mit ihrer Mutter noch verband, für immer zu kappen, hätte sie laut herausgeschrien, was für ein falsches Spiel er trieb, und ihn vor allen bloßgestellt. Aber wahrscheinlich gehörte er zu der Kategorie Männer, die es erst dann als Untreue ansahen, wenn sie bis zur Schwanzwurzel in der Vagina einer anderen steckten. Bestimmt fand er es normal, ab und an auswärts zu essen, wie manche das Fremdgehen auf charmante Weise umschrieben. Ein unkontrolliert grimmiger Laut entfuhr ihr, was ihre Mutter ziemlich irritierte.

»Chloe, was ist denn heute Abend nur los mit dir?«, fragte sie. Ihre Stirn legte sich in Falten, der Mund war auf unschöne Weise verkniffen. »Du sitzt da wie ein Stück Holz, redest kaum und bist auch sonst ziemlich zugeknöpft. Ich war der Meinung, du freust dich für mich und Ryan, aber wenn ich mir dein Verhalten heute Abend so ansehe, kommen mir ernste Zweifel.«

Chloe fühlte sich bloßgestellt und tauschte einen ungeplanten Blick mit Victor, der ebenfalls an mangelnder Redseligkeit litt. Sie biss sich auf die Zunge, um nicht zu lachen, als er ihr zuzwinkerte und damit das erste Mal so was wie eine Gefühlsregung offenbarte. Sie fühlte sich diesem wortkargen Mann eigenartig verbunden, doch es war nicht Victor, der als ihr Retter auftrat, sondern Ryan.

»Leanne, bitte! Sie hat doch vorhin gesagt, dass sie sich

nicht gut fühlt. Es ist doch kein Verbrechen, dass sie nicht ununterbrochen plappert. Ich finde das zur Abwechslung eigentlich recht erfrischend.«

Der Satz schlug ein wie eine Bombe und hing lastend in der Luft. Leannes Gabel fiel klirrend auf ihren Teller.

»Willst du damit andeuten, ich sei geschwätzig?«

Okay, jetzt wurde es interessant. Ryan, dem wohl gerade erst aufging, was er eben so leichtfertig von sich gegeben hatte, zeigte ebenfalls erste Anzeichen von Verärgerung. Seine Stirn wies tiefe Furchen auf, und die Augenbrauen bildeten eine gerade Linie, so eng zog er sie zusammen. In dieser Sekunde durchschnitt das Scharren von Stuhlbeinen die Stille. Victor erhob sich.

»Chloe, was halten Sie davon, wenn wir ein wenig frische Luft schnappen und die beiden ihren Disput unter vier Augen ausdiskutieren lassen? Die Nacht ist wunderbar mild für Londoner Verhältnisse. Man kann sogar die Sterne am Himmel sehen«, sagte er und warf einen abfälligen Blick auf Leanne, die stocksteif auf ihrem Stuhl saß und die vollen Lippen zu einem schmalen Strich zusammenpresste. Chloe war erleichtert, dass Victor ihr die Gelegenheit bot, der unangenehmen Situation kurz entkommen.

»Eine wunderbare Idee, Victor«, stimmte sie zu und ignorierte den stocksauren Blick von Ryan. Was bildete sich der Kerl eigentlich ein, so offensichtlich eifersüchtig zu reagieren? Immerhin war sie Single und konnte die Sterne betrachten, mit wem sie wollte. Dennoch war es schwer, die brennenden Blicke, die sich erbarmungslos in ihren Rücken bohrten, einfach als unwichtig abzutun. Erst als sie die Terrasse betrat, konnte sie frei durchatmen und schloss für einen kurzen Moment die Augen. Was sich als folgenschwerer Fehler erwies, denn sie hatte sofort wieder Ryan vor Augen. Bekleidet mit lässigen Jeans, die tief auf seinen schlanken Hüften saßen, und einem aufgeknöpften schwarzen Hemd, das lasziv flatternd seinen Oberkörper umschmeichelte …

»Ein furchtbarer Abend, nicht wahr?«

Chloe zuckte erschrocken zusammen, weil sie beim Träumen erwischt wurde, und drehte sich nach rechts, von wo aus Victor mit ruhigem Blick den dunklen Linien des Flusses folgte, der sich wie ein schwarzer Aal durch die Nacht schlängelte. Seine Miene blieb undurchschaubar, aber gelassen, und sie entspannte sich ein wenig.

»Sie sind nicht leicht zu täuschen, nicht wahr? Und ich dachte, ich hätte gerade eben die Show meines Lebens abgeliefert«, antwortete sie. Eigentlich war dies scherzhaft gemeint, doch Victors Mundwinkel zuckten nicht mal.

»Dass sie nicht mit der Wahl ihrer Mutter einverstanden sind, sieht sogar ein Blinder, Chloe.«

Ein abschätzender Blick traf sie, und sie überkam beim Anblick der scharf geschnittenen Gesichtszüge ein Heidenrespekt vor diesem Mann. Er konnte bestimmt unbarmherzig und mitleidlos sein. Auch sich selbst gegenüber …

»Das mag sein«, antwortete sie vorsichtig. »Aber meine Mutter ist eine erwachsene Frau, Ihr Bruder ist ebenfalls volljährig, und sie haben sich nun mal entschieden, den Rest ihres Lebens gemeinsam zu verbringen. Nichts, was wir denken oder sagen, wird daran etwas ändern, und je früher wir das akzeptieren, desto besser für alle Beteiligten.«

Das erste Mal an diesem Abend schenkte er ihr ein Lächeln. Es war spannend, dabei zuzusehen, wie es die versteinerten Züge in seinem Gesicht zum Leben erweckte.

»Wem wollen Sie eigentlich etwas vormachen? Wir heißen diese Verbindung beide nicht gut, und vielleicht sollten wir uns zusammentun, um ihr ein Ende zu bereiten. Was halten Sie davon?«

Chloe war entsetzt über diesen Vorschlag, obwohl die Vorstellung von Ryan als freiem Mann sie in heftige Gewissensnöte stürzte. Durfte man was mit dem Ex der eigenen Mutter anfangen?

»Victor, ich muss doch sehr bitten!«, ereiferte sie sich. »Ich würde nichts tun, womit ich meine Mutter unglücklich mache. Auch wenn Sie der Meinung sind, dass sie nicht die Richtige für ihn ist, so haben Sie nicht das Recht, sich da einzumischen. Entweder die beiden sind füreinander bestimmt und werden eine gute Ehe führen, oder sie werden über kurz oder lang wieder auseinandergehen.«

Er spitzte sinnend die Lippen, was Chloe fatal an Ryan erinnerte. Je länger sie ihn ansah, umso mehr musste sie ihre vorhin so vorschnell gefasste Meinung angesichts seiner Attraktivität revidieren. Victor war schön, nur auf eine deutlich herbere Art als sein Bruder. Ein ungeschliffener Rohdiamant, der offensichtlich seine natürliche Fassung bevorzugte, während sich sein Bruder in seiner ganzen funkelnden Schönheit präsentierte.

Seine Antwort abwartend, starrte sie an ihm vorbei ins Innere des Apartments. Ihre Mutter gestikulierte wild mit den Armen und war offensichtlich immer noch wütend auf Ryan. Er saß mit stoischer Miene daneben und ließ den unablässig fließenden Redeschwall mehr oder weniger gelassen über sich ergehen.

»Sehen Sie nur«, flüsterte Victor ihr über ihre Schulter hinweg zu. Seine Stimme war so leise, dass sie sich anstrengen musste, um ihn zu verstehen. Sein Wispern wurde vom Wind davongetragen, doch er sprach schon längst weiter, diesmal lauter, und mit einem unverkennbar zynischen Unterton. »Die beiden streiten sich jetzt schon, dabei hat er nichts weiter getan, als seine Meinung zu sagen. Es mag zwar unhöflich sein, wenn ich das ausgerechnet vor Ihnen so offen ausspreche, aber Ihre Mutter ist eine eitle, egoistische Person, die nur an sich selbst denkt.«

»Das stimmt nicht!«, warf Chloe protestierend ein, wohl wissend, dass er mit seiner Einschätzung gar nicht so weit von der Wahrheit entfernt war. Nichtsdestotrotz war Leanne ihre Mutter, und sie würde nicht zulassen, dass jemand über sie herzog. »Sie hat es nicht leicht gehabt in ihrem Leben«, verteidigte sie ihre Mutter tapfer, was ihm wiederum ein wissendes Lächeln entlockte. Doch sie gab nicht auf. »Mutter wirkt manchmal etwas ...« Sie suchte händeringend nach der passenden Umschreibung.

»Gierig, egoistisch, berechnend«, half Victor ihr galant aus.

Chloe schloss geschlagen die Augen. Er hatte Leanne durchaus treffend charakterisiert, und doch konnte sie sein Vorhaben, Streit zwischen den beiden zu säen, nicht gutheißen.

»Ich sehe schon, Sie haben nicht vor, mir ein wenig Unterstützung zukommen zu lassen«, stellte Victor nachdenklich fest. Seine rauen Gesichtszüge glätteten sich ein wenig, als er sie fast liebevoll ansah.

»Schade, dass Ryan sich nicht in Sie verliebt hat. Sie haben im kleinen Finger mehr Charakter als ihre selbstsüchtige Mutter im gesamten Körper«, erklärte er mit lauerndem Tonfall. Sie erschrak. Nicht wegen der knallharten Einschätzung von Leannes Wesenszügen, sondern aufgrund seines unausgesprochenen Wunsches, sein Bruder solle sich lieber ihr zuwenden. Hatte er etwas bemerkt? Sie lächelte höflich.

»Die Frage stellt sich gar nicht, Victor. Sie sollten Ihre Zeit nicht mit sinnlosen Wunschträumen verschwenden. Ich tue das auch nicht.«

Eine plötzlich aufkommende Windböe – Vorbote des angekündigten Sommergewitters – fegte über die Terrasse hinweg und brachte den abseits stehenden hohen Tisch zum Wanken. In der Ferne erklang Donnergrollen, ein greller Blitz erhellte zischend den nächtlichen Himmel und ließ ihn für mehrere Sekunden bläulich aufleuchten. Die Luft war sofort elektrisch aufgeladen, die feinen Härchen in ihrem Nacken stellten sich auf wie Soldaten, die sich zum letzten, alles entscheidenden Kampf rüsteten.

»Ein Gewitter«, stellte sie beiläufig fest. Es kühlte merklich ab, ein kalter Luftstrom zerrte an ihrem anthrazitfarbenen Kleid und drückte es eng an ihren Körper. Chloe blickte zu Victor auf, der sie sehr eindringlich betrachtete. So intensiv, dass ihr unwohl wurde.

»Wir sollten wieder reingehen«, schlug sie vor und wich seinen klugen Augen aus, die so viel zu sehen schienen. Mehr als ihr lieb war. »Es fängt jeden Moment an zu regnen.«

Zur Bestätigung spürte sie die ersten dicken Tropfen, die auf ihrem Gesicht zerplatzten, und sie bewegte sich eilig Richtung Apartment, ohne seine Antwort abzuwarten. Gleichzeitig wurde der Wind stärker. Eine weitere Böe rollte pfeifend über die Terrasse hinweg, und dieses Mal warf sie den Tisch mit dem Champagner um. Es schepperte geräuschvoll. Chloe widerstand dem Impuls, sich wie ein kleines Kind die Ohren zuzuhalten, und sah hilflos dabei zu, wie sich das ganze Eis auf den Boden ergoss. Es mischte sich mit der klaren Flüssigkeit des Schaumweins und den grünen Scherbenresten der Flasche. Alles lag wild durcheinander wie die Bestandteile eines kniffligen Puzzles, das sich selbst mit dem größtmöglichen Einsatz nicht mehr zusammensetzen ließ. Dieses Trümmerfeld zu ihren Füßen hatte fatale Ähnlichkeit mit ihrem momentanen Leben.

Ihre Augen huschten gepeinigt zurück ins Wohnzimmer und blieben an Leanne hängen, die sich mittlerweile beruhigt hatte und von Ryan trösten ließ. Sie waren so miteinander beschäftigt, dass sie weder von dem aufkommenden Sturm noch von dem Malheur hier draußen etwas mitbekamen. Chloe wollte den Blick schon abwenden, als Ryan auf einmal hochsah und direkt in ihre Richtung blickte. Seine Augen blieben kühl, und doch glomm in dem Eis ein seltsames Feuer, das hemmungslose erotische Freuden verhieß. Chloe fing an, sich zu fragen, ob eine Nacht mit ihm ein gebrochenes Herz nicht wert wäre.

Kapitel 5

Ein paar Tage später sorgte sich Chloe mehr um ihren prall gefüllten Terminkalender als um ihr dummes Herz. Edgar Sorenson hatte ihr ungefragt einen weiteren Kunden aufs Auge gedrückt, obwohl sie schon bis zum Hals in Arbeit steckte. Seit der überstandenen Immobilienkrise wurde wieder kräftig investiert, vor allem reiche Kunden aus Italien, Griechenland und anderen krisengebeutelten Ländern verlagerten ihr Geld ins Ausland und kauften bevorzugt Luxusapartments, was dem totgeglaubten Londoner Immobilienmarkt eine unerwartete Wiederbelebung bescherte. Kopfschüttelnd blätterte sie die Seiten ihres Timers um, suchte vergeblich nach einem freien Termin und schenkte Edgar einen bedauernden Blick.

»Es tut mir leid, Edgar, aber ich weiß beim besten Willen nicht, wie ich diesen Kunden noch unterbringen soll. Ich bin über die nächsten Wochen hinaus komplett ausgebucht. Ohne einen der bestehenden Kunden abzugeben, sehe ich keine Möglichkeit.«

Einen Kunden nicht bis zum Ende zu betreuen stellte in Edgars Augen eine Todsünde dar. Chloe war sich sicher, dass er es dabei belassen würde, um sich zähneknirschend an einen anderen Kollegen zu wenden. Doch anstatt ihr beizupflichten, hob er lediglich eine schlohweiße Augenbraue.

»Sie können nicht?«, vergewisserte er sich.

Chloe schüttelte den Kopf.

»Nein.« Sie versuchte, souverän zu klingen, doch am unnachgiebigen Zug um seinen Mund war unschwer zu erkennen, dass er in diesem speziellen Fall keine Kompromisse eingehen würde. Eine steile Falte erschien auf seiner Stirn und grub eine keilartige Vertiefung in die papierdünne Altmännerhaut.

»Dann müssen Sie eben einen Weg finden, um das zu bewerkstelligen«, erklärte er wenig kompromissbereit. Sein Kinn reckte sich eigensinnig nach vorn, und sie stand kurz davor, zu resignieren. Das roch nach Ärger.

Mit mehr Nachdruck als nötig klappte sie ihren Terminplaner zu und versuchte, seinem Blick standzuhalten. Es gefiel ihm nicht, dass sie nicht gleich begeistert »Hurra« geschrien hatte. Andererseits war sie ein menschliches Wesen und kein Roboter, den man nach Belieben ein- und ausschalten konnte. Sogar ein Workaholic brauchte ab und an ein bisschen Zeit, um die Hausarbeit zu erledigen und den gähnend leeren Kühlschrank aufzufüllen. Chloe suchte nach einem schonenden Weg, um ihm plausibel klarzumachen, dass er sich für diesen Kunden an einen ihrer Kollegen wenden musste.

Forschend taxierte sie ihn und lotete ihre Chancen aus, dieses Kunststück fertigzubringen, ohne ihn noch mehr zu verärgern. Eigentlich war er ein sehr humorvoller und verständiger Mann, integer und würdevoll bis in die Fingerspitzen, doch wenn es ums Geschäft ging, verstand er keinen Spaß. Die Immobilienbranche war trotz florierender Geschäfte nach wie vor hart umkämpft. Konkurrierende Büros sprossen wie Pilze aus dem Boden und nahmen sich gegenseitig potentielle Käufer weg. *Sorenson & Söhne* entwickelte sich trotz der harten Zeiten weiterhin ausgesprochen gut, hatte die weltweite Krise schadlos überstanden und keine größeren Verluste hinnehmen müssen. Und Edgar wollte, dass dies so blieb.

»Edgar, Sie müssen mir glauben, dass ich wirklich Probleme hätte, Mr. Turner mit in meinen Pool zu nehmen.«

»Probleme sind da, um gelöst zu werden, Chloe. Eigentlich war ich bisher der Meinung, dass es genau diese Einstellung ist, die Sie auszeichnet. Sollte ich mich etwa geirrt haben?«

Sie machte ein langes Gesicht.

»Natürlich nicht, aber ich will ehrlich sein. Auch meine Belastungsgrenze ist irgendwann erreicht. Wollen Sie, dass ich vor lauter Arbeit umfalle?«, fragte sie geradeheraus, was dem Mann mit dem graumelierten Haar ein sparsames Lächeln entlockte.

»Aber Chloe, jetzt machen Sie mal halblang«, schalt er und fühlte sich sichtlich angegriffen. »Ich war der Meinung, Sie freuen sich, wenn ich Ihnen einen so lohnenden Kunden zuschanze.«

Chloe bedauerte ihre Aussage sofort, als sie den beleidigten Zug um seinen Mund bemerkte. Sie seufzte, strich sich das störende Haar aus dem Gesicht und stützte die Ellenbogen auf der edlen Maserung der Tischplatte ab. Ihre Ärmel rutschten dabei nach oben und offenbarten zwei blasse Handgelenke, die – schmucklos bis auf eine schlichte goldene Uhr – eine Zerbrechlichkeit wiedergaben, die eigentlich nicht ihrem tatsächlichen Wesen entsprach. Allerdings hätte sie schon blind sein müssen, um sich ihrer Wirkung auf andere Menschen nicht bewusst zu sein. So nahm sie sich ab und an die Freiheit und nutzte den instinktiven Beschützerinstinkt, den sie bei vielen hervorrief, zu ihrem Vorteil. So wie jetzt.

»Es tut mir leid, Edgar. Sie müssen mich für schrecklich undankbar halten«, entschuldigte sie sich zerknirscht und legte einen möglichst seelenvollen Ausdruck in ihre Augen, damit sie wie riesige grüne Tümpel ihr Gesicht dominierten. »Schauen Sie, im Moment weiß ich gar nicht mehr, wo mir der Kopf steht vor lauter Arbeit. Ich komme morgens um acht und erledige den Papierkram, um dann bis in die Nacht hinein die Leute durch die Objekte zu schleusen. Verzeihen Sie mir, wenn ich mich eben ein wenig im Ton vergriffen habe, aber noch ein weiterer Kunde wird mir einfach zu viel.«

Edgar schüttelte den Kopf.

»Es tut mir leid, Chloe, aber ich muss aus einem ganz bestimmten Grund auf Ihnen bestehen.«

Sie sah ihn verständnislos an.

»Der da wäre?«

Sorenson räusperte sich unbehaglich, ehe er mit der Sprache herausrückte.

»Nun, es ist folgendermaßen«, druckste er herum. »Mr. Turner ist Texaner und will seine Geschäfte auf den europäischen Raum ausdehnen. Dazu wird er zukünftig mehrere Monate im Jahr in London verbringen müssen. Natürlich kann ein Mann wie er nicht dauerhaft in einem Hotel leben. Er will einen angemessenen Zweitwohnsitz, und schon beim ersten Kontakt hat er speziell Ihren Namen ins Spiel gebracht und darauf bestanden, dass er nur von Ihnen betreut werden will.«

Verblüfft sah sie ihn an.

»Warum denn das, um Gottes willen?«

Sie konnte sich nicht erinnern, in letzter Zeit mit jemandem aus Übersee zu tun gehabt zu haben, und konnte sich daher die explizite Bitte nach ihrer Person nicht erklären.

Sorenson hob ein wenig ratlos die Schultern.

»Er hat mir nicht gesagt, wieso, aber ich kann Ihnen versichern, dass er ein sehr angesehener Geschäftsmann in Texas ist. Soweit ich informiert bin, besitzt er ein paar Ölfelder und eine wirklich erfolgreiche Zucht von Galloway-Rindern. Er will das Fleisch an Restaurants in England liefern und sucht hier neue Geschäftskontakte. Sie sehen also, es handelt sich nicht um einen Perversen oder so was. Außerdem ist er sicher Mitte vierzig«, erklärte er abschließend.

Er sagte das, als würde allein das sie vor Nachstellungen bewahren, dabei war ein Mann um die vierzig alles andere als alt. Sie stellte sich einen kraftstrotzenden lauten Kerl mit Cowboyhut vor, der sie ständig in den Po zwickte und zotige Witze über Frauen riss.

»Dann bin ich ja beruhigt«, antwortete sie dennoch, nicht ohne eine gewisse Ironie in ihre Stimme zu legen. Sorenson nahm den Spott gar nicht wahr, sondern strahlte erfreute Genugtuung aus.

»Dann wäre ja alles geklärt«, äußerte er zufrieden und setzte einfach ihr Einverständnis voraus. »Delegieren Sie ein paar Ihrer Kunden an Ihre Kollegen. Das gefällt mir zwar noch weniger als Ihnen, doch in diesem speziellen Fall wollen wir mal eine Ausnahme machen. Ein paar Klienten weniger verschaffen Ihnen den nötigen Freiraum, um sich ausgiebig mit Mr. Turner zu befassen. Ich kann Ihnen versichern, dass es nicht zu Ihrem finanziellen Nachteil sein wird. Der Mann sucht keineswegs nur ein Apartment, sondern nach einem prestigeträchtigen Wohnsitz, in dem er seine Geschäftskollegen und Freunde empfangen kann. Das wird die Provisionen, die Sie sonst so eingeheimst haben, bei weitem übersteigen.«

Chloe nagte an ihrer Unterlippe und dachte nach. Es ging ihr definitiv gegen den Strich, dass sie einen oder gar mehrere ihrer Kunden abgeben sollte, doch sie konnte es sich schlichtweg nicht erlauben, Sorenson etwas zu verweigern. Der Klient war ihm wichtig, und wenn dieser komische Amerikaner partout sie wollte, dann sollte er sie eben bekommen.

Je länger sie darüber sinnierte, desto schneller arrangierte sie sich mit den neuen Gegebenheiten. Zumindest wäre eine erfolgreiche Abwicklung eine hervorragende Gelegenheit, sich noch stärker zu etablieren. Die Wohnung in Mayfair war ein guter Anfang gewesen, allerdings nicht ausreichend, um ihre Stellung im Büro zu festigen. Die alten Hasen im Unternehmen betrachteten sie nach wie vor mit Misstrauen, denn sie war nicht nur deutlich jünger als der Rest der Angestellten, sondern auch bedeutend hübscher. Hinter ihrem Rücken wurde gemunkelt, sie hätte eine Affäre mit Sorenson, was absolut lächerlich war, da dieser seine Ehefrau abgöttisch verehrte. Sie würde diesen gemeinen Gerüchten mit harter Arbeit und erfolgreichen Abschlüssen entgegentreten und so die Zweifler mundtot machen.

»Also gut, Edgar. Wenn das Ihr Wunsch ist, werde ich mich um Mr. Turner kümmern. Wie soll ich den Kontakt herstellen?«, erklärte sie in geschäftsmäßigem Ton.

Ihr Chef nickte beifällig und rieb sich die schmalen Hände, die ebenso blass waren wie sein aristokratisches Gesicht.

»Überlassen Sie das mir. Ich habe mit Turner vereinbart, dass er sich telefonisch oder per Mail bei mir meldet, sobald er in London ist. Ich werde Ihnen beizeiten Bescheid geben.« Er räusperte sich und zog den Knoten seiner Krawatte fest. Eine typische Geste, die genauso zu ihm gehörte wie der würzige Tabakgeruch, der den passionierten Pfeifenraucher immer mit einem benebelnden Duftkokon umgab. Zum Abschied nickte er ihr zu und erhob sich mit einer eleganten Bewegung.

»Ich muss Sie jetzt leider verlassen, da mich meine bezaubernde Frau zum Mittagessen erwartet.« Er warf einen kritischen Blick auf ihre schmale Figur. »Sie sollten auch eine Pause machen und etwas zu sich nehmen, sonst verschwinden Sie noch vor meinen Augen. Vergessen Sie bei all der Arbeit nicht die grundlegendsten körperlichen Bedürfnisse. Die Gesundheit ist das höchste Gut des Menschen. Spielen Sie nicht damit.«

Sie lächelte gerührt, weil ihr seine plötzliche Fürsorge seltsam guttat.

»Ich werde Ihren Rat beherzigen, Edgar. Danke.«

Er nickte und kehrte ihr den Rücken zu. Drei Sekunden später fiel die Tür ins Schloss, und Chloe war allein. Erschöpft ließ sie sich in den Sessel zurücksinken und schloss die Augen. Jetzt, wo sie ganz für sich war, konnte sie sich endlich gehenlassen und die Fassade der coolen Geschäftsfrau ablegen. Sie lümmelte auf ihrem drehbaren Stuhl herum, sah aus dem Fenster auf die unzähligen Hausdächer und ließ sich treiben. Vielleicht war es gar nicht so schlecht, wenn sie sich weiter mit Arbeit zuschüttete. So kam sie wenigstens nicht in Versuchung, andauernd an Ryan denken.

Prompt stahl sich sein Bild zurück in ihren Kopf, und sie stieß einen frustrierten Laut aus, als sie eine mittlerweile wohlvertraute Hitze in ihren Schoß strömen fühlte. Das passierte ihr ständig, seit sie ihn kannte. Wie hatte Edgar vorhin so treffend bemerkt? Grundlegende körperliche Bedürfnisse …

Oh ja, die hatte sie. Eine Zeitlang hatte sie diese in eine Art Dornröschenschlaf versetzt, doch nun meldeten sie sich mit solcher Vehemenz zurück, dass Chloe sich förmlich überrannt fühlte. Die Konsequenz war simpel, obgleich sie mehr Probleme verursachen konnte, als sie bewältigen konnte: Sie begehrte den zukünftigen Ehemann ihrer Mutter!

Wenn das nicht einer privaten Apokalypse gleichkam, dann wusste sie auch nicht. Das neuerworbene Wissen, wer der erotische Fremde von der Vernissage war, hatte ihre Gefühle jedenfalls nicht eingedämmt, sondern sie höchstens noch verstärkt. Das war eine Form von Umkehreffekt, die sie noch in Teufels Küche bringen würde, wenn sie nicht aufpasste. Vor dem Wiedersehen war er nur Teil einer vagen Sehnsucht gewesen, die Begegnung mit ihm ein surreales Erlebnis, das mehr mit einem wunderbar sinnlichen Traum gemein gehabt hatte als mit einem realen Erlebnis. Doch jetzt hatte diese Sehnsucht einen Namen. Ryan war zum Greifen nah und doch so weit weg.

Ich will ihn so sehr.

Sie fuhr sich mit den Händen übers Gesicht, als könnte sie die Lust auf ihn einfach von ihrer Haut streifen. Die Oberfläche ihres Gesichts fühlte sich glühend heiß an. Es brannte vor Scham, weil sie mit jeder Faser ihres Körpers nach einem Mann verlangte, der für alle Zeiten tabu für sie bleiben musste.

»Tabus sind da, um gebrochen zu werden«, wisperte ihr eine vorwitzige Stimme zu.

»Gott, ich muss wahnsinnig sein«, flüsterte Chloe erschüttert, weil sie jetzt schon anfing, einen möglichen Betrug an ihrer Mutter vor sich selbst zu rechtfertigen.

In ihren kühnsten Träumen hätte sie sich nicht vorstellen können, dass sie einmal so tief sinken könnte. Wollte sie wirklich das haben, was ihre Mutter übrig ließ?

»Ja«, schrie ihre innere Stimme.

»Nein«, brüllte ihr Verstand.

Doch egal, wie sehr sie sich dagegen sträubte, sie konnte ihre Gefühle weder abschütteln noch ignorieren. Die Leidenschaft für Ryan fraß sich wie schleichendes Gift durch ihre Haut und in ihre Knochen. Nichts konnte diesen Prozess aufhalten. Ein verzweifelter Laut entschlüpfte ihr. Was sollte sie nur tun?

Die Lösung dieser Frage verzögerte sich gezwungenermaßen, da gerade in diesem Augenblick das Telefon klingelte. Automatisch nahm sie den Hörer ab und krächzte: »*Sorenson & Söhne*. Sie sprechen mit Chloe Carter.«

Unkonzentriert wartete sie auf die Antwort, ihre Finger klopften unruhig auf der Schreibtischoberfläche herum, während ihr der Kopf surrte, als würde dort ein ganzer Schwarm Libellen sein Unwesen treiben.

»Wir müssen uns sehen«, kam es ohne Einleitung.

Chloe wusste sofort, wer diesen schroffen Befehl ausstieß, und ließ sich noch tiefer in den Sessel sinken. Ryans dunkle Stimme verursachte einen Flächenbrand auf ihrer Haut, der sich glühend über ihren gesamten Körper ausdehnte. Ihre Atmung beschleunigte sich, und ihre Lungen arbeiteten, als wären sie ein altertümlicher Blasebalg und nicht Teil eines komplexen menschlichen Organismus.

»Bist du noch dran?«, schnappte er ungeduldig, als von ihr keine Reaktion kam.

»Lass mich in Ruhe«, brachte sie schließlich heraus. Wäre er nicht vergeben, hätte sie einem Treffen liebend gerne zugestimmt, doch ihr Unrechtsbewusstsein ließ sie ihre Wünsche verleugnen. Es wäre falsch, unmoralisch, verabscheuungswürdig, sie durfte einfach nicht …

Das Bild an der Wand gegenüber, ein abstraktes Acrylgemälde, verschwamm vor ihren Augen und mutierte zu einem undefinierbaren Wust aus bunten Farbschattierungen, während sie darum betete, standhaft zu bleiben. Alternativ wäre ihr auch ein Zusammenbruch der Telefonleitungen willkommen gewesen, was ihr ein Gespräch mit ihm erspart hätte.

»Ich will nicht mit dir reden. Jetzt nicht und auch nicht in Zukunft«, teilte sie ihm mit mühsam unterdrückter Aufregung mit.

Super, ihre Stimme hörte sich total dünn und piepsig an. Sie hasste die Wirkung, die er auf sie hatte. Sie hasste sie wirklich.

»Vergiss es, Prinzessin. Ich lass dich erst dann in Ruhe, wenn wir miteinander fertig sind.« Er machte eine kleine Pause. »Verdammt, Chloe, wir müssen die Sache klären. Die Luft zwischen uns ist zum Schneiden dick. Leanne wird früher oder später misstrauisch werden.«

Sie lachte hart auf.

»Was willst du denn klären? Du hast doch behauptet, es wäre nichts Weltbewegendes passiert. Hör einfach auf, mich zu belästigen, und ich werde in der Zwischenzeit darüber nachdenken, Mutter nichts von unserer Bekanntschaft zu erzählen.«

»Du denkst darüber nach!« Er schrie ihr diesen Satz so laut ins Ohr, dass sie den Hörer ein Stück weit von sich weghielt.

»Brüll mich nicht so an, Ryan. Ich bin keineswegs taub«, rügte sie ihn in überlegenem Tonfall. Offenbar machte ihm die Sache gewaltig zu schaffen, und die Tatsache, dass sie ihn in der Hand hatte, ließ ihr Herz gegen ihren Willen höher schlagen.

»Wann können wir uns sehen?«, drängte er weiter.

»Gar nicht!«, rief sie hitzig und fächelte sich mit der freien Hand Luft zu. Lag es an ihm, dass ihr plötzlich so heiß war, oder hatte der bisher eher mäßige Londoner Sommer etwas an Fahrt gewonnen?

»Was soll das heißen: ›gar nicht‹? Spiel keine Spielchen mit mir, Chloe. Ich warne dich, das lass ich mir von einer Göre wie dir nicht bieten.«

Dass er sie beleidigte, ärgerte sie gewaltig, und so tat sie das Einzige, was ihr vernünftig erschien. Sie drückte ihn einfach weg.

Vor Zorn zitternd starrte sie auf den Hörer und wartete darauf, dass es wieder klingelte. Prompt schlug es an.

»Welchen Teil von ›Lass mich in Ruhe‹ hast du nicht verstanden?«, fragte sie gespielt liebenswürdig.

Ryan lachte heiser. Ein Kitzeln eilte über ihre Haut, als würde eine Spinnenarmee auf ihrem Unterleib herumkrabbeln, um dort eine wilde Party zu feiern. Ihre verräterisch einsetzenden Körperreaktionen sorgten blitzartig dafür, dass sie untenrum Regungen verspürte, die sie nervös auf dem Stuhl herumrutschen ließen. Es war entnervend.

»Ich wiederhole noch mal: Es kommt gar nicht in Frage, dass wir uns treffen. Du musst wahnsinnig sein, so was auch nur in Erwägung zu ziehen. Und jetzt werde ich um meiner selbst willen und auch um deinetwillen auflegen und mein Büro verlassen«, teilte sie ihm reserviert mit. »Du kannst dir also weitere Anrufe sparen.«

»Chloe, früher oder später musst du dich mit mir auseinandersetzen. Weglaufen bringt gar nichts. Glaub mir, ich kriege dich schon noch zu fassen, denn ich kann verdammt hartnäckig sein, wenn ich etwas haben will.«

Sie wusste genau, es ging ihm nur um ein Gespräch, trotzdem hörte es sich an, als würde er über etwas ganz anderes reden. Über etwas viel Intimeres.

»Ich muss gar nichts, Ryan.«

Ohne seine Antwort abzuwarten, kappte sie die Verbindung, fixierte aber noch minutenlang den stummen Telefonhörer in ihrer Hand. Erst als sie sicher war, dass er wirklich nicht mehr anrufen würde, legte sie das Gerät zurück auf die Station, stand auf und verließ ihr Büro. Hunger hatte sie keinen, doch sie benötigte dringend frische Luft, um ihre wirren Gedanken zu ordnen.

Den Rest des Tages schaffte sie es, ihn aus ihrem Kopf zu verbannen. Ein Termin jagte den nächsten, und als sie am Abend todmüde aus dem Lift stieg und ihre Etage betrat, war sie nicht nur geistig, sondern auch körperlich ermattet. Mit schleppenden Schritten und hängendem Kopf näherte sie sich ihrem Zuhause, hielt aber abrupt inne, als ein paar schwarze Converse in ihr Sichtfeld gerieten. Ruckartig flog ihr Kopf nach oben, und sie erstarrte zur Salzsäule.

Ryan lehnte an der Wand neben ihrer Wohnungstüre, hatte die Arme locker vor der breiten Brust verschränkt und grinste. Ein Bild der Arroganz. Der Kerl hatte eindeutig zu viel Selbstbewusstsein an der Mutterbrust getankt. Wie immer leger gekleidet, trug er eine graue, verwaschene Jeans und ein schwarzes Longsleeve, das sich unglaublich verführerisch um die perfekt geformten Konturen seines Oberkörpers schmiegte. Sein goldblondes Haar leuchtete warm im Halbdunkel des matt erhellten Flurs. Er trug es wie üblich im Nacken zusammengefasst, was die Harmonie seiner Züge nur noch mehr hervorhob. Sobald sie den Blick höher wandern ließ und ihm in die Augen sah, versank sie in schillerndem Eis. Sie versuchte erfolglos, sich zusammenzureißen, trotzdem wurde ihr schwindelig, schwarze Flecken tanzten vor ihren Augen. Die hilflose Ohnmacht, die sie bei seinem Anblick empfand, schnürte ihr langsam die Kehle zu.

»Wie kannst du es wagen, hierherzukommen?«, keuchte sie anklagend und wollte sich am liebsten abwenden, um auf dem schnellsten Weg zurück zum Lift zu laufen. Hauptsache, weit weg von ihm und seiner überwältigenden Ausstrahlung. Stattdessen blieb sie, wo sie war, und versuchte, sich nicht anmerken zu lassen, wie seine bloße Gegenwart sie aus der Fassung brachte.

»Warum sollte ich nicht herkommen?«, meinte er in gespieltem Erstaunen. »Wir leben in einem freien Land.«

Er war so unglaublich anmaßend. Sie konnte es kaum fassen.

»Wer hat dir meine Adresse gegeben?«

»Deine Mutter natürlich, wer denn sonst«, antwortete

er aufreizend, als wäre dies das normalste auf der Welt. Sie konnte sich lebhaft vorstellen, dass er ihrer Mutter die Anschrift entlockt hatte, ohne dass die sich auch nur das Geringste dabei gedacht hatte. Leanne war zwar eine äußerst manipulative Frau, doch sie konnte erschreckend naiv sein, wenn es um Männer ging. Und Ryan, davon war Chloe felsenfest überzeugt, war sicher ein überzeugender Lügner und gewieft in allerlei Täuschungsmanövern, wenn es darum ging, sein Ziel zu erreichen. Chloe schluckte ihre Verbitterung darüber runter.

»Verschwinde! Du hast hier nichts verloren«, zischte sie ihm zu und verschränkte die Finger ineinander, um das Zittern zu unterbinden. Sein Blick senkte sich auf ihre Hände. Er schmunzelte belustigt über ihre Bemühungen, möglichst leidenschaftslos zu wirken.

»Kommt nicht in Frage. Ich werde nicht gehen, bevor wir uns ausgesprochen haben.«

Wütend funkelte sie ihn an.

»Na gut, wenn du nicht gehst, dann werde ich das eben tun.«

Sie drehte sich um, wollte zurück zum Fahrstuhl, doch bevor sie auch nur einen Schritt nach vorn machen konnte, schoss sein langer Arm seitlich an ihr vorbei. Ryan hatte sich von der Wand gelöst und packte sie um die Taille. Mit einem kraftvollen Ruck zog er sie zurück, presste sie an seinen Körper und lachte über ihre ziemlich fruchtlosen Bemühungen, sich zu befreien. Überrumpelt und wehrlos hing sie in seinen Armen und verlor sogar für einen klitzekleinen Augenblick die Bodenhaftung. Ihre Beine zappelten wild hin und her, bis er endlich ein Einsehen hatte und sie sanft auf den Boden zurückgleiten ließ. Er hielt sie jedoch weiterhin eng an sich gepresst. Sie haderte mit ihren eigenen Gefühlen. Ryan fühlte sich an ihren viel weicheren Formen wie geschmiedeter Stahl an.

Bevor sie einen klaren Gedanken fassen konnte, schob sich sein Kopf seitlich an ihrem vorbei. Ryan bettete seine raue Wange dreist an ihre linke Gesichtshälfte.

»Déjà-vu«, raunte er leise. Es klang wie ein Versprechen. Ihre Knochen schienen sich zu verflüssigen, ihre Muskulatur gab nach. Chloe glaubte, sich in seinen Armen aufzulösen, allein sein Griff hielt sie noch zusammen.

»Lass mich los«, bat sie mit ersterbender Stimme. Sie strafte ihre Worte selbst Lügen, indem sie ihren Kopf nach hinten an seine Brust presste. Chloe hatte keine Kontrolle mehr über ihre Handlungen und folgte nur noch dem Diktat ihres Körpers, der noch um ein Vielfaches verräterischer war als dieser Mann. Er dürfte überall sein, nur nicht hier bei ihr. Und doch sträubte sie sich viel zu wenig gegen diesen Überfall. Sie wollte weder seine Wärme missen noch das Knistern, das in elektrischen Impulsen über ihre Haut rann wie die Ausläufer eines gewaltigen Sommergewitters. Chloe konnte die Blitze förmlich sehen, die funkenschlagend über ihr zusammentrafen, sie in ein Vakuum der Lust einhüllten, aus dem es kein Entkommen mehr gab. Krampfhaft schlossen sich ihre Hände über seinem stoffbedeckten Unterarm, der sich eisenhart um ihren Bauch schlang. Sie atmete abgehackt, als sein leises Wispern ihr Ohr streifte.

»Ich lasse dich erst dann los, wenn du versprichst, mit mir zu reden.«

Sie schüttelte stur den Kopf.

»Himmel noch mal! Fünf Minuten. Schenk mir einfach fünf verdammte Minuten, und dann bin ich wieder weg. Ich liebe deine Mutter, und ich will nicht, dass diese einmalige Geschichte zwischen uns meine Beziehung zu ihr belastet. Lass uns das aus der Welt schaffen, Chloe. Irgendwie.«

Einmalig? Sie glaubte ihm kein Wort, denn sein Körper bewies, dass er wie gedruckt log. Oder wie wollte er sonst seinen Steifen erklären, der sich provokant an ihren Hintern presste? Einmalig. Ha, dass sie nicht lachte! Chloe traute ihm nicht weiter, als sie ihn werfen konnte, und würde einen Teufel tun und ihn in ihre Wohnung hineinbitten.

»Du kannst mich mal, Seymour«, fauchte sie und versuchte endlich wieder mit mehr Nachdruck freizukommen, da ihre vorherigen Bemühungen alle grandios gescheitert waren. Er fluchte gotteslästerlich.

»Jetzt halt endlich still und gib mir deine Schlüssel! Meine Geduld hat Grenzen, und ich stehe kurz davor, dich übers Knie zu legen.«

Chloe stellte sich sofort vor, wie sie mit blanker Kehrseite quer über seinem Schoß lag. Sie glaubte sogar, seine schwere Hand zu spüren, die mit klatschenden Schlägen auf ihre zarte Haut niederging, die Blässe rötete und deutlich sichtbare Spuren hinterließ. Sie musste zugeben, dass die Vorstellung entblößt über seinen Schenkeln zu kauern, ihr ziemlich einheizte.

»Wenn du mich nicht augenblicklich loslässt, dann schrei ich das ganze Haus zusammen«, stieß sie hervor und schaffte es endlich, sich aus seiner Umklammerung zu winden. Schwer atmend stolperte sie nach vorn, drehte sich jedoch wohlwissend um, weil sie ihm nicht für eine Sekunde den Rücken zukehren wollte. Er sah sie kopfschüttelnd an.

»Du benimmst dich wie ein Kind«, rügte er und ließ sie zu ihrem Missbehagen nicht aus den Augen. Hatte er etwa Schiss, dass sie übers Treppenhaus abhauen wollte?

»Ich benehme mich, wie es mir passt.«

Er lächelte milde. Gleich darauf senkte er seinen Blick auf ihre Handtasche, die seitlich neben ihrer Hüfte hing.

»Ich nehme an, der Schlüssel ist da drin?«, fragte er gelassen und deutete mit dem Kopf auf die Stelle. Vorsorglich legte sie schützend ihre Hand über den Verschluss. Er machte einen Schritt vorwärts, sie einen zurück.

»Wag es ja nicht, mir zu nahe zu kommen«, warnte sie. Ryan grinste ungerührt und ging auf sie zu.

»Halt mich doch auf«, provozierte er sie ungeniert und fügte herablassend hinzu: »Wolltest du nicht schreien?«

»Wenn du denkst, ich bluffe, dann täuschst du dich.«

Sie war fest entschlossen, ihrer Stimme eine derartig hohe Tonfrequenz zu entlocken, dass selbst die Fenster zerbarsten, sobald sie um Hilfe schrie.

»Ob du bluffst oder nicht, interessiert mich nicht, Prinzessin«, antwortete er entspannt und drängte sie weiter zurück. Sie passte nicht auf und prallte mit dem Rücken gegen die Wand. Das verhinderte äußerst effektiv weitere Versuche, ihm zu entkommen.

»Hör auf, mich Prinzessin zu nennen!«, schimpfte sie. »Wieso geht es nicht in deinen ignoranten Schädel, dass ich nicht mit dir reden will? Wenn du ein schlechtes Gewissen hast, weil du mit mir rumgemacht hast, dann ist das nicht mein Problem. Das macht nicht ungeschehen, was passiert ist.«

»Gar nichts ist passiert, hörst du!«, hielt er sofort dagegen. »Absolut gar nichts. Mach aus einer Mücke keinen Elefanten, es war nichts Besonderes.«

»Du machst doch eine Riesensache daraus, indem du mir zu Hause auflauerst.«

Er gab keine Antwort, sie hatte auch keine erwartet.

»Du bist so ein Heuchler«, flüsterte sie schließlich. »Du hast einen gewaltigen Fehler gemacht, und nun hast du Angst, die Konsequenzen zu tragen.«

Chloe sah zu ihm auf, ihr Herzschlag donnerte. Jedes noch so kleine Detail von ihm nahm sie wahr. Angefangen bei den sinnlichen Lippen, bis hin zu seinen geballten Fäusten.

»Ich werde nicht einfach so gehen.«

Mit wenigen Schritten überbrückte er den Abstand, bis er ganz dicht vor ihr stand. Ein Atemzug reichte aus, damit ihr Busen seinen breiten Brustkorb berührte. Sie starrte darauf, erahnte die klar definierte Muskulatur darunter, die überwältigende Kraft, die sich dahinter verbarg. In ihrer Verzweiflung über das mentale Chaos, in das er sie stürzte, setzte sie alles auf eine Karte.

»Ich zähle jetzt bis drei, dann brüll ich das ganze Haus zusammen.«

Sie zog die Augen zu schmalen Schlitzen zusammen, begegnete unerschrocken seinem brennenden Blick und fing an, leise bis drei zu zählen.

»Eins ... zwei ...«

Sie hörte ihn leise fluchen, ehe er sie an den Schultern packte.

»Du hast es selbst herausgefordert.«

Was meinte er damit? Seine Augen wanderten unablässig über ihr Gesicht, er machte einen beinahe abwesenden Eindruck auf sie. Sie schluckte hart, kreiste ihre Schultern, um seine Hände abzuschütteln. Sein fester Griff ließ erahnen, wie unglaublich es sich anfühlen musste, diese Finger ohne störende Kleidung auf ihrer Haut zu haben. Chloe öffnete den Mund einen Spaltbreit und fing seinen süßen Atem ein, der sich zwischen ihren Lippen in ihre Mundhöhle stahl. Ihre Lungen dehnten sich, fingen an zu brennen. Entsetzt registrierte sie, wie er sein angespanntes Gesicht immer tiefer über ihres senkte, als wollte er sie küssen.

Bestimmt will er mir nur Angst machen, er würde doch nicht ...

Sein Mund fuhr mit einer Heftigkeit auf ihren herab,

dass ihre Zähne aneinanderschlugen. Sie schrie auf, stöhnte, weil ihre Lippen so brutal überfallen wurden und sich parallel dazu der Druck seiner Finger auf ihrer Schulterpartie verstärkte. Die Knochen schmerzten, als könnten sie jede Sekunde einfach zerbröseln. Doch ihre Kraftlosigkeit war nicht so demütigend wie die Tatsache, dass jede Faser ihres Körpers nach mehr gierte. Sie wollte dieses Gefühl abschütteln, davonlaufen, und doch fand sie es wahnsinnig schön, von seiner Männlichkeit dominiert zu werden.

Sie wimmerte in lustvoller Erwartung, krallte die Finger in sein Shirt und hielt sich daran fest, als wäre dieser weiche Baumwollstoff der einzige Anker, der sie davor bewahren konnte, im Ozean ihrer überwältigten Gefühle wegzutreiben. Wie die brüchigen Überreste von altem Treibgut schaukelte sie auf den Wellen davon, spürte sein Gewicht, als er sich gegen sie sinken ließ, und seine Hand, die ihren Nacken umfasste. Neckend fuhr er mit seiner Zunge über ihren verschlossenen Mund, drängelte und drückte, bis sie endlich nachgab und ihn in sich aufnahm. Ihr sackten fast die Beine weg, so heiß-kalt fuhren ihr die Empfindungen in den Magen. Seinem köstlichen Kuss ausgeliefert, befürchtete sie in den verirrten Verästelungen ihres Verstandes, dass sie eines Tages einen verdammt hohen Preis für all das hier bezahlen würde. Sein Kuss wurde intensiver, seine beherrschende Zunge diktierte ein Spiel, in dem nur er als Sieger hervorgehen konnte. Es kam ihr beinahe so vor, als wollte er sie voll und ganz vereinnahmen, in sie hineinkriechen, ihr seinen Stempel aufdrücken, um sie für alle Zeiten als sein Eigentum zu markieren.

Chloe wollte nicht als Sklavin ihrer körperlichen Begierden enden und auf diese Weise ihre Urteilskraft und ihre Würde verlieren, doch Ryan machte ihr den Widerstand verdammt schwer. Er küsste schlichtweg unvergleichlich, seine Zunge war aufwühlend und fuhr verspielt über Gaumen und Zähne, um sich am Ende erneut mit ihrer zu vereinen. Feuchte Wärme, unerträgliche Süße und wildes Herzrasen waren alles, was Chloe noch wahrnehmen konnte, bis akuter Sauerstoffmangel sie dazu zwang, ihn leicht zu beißen, damit er endlich von ihr abrückte. Er fasste sich an die Lippe und atmete scharf ein.

»Du kleines Biest«, zischte er ihr leise zu, während sie so viel frischen Sauerstoff wie möglich in ihre leeren Lungen pumpte.

Dass sie leichte Auflösungserscheinungen zeigte, gefiel ihm wohl, denn er schenkte ihr ein geradezu raubtierhaftes Grinsen, bevor er dazu überging, ihre Schläfe und ihren Hals mit unzähligen Küssen zu bedecken. Sie legte den Kopf zurück und löste ihre Hände von der weichen Oberfläche seines Shirts, um sie hinter seinem Nacken zu verschränken. Ryans Haut glühte wie ein Backofen unter ihren kühlen Fingerspitzen. Der Kontakt wärmte sie, die Liebkosungen, mit denen er sie überhäufte, vertrieben ihre Bedenken. Auch wenn es noch so falsch und verwerflich sein mochte, so genoss sie doch jede Sekunde dieses verbotenen Zusammenseins.

Entfesselt bog sie den Kopf zurück und ließ ihn gewähren. Sein Mund wanderte weiterhin über sie hinweg, küsste jeden Zentimeter ihrer Haut, den er erreichen konnte, quälte sie mit kleinen Bissen, die nicht wehtaten, sondern ihre Lust auf ihn noch steigerten. Er presste sich näher an sie heran, seine Hüften drängend, reibend, weil das, was so groß und hart zwischen seinen Schenkeln ruhte, sich mit ihrem Körper vereinen wollte. Gedankenlos rieb sie sich daran. Sie verging fast vor Sehnsucht danach, seine gesamte Länge in ihrem Schoß aufzunehmen. Bestimmt würde er sich wunderbar anfühlen.

»Du machst mich verrückt seit unserer ersten Begegnung«, stöhnte er gegen ihre Haut. »Ich kann nicht aufhören, an dich zu denken.«

Nach diesem Eingeständnis leckte er einmal quer über ihre Wange, schmeckte sie. Chloe erbebte. Bei jedem anderen Mann hätte sie das eklig gefunden, doch bei ihm ... Sie gehörte ihm nicht, und doch machte er sie sich zu eigen. Es war Irrsinn.

»Wir dürfen das nicht tun«, flüsterte sie wenig überzeugend, bemüht, die letzten Reste ihres Verstandes zusammenzukratzen.

»Ich kann nicht aufhören«, gab er zu. »Ich kann es einfach nicht ...«

Seine Lippen widmeten sich nun intensiv der kleinen Mulde unter ihrem Ohr. Sein Atem war heiß und ließ ihre Haut feucht zurück. Endlich zog er eine heiße Spur zurück zu ihrem erwartungsvoll geöffneten Mund. Sie konnte es kaum erwarten, ihn wieder zu küssen. Er stürzte sich wieder auf ihre Lippen, kostete von ihnen. Chloe entfuhr ein lustvoller Laut, als sich ihre Zungen trafen. Kleine Blitze implodierten im Inneren ihres Körpers, ihre Fingernägel schlugen tiefe halbmondförmige Wunden in seine Haut. Er würde sicher einige Tage lang sein Haar offen tragen müssen, doch sie war zu beschäftigt damit, die Reibung seiner Zunge an ihrer zu genießen, um mehr als leises Bedauern über seine Verletzung zu empfinden. Noch dazu schien er den Schmerz zu begrüßen, er brummte zufrieden in ihren Mund hinein, sein Becken schob sich drängend gegen ihres. Fast zeitgleich zwängte er seine Hand zwischen ihre Schenkel. Durch den Stoff hindurch streichelte er ihre Mitte, benutzte den Daumen, um feste Kreise genau an der Stelle zu ziehen, die so wollüstig glühte. Sie schrie leise auf, als er den Druck intensivierte. Wimmernd bewegte sie sich ihm entgegen, verlangte nach mehr.

»Du bist wunderschön, wenn du dich gehenlässt.«

Sie konnte ihm darauf nicht antworten, doch dieses leise Bekenntnis berührte etwas tief in ihr drin, das sie nicht beim Namen nennen wollte. Es doch zu tun, wäre gleichbedeutend mit einer Kapitulation, und sie brauchte doch all ihre Kraft, um ihn nicht tagein, tagaus ihre Gedanken beherrschen zu lassen. Es reichte, dass er ihren Körper scheinbar nach Belieben befehligte; ihren Geist und ihre Seele durfte er keinesfalls vereinnahmen.

Bebend hing sie in seinen Armen. Das Geräusch eines Reißverschlusses schnitt eine tiefe Kerbe in die atemlose Stille. Das zirpende Surren war das einzig Reale, das durch den lustvollen Nebel zu ihr durchdrang. Sie wurde stocksteif und hörte auf zu atmen. Nach Sauerstoff ringend, fühlte sie seine langen Finger, die sich geschickt von oben unter ihren Slip schoben und abtauchten. Noch nie hatte sie etwas so sehr erregt wie die zarte Gründlichkeit, mit der er ihre glattrasierte Scham bearbeitete. Sein Mittelfinger fuhr heraus und zwängte sich langsam durch die mittlerweile glitschigen Schamlippen. Ihre Knospe begrüßte seinen reibenden Finger mit zitternder Erwartung, während er unermüdlich kreisend über die rosa Kuppel fuhr und sie damit noch härter und empfänglicher machte.

Sie packte sein Handgelenk, wollte ihn stoppen, weil sie es kaum noch ertrug, so schön war es. Doch anstatt ihn daran zu hindern, sie weiterhin so wunderbar zu quälen, hielt sie sich nur an ihm fest. Ihre Hüften schaukelten vor und zurück, während sie auf seinem schwieligen Finger ritt, bis zuckrige Schauer über sie hinwegrieselten. Ein Gefühl ergriff sie, so betörend, dass sie es am liebsten konserviert und für die Ewigkeit aufgehoben hätte. Erneut zerrte sie an seinem Arm, der sich in einem unerträglich gleichmäßigen Rhythmus rauf und runter zog.

»Bitte.«

Sie bettelte. Um Bewegungsfreiheit und um ihren Seelenfrieden.

Sie konnte die mahlenden Bewegungen seiner Kieferpartie hören, und sie fragte sich unwillkürlich, was er für sie empfand. Hass, Verlangen, den Wunsch, sie zu erwürgen? Unschöne Erinnerungen an den restlichen Verlauf des Abendessens überfielen sie wie aus dem Nichts, als wollten sie Chloe ermahnen, Vernunft zu zeigen und dieses verbotene Spiel endlich zu beenden …

Nachdem sie mit Victor hineingegangen war, lag Leanne wieder in Ryans Armen. Die beiden hatten sich versöhnt und hingen den Rest des Abends wie Kletten aneinander. Als wollte er Chloe beweisen, wie sehr er ihre Mutter begehrte, hielt er ständig Händchen mit ihr, berührte sie zärtlich, dann wieder auf höchst anstößige Weise, wenn man bedachte, dass sie Zuschauer hatten. Dabei richtete er laufend seinen durchdringenden Blick auf Chloe, berechnend und eiskalt, als wollte er ihr sagen: Siehst du, wie glücklich ich sie mache? Versuch also gar nichts erst, das hier kaputtzumachen, denn du wirst mehr verlieren, als du gewinnen kannst.

Es hatte sie gegen ihren Willen verletzt, dass er so offensichtlich verrückt nach Leanne war. Doch als weitaus schlimmer empfand sie die gärende Eifersucht auf ihre Mutter und fühlte sich schrecklich deswegen.

»Du willst doch gar nicht, dass ich gehe. Hab ich nicht recht?«, durchbrach seine Stimme ihre quälenden Erinnerungen.

Unschlüssig biss sie sich auf die Lippe. Sie hatte Angst vor der Stärke ihrer Empfindungen, scheute sich zuzugeben, dass sie dabei war, ihm und seinen Berührungen hoffnungslos zu verfallen.

»Was ist? Willst du mir nicht antworten?«

Sie hörte sein herausforderndes Wispern dicht an ihrem

Ohr, dann erstarrte sie, schüttelte sich. Er zwickte sie in ihre Klitoris. Tief grub sie die Zähne in ihre Unterlippe, ein heftiges Pulsen überschwemmte ihren Körper, so herrlich, dass es kaum mit Worten zu beschreiben war. Trotzdem war der vernünftige Teil ihrer Persönlichkeit sauer. Sie wollte sich nicht von ihm kontrollieren lassen. Dieses eingebildete Großmaul!

»Verschwinde, ich habe keine Lust darauf, mich weiter mit dir abzugeben«, stieß sie hervor und erntete dafür einen zutiefst belustigten Laut, weil es so offensichtlich gelogen war. Ihre Hüften zuckten und schoben sich suchend an seine heran.

»Chloe, Chloe, Chloe ... du bist wirklich ein unartiges kleines Ding!«, tadelte er prompt. »Hat man dir nicht beigebracht, dass du nicht lügen sollst?«

Sie konnte kaum einen klaren Gedanken fassen und war daher dementsprechend fassungslos, als er unerwartet zurückwich. Mit triumphierendem Gesichtsausdruck ließ er etwas vor ihrer Nase baumeln, und sie starrte ungläubig auf ihren Schlüsselbund, den er ihr wie ein Taschendieb gestohlen hatte, während sie hilflos vor Lust in seinen Armen gelegen hatte.

»Hab ich dir nicht schon am Telefon gesagt, ich bekomme immer, was ich will?«

»Du ... du ...«

Ihr fehlten die Worte, um ihn angemessen zu betiteln. Sich ihre Überraschung zunutze machend, packte er unerbittlich ihr Handgelenk und zog sie hinter sich her zu ihrer Wohnung, während ihr vor Empörung fast Rauchwolken aus den Ohren quollen. Ihre Versuche, ihm den Schlüssel wieder abzunehmen, blieben erfolglos. Er schloss die Tür auf, ohne sich einen Deut um ihre Verärgerung zu scheren, und schubste sie nur wenige Augenblick später in den Flur. Während sie vorwärtsstolperte, flammte das

Licht auf, er schloss die Türe ab und steckte den Schlüssel vorsorglich in seine Hosentasche.

»Du widerwärtiger Mistkerl!«

Sie rieb sich ihr malträtiertes Handgelenk und wunderte sich, dass ihr tödlicher Blick ihn nicht umfallen ließ wie eine angesägte Eiche. Stattdessen lächelte er, und sie konnte seinem Ego praktisch beim Wachsen zusehen. Chloe war wütender als jemals zuvor in ihrem Leben, rannte auf ihn zu und trommelte mit all ihrer Kraft auf seiner Brust herum.

Ryan steckte die Schläge lässig weg. Er machte sogar den Eindruck, sich nur zu gern als ihr ganz privater Punchingball für ihre Aggressionen zur Verfügung zu stellen, und schien ihre aufgebrachte Reaktion sogar zu genießen. Das regte sie nur noch mehr auf.

»Ich hasse dich. Hörst du? Ich hasse dich mehr als irgendjemanden sonst auf der Welt.«

Er lächelte blasiert.

»Tu dir keinen Zwang an, hass mich ruhig weiter. Trotzdem gehe ich nicht, ehe du mir zugehört hast.«

»Das kannst du vergessen, Arschloch. Du kannst mir nichts erzählen, was ich nicht schon längst weiß. Du bist nichts weiter als ein elender Betrüger«, zischte sie und versuchte, ihm das Gesicht mit den Fingernägeln zu zerkratzen. Völlig unaufgeregt fing er ihre Hände ab und hielt sie fest, ehe sie seine Haut erreichen konnte.

»Ich bin kein Betrüger. Dieser Abend auf Seymour Manor war einfach eine Kurzschlussreaktion. Ich hatte zu viel getrunken, dann dieser Raum, die Skulptur ... du.«

»Hörst du dir eigentlich selbst mal zu? Du wärst Leanne um ein Haar fremdgegangen, und jetzt soll ich dir glauben, dass dies ein einmaliger Ausrutscher war. Und das eben? War das auch nur eine Kurzschlussreaktion?

Wer sagt mir, dass du das nicht ständig machst, sobald Leanne nicht in deiner Nähe ist?«

Seine Kinnpartie spannte sich nach ihren Vorhaltungen sichtlich an, seine Wangenmuskeln zuckten. Ein untrügliches Zeichen dafür, dass er sauer sein musste. Statt ihr zu antworten, drehte er sie blitzschnell um und drückte sie mit dem Gesicht voraus gegen die Wand. Ruppig presste er sie gegen die cremefarbene Raufasertapete, sein Körper folgte. Chloe fühlte sich komplett eingehüllt. Von der Wand, von ihm …

Ihre Wut verpuffte so schnell, wie sie gekommen war. Seine unmittelbare Nähe war zu viel. Er war zu viel.

»Fordere mich nicht heraus, Chloe«, wisperte er dicht an ihrem Ohr. »Du bist kein Stück besser als ich, oder hast du schon vergessen, wie geil du vorhin auf mich warst? Ich hätte dich gleich dort im Flur ficken können. Im Stehen. Und es wäre dir scheißegal gewesen, ob jemand kommt oder ob du damit deine Mutter hintergehst. Also erzähl mir nichts von Moral, du bist genauso schuldig wie ich.«

Verdammt, er hatte recht. Sie hätte es zugelassen. Machte Sie das jetzt zu einem schlechten Menschen? Sie wollte die Antwort darauf gar nicht wissen, und sein heißer Atem auf ihrer Wange ließ auch keine weiteren Gedanken mehr zu. Sie zappelte, wollte weg von ihm, doch er ließ sie nicht los, sondern schmiegte sich weiterhin an ihren hungrigen Körper. Ein verzweifelter Laut entschlüpfte ihr, gefolgt von einem heiseren Wispern.

»Ryan, um Gottes willen, das ist doch Wahnsinn.«

»Ich will nur reden, Chloe«, entgegnete er. Seine Stimme klang belegt, als wüsste er, dass er sich selbst in die Tasche log. Kämpfte er ebenso wie sie mit dem eigenen Körper und den darin ruhenden Dämonen, die ihr nahezu ununterbrochen zuflüsterten, wie berauschend es sein würde, mit ihm zu schlafen? Dass der Sex unvergleichlich sein würde, atemberaubend und schwindelerregend. Es ging hier nicht um Liebe, nicht mal um Betrug, sondern schlichtweg um die Tatsache, dass sie einander nicht widerstehen konnten. Sie ihm nicht und er ihr nicht. Diese Übereinstimmung verband sie, kettete sie aneinander und ließ Leanne außen vor.

Chloes Sinne waren geschärft, während sie seinem Atem lauschte, der immer schwerer aus seinem Mund strömte. Eines musste sie sich unwiderruflich eingestehen: Sie würde niemals Ruhe finden, ohne wenigstens einmal von seiner Leidenschaft gekostet zu haben. Doch noch hielt sie eine unsichtbare Schranke auf Abstand. Es war tabu …

»Tabus sind da, um gebrochen zu werden«, wiederholte die Stimme in ihrem Kopf. Sie war so verführerisch, machte den Weg frei, indem sie ihr unbewusst versicherte, dass es schon in Ordnung war. So starke Gefühle hatten ihre Berechtigung, sie verdienten es, dass man ihnen nachging. Chloe verzweifelte innerlich. Sie suchte nach Ausreden, suchte nach einem Weg, das, was sie empfand, vor sich zu rechtfertigen. Wie sollte sie sich gegen etwas wehren, das so viel stärker war als die Vernunft, stärker noch als die Liebe zu ihrer Mutter? Sie leckte sich kurz über die trocken gewordenen Lippen, in ihrem Kopf drehte sich alles, bis sie eine Entscheidung traf, die ihr gesamtes weiteres Leben beeinflussen würde.

»Ryan …«

Sein Name glich einem hingebungsvollen Seufzen, als sie ihn aussprach. Ihre Finger, die bisher nur versucht hatten, sich zu befreien, legten sich sanft über seinen Handrücken. Chloe streichelte leicht darüber hinweg, spürte die feinen Härchen an seinem Handgelenk, die Hitze, die von ihm ausging.

Sein langgezogener Atemzug, als er die Nase zwischen

ihren seidigen Haaren vergrub und ihre Brust umfasste, schraubte die erwartungsvolle Vorfreude auf das nächste Level, und sie war bereit, sich den Wünschen, die er in ihr zu wecken verstand, voll und ganz zu ergeben. Himmel, allein der Druck seiner Hände war betörend. Nur ihr Blazer und ihre helle Seidenbluse mit der ewig langen Knopfleiste beeinträchtigten den Genuss. Vorsichtig kreiste sie mit den Schultern, um die Kostümjacke loszuwerden.

»Mach meine Bluse auf«, wisperte sie leise, nachdem das überflüssige Kleidungsstück leise zu Boden gefallen war. Sie hungerte danach, seine Hände direkt auf ihrer Haut zu spüren, und ließ sein Handgelenk los, um sich schwer atmend an der Wand abzustützen. So bot sie ihm ungehinderten Zugang zu ihrem Körper. Sein erleichtertes Seufzen prallte gegen ihren Nacken und ließ sie erschauernd zurück, die gesamte Oberfläche ihrer Haut zog sich zusammen, als er mit dem Mund die empfindliche Stelle unter ihrem Haaransatz fand und sie mit hauchzarten Küssen verwöhnte. Sachte Bisse folgten, und ihr gesamter Körper schüttelte sich in purer unverfälschter Lust.

»Oh verdammt, ich werde es bestimmt furchtbar bereuen, aber … ich will dich«, stieß sie leidenschaftlich hervor. Der Druck seines Körpers an ihrem nahm kontinuierlich zu.

»Nur einmal …«, keuchte er ihr schwer atmend ins Ohr und presste ihre Brust so heftig, dass sie leise aufschrie. Scharfer Lustschmerz durchzuckte sie, und ihre Brustspitzen fingen an zu klopfen.

»Hast du mich verstanden, Chloe? Nur ein einziges Mal, danach darf es nie wieder passieren. Wir vergessen es einfach …«

Sie nickte benommen. Einmal die Lust aufeinander stillen, dachte sie aufgeregt, danach würden sie einfach wieder zur Tagesordnung übergehen und so tun, als hätte diese Nacht nie stattgefunden. Das war der Plan. Kein sehr guter, aber der einzige, der sich im Augenblick bot.

Chloe besiegelte diesen Pakt, indem sie ihren Po provozierend an seinem Glied rieb. Das war ihm offenbar Antwort genug, denn er fing endlich an, die kleinen Knöpfe an ihrer Bluse zu öffnen, bis ein schmales V über ihrer Brust aufklaffte. Ryan schob die langen Finger hinein, presste sich enger an ihre Rückseite und suchte mit den Fingerspitzen die nackte Haut unter ihrem BH.

»Du hast viel zu viel an.«

Er klang frustriert. Heimlich freute sie sich darüber, dass sein Tonfall von purer Ungeduld verzerrt wurde, weil er das, was er so unbedingt berühren wollte, durch die ungünstige Position und den störenden Stoff dazwischen einfach nicht erreichen konnte. Einen Wimpernschlag später wurde sie schwungvoll umgedreht, so dass ihr Kopf unsanft gegen die Wand hinter ihr knallte. Sie spürte den dumpfen Schmerz kaum, sondern hörte nur noch das Blut in ihren Ohren rauschen, als er schwer atmend die beiden Hälften ihrer Bluse packte und mit einem Ruck auseinanderzog. Die restlichen Knöpfe rissen ab, als wären die Fäden aus Zucker. Sie flogen Chloe um die Ohren, verloren sich in allen möglichen Richtungen und landeten geräuschlos auf dem Teppich.

»So ist es besser«, knurrte er ihr heiser zu und schob übergangslos die Stoffkörbchen ihres BHs hinunter. Ihre Brüste wurden nach oben gedrückt, die hellroten Nippel ragten aufwärts und bettelten seinen Mund herbei, der sich in vorauseilendem Gehorsam über eine der Spitzen stülpte. Sein unterdrücktes Ächzen wurde begleitet von ihrem Wimmern, sobald sie seinen nassen Mund an ihren empfindsamen Warzen fühlte. Gleichmäßige Kreise zogen sich um die Höfe, sparten aber die Spitzen aus.

»Bitte nimm sie in den Mund«, flehte sie ihn an und

hasste sich für den bettelnden Unterton in ihrer Stimme. Ihr Kopf rollte an der Wand von einer Seite zur anderen, ihre Hüften drängten vorwärts und drückten ihre Scham fest gegen die harte Wölbung unter seiner Jeans. Sie rieb sich an ihm, ein langanhaltendes Ziehen krampfte ihre inneren Muskeln zusammen und setzte ihren gesamten unteren Bereich in Flammen. Endlich fing er an, mit den Zähnen an ihren erigierten Spitzen zu nagen. Ihr knickten fast die Knie weg, als er kurz darauf dazu überging, an ihrer Brustwarze zu saugen.

»Fester ...«, entfuhr es ihr. Sie spürte sein Lächeln, ohne es zu sehen. Er gehorchte willig und sog so stark an ihrem Nippel, dass er in seinem Mund noch größer und härter wurde.

»Wo ist dein Schlafzimmer?«, stieß er hervor, nachdem er sich von ihr gelöst hatte.

Es klang undeutlich, seine Finger stahlen sich wieder zurück in ihre offene Hose und streichelten sie durch den Stoff ihres Slips hindurch. Chloe stand kurz davor, zu kollabieren, und schnappte nach Luft, als sie die Nässe aus sich herausfließen fühlte. Sobald er tiefer ging, würde er selber merken, was er bei ihr anrichtete, und sich in seinem männlichen Stolz suhlen, bis er ihm zu den Ohren heraushing.

»Letzte Tür links«, antwortete sie endlich und ließ sich widerstandslos in diese Richtung führen. Drinnen tastete er nach dem Schalter, die Lampen flammten auf und tauchten den Raum in ein warmes, goldenes Licht. Ryan verschwendete keine Zeit damit, sich in ihrem privaten Reich umzusehen, sondern küsste sie unaufhörlich weiter, während er tiefer mit ihr ins Schlafzimmer stolperte.

Weit entfernt meinte sie, ihre Katze miauen zu hören, doch sie war schon zu erregt, um sich Gedanken um Kassiopeia zu machen. Seine Finger nestelten indessen an ihrer Hose herum, ehe er sie über ihre glatten Schenkel nach unten zerrte. Chloe blickte auf seinen gebeugten Kopf herunter, als er sich hinkniete, um ihr aus den Schuhen und Hosenbeinen herauszuhelfen. Sie fühlte sich danach nackter als je zuvor in ihrem Leben. Die weit offene Bluse gab den Blick frei auf ihre Brüste, die – nach oben gehalten durch ihre Spitzenkörbchen – eine Üppigkeit suggerierten, die eigentlich gar nicht vorhanden war. Derweil strichen Ryans Finger ruhelos über ihre Waden, über die langen Beine, bis hoch zu den Oberschenkeln.

»Du bist wunderschön.«

Ein zittriger Laut entfuhr ihrer Kehle, bis sie schließlich den Kopf in den Nacken legte und einfach nur seine unendlich sanften Berührungen auf sich wirken ließ. Ein bleierner Atemzug stahl sich aus ihrem Mund. Tief und ruhig. Sie ergab sich mit jeder Faser ihres Körpers und empfand einen Frieden, der ihr fast schon unwirklich vorkam. Ihre schweren Lider öffneten sich träge, sie sah aus dem Fenster. In der Ferne leuchteten die Lichter der London Bridge, und sie ahnte, dass sie diesen Anblick nie wieder unbefangen genießen konnte, ohne an diesen Moment zurückzudenken. An diesen Augenblick absoluter Hingabe.

»Bitte mach das Licht aus«, bat sie ihn schließlich. Chloe folgte ihm mit den Augen, als er sich erhob und auf die Tür zulief, um den Schalter zurück in die Ursprungsposition zu kippen. Es wurde Nacht, ohne dass es wirklich dunkel wurde. Eine Stadt wie London schlief nie ganz, komplette Straßenzüge wurden von künstlichem Licht erhellt und gaben der Schwärze keinen Boden, auf dem sie sich ausbreiten konnte. Angespannt wartete sie darauf, dass er zu ihr zurückkam, doch Ryan blieb neben der Tür stehen, ganz im Schatten des abgedunkelten Zimmers. Sie konnte seinen Atem hören, nicht mehr hektisch und aufreibend, sondern gleichmäßig, als hätte er alle Zeit der Welt.

»Ryan?«

Ihre Stimme klang schrecklich dünn.

»Zieh dich aus, Chloe.«

Er klang sanft, gezügelt. Und doch konnte er nicht die Leidenschaft verbergen, die ein Teil seiner Persönlichkeit war. Sie wartete nur darauf, dass sie sich entlud. In ihr, auf ihr, überall, wo sie es zuließ. Doch je länger er reglos an der Tür verharrte, umso größer wurde ihre Unsicherheit. Einen Striptease vor ihm hinzulegen erschien ihr mit einem Mal vollkommen unmöglich.

»Bitte, tu es für mich, Chloe«, bat er sanft, als würde er genau wissen, wie es gerade in ihr aussah. Vermutlich wusste er das tatsächlich. Chloe fühlte sich dennoch gehemmt. Was er da verlangte, war unglaublich intim. Eine Frau beim Ausziehen zu beobachten war ein Privileg, das nur ein Liebhaber genießen durfte, und diesen Status hatte er noch nicht erreicht. Eine unerklärliche, in ihren Augen fast schon alberne Scheu befiel sie, die sie aber nach einigen Sekunden genauso abschüttelte wie ihre Bluse. Lautlos flatterte sie auf den Boden.

»Mehr … zieh den BH und den Slip aus. Lass dich fallen, gib dich mir hin«, forderte er heiser.

Sie wartete darauf, dass er aus dem Schatten trat. Irgendwie erinnerte sie diese Szene an ihre erste Begegnung. Ihre Augen suchten erneut nach ihm, erkannten nur seinen Schemen, der unbeweglich neben der Tür verharrte.

»Jetzt, Chloe. Tu es jetzt!«

Wie ein Voodoo-Priester beschwor er ihren fehlgeleiteten Verstand, ihre Hände verschwanden hinter ihrem Rücken und hakten den Büstenhalter auf. Gleich darauf zog sie die Schultern nach vorn, und er fiel an ihren Armen entlang einfach auf den Boden. Sie sah ihm nicht mal hinterher, sondern fixierte weiterhin Ryans dunkle Umrisse.

»Den Slip auch noch.«

Alles in ihr protestierte dagegen, es selbst zu tun, sich bloßzustellen. Das Höschen stellte den letzten Schutzwall dar, auch wenn er noch so lächerlich gering sein mochte. Dennoch folgte sie seinem Wunsch und unterdrückte die Verlegenheit. So aufgeschlossen sie sich nach außen hin auch gab, so war es für sie nicht selbstverständlich, sich einem Mann hinzugeben. Die Anzahl ihrer bisherigen Liebhaber konnte sie an einer Hand abzählen. Zögernd legte sie ihre Fingerspitzen auf den oberen Saum ihres Höschens, schob sie leicht darunter, ohne den Stoff auch nur einen Millimeter zu bewegen. Sie verlor den Mut.

»Ich kann nicht.«

Sie war beschämt und neigte den Kopf zur Seite. Aus den Augenwinkeln sah sie ihn zurückkommen. Langsam, behutsam näherte er sich, legte seine Finger unter ihr Kinn und drehte ihren Kopf in seine Richtung. Sie fühlte seinen durchdringenden Blick auf sich, empfand sich als gläsern, geradezu durchsichtig.

»Wovor fürchtest du dich?«

Chloe schüttelte abwehrend den Kopf. Sie wollte nicht über ihre Furcht reden, nicht Frau genug für ihn zu sein, weil sie sicher nicht mit ihrer Mutter mithalten konnte. Leanne hatte sie immer in allem übertrumpft, und ihr wurde bewusst, dass ihr ganzes Leben einem einzigen Kampf glich. Erst um die Liebe ihrer Mutter und nun um die Aufmerksamkeit eines Mannes, den sie beide begehrten.

»Ich möchte nicht reden, nicht jetzt«, erklärte sie und trat auf ihn zu. Mit ihrer Hand strich sie sanft über seine Brust, fühlte die Härte, die sich über seine Brustmuskulatur spannte. »Du bist noch gar nicht nackt«, flüsterte sie leise, um ihn abzulenken.

»Du könntest das ändern.«

Einen Wimpernschlag später trafen sich ihre Blicke, suchend streckten sie die Hände nacheinander aus, berührten sich. Dieser Moment war nur ein flüchtiges Aufblitzen in der Geschichte des Universums, ihr hingegen erschien er länger als die Ewigkeit. In dieser Sekunde verfiel sie Ryan mit Haut und Haaren, unwiderruflich und unumkehrbar. Kein Mann vor ihm hatte es jemals geschafft, sie so stark fühlen zu lassen. Instinktiv spürte sie: Es würde auch keinen nach ihm geben. Nicht in dieser Weise, nicht mit all diesen unfassbar schwindelerregenden Empfindungen, denen sie sich ausgeliefert fühlte und die ihre Welt in ein kaleidoskopisches Meer aus bunter Farbe tauchte. Die Zeit davor verblasste, wurde grau und fad.

Entschlossen zog sie sein Shirt in die Höhe. Ryan hob die Arme und half ihr, das störende Ding über seinen Kopf zu ziehen. Ein fast schon erleichtertes Seufzen entwich seinen Lippen, als sich ihre Hände ziellos über seinen Oberkörper bewegten.

»Du bist so warm«, stellte sie staunend fest und hörte ihn zischend einatmen. Er spannte seine Kieferpartie merklich an, sobald sie ohne Zögern ihren Mund auf seine Haut presste und feurige Bahnen mit ihrer Zunge malte, bis hinauf zu seinen flachen, bronzebraunen Brustwarzen. Chloe leckte neckend an einer, nagte daran, wie er noch wenige Minuten zuvor an ihren. Er erschauerte wohlig, Gänsehaut breitete sich auf seiner glatten Haut aus. Mit einem Hauch Genugtuung fühlte sie seinen harten Griff an ihren Oberarmen, als er sie umfasste und ein Stück weit von sich schob. Doch sie ließ sich nicht so einfach abschütteln.

Wild schlug sie seine Hände fort, legte die Arme um seine Taille und heftete den Mund erneut auf seinen

Brustkorb. Mit geöffneten Lippen verwöhnte sie jeden Zentimeter dieser bronzebraunen Muskelstränge, fuhr mit ihren Fingernägeln über seine Wirbelsäule, die festen Seiten, presste sich immer dichter an ihn. Die Wölbung zwischen seinen Beinen passte wunderbar in die weiche Mulde zwischen ihren Schenkeln, ihre Hüften bewegten sich ihm automatisch entgegen, während ihr Mund gieriger wurde und versuchte, so viel wie möglich von ihm zu schmecken.

»Mach die Knöpfe meiner Jeans auf.«

Nach dieser Forderung legte er den Kopf in den Nacken, sein Mund stand halb offen. Sie fand ihn wunderschön und blieb mit ihren Augen an seinem Kehlkopf hängen. Am liebsten hätte sie hineingebissen, um ein unmissverständliches Zeichen auf ihm zu hinterlassen, doch der Wunsch, sein heißes Glied zu fühlen und zu umfassen, war noch viel ausgeprägter.

Chloe ging vor ihm auf die Knie und nestelte ungeduldig an den harten Metallknöpfen herum, um seinem Wunsch nachzukommen. Sie versuchte, die lästigen kleinen Dinger durch die viel zu engen Stoffschlitze zu quetschen, die ihr auf einmal wie ein unüberwindliches Hindernis vorkamen. Endlich schaffte sie es und betrachtete die respekteinflößende Ausbuchtung unter seinem schwarzen Slip. Ihre Vorstellungskraft lief auf Hochtouren, und sie sah seinen prachtvollen Schwanz förmlich vor sich. Erigiert, einsatzbereit und kraftvoll. Selbst durch den Slip hindurch blieb nicht viel der Phantasie überlassen.

»Er ist groß«, murmelte sie bewundernd.

Seine Reaktion bestand aus einem wilden Knurren, er griff in ihre Haare und verkrallte seine Finger in ihren Locken. Ryans offen gezeigtes Begehren gab ihr die nötige Selbstsicherheit, um ihn von seiner Hose und dem Slip zu befreien. Endlich war er nackt. Sein harter Penis stand waagrecht von seinem Unterleib ab, war voll erregt und zuckte unter ihren liebkosenden Händen. »Scheiße, willst du, dass ich sofort komme?«, entfuhr es ihm.

Sie sah hoch und lächelte ihn an.

»Das macht doch nichts. Wir haben doch die ganze Nacht.«

Kurz trafen sich ihre Blicke, ehe er – unzusammenhängende Worte – flüsternd, zu ihr auf den Boden sank und ihren Mund mit einem wilden Kuss verschloss. Ihre Hände suchten nach einem Halt und fanden ihn an seinen festen Pobacken, die sich immer im Wechsel rhythmisch zusammenzogen und entspannten. Sein Glied zwängte sich zwischen die weiche Haut ihrer Oberschenkel, während seine Finger zielsicher ihre steifen Brustknospen fanden und daran zupften. Ein angenehm prickelndes Gefühl war die Folge, das sich zu einem quälenden Pochen steigerte. Nach einigen peinigenden Augenblicken sah er ihr in die Augen. Sein Blick loderte, bestand nur noch aus eisiger Hitze, die sengender brannte als ein Flammenmeer.

»Fass mich an, Chloe.«

Nach seiner Aufforderung zog er eine Spur von heißen Küssen über ihre Schulter. Sie löste eine Hand von seinem Po und schob sie zwischen ihre zusammengepressten Körper, bis sie das krause, drahtige Haar seiner Schambehaarung an ihren Fingerspitzen fühlen konnte. Er zog die Hüften ein wenig nach hinten, damit sie ihn besser erreichen konnte. Begierig wand sie ihre Hand um seinen drallen Schwanz, fuhr aufwärts zur Wurzel und zog sie umgehend hinab zur Eichel. Das wiederholte sie mehrmals. Die Haut an seinem Penis zog sich in rollenden Bewegungen vor und zurück. Die Vorhaut nahm diesen Rhythmus ebenfalls auf und verhüllte und entblößte stetig die feucht glänzende Eichel, bis Chloe am liebsten davon gekostet hätte. Auf einmal fing ihre Welt an, sich zu drehen. Ryan hatte sie auf seine Arme gehoben und trug sie zum Bett, auf dem er sie vorsichtig ablegte.

»Dreh dich auf den Bauch und geh auf die Knie«, kommandierte er.

Er half ihr und zog sie in die gewünschte Position, ehe er sich an sie presste und sein Glied in die Spalte zwischen ihren Pobacken drückte. Köstliche Reibung, Härte. Sie lief fast aus, so sehr wünschte sie sich, seinen Penis an ihrem weiblichsten Kern zu spüren. Nur Sekunden später heftete sich sein Mund auf ihren Rücken und fuhr die Linie ihrer Wirbelsäule nach. Seine Hände umschlossen immer noch ihre Brüste. Er war überraschend zärtlich, das hatte sie nicht erwartet.

»Wie fühlt sich das für dich an?«

Er fing an, ihre Knospen zwischen Daumen und Zeigefinger zu rollen. Nicht mehr ganz so sanft. Sie schwankte, obwohl sie auf allen vieren eine relativ sichere Position innehatte, keuchte unterdrückt und fühlte, wie noch mehr Feuchtigkeit aus ihr heraussickerte. Nicht viel, aber genug, um sie schön geschmeidig zu machen.

»Es ist gut, hör nicht auf«, antwortete sie ohne Zögern, erwartungsvoll. Sein Atem zog wie feuchter Nebeldunst über ihren Rücken hinweg, und er fing an, spielerisch den abkühlenden Schweiß von ihrer Haut zu lecken, der sich auf der Oberfläche sammelte. Er begann unterhalb ihres Nackens und arbeitete sich langsam bis zu ihrem verlängerten Rücken vor, dann wieder zurück. Erneut zupfte er an ihren steifen Warzen, machte sie schön lang, ließ sie kribbeln. Der Lustknoten zwischen ihren Schenkeln klopfte so heftig, dass sie Angst bekam, ohne weitere Stimulation zum Orgasmus zu kommen. Sie wollte aber mehr als diese oberflächlichen Berührungen. Viel mehr.

Ryan schien Gedanken lesen zu können, denn seine Hand stahl sich von unten zwischen ihre Schenkel, um einen langen Finger in ihre entspannte Öffnung zu schieben. Er glitt mühelos hinein, ihre feuchten Wände schlossen sich fest um den Eindringling und drückten ihn innig.

»Oh, das ist gut«, stöhnte sie hingerissen. Chloe biss sich fast die Zunge blutig, so sehr erregte sie die Reibung. Ihre ekstatische Reaktion entlockte ihm ein sanftes Lachen, sein Finger rutschte noch ein kleines Stück tiefer in sie hinein, bis er fast bis zum Anschlag in ihr steckte. Es fühlte sich phantastisch an. Wollüstig ließ sie ihren Unterleib kreisen, um ihn noch intensiver spüren zu können. Sein Penis presste sich heiß an ihre Haut, zuckte, als könnte Ryan es kaum erwarten, seinen Finger durch ihn zu ersetzen. Sie konnte es in jedem Fall kaum erwarten.

Endlich spannte er den Finger an, krümmte ihn ein wenig und begann zu stoßen. Erst langsam, fast schon gemächlich, dann immer schneller, bis sie die Penetration und den Rückzug als eine einzige flüssige Bewegungsabfolge wahrnahm.

Heftig krallte sie ihre Finger in die Laken und kam ihm entgegen, so gut sie konnte, ließ sich auf ihre Unterarme fallen und reckte den Po in die Höhe, um ihm das Eindringen zu erleichtern.

Die Hitze in ihrem Körper trieb Ryan an seine Grenzen. Alles an ihr sprach seine Sinne an. Ihre äußerliche Schönheit war zum Niederknien, ihr Geruch betörte ihn und ihre Haut ... Er konnte schlicht und ergreifend nicht genug davon bekommen, sie zu berühren. Den Rhythmus seiner stoßenden Hand beibehaltend, glitt er mit dem Mund abwärts und küsste die Stelle oberhalb ihres Steißes. Ihre gesamte Weiblichkeit lag offen vor ihm, und Ryan konnte dieser verlockenden Einladung nicht widerstehen. Er zog den Finger raus, brachte sein Gesicht nah an ihre heiße Pforte und leckte einmal kurz über ihren Eingang. Mit dem Kopf zwischen ihren Schenkeln entging ihm nicht, wie sie in ihr Bettzeug biss, um einen Schrei zu ersticken.

»Oh ja, genau so will ich dich haben«, gurrte er.

Chloe löste etwas Primitives in ihm aus, er genoss seine Macht über sie, weil er genau spürte, dass sie alles mit sich machen lassen würde, was ihnen beiden Lust verschaffte. Er hörte ihr Wimmern und geilte sich an ihren Versuchen auf, ihre Mitte näher an sein Gesicht zu drücken. Nicht, dass eine zusätzliche Stimulation nötig gewesen wäre. Seit sie dem Fahrstuhl entstiegen war, steuerten sie auf den göttlichsten Sex zu, den ein Mensch sich nur wünschen konnte.

Ryan packte die zwei vor ihm schwebenden Pohälften und zog sie auseinander, um besseren Zugang zu ihr zu erhalten. Ihr rosa Fleisch leuchtete vor Feuchtigkeit, ihre Rosette lag sauber und appetitlich darüber. Liebevoll küsste er jede Pobacke, zog kleine feuchte Kreise über die heiße Haut und kam dabei ihrem Spalt wieder näher.

»Herrgott noch mal, so tu doch was.«

Ihr Ausbruch klang nicht bettelnd, nicht ergeben, sondern beschwörend. Ohne Umschweife landete seine Zungenspitze flatternd auf ihrer Perle, krümmte sie mit präzisen Zungenschlägen hin und her, als wäre sie so biegsam wie ein Grashalm. Immer wieder fuhr er mit festen Strichen über ihre heiße Öffnung, kostete jeden Zentimeter ihrer weiblichen Falten, den Geschmack ihrer Säfte, bis er sich tief in sie hineinbohrte. Chloes Scham schmeckte leicht herb, sinnlich und verheißungsvoll. Ihre inneren Wände drückten pulsierend gegen seine Zunge, sein Finger klopfte in kleinen Schlägen gegen ihre Knospe, um sie noch weiter zu reizen. Dann wurde es Zeit, Ernst zu machen.

»Dreh dich um«, befahl er.

Er richtete sich hinter ihr auf, bis er aufrecht kniend

ihre Hüften umfassen konnte. Ihr entwich ein protestierender Laut, doch sie gehorchte und ließ sich auf die Seite fallen. Er drehte sie auf den Rücken und packte ihre Oberschenkel, um sie weit zu spreizen. Ryan zwängte sich dazwischen, langte mit einer Hand an ihre Vagina und strich mit dem Daumen prüfend über die empfindliche Partie zwischen ihren Schenkeln.

»Ich werde dich jetzt ficken, Chloe.«

Er sah befriedigt, dass sie kurz die Luft anhielt, und nahm seinen Schwanz in die Hand. Mit der Spitze strich er über das gerötete Fleisch zwischen ihren Beinen. Sie war samtweich da unten. Er tat es noch mal und atmete tief aus. Wundervoll. Wie musste es sich erst anfühlen, in ihr zu sein? Er beschloss, den letzten Schritt ins Paradies zu gehen, setzte seine Penisspitze an und drang vorsichtig in sie ein.

»Mmmh, so schön feucht …«

Ryan drückte sich ein Stück tiefer hinein, bis seine Eichel komplett in ihr verschwand. Mit zusammengebissenen Zähnen zwang er sich dazu, reglos zu verharren, wollte den Moment der kompletten Vereinigung noch ein wenig hinauszögern. Außerdem gab es da noch etwas, was er unbedingt hören musste, bevor er den erlösenden Stoß ausführte …

»Sag, dass ich dich ficken soll!«, verlangte er.

Er brauchte noch einmal ihr Einverständnis, bevor er aufs Ganze ging, zudem reizte es ihn über die Maßen, dieses obszöne Wort aus ihrem Mund zu hören. Ihre Blicke verfingen sich ineinander. Ihrer verhangen, seiner erwartungsvoll, und für einige Sekunden hörte die Welt auf, sich zu drehen, bis sie wieder in ihren normalen Kreislauf zurückfand. Chloe blinzelte heftig, schien etwas sagen zu wollen, nach Worten zu ringen. Ryan zog sich zurück und starrte irritiert auf sie hinunter. Irgendwas stimmte nicht.

»Was ist?«

»Ryan, wir … hast du was dabei?«, stieß sie hervor.

Er blinzelte verblüfft und atmete scharf ein. Sie meinte ein gottverdammtes Kondom. Er war so verdammt geil auf sie gewesen, dass er keinen Gedanken an einen Schutz verschwendet hatte. Dass sie im Gegensatz zu ihm noch geistesgegenwärtig genug gewesen war, daran zu denken, gab ihm ein Gefühl, das zwischen Lachen und Enttäuschung schwankte, denn er hatte, verflucht noch mal, tatsächlich nichts dabei …

»Scheiße …«

Nach seinem Fluch fühlte er Bewegung unter seinem Körper. Chloe wand sich unter ihm heraus und streckte einen Arm Richtung Nachtkästchen aus. Sie machte die Schublade auf, kramte kurz darin herum und zog eine kleine Folienpackung heraus. Vor Erleichterung hätte er um ein Haar gelacht, weil sie tatsächlich ein Kondom in der Hand hielt. Gleich darauf war sie wieder bei ihm und riss das Teil geschickt mit den Zähnen auf, als hätte sie das stundenlang geübt. Oder sie machte so was öfter? Der Gedanke gefiel ihm nicht.

»Ich möchte es dir überziehen«, hauchte sie mit zarter Stimme. Sie rollte das Ding über seine gesamte Länge nach oben und sah ihm dann fest in die Augen.

»*Jetzt* darfst du mich ficken.«

Das unanständige Wort. Sie hatte es gesagt, und es macht ihn rasend. Knurrend stieß er sie auf den Rücken und bezog Stellung über ihr. Das Vorspiel war beendet. Eine gezielte Bewegung seiner Hüfte reichte aus, um seinen Penis bis zum Anschlag in sie zu versenken. Chloe war so feucht, dass er keinerlei Widerstand fühlte, er glitt mühelos hinein und hatte das Gefühl, in weichem Honig zu versinken. Langsam zog er sich zurück, fuhr wieder hinein und verließ sie wieder. Die Bewegungen seines

Unterleibs gewannen immer mehr an Fahrt, wurden flüssiger, und die Reibung ließ seine Nervenenden explodieren. Es fühlte sich an wie Himmel und Hölle zugleich, er konnte es kaum ertragen.

»Härter, Ryan.«

Ihre Hüften hoben sich im Rhythmus seiner Stöße auf und ab. Dadurch spürte er sie intensiver, drang noch tiefer in ihre Weichheit vor. Nach einigen unbeschreiblichen Minuten legte er sich ihre Kniekehlen auf die Unterarme und hob sie ein ganzes Stück an, bis ihr gesamter Unterkörper mehrere Zentimeter über der Matratze schwebte. Jetzt konnte er in jedem beliebigen Winkel in sie eindringen, das Tempo variieren und die Tiefe bestimmen. In immer schnellerer Folge prallten seine Hüften auf ihre Haut. Seine Eier zogen sich zusammen und landeten als Stoßdämpfer auf ihrem Po, streiften bei jedem Aufprall den unteren Teil ihrer pulsenden Vagina. Chloes Kopf warf sich indessen auf den Laken hin und her. Sie war anscheinend kaum noch bei sich, machte einen total weggetretenen Eindruck. Gleichzeitig krampften sich ihre inneren Wände nach jedem Eindringen enger um ihn zusammen und drückten sein Glied so fest, dass er sich einbildete, in einer eisenharten Faust gefangen zu sein. Unaufhaltsam trieben sie gemeinsam auf den Höhepunkt zu.

»Chloe, ich … ich kann es nicht mehr zurückhalten.«

Er beschleunigte das Tempo noch ein wenig mehr und hob sie mit der Wucht seiner Stöße fast vollständig von der Matratze.

»Du musst dich nicht zurückhalten, es ist gut so …«

Sie verzog das Gesicht vor Lust, als er anscheinend einen besonders süßen Punkt in ihrem Inneren erwischte. Ihr Geschlecht zog sich daraufhin noch fester zusammen, und er stand kurz davor, gewaltiger zu kommen als jemals zuvor in seinem Leben. Keuchend legte er sich ihre Beine auf die Schultern und stützte sich mit den Unterarmen neben ihrem Körper ab, um so hemmungslos in sie einzuhämmern, dass er beinahe Angst bekam, er könnte ihr mit der Wucht seiner Stöße das Rückgrat brechen. Er liebte jede Sekunde davon, und je härter er sie fickte, umso stärker rieb sich sein Schambein an ihrer Klit, was bei ihr eine wahre Orgie an hemmungslosen Lustschreien zur Folge hatte. Ihr Stöhnen wurde zu einem regelrechten Aphrodisiakum für Ryan, die herrlichsten Gefühle überschwemmten seinen Körper, der zuckend auf den Höhepunkt zusteuerte, während ihr Schoß seinen Schwanz derartig würgte, dass sie ihm fast das Blut abdrückte. Intensive Lustimpulse zischten direkt von seinem Hirn abwärts in seinen Penis, und Ryan verströmte sich in mehreren Schüben in das Kondom. Chloe kam direkt danach, wurde stocksteif und ließ sich nach einigen Sekunden mit seligem Gesichtsausdruck aufs Bett fallen.

Sie weinte fast vor Glück, weil sie nie etwas Vergleichbares erlebt hatte. Er rollte sich von ihr herunter, raue Atemstöße mischten sich mit ihrem Keuchen. Vollkommen ausgelaugt blickte sie zur Seite und nahm seinen prachtvollen Anblick in sich auf, doch das, was sie am liebsten sehen wollte – seine Augen – blieb ihr verwehrt. Ryan hatte sich den Arm quer übers Gesicht gelegt. Absicht? Noch immer von ihren Gefühlen überwältigt, betrachtete Chloe die wie gemeißelt wirkenden Linien seines nackten Körpers und fühlte beim Anblick seiner männlichen Schönheit ein erneutes Aufwallen von Lust. Sie lechzte förmlich danach, diese rauschhafte Erfahrung zu wiederholen. Schon streckte sie die Hand nach ihm aus, musste aber eine bittere Niederlage hinnehmen, denn bevor sie ihn berühren konnte, richtete er sich hastig auf und setzte sich mit dem Rücken zu ihr an den Bettrand. Den Kopf hielt er leicht gesenkt, seine Rückenmuskulatur bewegte sich wellenartig unter seinen immer noch schweren Atemzügen. Er schien tief in Gedanken versunken. Bereute er es? Sie wollte nicht wahrhaben, was sich gerade anbahnte, nahm all ihren Mut zusammen und legte ihre flache Hand auf seiner rechten Schulter ab. Chloe brauchte einfach den direkten Kontakt, doch anstatt sich ihr zuzuwenden, um da weiterzumachen, wo sie aufgehört hatten, schüttelte er ihre Berührung einfach wieder ab, als wäre sie ihm lästig.

»Lass das!«

Hastig stand er auf.

»Kann ich dein Bad benutzen?«

Chloe schluckte. Er wirkte so unglaublich abweisend, dass es ihr den Boden unter den Füßen wegzog.

»Sicher«, meinte sie mit rauer Stimme. »Es ist die Tür links von mir.«

Er verschwand darin und kam nur wenige Augenblicke später wieder raus. Sie vermutete, dass er das Kondom losgeworden war. Sie beobachtete ihn, wartete, ihr Herz hämmerte wie ein Presslufthammer in ihrer Brust, und sie fühlte sich mit jeder verstreichenden Sekunde unwohler. Wieso verhielt er sich so, warum ignorierte er sie? Sie erwartete weiß Gott keine Liebeserklärung, aber sie derart mit Missachtung zu strafen, das hatte sie nicht verdient, auch wenn er das offenbar anders sah.

Mit steifen Schritten und ohne sie eines Blickes zu würdigen, marschierte er auf den Kleiderhaufen zu, den sie vorhin hinterlassen hatten. Er bückte sich nach seinem Slip und streifte ihn so schnell über, dass sie ein Lachen nicht unterdrücken konnte. Ryan sah kurz in ihre Richtung, sein Mund war ablehnend verzogen.

»Wieso lachst du?«

Sie wich seinem Blick keineswegs aus, sondern hielt ihm stand.

»Weil ich nicht geglaubt habe, dass du es danach so eilig haben würdest.«

Ob er heraushören konnte, wie verletzt sie war? Sie hoffte nicht, doch selbst wenn, seine Antwort bewies, dass ihm ohnehin scheißegal war, wie sie sich fühlte.

»Wir haben beide bekommen, was wir wollten. Also wozu die Sache unnötig ausdehnen?«

Er zog sich sein schwarzes Shirt über den Kopf und schlüpfte danach in seine Socken. Chloe setzte sich in ihrem Bett auf. Sie machte sich nicht die Mühe, sich zu bedecken, er hatte ohnehin schon alles gesehen.

»Wie soll es jetzt weitergehen?«

Ryan richtete sich auf und schenkte ihr einen unnachgiebigen Blick.

»Ganz einfach. Wir beide haben jetzt ein Geheimnis und werden niemals ein Wort über diese Sache verlieren. Auch wenn es jetzt nicht danach aussieht, liebe ich Leanne. Ich will mein Leben mit ihr verbringen.«

»Indem du nebenher mit anderen Frauen schläfst.«

Ein schuldbewusster Ausdruck trat auf sein Gesicht.

»Ich habe sie bisher noch nie betrogen. Das mit dir …«, er zögerte und schüttelte dann den Kopf. »Keine Ahnung, was das war. Du hast mich irgendwie verhext, und ich hatte das Gefühl, niemals zur Ruhe zu kommen, wenn ich nicht wenigstens einmal mit dir schlafe. Doch das ist jetzt ein für alle Mal vorbei. Eine Wiederholung wird es nicht geben.«

Chloe senkte den Blick, ihre Finger spielten mit dem Zipfel ihrer Bettdecke, um sich irgendwie zu beschäftigen, und ihr wurde das Herz schwer, als ihr nach dem ersten verflogenen Rausch dämmerte, was sie getan hatte. Sie war ihrer Mutter in den Rücken gefallen, hatte sie aufs

Übelste betrogen, und es hatte ihr so sehr gefallen, dass sie ohne weiteres einem kleinen erotischen Nachgesang zugestimmt hätte.

»Dann war's das also.«

Sogar sie hörte die Enttäuschung aus ihrer Stimme heraus, ihm entging sie ebenfalls nicht. Er sah sie ungläubig an.

»Natürlich. Was hast du denn gedacht, was passieren würde? Dass ich dir meine unsterbliche Liebe erkläre und Leanne deinetwegen verlasse?«

Sie schnaubte ertappt, denn insgeheim hätte sie sich etwas Derartiges durchaus gewünscht.

»Mach dich nicht lächerlich, Ryan. Du bedeutest mir nicht das Geringste, und ich bin froh, dass wir beide endlich diesen Druck losgeworden sind«, log sie. Sie hob den Kopf und hoffte, dass es so überheblich aussah, wie sie es sich wünschte. Sie wollte nicht wie ein abserviertes Groupie wirken. Es wäre zu demütigend.

»Es wird wohl das Beste sein, wenn ich dir und Mutter bis zur Hochzeit aus dem Weg gehe, und du kannst mir glauben, dass ich ihr sicher nie etwas von uns beiden erzählen werde, aber … sollte ich jemals mitkriegen, dass du dieses Spielchen noch mit anderen Frauen treibst, dann wirst du dir wünschen, niemals geboren worden zu sein.«

Ryan lächelte leidenschaftslos und trat an das Bett heran. Er packte ihr Kinn zwischen Daumen und Zeigefinger und zog es nach oben.

»Prinzessin, mach keine Versprechungen, die du ohnehin nicht halten kannst«, erklärte er gönnerhaft, beugte sie über sie und drückte ihr einen kurzen Kuss auf die Lippen. Für einen winzigen Augenblick schien es, als ob er ihn vertiefen wollte, doch es war nur eine kurze Momentaufnahme. Ryan steifte ihren Mund nur flüchtig, ehe er zwei Schritte rückwärts ging und sie mit einem eigenartig bedauernden Blick ansah.

»Mach's gut, Chloe«, sagte er zum Abschied, drehte ihr den Rücken zu und verschwand durch die Schlafzimmertür.

Sie wartete, bis sie die Haustür zufallen hörte, ehe sie ihren Tränen freien Lauf ließ. Haltlos schluchzend versteckte sie ihr Gesicht in den Kissen und fühlte sich so einsam und allein wie noch nie zuvor in ihrem Leben. Sie hatte gepokert und verloren, bevor sie überhaupt registriert hatte, wie hoch der Einsatz war.

Aufgelöst spürte sie plötzlich eine leichte Bewegung an ihrem Bein. Tränenblind sah sie abwärts und blickte in die grünen Katzenaugen von Kassiopeia, die am Fußende des Bettes kauerte und sie eigenartig verständnisvoll musterte. Die exzentrische Katzendame bewegte sich geschmeidig auf sie zu und kuschelte sich zu Chloes maßloser Überraschung an ihre Schulter. Mit einem zittrigen Lächeln hob sie die Hand, strich über das seidenweiche Fell.

»Wenigstens wir Frauen halten noch zusammen.«

Sie fühlte sich durch die Gegenwart des Tieres seltsam getröstet. Trotzdem dauerte es lange, ehe sie in dieser Nacht Schlaf fand, denn sobald sich die Lider über ihre rotgeränderten Augen senkten, formte ihr Geist quälende Bilder, die sie und Ryan in leidenschaftlicher Umarmung zeigten.

Kapitel 6

Chloe hätte nicht mit Bestimmtheit sagen können, was für ein Bild sie sich von Ross Turner zusammengeschustert hatte, ehe sie ihm leibhaftig gegenüberstand. Seine tatsächliche Präsenz, seine unaufdringliche Freundlichkeit und sein interessierter Blick hatten alle Vorstellungen von ihm zu Staub zerfallen lassen. Sie war positiv überrascht von diesem attraktiven Mann, weil er sich im Gegensatz zu ihren Horrorvorstellungen äußerst gelassen präsentierte. Mit übereinandergeschlagenen Beinen saß sie neben ihm in einem luxuriös ausgestatteten Rolls-Royce. Die Scheiben waren abgedunkelt und schwärzten die draußen vorbeifliegende Welt zu einem verschwommenen grauen Mix an Formen. Innen dominierte helles handgenähtes Leder die Ausstattung, dezenter Luxus, der keinen protzigen Schnickschnack benötigte. Auf einem kleinen ausklappbaren Tischchen standen eine Flasche Mineralwasser sowie zwei halbgefüllte Gläser. Chloe schielte auf das Etikett der Flasche und hielt die Luft an, als sie erkannte, um was für einen Tropfen es sich handelte. Diese so harmlos aussehende Flüssigkeit konnte problemlos in eine Liga mit diversen Champagnersorten aufsteigen und war geradezu geschmacklos teuer. Sie griff nach dem Glas und nippte so vorsichtig daran, als wäre es der Inhalt des Heiligen Grals. Dann, welche Überraschung: Es schmeckte nach nichts.

Ein wenig ernüchtert von dem wenig prickenden

Geschmackserlebnis, stellte sie das Glas wieder ab und musterte ihn neugierig. Sie hatte ihm ein wirklich wunderschönes Stadthaus in der Jermyn Street gezeigt, ganz in der Nähe des St. James Square. Auf diesem parallel zum Piccadilly Circus verlaufenden edlen Pflaster tummelten sich nicht nur die gefragtesten Hemdenhersteller, sondern es beherbergte auch den Hauptsitz der renommierten Unternehmensberatung *McKinsey & Company*. Die gesamte Umgebung zeichnete sich durch eine Atmosphäre der Besonnenheit aus, und nichts ließ darauf schließen, dass hier schwerreiche Investoren mit ihren Milliarden jonglierten, als wären sie lediglich ein Taschengeld. Mayfair war somit nicht nur eine der begehrtesten Wohnadressen der Welt, sondern auch die Hochburg der Hedgefonds. Doch die goldenen Zeiten hatten seit der weltweiten Immobilienkrise an Glanz verloren. Verluste im doppelstelligen Prozentbereich hatten auch dieses illustre Stadtviertel nicht verschont und so die horrenden Mieten auf ein bezahlbareres Maß herabgesenkt. Man konnte es sich schlicht nicht mehr erlauben, Quadratmeterpreise bis zu 1500 Pfund als Monatsmieten anzusetzen, was die Arbeit für Chloe und ihre Kollegen doch ein wenig erleichterte.

Sie warf einen schrägen Blick auf Turners Profil, auf die unnachgiebig wirkende Linie seines kantigen Kinns und die fest zusammengepressten Lippen. Er konnte diese Summe sicher locker aus dem Ärmel schütteln. Allein sein Anzug überstieg Chloes Monatsgehalt bei weitem, auch die goldene Rolex, die als reines Statussymbol an seinem Handgelenk hing, zeugte von Macht und immensem Reichtum. Wie viel Öl war durch seine Pipelines geflossen, um dieses akkurat gefertigte Stück zu bezahlen? Sie beäugte Turner weiterhin so unauffällig wie möglich und versuchte, anhand seiner Mimik herauszufinden, was in seinem Kopf vor sich ging. Hatte ihm das Haus gefallen, oder wollte er sich noch mehr Objekte ansehen?

Er hielt sich, was das anging, erstaunlich bedeckt. Schon während der Führung war er sehr sparsam mit wohlwollenden Ausrufen und Kommentaren gewesen, und er ließ nach außen hin nicht erkennen, ob das Haus überhaupt in Frage kam. Auf einmal drehte Turner sein Gesicht und sah sie durchdringend an. Chloe hielt dem Blick seiner grünen Augen stand, versuchte, dabei nicht wie ein Schulmädchen zu erröten, und entschied sich für den geraden Weg, um herauszufinden, was er von dem Stadthaus hielt.

»Mr. Turner, Sie haben noch gar nichts zu dem Haus gesagt.«

Sie lächelte ihn freundlich an. Er fuhr sich durch sein mitternachtsschwarzes Haar mit den ergrauten Schläfen und grinste sie schwach an.

»Es war nett«, meinte er wenig hilfreich.

Chloe seufzte stumm. Nett war die kleine Schwester von Scheiße, damit würde sie wahrlich keinen Blumentopf gewinnen, geschweige denn eine Provision einheimsen.

»Es hat Ihnen nicht gefallen.«

Es war eine Feststellung, keine Frage. Turner grinste breit, ein anziehendes Grübchen bildete sich neben seinem rechten Mundwinkel und hob nur noch mehr hervor, was für ein unglaublich attraktiver Mann er war.

»Sagen wir mal so: Wenn ich was Kleines für ein paar Wochenendbesuche gesucht hätte, dann wäre dieses Stadthaus genau das Richtige. Es ist wirklich ganz reizend, aber es ist nicht das, was ich mir vorgestellt habe.«

Chloe schluckte ihre Überraschung hinunter. Was Kleines – war das sein Ernst? Das Haus hatte einen Wert von fast vier Millionen Pfund, und er hielt das für nicht angemessen, um darin zu residieren? Alter Schwede. So langsam dämmerte ihr, was für ein Kaliber sie sich mit diesem Amerikaner an Land gezogen hatte. Ihr wurde fast schwindelig bei den Möglichkeiten, die ihr das in beruflicher Hinsicht bot. Aufgeregt leckte sie sich über die Lippen und vergaß darüber sogar, traurig und frustriert über ihr katastrophales Liebesleben zu sein.

»Was genau hatten Sie sich denn vorgestellt?«

Er musste nur seine Wünsche offenlegen, und sie würde alle Hebel in Bewegung setzen, um ihm genau das zu bieten, was er haben wollte.

Turner lehnte sich nun entspannt in die Polster zurück und begutachtete sie so genau, dass sie sich vorkam wie eines seiner Rinder auf einer Viehauktion.

»Hm, wie soll ich Ihnen das begreiflich machen, wenn ich es selbst nicht so genau weiß.« Er strich sich angelegentlich übers Kinn, dachte nach. »Ich gebe Ihnen einen Rat in Bezug auf mich. Denken Sie groß. Haben Sie keine Angst vor hohen Hausnummern, denn eines kann ich Ihnen versichern: Geld spielt in meinem Fall keine Rolle.«

Sie nickte.

»Dann wäre eventuell ein Herrenhaus auf dem Land die bessere Option.«

Turner pflichtete ihr nickend bei, und sie begann mit zunehmender Begeisterung aufzuzählen: »Viel Platz, weitläufige Gärten, ein paar Pferde im Stall. So was in der Art?«

»Das entspricht schon eher meinen Vorstellungen«, bestätigte er und lächelte breit. »Wissen Sie, ich werde in Zukunft viel Zeit in England verbringen und möchte so viel Privatsphäre wie möglich um mich herum schaffen. In der Stadt geht das nicht.« Er streifte sie nach seiner Ankündigung mit einem bezeichnenden Blick. Was hatte das denn zu bedeuten?

»Chloe ... ich darf Sie doch Chloe nennen?« Wieder nickte sie. »Wie alt sind Sie eigentlich?«

Sie kniff die Augen zusammen, wurde misstrauisch. Warum war ihr Alter plötzlich ein Thema für ihn? Wollte er jetzt wissen, ob sie zu jung für ihn war, um als Geliebte in Frage zu kommen, oder war sie ihm schlichtweg nicht erfahren genug, um ihn weiter zu betreuen? Doch wenn er sie jetzt abschießen wollte, warum hatte er dann so sehr darauf gepocht, dass sie seinen Auftrag übernahm?

Bis jetzt hatte sie noch nicht den Mut gefunden, ihn nach dem Grund zu fragen, und sie bezweifelte, dass sie ihn jemals aufbringen würde. Chloes Verwirrung wuchs mit jeder Minute, die sie in der Gesellschaft dieses undurchsichtigen Mannes verbrachte. Turner war ihr ein absolutes Rätsel, und sie nahm sich vor, Vorsicht walten zu lassen.

»Ich werde in einigen Monaten vierundzwanzig«, antwortete sie nach kurzem Zögern.

Turner nickte, als hätte er lediglich das bestätigt bekommen, was er ohnehin schon gewusst hatte, und machte auf einmal einen sehr entschlossenen Eindruck. Was sie nur noch mehr beunruhigte. Zwei Sekunden später hob er den Blick wieder in ihre Richtung.

»Chloe, was halten Sie von einem Abendessen heute Abend? Dann könnte ich Ihnen meine genauen Vorstellungen mitteilen. Außerdem fühle ich mich ein wenig einsam, so ganz ohne meine vertraute Umgebung, und könnte ein wenig nette Gesellschaft gebrauchen.«

Sie hob bedeutsam die Augenbrauen, was ihm ein Grinsen entlockte.

»Schauen Sie mich nicht an, als wäre ich ein alter Tattergreis, der verzweifelt versucht, sich seine Jugend zurückzuholen.«

Sie wurde rot bei dieser humorvollen Umschreibung eines alternden Schürzenjägers. Dabei war er gar nicht alt, sondern stand im Zenit seiner Manneskraft. Zudem verfügte er über eine sexuell aggressive Ausstrahlung, auch wenn er diese ihr gegenüber nicht unbedingt raushängen ließ. Trotzdem war es unmöglich, nicht die musternden Blicke zu bemerken, sobald eine attraktive Frau ins Kreuzfeuer seiner Augen geriet. Ross Turner mochte Frauen, das stand außer Zweifel. Und die Frauen mochten ihn. Für Chloe kam er jedoch nicht in Frage, was sicher nicht mit dem Altersunterschied von grob geschätzt zwanzig Jahren zusammenhing. Momentan hätte man ihr George Clooney und Johnny Depp gleichzeitig ins Bett legen können, und es wäre ihr gleichgültig gewesen. Es gab nur einen Mann, der sie in Wallung bringen konnte …

Turners Hand legte sich auf ihre, als sie nicht gleich antwortete, und sie widerstand dem ersten Reflex, sie wegzuziehen. Befangen sah sie ihm in die Augen, die sie warm und keineswegs bedrängend ansahen.

»Ich schwöre Ihnen, dass ich mich Ihnen nicht unsittlich nähern werde. Es ist lediglich ein Essen. Sie erinnern mich an meine Tochter, und allein das bewahrt Sie schon vor Nachstellungen. Ich dränge mich nie einer Frau auf, Chloe. Das müssen Sie mir glauben.«

Chloe stieß den Atem aus, den sie automatisch angehalten hatte. Er wirkte so ehrlich, dass sie beschloss, ihr Misstrauen abzulegen – wenigstens für den Augenblick.

»Dann steht einem Essen nichts im Wege«, meinte sie freundlich und hoffte, dass sie keinen Fehler beging, indem sie Privates und Berufliches vermischte. Turner nickte befriedigt, ließ sie los und klopfte auf die dunkle Trennscheibe, die gleich darauf surrend nach unten fuhr.

»Bringen Sie uns zurück zum Hotel«, wies er den Chauffeur an, der noch ein klassischer Vertreter seiner Zunft war, mit Uniform und Schirmmütze.

»Wie Sie wünschen, Mr. Turner.«

Chloe starrte am Kopf des Fahrers vorbei auf die stark

befahrene Straße. Dieses Abendessen würde vielleicht genau das richtige Mittel sein, um sie wenigstens für ein paar Stunden von ihren peinigenden Erinnerungen an Ryan zu befreien. Tagsüber schaffte sie es ganz gut, ihn aus ihrem Kopf zu drängen, doch sobald die Wohnungstür hinter ihr zufiel, war sie ihren Sehnsüchten hilflos ausgeliefert.

Zwei Wochen war es bereits her, dass sie mit ihm geschlafen hatte, und er war in ihrem Kopf immer noch so präsent, als wären seitdem erst wenige Minuten vergangen. Weder ihn noch ihre Mutter hatte sie seit diesem verhängnisvollen Abend wiedergesehen, was außerordentlich hilfreich dabei war, ihren Alltag weiterhin normal zu bewältigen. Doch nachts, wenn sie allein in ihrem einsamen und kalten Bett lag und sich erregt hin und her wälzte, brach dieses wacklige Konstrukt aus Selbstverleugnung und mühsam unterdrückten Schuldgefühlen zusammen und quälte sie mit Vorwürfen.

Das Restaurant, das Ross Turner gewählt hatte, war eines der besten in der ganzen Stadt und ein Garant für kulinarische Sinnesfreuden. Chloes Gaumen prickelte in vorfreudiger Erwartung der exquisiten Köstlichkeiten, die ihr bald auf der Zunge zergehen würden. Wenn sie schon nicht den Mann bekam, den sie so unbedingt haben wollte, dann konnte sie sich ebenso gut den Bauch vollschlagen und fett werden. Doch statt mit den obligatorischen Eiscremepackungen, die seit dem desaströsen Ende ihres moralischen Aussetzers ihren Kühlschrank bevölkerten, wollte sie sich heute mit etwas handfesteren Speisen trösten und so ihrem Magen eine Auszeit von der Eiszeit gönnen. Das Restaurant von Marcus Wareing im Berkeley Hotel war ihrer Meinung nach dafür bestens geeignet, es besaß zwei Michelin-Sterne und spiegelte mit seiner kühlen Eleganz die seiner illustren Gäste wider.

Selbstbewusst führte Turner sie am Ellenbogen durch die Tischreihen, bis sie an ihrem eigenen vorbestellten Bereich Platz nahmen. Er rückte ihr, ganz gentlemanlike, den Stuhl zurecht, ehe er sich ihr gegenübersetzte und sie mit einem außerordentlich warmherzigen Lächeln bedachte.

»Es freut mich, dass Sie Zeit für mich gefunden haben.«

Chloe war trotz seiner Nettigkeiten angespannt.

»Nun, wenn man so freundlich eingeladen wird, ist es schwer, nein zu sagen«, erwiderte sie bedächtig, bemüht darum, auf nicht allzu vertraulichem Fuß mit ihm zu stehen.

Ross Turner betrachtete sie sinnend, fast schon ein wenig melancholisch.

»Erzählen Sie mir was über sich. Was machen Sie, wenn Sie keine Häuser an nervige Amerikaner verkaufen?«

Dass er jetzt Smalltalk halten wollte, passte nicht zu ihm. Irgendetwas stimmte hier nicht, das spürte sie ganz deutlich. Ross Turner war nicht der, der er vorgab zu sein, und Chloe war sich nicht sicher, ob sie herausfinden wollte, warum er so versessen darauf gewesen war, dass ausgerechnet sie – die Jüngste und Unerfahrenste im Team – ihn durch das reichhaltige Immobilienangebot Londons begleitete. Noch dazu lag stets so ein merkwürdiges Glitzern in seinen Augen, wenn er sie ansah.

»Möchten die Dame und der Herr einen Aperitif vor dem Essen?«

Die Stimme des Kellners schreckte Chloe aus ihren düsteren Gedanken auf, und sie räusperte sich vernehmlich. Sie legte ein unverbindliches Lächeln auf und überdeckte damit die Nervosität, die langsam in ihr hochkriechen wollte. Einzig und allein ihre feuchten Hände und die aufgeregt zuckenden Knie unter der feinen blütenweißen Tischdecke verrieten nach außen hin etwas über ihren Gemütszustand.

»Ein Aperitif wäre wunderbar«, sagte sie gezwungen.

Ross Turners Stimme klang weit weg, während er auf ihren Wunsch hin für beide bestellte. Unbehaglich sah sie sich im Restaurant um und suchte gedanklich bereits eine Ausrede, um diesen Abend so schnell wie möglich zu beenden. Er war ihr trotz seiner tadellosen Manieren suspekt. Sie fühlte sich unwohl, weil sie nicht wusste, worauf das alles noch hinauslaufen würde.

Nachlässig wanderten ihre Blicke durch den ästhetisch eingerichteten Raum. Er war gut gefüllt, ein dezenter Geräuschpegel aus leisen Unterhaltungen, Gläserklirren und unaufdringlicher Musik drang schmeichelnd an ihr Ohr und lullte sie ein. Plötzlich blieb ihr Blick an einem Gesicht hängen, das ihr bekannt vorkam. Es war dieser chinesische Künstler, der auf Seymour Manor seine Werke ausgestellt hatte. Er saß mutterseelenallein an einem Tisch im vorderen Bereich des Restaurants und schien auf jemanden zu warten, wenn man die ständigen Blicke auf seine Armbanduhr richtig deutete. Wie hieß der gleich noch mal? Ah ja, jetzt fiel es ihr wieder ein. Sein Name war Song Li. Die Welt war wirklich ein Dorf, allerdings wunderte es Chloe keineswegs, dass ein erfolgreicher Künstler wie er sich in diesen Kreisen bewegte. Auf wen er wohl wartete?

Die Frage wurde gleich darauf beantwortet, als sich ein großgewachsener blonder Mann durch Tischreihen auf ihn zubewegte und sich zu ihm gesellte. Atemlos beobachtete sie die herzliche Begrüßung der beiden Männer und erstarrte gleichzeitig vor Angst, vor Entsetzen und vor Sehnsucht. Es war Ryan, und die Puzzleteile in ihrem Kopf fügten sich endlich zu einem Gesamtbild zusammen. Seymour Manor, Song Li ... Ryan hatte hundertprozentig beruflich mit ihm zu tun. Hatte ihre Mutter nicht mal erwähnt, er wäre Künstleragent? Beim Abendessen in Greenwich war die Sprache nie auf seinen Beruf gekommen, da Leanne ununterbrochen über sich selbst und ihre nächsten Filmprojekte gesprochen hatte, doch sie meinte sich zu erinnern, bei einem der seltenen Telefonate, die sie mit ihrer Mutter im Vorfeld geführt hatte, etwas Derartiges gehört zu haben. Oh Gott, was sollte sie jetzt machen? So tun, als hätte sie ihn nicht gesehen?

Wie paralysiert glitten ihre Augen über sein sündhaft schönes Gesicht. Mit jeder Sekunde, die verstrich, nahm die Gefahr zu, dass er ihre Blicke bemerkte und in ihre Richtung sah. Trotzdem konnte sie sich nicht abwenden, konnte nicht aufhören, jede Linie in sich aufzusaugen wie ein Verdurstender das überlebenswichtige Wasser. Am liebsten wäre sie aufgestanden und hätte sich direkt auf seinen Schoß geworfen, um seinen harten Schwanz in die Mulde zwischen ihren Beinen zu drücken. Die Stelle fühlte sich so entsetzlich leer an, seit er sie verlassen hatte.

»Chloe, ist Ihnen nicht gut? Sie sehen aus, als hätten Sie gerade einen Geist gesehen?«

Ruckartig schoss ihr Kopf zurück, und sie versuchte, ihre Fassung wiederzuerlangen, die ihr für einen Moment entglitten war. Mit zitternden Händen griff sie nach dem Wasserglas und nahm einen kräftigen Schluck, um ihre staubtrockene Kehle damit zu benetzen. Trotzdem hatte sie das Gefühl, nur zu krächzen, als sie ihm antwortete: »Mir geht es bestens, Mr. Turner. Ich war nur in Gedanken.«

Sie machte ein schuldbewusstes Gesicht und wollte noch etwas hinzusetzen, als Mr. Turners Handy klingelte. Er murmelte eine kurze Entschuldigung, ehe er das Gespräch annahm und gleich darauf genervt das Gesicht verzog. Ross bat die Person am anderen Ende der Leitung, kurz zu warten, und schenkte Chloe ein bedauerndes Lächeln.

»Meine Tochter«, erklärte er kurz und erhob sich. »Sie entschuldigen mich für einen Augenblick? Ich würde das Gespräch gerne in weniger öffentlicher Atmosphäre führen. Wenn Paige mich freiwillig anruft, dann ist es etwas Dringendes. Leider schafft es dieses halsstarrige Ding, sich immer in irgendwelche Schwierigkeiten zu bringen.«

Chloe nickte höflich, froh darüber, dass sie so unverhofft die Gelegenheit bekam, sich zu fangen. »Kein Problem, ich werde warten.«

Sie sah seiner beeindruckenden Gestalt hinterher, als er das Restaurant mit federnden Schritten verließ. Ohne es zu wollen, wanderten ihre Augen zurück zu Ryans Tisch. Angeregt unterhielt er sich mit dem zierlichen Chinesen, wirkte entspannt und gutgelaunt, was ihr einen furchtbaren Stich im Herzen bescherte. Er schien die Episode mit ihr gut verkraftet zu haben, was Chloe von sich sicher nicht behaupten konnte. Was hatte sie erwartet? Ryan hatte ihr klipp und klar zu verstehen gegeben, dass es für ihn eine rein sexuelle Angelegenheit gewesen war. Keine Gefühle, keine Verpflichtungen und schon gar keine Liebe. Nur der Drang, diese lustvollen Gefühle füreinander ein für alle Mal zu beenden, indem er ihnen einmalig nachgab.

Trotzdem hämmerte ihr Herz wie verrückt, während sie ihn heimlich beobachtete. Ihr Blick blieb an seinen wunderschönen Händen kleben. Langgliedrig und kräftig, umschlossen sie das langstielige Weinglas, als er einen Schluck daraus zu sich nahm. Man konnte förmlich dabei zusehen, wie er sich das Bouquet des Rebensaftes auf der Zunge zergehen ließ. Sie erbebte verlangend, als sie die sinnlichen Schluckbewegungen an seinem Hals wahrnahm. Auf seinen Lippen blieb ein rötlicher Schimmer zurück, als er das Glas bedächtig auf dem weißen Tischtuch abstellte. Sie fing an zu phantasieren, malte sich aus, wie sie die Feuchtigkeit mit ihrer Zunge fortschleckte, in seinen Mund eindrang und ihn küsste, bis das Aroma auch auf ihrem Gaumen haften blieb.

Überfordert von seiner Anziehungskraft, wandte sie die Augen von ihm ab, ehe sie in Versuchung geriet, irgendwie seine Aufmerksamkeit auf sich zu ziehen. Dieser Mann setzte ihren gesunden Menschenverstand völlig außer Kraft, und sie musste wohl allen Mächten des Himmels dafür danken, dass wenigstens er ausreichend Verstand bewies, um wieder normal weiterzumachen, während sie hier wie auf Kohlen saß und sich in unseliger Weise nach ihm verzehrte.

Aus den Augenwinkeln sah sie erneut den Kellner herannahen, diesmal balancierte er geschickt ein Tablett mit den bestellten Getränken auf seiner Handfläche. Erleichtert über diese Ablenkung dankte sie ihm, als er den Aperitif servierte, und kippte den Inhalt unter seinen erstaunten Blicken auf einen Schlag hinunter. Sie schüttelte sich wie ein nasser Hund, weil ihr Alkohol eigentlich gar nicht schmeckte, und verzog schaudernd das Gesicht zu einer Grimasse, als ein leichtes Brennen ihre Kehle hinunterrollte.

Wieder huschte ihr Blick zur Seite, doch noch immer gab es keine Anzeichen dafür, dass er ihre Anwesenheit bemerkt hatte. Ryan war so vertieft in seine Unterhaltung, dass er alles um sich herum mit Desinteresse strafte. Statt froh darüber zu sein, spürte sie maßlose Enttäuschung. Sie sehnte sich danach, in seine wunderschönen Augen zu blicken, und so dumm und gefährlich dieser Wunsch auch war, sie konnte ihn einfach nicht abschütteln.

Endlich kam Ross Turner wieder zurück und bewahrte sie davor, eine wirklich himmelschreiende Dummheit zu begehen. Mit finster verzogener Miene setzte er sich wieder an seinen Platz und runzelte die Stirn. Chloe bemühte sich darum, sich möglichst normal zu verhalten.

»Ist irgendwas nicht in Ordnung?«

Sein Lächeln hatte etwas Gezwungenes, sobald ihre Frage raus war.

»Wie man es nimmt. Paige hat mal wieder Liebeskummer wegen irgendeinem nichtsnutzigen Schönling und hat mir die Ohren vollgeheult. Sie ist fünfundzwanzig und doch so unendlich naiv, wenn es um die Wahl ihrer Männer geht.«

Chloe war überrascht, dass er so offen sprach.

»Nun, ich bin sicher, sie wird irgendwann den Richtigen finden.«

Turner lachte ein wenig verkrampft. Er schien sich wirklich ernsthafte Sorgen um seine Tochter zu machen.

»Das mag schon sein, aber es wäre mir lieber, wenn sie nicht so offensiv nach ihrem Traumprinzen suchen würde. Paige ist in die Liebe verliebt und nicht in die Männer. Sie flattert wie ein Schmetterling von Blume zu Blume, kostet mal hier und mal da und fliegt dann wieder weiter, weil sie glaubt, die nächste Blüte könnte vielleicht noch besseren Nektar haben.«

Ross runzelte die Stirn, ehe er weitersprach.

»Sie ist impulsiv und hat kein Stehvermögen, auch wenn es mir als Vater schwerfällt, das zuzugeben.« Er streifte Chloe mit einem warmen Blick. »Ich wünschte, sie hätte ein bisschen mehr von Ihrer Strebsamkeit. Sie sind jünger als meine Paige, und doch haben Sie Ihr Leben im Griff, während sie einfach nur die Hand aufhält und darauf wartet, dass ich ihre Rechnungen bezahle. Vermutlich liegt es daran, dass sie ohne Mutter aufgewachsen ist. Es war nicht immer leicht, meine Geschäfte und ihre Erziehung unter einen Hut zu bringen. Ich fürchte, ich habe sie zu sehr verwöhnt, um mein schlechtes Gewissen zu beruhigen, wenn mich die Arbeit zu sehr in Anspruch genommen hat.«

In liebevoller Nachsicht, die den Tenor seiner harten Worte milderte, schüttelte er den Kopf.

»Kennen Sie den Spruch: Ich habe ein Monster erschaffen? Nun, ein Monster ist sie nicht, sehr wohl aber ein ziemlicher Quälgeist, der die Nerven aller bis zur Schmerzgrenze strapazieren kann. Paige braucht eine feste Hand, einen Mann, der sich nicht von ihrem Schmollmund und ihren blauen Augen einwickeln lässt und ihr klare Grenzen setzt.«

Vor Chloes innerem Auge formte sich augenblicklich das Bild von Victor Seymour. Er war wirklich ein knallharter Hund und würde einem verwöhnten Püppchen wie Paige Turner sicher die Leviten lesen, sollte sie frech werden. Im nächsten Augenblick wunderte sie sich über ihre komischen Gedankengänge. Immerhin kannte sie diese Frau gar nicht, und sie fing schon an, sie geistig mit einem Mann zu verkuppeln, der ganz offensichtlich wenig Interesse am weiblichen Geschlecht zeigte, wenn sie die eine oder andere spitze Bemerkung ihrer Mutter richtig interpretiert hatte. Keine gute Basis für ein neues Traumpaar.

Chloe fragte sich im gleichen Atemzug, ob diese Paige wirklich so oberflächlich war, wie ihr Vater sie gerade darstellte. Oder war er einfach nur enttäuscht, weil sie sich nicht so verhielt, wie er es gerne gehabt hätte? Chloe beugte sich ein wenig vor und legte spontan ihre Hand auf die zusammengeballte Faust ihres Klienten, weil ihr seine betrübte Miene zu Herzen ging.

»Mr. Turner, gehen Sie nicht so hart mit Ihrer Tochter ins Gericht. Ihr fehlt wahrscheinlich einfach eine weibliche Bezugsperson, mit der sie sich ab und an austauschen kann. Möglicherweise könnte eine gute Freundin ein bisschen mäßigend auf sie einwirken, wenn sie es übertreibt. Warum reden Sie nicht mit einer von ihnen und bitten sie, ein Auge auf Ihre Tochter zu haben?«

Ross schüttelte den Kopf und betrachtete sinnend ihre ineinander verschlungenen Hände.

»Paige hat keine Freundinnen. Meine Tochter ist eine unglaubliche Schönheit, müssen Sie wissen. Meistens sind freundschaftliche Kontakte mit anderen Frauen daran gescheitert, dass deren Männer sich früher oder später an Paige herangemacht haben. Leider ist sie sehr empfänglich für Schmeicheleien, und ich will lieber nicht näher darauf eingehen, wie das in den meisten Fällen ausgegangen ist.« Er nahm einen Schluck von seinem Martini und räusperte sich. »Ich weiß gar nicht, warum ich Ihnen all das erzähle. Sie müssen mich für einen schrecklichen Langweiler halten.«

Chloe schüttelte entschieden den Kopf.

»Nein!«, widersprach sie energisch. Seine offensichtliche Sorge um seine Tochter hatte all ihr Misstrauen schwinden lassen. Ein Mensch, der sein Kind trotz so vieler Fehler so offensichtlich liebte, konnte so schlecht nicht sein. »Mr. Turner, Sie sorgen sich um Ihr Kind. Ich finde das keineswegs langweilig, sondern sehr sympathisch.«

Chloe überlegte kurz und meinte dann spontan: »Warum holen Sie Paige nicht hierher, wenn Sie ohnehin vorhaben, für längere Zeit in England zu bleiben. London ist eine aufregende Stadt, sie würde ihren Kummer schnell vergessen, und Sie hätten gleichzeitig ein Auge auf sie.«

Turners Blick wurde eigentümlich.

»Chloe, Sie sind eine ausnehmend kluge junge Frau«, erwiderte er langsam und blickte ihr tief in die Augen. »Das ist eine ausgezeichnete Idee. Ich denke, ich werde Ihren Rat beherzigen und genau das tun.«

Froh darüber, dass das Eis zwischen ihnen ein wenig gebrochen war, lehnte sie sich in ihrem Stuhl zurück. Der Abend erschien ihr plötzlich gar nicht mehr so schrecklich, und sie beschloss, das Essen zu genießen. Ryan hin oder her. Unauffällig schielte sie an seinen Tisch und unterdrückte einen überraschten Laut. Weder Song Li noch er waren zu sehen. Die Stühle waren leer, und ein emsiger Kellner richtete den Platz bereits für die nächsten Gäste her.

Als Chloe drei Stunden später, nach einem wirklich angenehmen Abend in Ross Turners Gesellschaft, vor ihrem Badezimmerspiegel stand und sich die Reste des Make-ups vom Gesicht wusch, war sie gedanklich schon längst nicht mehr bei dem ungemein charismatischen Amerikaner, sondern dachte über Ryans plötzliches Verschwinden nach. Hatte er sie gesehen und fluchtartig das Restaurant verlassen, oder war sie ihm am Ende gar nicht aufgefallen? Immerhin war es möglich, dass die beiden Männer aus anderen Gründen die Lokalität verlassen hatten.

»Oh Mann, hör auf, an ihn zu denken, Chloe Carter!«, schimpfte sie laut.

Wütend warf sie den Wattebausch in das Waschbecken und schüttelte den Bademantel ab. Sie hatte sich trotz der späten Stunde noch ein Bad eingelassen, weil sie ohnehin nicht schlafen konnte. Nackt, wie Gott sie erschaffen hatte, tapste sie über den flauschigen Badezimmerteppich auf ihre Wanne zu. Diese war bis zum Rand mit herrlich warmem Wasser aufgefüllt, verfeinert mit einem betörend duftenden Badezusatz. Gerade als sie sich mit einem wohligen Seufzer hineinsinken lassen wollte, erschreckte sie das durchdringende Klingeln an ihrer Haustür fast zu Tode. Sie fing sich schnell, horchte und hoffte, dass der ungebetene Besucher von allein wieder verschwinden würde. Sie verspürte nicht die geringste Lust, nachzusehen, wer sie zu so unrühmlich später Stunde störte.

Schließlich war sie nicht Lara Croft. Wenn da draußen ein Psychopath herumlungerte, hatte sie kaum Möglichkeiten, sich zur Wehr zu setzen.

Ein erneutes Bimmeln. Nachhaltiger diesmal, dreimal kurz hintereinander, gefolgt von wilden Klopfgeräuschen. Chloe kaute heftig an ihren Lippen herum und zog ernsthaft in Erwägung, die Polizei zu rufen. Dann schalt sie sich einen Feigling und beschloss nachzusehen, wer da draußen ihre gesamte Nachbarschaft aus dem Schlaf riss. Sie warf den dunkelgrünen Seidenkimono wieder über und band ihn vorn fest zu. Auf leisen Sohlen schlich sie zur Tür, nicht ohne sich vorher ihren Regenschirm zu schnappen, der in einem silbernen Köcher neben der Schuhablage stand und dessen spitzes Ende sich durchaus als Waffe eignete. Damit fühlte sie sich sicherer.

»Wer ist da?«

»Ich bin's, Ryan. Mach die verdammte Tür auf! Ich muss mit dir sprechen.«

Nach der anfänglichen Erleichterung war sie sprachlos und versucht, ihn einfach vor der Türe vergammeln zu lassen.

»Mir passt es gerade gar nicht.«

Sie bemühte sich ein Mindestmaß an Höflichkeit in ihre Stimme zu legen, obwohl er das keineswegs verdiente. »Vielleicht ein anderes Mal«, ergänzte sie lapidar, während sie dachte: »Never ever!«

Ein hämisches Lachen erklang von der anderen Seite.

»Stör ich dich gerade mit deinem Liebhaber, Chloe?«

Selbst durch die verschlossene Türe hindurch war seine Verachtung herauszuhören. Chloe hielt die Luft an. Also hatte er sie im Restaurant doch gesehen und sofort die falschen Schlüsse gezogen.

»Du redest Unsinn, Ryan. Geh einfach und lass mich in Ruhe.«

»Chloe, wenn du nicht sofort diese Tür öffnest, trete ich sie ein. Das ist mein Ernst.«

Mit einem unendlich entnervten Laut pfefferte sie den Schirm auf den Boden und riss die Eingangstür fast aus den Angeln.

»Na endlich«, knurrte er unhöflich und drückte sich ohne ihre Erlaubnis an ihr vorbei. Die Tür schmiss er einfach zu. Chloe zuckte bei dem lauten Knall zusammen, blitzte ihn wütend an und hielt gleich darauf die Luft an, weil er trotz seiner Verärgerung einfach unglaublich aussah. Sie hatte schon im Restaurant gemerkt, dass er sich ein schmales Oberlippenbärtchen hatte wachsen lassen, das sich bis über sein Kinn zog und seine Mundpartie auf sehr attraktive Weise einrahmte. Alles war sorgfältig zurechtgestutzt, die Länge entsprach kaum mehr als einem Dreitagebart. Es war so unfair, wie heiß er damit aussah. Verwegen und sexy. Nichtsdestotrotz ließ sie ihrer Wut über sein unangekündigtes Auftauchen freien Lauf.

»Sag mal, spinnst du?«, ereiferte sie sich. »Du kannst hier nicht einfach aufkreuzen, wann es dir passt, und mich beleidigen.«

Ohne ihr zu antworten, schob er sie rückwärts – Richtung Schlafzimmer. Sie taumelte nach hinten und bedachte ihn mit eisigen Blicken.

»Ich mache, was mir gefällt, Chloe. Das solltest du doch mittlerweile gemerkt haben.«

»Du bist ein Neandertaler, Ryan.« Sie legte so viel Verachtung in ihren Tonfall, wie es ihr nur möglich war, obwohl sich vor Sehnsucht alles in ihr zusammenzog. »Ich frage mich wirklich, was meine Mutter in dir sieht, denn sie hat immer galante Männer mit Stil bevorzugt. Eine Eigenschaft, die dir völlig fehlt.«

Er ließ sich von ihren Worten nicht beirren und sah

sich methodisch in ihrem beengten Flur um, der ihr durch seine Präsenz sogar noch winziger als sonst vorkam. Sein Augenmerk wurde besonders von ihrer Garderobe und der Schuhablage angezogen.

»Du scheinst allein zu sein.« Er klang überrascht. »Ist dein Sugardaddy etwa schon gegangen? Ich muss schon sagen, ich hätte ihm mehr Stehvermögen zugetraut. Oder warten zu Hause Frau und Kinder auf ihn?«, fragte er mit mokantem Unterton. »Immerhin scheinst du dich ja auf gebundene Männer spezialisiert zu haben, wenn mich nicht alles täuscht.«

Dieser selbstgefällige Mistkerl!

»Dass ausgerechnet du mir Vorträge über Moral halten willst, finde ich schon bemerkenswert, wenn man bedenkt, dass du mit der Tochter deiner zukünftigen Ehefrau geschlafen hast«, konterte sie scharf, ihre Gedanken überschlugen sich und wurden beeinträchtigt von der mühsam unterdrückten Wut, die brodelnd überzukochen drohte. Sie versuchte, sich den Anschein von Souveränität zu geben, und wies mit der Hand zur Tür. »Ich will, dass du jetzt augenblicklich verschwindest, ich kann dein dämliches Geschwätz nicht länger ertragen.«

Er war sichtlich getroffen, versteckte sich aber hinter sprühendem Sarkasmus.

»Warum sollte ich? Du machst deine Beine doch für alles breit, was sich dir in den Weg stellt. Warum nicht noch mal für mich?«

»Weil du der Verlobte meiner Mutter bist!«, brüllte sie so laut, dass sie sogar selbst erschrak. Es noch einmal in dieser Lautstärke und mit dieser Vehemenz auszusprechen, machte die Schuld, die sie auf sich geladen hatten, irgendwie greifbarer.

Für beide, denn Ryans Gesicht verdunkelte sich schlagartig. Chloe fühlte sich auf einmal schrecklich müde und hätte weiß Gott was darum gegeben, sich einfach unter ihrer Bettdecke zu verkriechen. Sie war diese irritierende Sehnsucht nach ihm so leid. Und Ryan … der war einfach nur uneinsichtig und spielte den Macho, weil er sie mit einem anderen Mann zusammen gesehen hatte. Sie hasste den abwertenden Ausdruck in seinen Augen, weil sie seiner Meinung nach gleich den nächsten Liebhaber in ihr Bett eingeladen hatte.

Fahrig strich sie sich die Haarsträhnen aus dem Gesicht, die sich nach und nach aus der Hochsteckfrisur gelöst hatten, und versuchte, Ruhe in ihr aufgewühltes Inneres zu bringen.

»Wieso bist du hier?«, fragte sie ihn mit ernstem Unterton, während er ungewohnt still geworden war. »Was bezweckst du mit diesem Auftritt? An unserer Situation hat sich nichts geändert. Du bist immer noch der Verlobte meiner Mutter und der Letzte, mit dem ich zusammen sein dürfte.«

Chloe brauchte Antworten, sie hatte keine Lust auf Spielchen, auf verkappte Eifersüchteleien und Besitzansprüche, wo keine angebracht waren. Genau diesen Punkt musste sie ihm noch mal in aller Deutlichkeit klarmachen. Nachdem er stumm blieb, ergriff sie die Chance.

»Ich will, dass du eines begreifst, Ryan. Im Gegensatz zu dir bin ich frei, und wenn ich mit einem Mann schlafen möchte, dann tue ich das. Es gibt niemanden, vor dem ich mich rechtfertigen müsste. Bei dir sieht das allerdings ganz anders aus.«

Ihr Gesichtsausdruck bekam eine vorwurfsvolle Note, als sie hinzufügte: »Was würde Leanne sagen, wenn sie wüsste, dass du kurz vor Mitternacht in meinem Flur stehst, um mir eine Szene wegen eines anderen Mannes zu machen? Und das nur wenige Tage nachdem du sie mit mir betrogen hast.«

Das saß. Er wich ihrem Blick aus, sah zur Seite, schloss die Augen.

»Ich weiß es nicht«, flüsterte er leise.

Er rieb sich kopfschüttelnd den Nacken und wandte sich halb von ihr ab. Eine merkwürdig hilflose Geste für einen so stolzen Mann.

»Ich wollte eigentlich nie wieder hierherkommen.« Er blickte kurz in ihre Richtung. »Glaub mir, Chloe, ich weiß, was ich getan habe. Ehrlich gesagt habe ich keine Ahnung, wie ich Leannes Nähe in den letzten Tagen ertragen konnte, weil mich das schlechte Gewissen fast um den Verstand gebracht hat. Ich habe mir vorgenommen, dass etwas Derartiges nie wieder passieren wird. Weder mit dir noch mit einer anderen. Ich habe versucht zu vergessen, wie es mit uns war, und fast wäre es mir auch gelungen, doch …«, er hörte auf zu reden, schenkte ihr einen beinahe bedauernden Blick, »… als ich dich heute Abend mit diesem Kerl gesehen habe, ist etwas in mir ausgetickt. Ich hab Rot gesehen und bin gegangen, bevor ich dich von ihm weg und in meine Wohnung schleifen konnte.«

Chloe hatte das Gefühl zu ersticken. Auf seinem Gesicht sprangen die Emotionen wild durcheinander. Hass, Begehren, Wut, sogar Zärtlichkeit glaubte sie auf seinen Zügen erkennen zu können. Alles unglaublich starke Gefühle, die einen Menschen an seine Grenzen treiben konnten. Gegen ihren Willen davon angezogen, bewegte sie sich auf ihn zu.

»Du warst eifersüchtig«, wisperte sie ungläubig.

Er leugnete es nicht. »Weißt du, dass ich diesen Burschen am liebsten windelweich geschlagen hätte?«

Während er sprach, kam er ihr ebenfalls entgegen. Chloe ergab sich dieser machtvollen Anziehung, die sie wie ein unsichtbarer Magnet auf ihn zutrieb. Jeder machte einen Schritt, dann noch einen, bis sie ganz nah voreinander stehen blieben und sich in die Augen sahen. Etwas Besonderes geschah in diesen Sekunden, als würde ein Puppenspieler seine Fäden ziehen und sie nach eigenem Gutdünken für sich tanzen lassen. Chloe fühlte prickelnde Erregung in sich aufsteigen. Er war hier bei ihr. Nicht bei Leanne. So falsch das auch sein mochte, in diesem Augenblick fühlte es sich richtig an.

»Was, wenn ich dir sagen würde, dass dieser Abend nichts zu bedeuten hatte, dass dieser Mann einfach nur ein Bekannter ist?«

Abwartend sah sie zu ihm auf, fühlte sein Lächeln, ehe es sich überhaupt auf seinem Gesicht ausbreiten konnte.

Plötzlich schlang er seine Arme um sie. Seine Nähe, sein Geruch, sein Atem auf ihrem Gesicht, all das machte sie schwindelig vor Glück. Oh Gott, sie hatte sich so sehr nach diesem Gefühl gesehnt, nach ihm.

»Stimmt das?«, fragte er drängend. »Du schläfst nicht mit ihm?«

Er hatte absolut kein Recht auf eine Antwort, genauso wenig wie auf seine Eifersucht, doch sie suhlte sich geradezu in der Erkenntnis, dass ihn die Vorstellung wahnsinnig machte, sie könnte etwas mit einem anderen Mann haben. Sie schüttelte den Kopf, gab ihm die Antwort, die er hören wollte.

»Kein anderer Mann«, gab sie zu und legte den Kopf in den Nacken. »Bitte, hör auf zu reden. Küss mich ... küss mich einfach, bevor ich wieder zu Verstand komme und dich rausschmeiße.«

Sein tiefes Ausatmen war ein Ausdruck purer Erleichterung, und er heftete seinen Mund in fast schon unsittlicher Weise an ihren Hals. Er liebkoste ihre Haut und legte die Lippen auf ihre empfindliche Kehle. Es war aufregend, elektrisierend, einfach unbeschreiblich. Sie stieß ein Lachen aus, das eher einem Stöhnen glich. Ihn endlich wieder spüren zu dürfen, glich einer seelischen Befreiung. Er lächelte an ihrem Hals.

»Heute werde ich jeden Zentimeter von dir küssen. Es wird keine Stelle an deinem Körper geben, die ich nicht unter meinem Mund spüren werde.«

Seine Zunge schoss heraus und zog eine lodernde Spur zum klaffenden Ausschnitt ihres Bademantels. Ihren Rücken bog er ein klein wenig nach hinten, während sie dabei zusah, wie er mit der Nase den Stoff des Kimonos auseinanderschob, um an ihre nackten Brüste zu gelangen.

»Du riechst unglaublich. Nach Frühling, nach Wärme, so verdammt süß«, stöhnte er leise und zupfte mit den Zähnen an ihren steil aufgerichteten Brustspitzen. Sie spürte das Ziehen parallel an ihrer anderen Knospe – der zwischen ihren Beinen.

»Eines Tages werden wir das bereuen.«

Ihr prophetischer Protest blieb jedoch viel zu schwach, um ernsthaften Widerstand zu erzeugen. Knisternde Spannung erfüllte die Luft um sie herum. Ihr schwerer Atem begleitete seine hauchzarten Küsse, sie wand sich ein wenig, noch immer unsicher, ob sie das wirklich zulassen sollte.

»Denk nicht darüber nach, Chloe.«

Seine Stimme klang gequält. Mit einem ergebenen Seufzen ließ sie ihn gewähren, stöhnte leise, während er eine Spur von feuchten Küssen auf ihrem Oberkörper verteilte. Er bugsierte sie dabei schrittweise auf ihr Schlafzimmer zu, direkt aufs Bett, wo er sie sanft auf ihren Rücken bettete.

Noch während sie dalag und ihn mit einem leidenschaftlichen Blick bedachte, erhob er sich und fing an, sein Hemd aufzuknöpfen. Ryan machte das mit langsamen, sehr bedächtigen Bewegungen. Dass sie beide kurz davorstanden, Leanne erneut zu betrügen, unterwanderte nur unwesentlich die unverfälschte Freude darüber, in wenigen Minuten wieder seine Härte in ihrem Schoß willkommen zu heißen. Seltsamerweise spürte sie keine Gewissensbisse deswegen. Dafür sehnte sie sich zu sehr danach, dass er die schmerzhafte Leere in ihr füllte.

Sie lenkte die Aufmerksamkeit wieder auf sein Gesicht und ergötzte sich an der unverhohlenen Gier in seinen Augen, während er sie mit seinen Blicken beinahe schändete.

Endlich streifte er sein Hemd von den Schultern, die Muskeln an seinen Armen waren angespannt und wölbten sich verlockend nach außen, als er seine Jeans öffnete. Sie erspähte dunkelblondes Schamhaar zwischen den silbrigen Zähnen des Reißverschlusses, und die auseinanderklaffenden Hälften des Stoffes offenbarten den Ansatz seines Penis, der den Stoff darunter ausbeulte. Ryan hielt sich aber nicht weiter mit seiner Hose auf, sondern ließ sie einfach an, nur noch gehalten von der muskulösen Wölbung seines Hinterns. Ihre Finger zuckten, weil sie es kaum erwarten konnte, die festen goldenen Backen unter ihren Händen zu spüren. Die Matratze wogte, als er sich zu ihr gesellte und sich neben sie aufs Bett kniete. Er streckte die Hand nach ihr aus und zog mit einer einzigen Bewegung den Knoten ihres Bademantels auf. Der Stoff fiel auseinander und legte ihren Körper frei, während er ihre hohen Brüste und das weiche Tal zwischen ihren Beinen mit seinen Blicken streifte. Noch während sie atemlos darauf wartete, was als Nächstes geschehen würde, ließ er sich seitlich neben ihr nieder, stützte sich auf den Ellenbogen und liebkoste mit dem Handrücken ihren Busen. Langsam, eine träge Bewegung, die ihr unglaublichen Genuss verschaffte. Er schien jedes noch so winzige Detail an ihr wahrzunehmen, als könnte er sich kaum an ihr sattsehen. Ohne Eile glitt seine Hand über ihren flachen Bauch abwärts. Die Oberfläche zuckte, als Chloe sich lustvoll anspannte und gleich darauf wieder lockerließ.

»Du bist unglaublich schön«, flüsterte er ihr sanft zu und drückte einen süßen Kuss auf ihren Bauchnabel.

Es kam ihr alles vor wie ein Traum. Ein wunderschöner, sinnlicher und hoffentlich nie endender Traum. Sie ließ sich ganz in die wonnige Schwäche hineinfallen, die sie überfiel. Er lächelte sie an, und beinahe hätte sie geseufzt, weil sie ihn so wunderschön fand, dass sie es kaum ertragen konnte, in sein Gesicht zu schauen. Sie wollte etwas sagen, doch er nutzte diesen Augenblick, um seine Lippen erneut auf ihre Bauchdecke zu drücken, und die Worte erstarben unter der Berührung seines Mundes. Zarte Küsse flogen über sie hinweg, seine Zunge zog großzügige Kreise, kam ihrer intimsten Stelle immer näher. Bestimmt konnte er riechen, wie die Erregung zwischen ihren Beinen zunahm. Er rutschte tiefer, sie schielte abwärts. Sein Mund schwebte nur wenige Zentimeter über ihrem Schlitz, er leckte einmal breit darüber, um ihn dann nur noch mit fedrigen Küssen zu streifen. Chloe stöhnte, diese kaum spürbaren Liebkosungen waren nicht auszuhalten. Sie wollte die Beine für ihn breit machen, doch er legte einen Arm über ihre Oberschenkel, um ihr die Bewegungsfreiheit zu nehmen.

»Halt still!«, befahl er ihr leise und begann, die Oberfläche ihrer glatten Vulva zu züngeln. Sie versuchte ihn dazu zu animieren, sie richtig zu kosten, und streckte ihm auffordernd ihr Becken entgegen, doch er drückte sie mit dem Arm gnadenlos nieder und lachte leise, weil sie einen erbosten Laut von sich gab.

»Du Teufel«, flüsterte sie und biss sich auf die Lippen,

um das peinliche Wimmern zu unterdrücken, das unentwegt aus ihrem Mund strömen wollte.

»Wir haben die ganze Nacht, Chloe. Ich werde mir viel Zeit mit dir lassen, und am Ende wirst du schreien vor Lust.«

Gleich darauf machte er seine Ankündigung wahr und erforschte jeden Zentimeter ihrer Haut, bis sie sich vor Ekstase unter seinen Händen wand. Sie beschwor ihn, mehr zu tun, als nur feine Küsse auf ihr zu verteilen, doch er blieb eisern und quälte sie mit nachlässigen Zärtlichkeiten.

»Ryan, ich schwöre dir, ich sterbe gleich«, entfuhr es ihr anklagend.

Noch immer verweigerte er ihr den intimsten aller Küsse, schob noch nicht mal einen Finger zwischen ihre Labien, um endlich ihren Lustpunkt zu massieren. Dieser glühte schon ohne entsprechende Behandlung.

»Bitte …«

Ryan hörte für einen Augenblick auf, sie zu quälen, und sah ihr ins Gesicht.

»Soll ich dir geben, was du willst?«

Sie nickte heftig, konnte es kaum noch aushalten.

»Oh Gott, ja.«

Ryans Lächeln triefte geradezu vor männlicher Zufriedenheit, und er rutschte mit einem sträflich sündigen Grinsen zwischen ihre Beine. Mit den Schultern spreizte er ihre Schenkel, und sie wusste genau, was er sah: Eine nass glänzende Muschel, die rosig schimmernd vor ihm lag, die erregte Knospe angeschwollen und rot. Mit einem lüsternen Laut drückte er seine Lippen auf ihr Fleisch, sie konnte fühlen, wie er ihre Klit einsaugte und gleich darauf die Arme unter ihre Hüften schob, um sie näher an seinen Mund zu heben.

Sobald er seine Zunge an dieser empfindlichen Stelle

tanzen ließ, entfuhr ihr ein tiefes, langgezogenes Stöhnen. Er leckte über jede Stelle, die er erreichen konnte, wühlte sein Gesicht hinein und zerkratzte die empfindliche Haut ihrer Oberschenkel mit seinen Bartstoppeln. Sie presste ihre Beine fest zusammen, weil sie seine peitschenden Zungenschläge anders nicht mehr ertragen konnte. Sofort beendete er ihre Bemühungen. Seine breiten Schultern vollführten eine rollende Bewegung, er bog ihre Beine noch weiter auseinander und fegte unermüdlich mit seiner Zunge über sie hinweg. Dann versenkte er sie in der kleinen Öffnung, was sie in einen Zustand jenseits aller Vernunft versetzte. Sie stöhnte haltlos, als sich die Spitze *peu à peu* in sie hineinzwängte. Das Gefühl dieser butterweichen Festigkeit machte sie irre. Ryan legte stützend die Hände unter ihren Hintern, seine Zunge in ihrem Leib wurde ganz hart und steif. Sie fing an, auf ihr zu reiten, ihre Hüften verfielen in einen fieberhaften Rhythmus, während er zuließ, dass sie ihn als Werkzeug für ihre Lust benutzte. Das Gefühl, sich an ihm zu befriedigen, war peinigend auf die bestmögliche Weise, und es dauerte nicht lange, bis sie an einen Punkt gelangte, der sie zum Orgasmus und darüber hinaustrug. Gerade als ihre Klimax bevorstand, um sich mit explosiver Intensität zu entladen, entzog er sich ihr. Er hievte sie in eine sitzende Position, den Blick fordernd auf ihr Gesicht gerichtet. Sie war derart überrumpelt, dass sie einen Moment brauchte, um zu verstehen, was eigentlich los war. Chloe suchte leicht verwirrt seinen Blick, noch benommen von der eben genossenen Lust, und versuchte zu verstehen, was er von ihr wollte.

Ryan ragte halb kniend, halb stehend vor ihr und sah auf sie hinunter. Seine Mimik zeigte Zeichen von Anspannung, das eisblaue Funkeln in seinen Augen wirkte unerbittlich und ließ durchblicken, dass es jetzt an ihr war, ihm Lust zu bereiten. Noch immer schmerzhaft erregt, sah sie zu, wie er seinen prallen Schwanz aus der Hose holte und die Hüften fordernd nach vorn schob. Jetzt kapierte sie, was er damit bezweckte, und setzte sich auf, um ihm entgegenzukommen, als Ryan sein Glied direkt vor ihre feucht glänzenden Lippen dirigierte. »Nimm mich in den Mund.«

Sie heftete den Blick begierig auf seinen verlockenden Penis, liebte die beachtliche Größe, die Form und die Beschaffenheit. Jeden anderen Mann hätte sie vor die Tür gesetzt, wenn er es gewagt hätte, in dieser Weise mit ihr umzuspringen. Doch bei Ryan gehörte dieses unmögliche Machoverhalten quasi zum Vorspiel.

Scheiß auf die Emanzipation …

Ohne zu zögern, legte sie die Hand um den Ansatz seines Penis und zog ihn an ihre Lippen. Mit ausgestreckter Zunge leckte sie die heraustretenden Lusttropfen ab, zog mit zwei Fingern vorsichtig seine Vorhaut zurück und entblößte die rot glänzende Eichel. Mit sinnlichen Bewegungen umkreiste sie den empfindsamen Kopf, agierte langsam, kostete seinen Geschmack aus und die nasse Glätte, die der ihren so ähnlich war.

»Deine Zunge fühlt sich großartig an …«

Er hatte den Kopf in den Nacken geworfen, sein Hals war komplett durchgebogen, die Sehnen angespannt. Ermutigt nahm sie ihn tiefer auf, spürte, wie sein Glied ihren Gaumen entlangrutschte und sich bequem zwischen den Taschen ihrer Wangen einnistete. Als er vorerst nicht mehr tiefer konnte, fing sie an zu saugen. Die andere Hand schob sie unter den Bund seiner Jeans und zog sie mitsamt seinem Slip über den festen Hintern nach unten. Er murmelte unzusammenhängende Dinge, während ihre Finger an seinen Pobacken entlangstrichen. Sie packte herzhaft zu und genoss es, die eiserne Muskulatur und die seidige Haut unter ihren Fingerspitzen zu ertasten. Impulsiv verkrallte sie ihre Fingernägel in seinem angespannten Fleisch und hinterließ mit Sicherheit tiefe Spuren auf seiner Haut.

Er schüttelte sich schaudernd, ein zischender Laut entfuhr ihm, und sie lächelte zufrieden, was durch die Fülle in ihrem Mund nicht so einfach war. Mit der Hand übte sie nun massiven Druck auf sein Glied aus. Er stöhnte unterdrückt, was eine neue Welle heißer Lust durch ihre Eingeweide kriechen ließ. Langsam, brennend, unersättlich. Zärtlich kraulend begann sie, die weiche Haut unter seinen Hoden zu massieren. Er fluchte, packte ihren Kopf und schob die Finger tief in ihre seidigen Locken. Von leidenschaftlichen Lauten begleitet, spannte er die Lenden an und begann, in ihren Mund zu stoßen. Seine Bewegungen waren vorsichtig, er traute sich anscheinend nicht, seiner Gier vollen Lauf zu lassen, doch ein Teil in Chloe wollte unbedingt, dass er die Kontrolle über sich verlor, dass er sich komplett und vollkommen gehenließ. Sein Glied glitt aus ihrem Mund und sie sah mit glühendem Blick zu ihm auf.

»Du brauchst nicht so vorsichtig zu sein. Lass dich gehen, lass mich spüren, wie du dir Lust bereitest.«

Er schüttelte den Kopf, atmete schwer.

»Nein, das geht nicht. Ich bin zu groß.«

Chloe fühlte sich zurückgewiesen und wollte ihn unbedingt dazu bringen, sie wild in den Mund zu vögeln.

Bei Leanne stellt er sich sicher nicht so an.

Sie war entschlossen, alles von ihm zu bekommen, was er zu geben hatte. Chloe biss sich hart auf die Unterlippe und sah lüstern auf seinen großen Penis, der, noch feucht von ihrem Mund und verheißungsvoll angeschwollen, vor ihren Augen schwebte. Ohne lange nachzudenken, packte sie ihn an den Hoden und drückte sie fest zusammen, um eine Reaktion von ihm zu erzwingen. Ein Brüllen fuhr grollend aus seiner Brust, sein Schwanz schien sich unter dem quälenden Druck noch ein Stückchen zu vergrößern, während sich ein neuer Lusttropfen aus der Spitze löste, und sie wusste: Sie hatte gewonnen.

Chloe öffnete den Mund, um ihn wieder in sich aufzunehmen, ihm jeden Tropfen auszusaugen, den er entbehren konnte.

»Komm ... komm zu mir«, wisperte sie lockend.

Wenn sie ehrlich war, konnte sie es kaum fassen, dass diese schamlose Person und sie ein und dieselbe sein sollten, doch im Grunde war es nicht wichtig, denn sie bekam endlich, was sie wollte. Das war alles, was zählte. Im Moment.

Knurrend schob er seinen Schwanz zwischen ihre Lippen und drängte unbarmherzig vorwärts. Sie entspannte ihren Hals, so gut es ging. Trotz ihrer Unerfahrenheit darin, das Glied eines Mannes so tief in sich aufzunehmen, verspürte sie keinen Würgereflex. Vielleicht lag es an ihrem Wunsch, ihn auf jede nur erdenkliche Weise zu verwöhnen.

Die Penetration erfolgte mit knappen, aber schnell aufeinanderfolgenden Bewegungen. Sein tiefes Stöhnen verstärkte das Brennen in ihrem Bauch, es breitete sich bis in ihren Unterleib aus, der feucht und bereit darauf wartete, auf die gleiche Weise verwöhnt zu werden wie ihr Mund. Zu sehen und zu hören, wie sehr es ihm gefiel, sie auf diese Weise zu nehmen, war unglaublich stimulierend. Ihr Ziel war es gewesen, ihm Lust zu bereiten, jetzt machte sie diese zu ihrer eigenen. Während sie mit einer Hand seine prallen und sanft hin- und herschaukelnden Hodensäcke massierte, schob sie die andere zwischen ihre Beine, um sich selbst zum Höhepunkt zu bringen.

Ryan sah es und zog sein Glied aus ihrem Mund heraus.

»Auf die Knie, mit dem Arsch zu mir!«, herrschte er sie an.

Für eine feinsinnigere Sprache war seine Erregung schon viel zu weit vorangeschritten. Er gehorchte nur noch seinem Körper, und es versetzte ihn in einen Zustand atemloser Raserei, als sie seinem Befehl umgehend folgte. Sie brachte sich in die geforderte Position und reckte den glatten runden Po in die Höhe, um ihm das Eindringen zu erleichtern. Die Hand um ihren schmalen Nacken legend, umschloss er ihn fest und strich mit der anderen prüfend über ihren Hintern. Ein Finger zog sich durch den Spalt abwärts, so tief, dass er die Feuchtigkeit unter seinen Fingerspitzen ertasten konnte. Er verteilte die Nässe und drang ein kleines Stück in sie ein.

Sie ist so weit, längst überfällig.

Roh drückte er ihren Kopf nach unten in die Kissen, während er sich hinter ihr aufbaute.

»Nimmst du die Pille?«, stieß er noch hervor, als kurz die Erinnerung an ihr erstes Mal aufblitzte. Sie durfte um Gottes willen nicht schwanger werden. Sie nickte. »Ja.«

Er zögerte eine Sekunde, dann …

»Soll ich was nehmen, Chloe? Ich bin sauber, aber wenn du nicht willst, zieh ich ein Kondom über.«

Heute hatte er für Schutz gesorgt. Er hatte genug dabei, um sie ein Dutzend Mal zu nehmen. Gott segne die Großpackungen im Drugstore.

Endlich drehte sie den Kopf über die Schulter hinweg zu ihm. Ihre sonst so funkelnden grünen Augen waren ganz trüb vor Lust.

»Ich will dich richtig spüren. Du hast auch nichts zu befürchten …«

Mehr brauchte er nicht zu wissen. Ryan zog seine Hüfte nach hinten und spießte sie in der nächsten Sekunde mit einer einzigen, flüssigen Bewegung auf. Chloe schrie, als er mit seinem Glied tief in ihren Körper hineindrängte, er warf den Kopf in den Nacken und stöhnte befriedigt, als er endlich komplett in ihr war. Ryan erfreute sich an der Enge ihres seidigen Kanals, der jeden vernünftigen Gedanken aus ihm herauspresste. Er begann, sich zu bewegen, trieb sein Glied mit groben Stößen in ihre pulsierende Scham. Es schien sie keineswegs zu stören, dass er die Finesse vermissen ließ. Ihr zuckender Körper zeigte unmissverständlich, wie wenig sie seine grobe Gangart störte. Ryan biss die Zähne zusammen und beschleunigte sein Tempo. Er vögelte sich gerade im wahrsten Sinne des Wortes den Verstand aus dem Hirn, immer wieder tauchte er zwischen ihren willig gespreizten Beinen ab, hörte sein Blut in den Ohren rauschen, hörte ihr wollüstiges Stöhnen. Ihre süßen Schreie erfüllten das gesamte Schlafzimmer. Es war wunderbar mitzuerleben, wie hemmungslos sie sich gehenließ und mit den Hüften rollte, während sein Schwanz sich immer tiefer in ihr bewegte, unablässig bemüht, die lustvollsten Punkte für sie zu treffen, während er in ihrer sahnigen Feuchtigkeit ertrank.

Es war Himmel und Hölle zugleich, als er sich in ihr ergoss. Völlig leergepumpt und entkräftet, brach er auf ihr zusammen und begrub ihren Körper unter sich. Er küsste ihre Ohrmuschel, drückte die Lippen auf ihre schweißfeuchte Schläfe und kostete ihre salzige Haut, während in seinem Kopf die Gedanken wild durcheinandersprangen. Ryan spürte mit untrüglicher Sicherheit, dass er niemals genug von ihr bekommen würde. Egal, wie oft er mit ihr ins Bett ginge …

Kapitel 7

Später lagen sie in der Dunkelheit nebeneinander, schweigend und in Gedanken versunken. Sie berührten sich nicht, sahen sich nicht an. Als würde jeder Kontakt zu einer gewaltigen Reizüberflutung führen, der ihre Synapsen kollabieren ließ. Sie fragte sich dennoch, was gerade in ihm vorging. Die Hitze des Augenblicks hatte sich gelegt, und ihr Verstand arbeitete wieder mit der üblichen Präzision. Ohne Umschweife gestand sie sich ein, dass sie keine Reue empfand, weil sie es schon wieder getan hatten. Sie bemerkte höchstens eine distanzierte Neugier, weil die Zukunft ungewiss vor ihr lag. All ihre Planungen und Wünsche über den Haufen geworfen von einem einzigen Mann. Einem, der ihre Gedanken und ihren Körper nach Belieben beeinflussen konnte. Was hatte Leanne ihr mal geraten? Sei spontan, lass dich überraschen, und du wirst schon sehen, was dir das Leben bietet. Bestimmt hätte sie das nicht gesagt, hätte sie geahnt, auf welche Weise Chloe diesen Ratschlag eines Tages beherzigen würde.

Sie drehte den Kopf in seine Richtung und biss sich hart auf die Lippen, um ein Seufzen zu unterdrücken. Es war verrückt, aber sie musste ihn nur ansehen, und sofort stieg wieder diese verräterische Wärme in ihr hoch. Warum musste ihr Leben nur so kompliziert sein? Und wieso zur Hölle war sie nicht stark genug gewesen, um ihn abzuweisen? Einmal konnte man als Versehen werten, als Ausrutscher. Nun, nachdem sie ein zweites Mal miteinander geschlafen hatten, war es viel mehr als das. Der Beginn einer Affäre. Vielleicht …

»Wir sitzen ganz schön in der Scheiße.«

Seine Worte und die allzu treffende Umschreibung ihrer Situation brachten sie zum Lachen. Es wandte den Kopf zu ihr um und bedachte sie mit einem Blick liebevoller Nachsicht.

»Du lachst?«

Ihr Kichern verebbte zu einem leisen Glucksen, sie zog sich ihr Laken über den Kopf.

»Wenn ich nicht lache, fange ich an zu heulen.«

Erbarmungslos zog er die Decke wieder von ihrem Gesicht.

»Du brauchst dich gar nicht zu verstecken. Ich finde dich sowieso, schon vergessen?«

Eine unglaubliche Gefühlswelle übermannte sie nach dieser Aussage. Sie konnte sich gerade noch zurückhalten, ihr verbal Ausdruck zu verleihen und sich vermutlich bis auf die Knochen zu blamieren. Es reichte, dass sie mit ihm geschlafen hatte, sie musste es nicht noch auf die Spitze treiben, indem sie ihm gestand, wie verrückt sie nach ihm war.

Mit einem unverbindlichen Lächeln tätschelte sie ihm die Wange und beschloss, wieder auf Distanz zu gehen, bis sie beide klar genug waren, um eine Lösung für ihr Dilemma zu finden. So wie jetzt konnte es auf jeden Fall nicht weitergehen.

»Ryan, ich will dich ungern rausschmeißen, aber ich habe morgen einen wirklich harten Tag vor mir.«

Er verstand sofort, was sie damit bezweckte.

»Das heißt wohl, dass ich mich anziehen und verschwinden soll.«

Sie wandte verlegen den Kopf ab.

»Ryan …«

Er lachte, allerdings klang es nicht sonderlich fröhlich.

»Ist schon gut.«

Bildete sie sich das nur ein, oder hörte er sich enttäuscht an? Prompt überkam sie ein schlechtes Gewissen. Sie erinnerte sich genau an ihre erste Nacht, in der er sie so fluchtartig verlassen und wie zurückgewiesen sie sich gefühlt hatte. Sie war nicht der Typ, der es mit gleicher Münze heimzahlte, und so legte sie ihm, um Schadensbegrenzung bemüht, die Hand auf den Bizeps, nachdem er sich schon auf die Bettkante gesetzt hatte.

»Hör mal, es ist nicht so, dass ich dich nicht bei mir haben will, aber …« Sie stockte kurz, ehe sie ihren widerstreitenden Gefühlen freien Lauf ließ. »Meine Güte, versteh doch. Wir müssen unbedingt damit aufhören.«

»Dann hör auf, mich so anzusehen.«

»Wie sehe ich dich denn an?«

Sie war verletzt, weil er so gekränkt reagierte. Er neigte sich zu ihr hinunter und sah ihr tief in die Augen.

»Als ob du mich am liebsten nie wieder aus deinem Bett lassen würdest.«

Chloe schluckte, weil er den Nagel auf den Kopf getroffen hatte. Sie ignorierte das und behalf sich mit einer weiteren Frage, um von ihren Gefühlen abzulenken.

»Was ist mit meiner Mutter?«

Sobald sie Leanne erwähnte, setzte er sich wieder aufrecht hin und starrte auf die Bettdecke. Das schlechte Gewissen stand ihm ins Gesicht geschrieben, und sie fragte sich das erste Mal, wie es wohl in ihm aussah. Sie traute ihm ehrlich gesagt nicht zu, dass eine Nacht wie diese zu seinem normalen Alltag gehörte. Beim Abendessen anlässlich ihres »offiziellen« Kennenlernens war zu deutlich hervorgetreten, dass er ihre Mutter vergötterte. Doch wie passte sie in diese Gleichung?

»Ich habe keine Ahnung«, erklärte er in diesem Augenblick. Ein ernster Blick streifte sie. »Aber an meinem Wunsch, Leanne zu heiraten, hat sich nichts geändert. Das ist dir doch hoffentlich klar.«

Ihr Blick wurde düster, abweisend.

»Natürlich, was anderes habe ich auch nicht erwartet.« Sie neigte den Kopf ein wenig zur Seite, ehe sie hinzufügte. »Ich frage mich nur, ob du das Richtige tust. Glaubst du nicht auch, dass du niemals mit mir geschlafen hättest, wenn sie die Eine für dich wäre?«

Er sah sie ein wenig befremdet an.

»Die Eine?«, wiederholte er mit mildem Spott.

Sie fühlte, wie feurige Hitze ihre Wangen überschwemmte angesichts seines zutiefst mitleidigen Lächelns. Wäre sie in ihn verliebt gewesen, hätte sie diese Reaktion sicherlich zerstört. Und wenn es nicht dieser mitfühlende Gesichtsausdruck gewesen wäre, der ihr das Herz aus dem Leib gerissen hätte, dann sicherlich seine nächsten Worte.

»Chloe, wir sind hier nicht in einem romantischen Buch oder in einem Kinofilm, sondern in der Realität. Und die ist nun mal nicht so schwarz-weiß gezeichnet, dass es nur die einzig wahre Liebe gibt. Menschen können einander durchaus begehren, ohne sich zu lieben, und sie können begehren, während sie lieben. Ich muss mich wohl vorläufig damit abfinden, dass ich dich haben will, obwohl ich deine Mutter liebe.«

Vorläufig. Diese geschickte Nuancierung seiner Gefühle war ihr keineswegs entgangen. Sie setzte sich auf und redete mit beschwörender Stimme auf ihn ein.

»Und wie stellst du dir das vor? Meine Mutter als Hauptgericht, während ich ab und an für die sündige Nachspeise zuständig bin? Das geht so nicht, du kannst uns nicht beide haben.«

Er verschränkte stur die Arme vor der Brust, sein Bizeps wölbte sich verführerisch nach außen, und die Stelle zwischen ihren Beinen fing schon wieder an, sich für ihn bereitzumachen. Verdammt noch mal!

»Chloe, ich habe nie behauptet, dass ich euch beide will. Ich will keine Affäre.«

Idiot. Eigensinnig schob sie ihr Kinn nach vorn.

»Und wie nennst du das, was wir heute Nacht zum wiederholten Mal getan haben? Wenn das keine Affäre ist, dann sag mir bitte, wie so was aussieht. Lass mich nicht dumm sterben.«

Er schloss die Augen und wäre dem Gesichtsausdruck nach am liebsten woanders gewesen als ein Teil dieser unseligen Diskussion.

»Ich glaube, ich werde jetzt besser gehen, bevor wir hier noch anfangen zu streiten.«

Sie schlug mit der flachen Hand gegen seine Brust.

»Das tun wir bereits, Mister«, informierte sie ihn hochnäsig.

Kaum waren die Worte raus, schubste er sie zurück in ihre Ausgangsposition – flach auf den Rücken – und beugte sich über sie.

»Du musst wirklich immer deine freche Klappe aufreißen. Stimmt's?«

Wenig eingeschüchtert, sah sie zu ihm hoch und merkte, wie sich erneut die Hitze in ihrem Schoß staute.

»Vielleicht«, murmelte sie und ließ ihre Augen über seine beeindruckende Brustmuskulatur schweifen. Ein ergebener Laut schlüpfte aus seinem Mund, als er sich tiefer über sie neigte.

»Ich glaube, wir beide werden es nie schaffen, miteinander zu reden, ohne am Ende übereinander herzufallen.«

Ein Hauch von Resignation begleitete diese Feststellung, als wäre er es leid, sich gegen seine geheimsten

Wünsche zu wehren. Sein Mund lag bereits auf ihrer Wange und zog sich hinunter zu ihrem Mundwinkel. Stöhnend umfasste sie seinen Nacken und schob ihn auf ihre sehnsüchtig geöffneten Lippen zu. Als sich ihre Zungen leidenschaftlich umschlangen, verloren sie die letzten Hemmungen, und Chloe sah sich in ihrer Vermutung bestätigt. Es war der Beginn einer Affäre. Verhängnisvoll, leidenschaftlich und zerstörerisch.

Nie im Leben hätte sie erwartet, dass sie einmal zu der Sorte Frau gehören würde, die ihren gesamten Alltag nach einem Mann ausrichtete und sich voll und ganz seinen Wünschen unterordnete. Es war eine unumstößliche Tatsache, dass sie quasi auf Abruf bereitstand, sobald er sie sehen wollte. Täglich wartete sie auf das erlösende Klingeln ihres Telefons und die damit verbundene Verabredung zu neuem schwindelerregendem und heißem Sex.

Gelegenheiten, sich zu treffen, waren jedoch rar gesät, da sie beruflich beide sehr eingespannt waren, noch dazu kam der kaum zu ignorierende Umstand, dass Ryan den größten Teil seiner Freizeit mit Leanne verbrachte und für Chloe wenig Zeit übrig blieb. Je länger dieser Zustand anhielt, desto unzufriedener wurde sie, weil sie sich mehr wünschte, als er ihr geben konnte ... oder wollte.

Die Entscheidung, diese Affäre weiterzuführen, hatten sie nicht bewusst getroffen, sie lebten sie einfach aus, ohne große Worte darüber zu verlieren. Es waren flüchtige Momente voller Leidenschaft, wenn sie es schafften, ein oder zwei Stunden für sich herauszuschinden. Gerade dieser Mangel an Gelegenheit schien ihre Leidenschaft füreinander noch zu steigern. Ryan verhielt sich oft wie ein Tier, sobald er ihre Wohnungstür hinter sich zuschlug. Zerrissene Blusen, zerfetzte Slips und blaue Flecken, weil er vor lauter Gier nach ihr zu fest zupackte, waren keine

Seltenheit. Anstatt ihm deswegen die Meinung zu sagen und zu verlangen, dass er sie feinfühliger behandeln sollte, genoss sie sein heißblütiges Liebesspiel, ebenso wie seine immer stärker hervortretende Neigung, sie voll und ganz zu beherrschen.

Auf der anderen Seite war es kein gutes Gefühl, dass sie ihre eigenen Bedürfnisse für ihn zurückstellte, und doch konnte sie nicht anders, auch wenn die Konsequenz ihres Verhaltens eher einem Trauerspiel glich. Sie war zu etwas geworden, was sie eigentlich niemals sein wollte: eine Geliebte, die brav wartete, bis sie an der Reihe war.

Was ihr ebenfalls zu schaffen machte, war diese fiese kleine Stimme in ihrem Kopf, die ihr immer öfter zuflüsterte, wie schön es doch wäre, Ryan ganz für sich allein zu haben. Doch sosehr sie ihn auch begehrte, eines wollte sie keinesfalls: ihrer Mutter den Mann ganz nehmen, den sie so sehr liebte.

Paradoxerweise schien die Verlobung mit Ryan Leannes Mutterinstinkte wiederzubeleben, denn seit einiger Zeit war sie es, die ständig bei Chloe anrief, und nicht umgekehrt. Meist bat sie um einen Ratschlag wegen der Verlobungsfeier, die in naher Zukunft stattfinden sollte. Leannes Bestreben war es, dieses Fest zu einem rauschenden Ereignis zu machen, von dem die Londoner High Society noch in den nächsten Jahren voller Bewunderung erzählen würde. Das bedurfte einer langwierigen und detaillierten Planung, wodurch sich der Termin immer weiter nach hinten zog. Chloe war die plötzliche Anhänglichkeit ihrer Mutter unangenehm, dabei war es gerade mal ein Vierteljahr her, dass sie sogar nackt durch den Hyde Park gerannt wäre, um sich ihr anzunähern. Jetzt war ihr Anblick nur noch der Motor, der Chloes unendlich schlechtes Gewissen am Laufen hielt, weil sie einfach nicht die Kraft besaß, ihre Treffen mit Ryan zu beenden.

Nichtsdestotrotz saß sie eines Nachmittags mit ihrem Hintern auf dem viel zu harten Stuhl eines reizenden Cafés und wartete darauf, dass Leanne endlich eintrudelte. Auch diese spontan erfolgte Verabredung war nicht von ihr ausgegangen, sondern auf Leannes Mist gewachsen, und Chloe fragte sich, wie sie eine ganze Stunde in ihrer Gesellschaft überstehen sollte, ohne wie das personifizierte schlechte Gewissen auszusehen. Während sie nervös mit ihren Fingern auf der Tischplatte herumklopfte, kam Leanne auch schon in ihrer üblichen melodramatischen Art in das Lokal gerauscht. Alle Anwesenden richteten den Blick automatisch auf die beeindruckende Erscheinung ihrer Mutter, und Chloe verdrehte ergeben die Augen, als das übliche Getuschel einsetzte. Es war immer das gleiche Szenario, das ablief, sobald ihre Mutter irgendwo auftauchte: immer im Brennpunkt der Aufmerksamkeit, und keiner konnte sich ihrem unbestreitbaren Charisma entziehen.

Auch Chloe nicht, die gewohnt geduldig wartete, bis »Ashley Dubois« ihre Showeinlage für das Volk beendet hatte und sich zu ihr an den Tisch gesellte.

»Chloe, Darling, endlich sehen wir uns wieder.«

Ihre Mutter ließ den Nerzmantel heruntergleiten, der locker über ihren Schultern hing, und legte ihn mit nachlässiger Nonchalance in die Hände eines sogleich herbeigeeilten Kellners.

»Passen Sie ja auf das gute Stück auf«, herrschte sie den armen Burschen an, dessen Augen fasziniert an dem großzügigen Ausschnitt von Leannes Kleid klebten. Eigentlich war es für diese Tageszeit viel zu auffällig. Zu blau, zu tief ausgeschnitten, zu glamourös. Doch Leanne folgte ihrem ganz persönlichen Modediktat und liebte es, sich betont weiblich zu kleiden. Ein Anhänger mit einem dunkelblauen Stein, eingefasst in ineinander verschlungene silberne Fäden, die die Oberfläche wie ein fragiles Spinnennetz umspannten, komplettierte ihr Styling und lag lockend zwischen ihren schwellenden Brüsten. Jegliche männliche Aufmerksamkeit wurde unweigerlich auf den Spalt dazwischen gelenkt. Der Kellner konnte seinen Blick nur schwer von diesem reizvollen Zusammenspiel aus cremig weicher Haut und kühlem Geschmeide abwenden, schluckte sichtlich und nickte geschäftig, ehe er sich mit dem seidenweichen Pelz auf den Armen davonmachte.

Leanne sah ihm kurz hinterher, ein zufriedenes Funkeln saß in ihren Augenwinkeln, als wollte sie sagen: »Yeah, ich habe es noch nicht verlernt.«

»Hallo, Mutter«, grüßte Chloe leise, um endlich ihre Aufmerksamkeit auf sich zu ziehen. Leanne beugte sich daraufhin zu ihr hinunter und hauchte einen kaum spürbaren Kuss auf Chloes Wange. Ihre Gesichter kamen sich dabei sehr nahe. In Leannes Saphirblick lag ein eigentümliches Glitzern, das Chloe nicht recht einordnen konnte. Nicht feindselig, weil sie vielleicht doch etwas von der Affäre ahnte, sondern eher … schuldbewusst.

Der Augenblick verstrich, und ihre Mutter zeigte wieder die übliche selbstgefällige Miene, bevor sie Chloe gegenüber Platz nahm.

»Ach, endlich kann ich mich mal setzen. Diese neuen Schuhe sind die Hölle.«

Neugierig sah sie sich im Lokal um. Die Blicke vieler Gäste ruhten immer noch auf ihr, was sie mit offensichtlicher Befriedigung zur Kenntnis nahm. Einige flüsterten leise miteinander und stellten wahrscheinlich Vermutungen darüber an, ob diese faszinierende Frau wirklich die berühmte »Ashley Dubois« war oder einfach nur eine gut zurechtgemachte Kopie. Chloe beschloss, ihre Mutter wieder von ihrem Planeten runterzuholen, bevor sie ganz ins Universum der Eitelkeit abdriftete.

»Gibt es einen besonderen Grund für dieses Treffen?«, fragte Chloe freundlich.

Leanne sah sie ein wenig befremdet an.

»Brauch ich einen Grund, um meine Tochter zu sehen?«, fragte sie verletzt.

Chloe seufzte. Also *die* Nummer wieder.

»Mutter, hör auf mit dem Schauspielern. Wir sind unter uns«, forderte sie energisch. »Du hast dich doch noch nie groß mit mir beschäftigt. Warum also diese häufigen Treffen in den letzten Wochen?«

Diese plötzliche Anhänglichkeit ihrer Mutter musste einen Grund haben. Chloe wollte wissen, warum sie sich ihr gegenüber so anders verhielt, und war entschlossen, es herauszufinden. Leanne gab indessen ihre affektierte Haltung auf und klappte die Karte wieder zusammen, in der sie für einen Moment flüchtig gestöbert hatte. Ein bedauernder Zug glitt über ihr Gesicht, als sie ihre Tochter ansah.

»Ich war dir nie eine besonders gute Mutter, nicht wahr?«

Es war eine Feststellung, keine Frage, doch Chloe bestätigte es dennoch mit einem nachdrücklichen Nicken. Warum leugnen, was sie beide schon lange wussten?

»Ist dir die Erkenntnis über Nacht gekommen, oder gibt es einen bestimmten Anlass dafür?«

Leanne starrte verlegen zur Seite und präsentierte ihr so ihr perfektes Profil. Chloe sah leichte Ansätze von Fältchen an ihren Augenwinkeln, die sie vorher noch nie bemerkt hatte.

»Na ja, wenn ich ehrlich bin, war Ryan der Auslöser.«

Chloe, die gerade mit dem Löffel in ihrer Kaffeetasse herumrührte, ließ diesen klirrend fallen. Hastig nahm sie ihn wieder auf, tupfte hektisch mit ihrer Serviette die vereinzelten Spritzer vom Tisch und tat so, als wäre dieser kleine Unfall nur ihrer Ungeschicklichkeit zuzuschreiben.

»Ryan?« Sie lachte geziert. »Was hat der damit zu tun?«

»Er erzählt mir immer viel von seiner Mutter«, begann Leanne, und Chloe wurde das Herz schwer. Wenn er bei ihr war, ließ er kein Wort über seine Mutter fallen, er erzählte eigentlich nie etwas über sich oder seine Vergangenheit. Er kam zum Ficken und ging wieder. Mehr hatte er ihr nicht zu geben.

Toll, Chloe, du hast dir den perfekten Mann geangelt.

Um sich von der Tatsache abzulenken, dass sie für ihn nur ein netter Zeitvertreib war, hakte sie genauer nach.

»Und was erzählt er so, dass du plötzlich das Gefühl bekommst, mehr Zeit mit mir verbringen zu müssen?«

»Na ja, Dinge eben«, druckste sie herum. »Ganz banales Zeug. Wie sie mit ihm in den Zoo gegangen ist, ins Kino, wie hübsch er sie fand und wie liebevoll sie zu ihm und seinem Bruder war.« Leanne zuckte ein wenig hilflos mit den Schultern. »Als ich das gehört habe, wurde mir klar, dass du nie so von mir reden wirst. Das ... also ... irgendwie hat mich das traurig gemacht.«

»Ist das etwa meine Schuld?«, brauste Chloe auf.

Sie fühlte sich in die Ecke gedrängt, weil Leanne sich auf einmal so reuevoll gab. Das machte ihren eigenen Verrat doppelt so schlimm, und Chloe wünschte sich verzweifelt die kalte Frau von früher zurück. Durch ihre eigene Dummheit hatte sie sich in eine Lage manövriert, aus der es keinen Ausweg gab. Obwohl – es gab durchaus eine Möglichkeit, um ihre Gewissensbisse dauerhaft loszuwerden. Chloe war nur nicht bereit dazu, diesen Schritt zu gehen. Noch nicht.

»Ich weiß, dass du keine Schuld hast«, erklärte ihre Mutter derweil verständnisvoll und stürzte Chloe damit fast in eine existentielle Krise. Das wurde ja immer schlimmer!

»Ich will mein schreckliches Verhalten dir gegenüber wiedergutmachen«, fuhr Leanne fort. »Die verlorene Zeit während deiner Kindheit kann ich nicht mehr aufholen, aber ich kann wenigstens jetzt versuchen, dir eine Mutter zu sein.« Leanne sah sie bittend an und streckte die Hand aus. Sie zitterte ein bisschen, als hätte sie Angst vor einer Zurückweisung.

»Genau wie ich früher«, dachte Chloe gequält und schloss die Augen, weil sie es kaum ertragen konnte, ihre Mutter so zu sehen. Sie hörte nur ihre Stimme.

»Chloe, wenn du das nicht mehr willst, was ich durchaus verstehen kann, will ich dir wenigstens eine Freundin sein. Ich weiß, ich habe eine zweite Chance bei dir gar nicht verdient. Ich habe all deine Versuche, mir nahezukommen, immer abgeschmettert, und ich bin auch nicht gut in diesen Dingen, aber ich will mich wirklich bemühen, unsere Beziehung zueinander zu verbessern.«

Chloe hatte einen Kloß im Hals, so groß wie ein *Fabergé*-Ei.

»Was sagst du? Wollen wir nicht einen Neuanfang wagen?«

In Leannes Augen lag eine Ernsthaftigkeit, die Chloe noch nie in dieser Form an ihr wahrgenommen hatte, und nur das Klingeln ihres Mobiltelefons bewahrte sie vor einer Antwort. Sie warf ihrer Mutter einen entschuldigenden Blick zu und nahm – erleichtert über diese willkommene Unterbrechung – das Gespräch an. Es war Ross Turner.

»Chloe, wie schön, dass ich Sie erreiche«, begrüßte er sie fröhlich.

Chloe musste unwillkürlich lächeln, weil ihr der Klang seiner Stimme seltsam guttat. Seit sie sicher war, dass er nicht mit ihr ins Bett wollte, konnte sie sich in seiner Gegenwart wunderbar entspannen, und die unzähligen, aber leider fruchtlosen Besichtigungstermine waren eine angenehme Abwechslung in ihrem langweiligen Alltag – wenn man die gelegentlichen Treffen mit Ryan mal ganz außer Acht ließ.

»Was kann ich für Sie tun?«

Er kam sofort zur Sache.

»Meine Tochter Paige ist gestern Abend in London eingetroffen, und ich würde sie Ihnen gerne vorstellen. Hätten Sie heute noch Zeit? Für ein Essen.«

Chloe war gelinde gesagt überrascht, dass er ihr seine Tochter vorstellen wollte. Natürlich mochte sie ihn sehr gern, doch er war in erster Linie ein Kunde, auch wenn sich eine lose Freundschaft zwischen ihnen entwickelt hatte, die umso überraschender war, da doch nicht nur der Unterschied der Geschlechter zwischen ihnen stand, sondern auch ein nicht unbeträchtlicher Altersunterschied.

»Äh … also … ich weiß nicht.«

Seine Stimme wurde beschwörend.

»Bitte, Chloe. Paige ist gerade äußerst orientierungslos und beeinflussbar. Ich habe Angst, sie könnte sich hier auf die falschen Leute einlassen. Sie ist schön, und sie hat Geld. Was das für Glücksritter anzieht, brauche ich Ihnen wohl nicht zu sagen. Es wäre mir lieb, wenn Sie sich eventuell ein bisschen mit ihr anfreunden könnten. Das würde bestimmt einen guten Einfluss auf sie haben. Sie würden mir damit viele schlaflose Nächte ersparen.«

Seine Ehrlichkeit war der Auslöser für ihre Zustimmung.

»Also gut, ich werde kommen. Wieder im Hotelrestaurant? Das Essen dort war wirklich ganz ausgezeichnet.«

»Aber sicher, wenn das Ihr Wunsch ist, essen wir dort. Halb acht, passt Ihnen das?«

»Das passt sogar prima«, erwiderte sie und sah flüchtig auf ihre Armbanduhr. Verblüfft sah sie, dass der Zeiger bereits halb sechs anzeigte, was nichts anderes bedeutete, als dass sie das Gespräch mit ihrer Mutter an dieser Stelle abbrechen musste, wenn sie nicht zu spät kommen wollte. Sie würde einen Geschäftstermin vorschieben, was in groben Zügen ja auch der Wahrheit entsprach.

Sie legte eine bedauernde Miene auf, als sie sich nach dem Ende des Gesprächs erhob.

»Tut mir leid, ich muss leider schon gehen. Mir ist ein wichtiger Termin dazwischengekommen, und wenn ich mich nicht gleich auf den Weg mache, kann ich unmöglich pünktlich sein.«

Leanne nickte betrübt und wirkte ehrlich traurig über Chloes plötzlichen Aufbruch. Sie sah zu ihr hinunter und nagte unentschlossen an ihrer Lippe, ehe sie spontan ihre Hand auf den Arm ihrer Mutter legte und sich nach unten neigte, um sie auf die Wange zu küssen. Ihre Mutter roch nach Rosen, ein Duft, der ihr die Sinne vernebelte und sie so schmerzlich an all die Momente in ihrer Kindheit erinnerte, in denen sie sich geradezu danach verzehrt hatte, ihn ganz tief einzuatmen. Vorzugsweise eingekuschelt in ihren Armen.

»Wir reden ein andermal darüber. Okay?«, flüsterte sie leise.

Ihre Mutter nickte langsam.

»Okay, ich habe auch nicht erwartet, dass du mir jubelnd um den Hals fällst. Ich habe viel gutzumachen.«

»Ich auch, mehr als du dir jemals vorstellen könntest«, schoss es Chloe bedrückt durch Kopf. Sie wollte sich schon abwenden, um das Café zu verlassen.

»Chloe, warte.«

Sie drehte den Körper wieder halb in ihre Richtung. »Ja?«

Leanne holte tief Luft, ehe sie weitersprach. »Hör mal. Ich muss morgen früh nach Italien und werde fast zwei Wochen ... wenn nicht sogar länger ... nicht im Land sein.« Sie verdrehte die Augen, als wäre ihr die Tatsache lästig. »Dreharbeiten«, fügte sie noch erklärend hinzu und schenkte Chloe ein bittendes Lächeln. »Wäre es möglich, dass wir uns nach meiner Rückkehr treffen, um in Ruhe miteinander zu reden? Mir liegt viel daran, dass wir uns gründlich aussprechen. Ich möchte einfach mein Leben ordnen, bevor ich Ryan heirate, und du stehst an oberster Stelle.«

Chloe wurde übel. Ihre Mutter so entspannt über ihre Zukunft reden zu hören, ließ ihre Augen brennen, als hätte sich dahinter eine Ladung Batteriesäure angesammelt. Es waren aber Tränen, die machtvoll nach außen drückten. Sie biss sich fest auf die Zunge, bis der einsetzende Schmerz den in ihrem Herzen überlagerte. Leanne freute sich so sehr auf ein Leben mit Ryan, während sie wie ein Geist danebenstand und zusah, wie sie sich vertrauensvoll einem Mann übergab, der sie nach Strich und Faden betrog.

»Chloe ...« Ihre Mutter blinzelte sie unsicher an, weil sie immer noch schwieg. Sie riss sich zusammen und bog ein wenig die Mundwinkel hoch. Sie lächelte tatsächlich.

Na bitte, geht doch ...

»Entschuldige, ich war gerade gedanklich woanders«, antwortete sie. »Natürlich können wir uns treffen. Ruf mich einfach an, wenn du wieder da bist.«

Leanne strahlte sie an, was erneut dazu führte, dass sich Chloe total beschissen fühlte. Nach einem letzten »Goodbye« verließ sie das Lokal. Für Außenstehende strebte sie mit hocherhobenem Kopf und aufrechter Haltung auf den Eingang zu, doch innerlich wankte sie, kam zu Fall. Sie war übervoll mit Gefühlen und schluckte wie so oft die dummen Tränen hinunter, die ihr in die Augen steigen wollten.

Verdammte Leanne …

Eigentlich richtete sich ihre Wut gegen sich selbst und nicht gegen ihre Mutter. Sie hatte es gründlich vermasselt, und jetzt war es zu spät, um je wieder eine unbefangene Beziehung zu ihr aufzubauen. Sie konnte ihr einfach nicht mehr ins Gesicht schauen, ohne sich selbst und Ryan im Hintergrund zu sehen. Nackt, verschwitzt und mit lustverzerrten Gesichtern.

Warum kam sie ausgerechnet jetzt daher und wollte ihre Freundin sein? Nach all den Jahren. Eins stand fest: Den richtigen Zeitpunkt zu treffen war noch nie eine von Leannes Stärken gewesen.

Erbittert über das miese Timing ihrer Mutter, winkte sie ein schwarzes Taxi heran, um sich nach Hause chauffieren zu lassen. Dort bat sie den Fahrer zu warten, eilte in ihre Wohnung und füllte den Futternapf von Kassiopeia auf, ehe sie sich auf die Schnelle ein wenig frisch machte. Nachdem sie alles zu ihrer Zufriedenheit erledigt hatte, machte sie sich wieder auf den Weg nach unten und teilte dem wartenden Taxifahrer die neue Zieladresse mit.

Erst dann konnte sie etwas entspannter im Sitz zurücksinken und ihren Kopf bewusst mit ganz banalen Dingen beschäftigen, während sie den hektisch fließenden Abendverkehr durch die Scheiben hindurch beobachtete. Hauptsache, sie musste nicht an Leanne denken oder – besser gesagt – daran, dass sie regelmäßig mit ihrem zukünftigen Mann schlief.

Nach einer guten halben Stunde stieg sie aus dem Taxi und betrat das Hotel. Sie sah auf die Uhr und runzelte die Stirn. Es war noch viel zu früh, um sich schon bei Turner zu melden, also beschloss sie, die im Hotel untergebrachte Blue Bar aufzusuchen, um dort etwas zu trinken.

Noch war nichts los, als sie durch den Eingang trat, was für diese frühe Abendstunde nicht ungewöhnlich war. Mit einem kurzen Blick scannte sie die Umgebung. Einfach alles, beginnend bei der Tapete, die sich über die gesamte Fläche des Raumes zog, bis hin zum Teppich und den Ledersesseln, war in einem äußerst ansprechenden Eisblau gehalten und verlieh dem Ambiente eine kühle Eleganz, die durch die dezente Musikuntermalung im Hintergrund wirkungsvoll in Szene gesetzt wurde. Ein Kellner im weißen Smoking huschte geschäftig durch den überschaubaren Innenraum und verschwand hinter der Theke. An der Wand dahinter prangte mittig eine Art silbernes Tablett in Form eines Bullauges, dessen Ränder mit eingestanzten Verzierungen geschmückt wurden. Teile des Kronleuchters, der keine vier Meter Luftlinie entfernt das Zentrum des Raumes bildete, spiegelten sich auf der ebenen Fläche.

Chloe wandte den Blick ab und sah nach rechts. Außer ihr befand sich noch ein weiterer Gast in der Bar. Gedankenverloren saß er an einem der Tische entlang der Wand und starrte abwesend auf die Tischplatte. Sie schluckte ihre Überraschung herunter, als sie ihn erkannte. Es war Victor Seymour. Ryans scharfsinniger Bruder, der ihr das Gefühl vermittelte, als könnte er direkt in ihre Seele blicken. Sie verspürte nicht die geringste Lust, sich mit ihm zu unterhalten. Eine kleine Unachtsamkeit würde ausreichen, um ihn die richtigen Schlüsse ziehen zu lassen. Es war besser, ihm aus dem Weg zu gehen, denn er lauerte bestimmt nach wie vor auf eine Möglichkeit, die Heirat zwischen Leanne und Ryan zu verhindern. Leider entdeckte er sie, bevor sie auch nur einen Gedanken daran verschwenden konnte, sich umzudrehen und unauffällig das Weite zu suchen. Erkennen blitzte auf seinem Gesicht auf, und er winkte sie herrisch zu sich heran.

Chloe war ein wenig pikiert. Offenbar hatten beide Brüder einen Hang dazu, ihre Umgebung kontrollieren zu wollen. Die Gelegenheit zur Flucht war jedenfalls dahin, und sie steuerte auf seinen Tisch zu.

»Hallo, Victor, was für eine Überraschung, Sie in so einer Umgebung wiederzusehen.«

Vor dem kleinen runden Tisch blieb sie stehen und betete, dass er lediglich kurz »Hallo« sagen wollte. Sie legte keinen Wert darauf, diese Unterhaltung unnötig auszudehnen, lieber verbrachte sie die verbleibende Zeit in der Hotelhalle.

Victor erhob sich höflich aus seiner sitzenden Position und ergriff Chloes Hand. Sein Händedruck war fest, seine ganze Ausstrahlung ungemein bestimmend. Er war definitiv ein Mensch, der sich und seine Umgebung gerne im Griff hatte, mit Sicherheit jegliche Form von Überraschungen verabscheute und pedantisch jeden Schritt im Voraus plante. Ein Kontrollfreak, der nichts dem Zufall überließ.

»Chloe.« Seine Stimme war dunkel, und die Art, ihren Namen auszusprechen, hatte etwas ungewollt Bedrohliches. Ihr Unbehagen vor seinem durchdringenden Blick unterdrückend, lächelte sie ihn munter an.

»Was machen Sie hier? Falls es nicht unverschämt ist, Sie danach zu fragen?«

Chloe hatte Angst, er könnte mit seinem jüngeren Bruder verabredet sein.

»Ich treffe mich hier mit Ryan«, bestätige Victor ihre schlimmsten Befürchtungen. »Er ist noch in irgendeiner Galerie unterwegs, um die Werke eines neuen Künstlers zu begutachten. Setzen Sie sich doch ein wenig zu mir. Ich hätte nichts gegen ein bisschen nette Gesellschaft, da er sich verspäten wird.«

Chloe versuchte, ihre Überraschung darüber zu verbergen, dass ihr Liebhaber den Abend mit seinem Bruder verbringen würde und nicht mit Leanne, obwohl die für zwei Wochen beruflich unterwegs sein würde. Sie blickte flüchtig auf ihre Armbanduhr, sah, dass noch reichlich Zeit war, und beschloss, seine Einladung zum Plausch anzunehmen. Alles andere wäre zu verdächtig gewesen. Immerhin hatte sie seinem Ermessen nach keinen Grund, ihn zu meiden.

»Also bin ich für Sie so was wie ein Lückenbüßer«, scherzte sie locker, während ihr Hintern in der blau gepolsterten Oberfläche des Sessels versank. Sie konnte gerade noch so einen wohligen Laut unterdrücken, weil die weiche Unterlage um so vieles angenehmer war als die harten Stühle im Café. Ryan hatte vor zwei Tagen ziemlich die Kontrolle über sich verloren und sie so leidenschaftlich in eine Pobacke gebissen, dass sie die Abdrücke seiner Zähne jetzt noch schmerzhaft spüren konnte.

»Ist was nicht in Ordnung, Chloe?«

Victors Frage ließ sie erröten, während sie an das gleichsam peinigende wie erregende Liebesspiel zurückdachte. Sie schüttelte den Kopf.

»Alles bestens«, wiegelte sie ab und beeilte sich, schnell ein neues Thema anzuschlagen, um seinem prüfenden Blick zu entgehen. Dieser Mann war ihr viel zu scharfsinnig, ein kluger Geist, der sich nicht so leicht aufs Glatteis führen ließ wie so manch anderer seiner männlichen Artgenossen.

»Was führt Sie hierher?«, wollte er nach kurzem Schweigen wissen.

Endlich! Ein unverfängliches Gesprächsthema.

»Ich bin geschäftlich hier. Ein Kunde und seine Tochter sind hier abgestiegen. Er sucht einen hübschen Landsitz, um sich in London ein zweites Zuhause einzurichten.«

Victor nickte.

»Verstehe. Wenn Sie wollen, hör ich mich mal um. Solche Herrenhäuser stehen nicht unbedingt offiziell zum Verkauf.« Er grinste kalt. »So was wird meist unter dem Deckmantel der Verschwiegenheit gehandhabt. Kein Adeliger, der was auf sich hält, würde offen zugeben, dass er gezwungen ist, sein Erbe zu veräußern.« Er hob mokant seine Augenbraue. »Aber das wissen Sie wahrscheinlich selbst am besten. Immerhin ist das ihr Job.«

Chloe ließ sich von dem leisen Spott in seinen Worten nicht irritieren, sondern lehnte sich mit einem Lächeln behaglich in ihrem Stuhl zurück.

»Sie wollen Seymour Manor nicht zufällig loswerden, oder?«

Der Landsitz wäre ideal für ihre Zwecke und würde auch Ross Turners anspruchsvollen Wünschen gerecht werden. Victor schnippte derweil ein imaginäres Staubkorn von seinem maßgeschneiderten dunklen Anzug und grinste sie sardonisch an.

»Ich bitte Sie, Chloe. Sehe ich so aus, als müsste ich verkaufen?«

Victor lachte, als hätte er gerade einen guten Witz gemacht, und nahm einen Schluck von seinem Getränk. Chloes Blick fiel auf das Glas, als er es wieder auf der Tischplatte abstellte. Wenn er keinen Wodka trank, wovon sie nicht ausging, dann nippte er an schlichtem Wasser, und sie fing an, sich zu fragen, ob er in allem so genügsam war. Ihre Augen betrachteten prüfend sein maskulines Gesicht. Jetzt, bei ihrer zweiten Begegnung, wirkte er noch härter und unnachgiebiger auf sie. Ob es in seinem Leben jemanden gab, der diese versteinerte Miene ab und an weich werden ließ?

»Haben Sie eine Freundin?«, platzte es neugierig aus ihr heraus. Am liebsten wäre sie danach unter den Tisch gekrochen, als sich seine Augenbrauen aufreizend emporwölbten, angesichts ihrer indiskreten Frage.

»Interesse?« Sein Ton war nicht spottend, sondern eher gleichgültig. Als wäre ihm ihre Antwort im Grunde egal.

Sie räusperte sich und lachte peinlich berührt, weil er zu glauben schien, sie wäre scharf auf ihn.

»Nein, um Gottes willen!«

Er sah sie ein klein wenig beleidigt an, und sie beeilte sich, ihre Antwort ein wenig abzumildern. »Bitte verstehen Sie mich nicht falsch. Sie sind ein ausgesprochen attraktiver Mann, Victor. Aber wir wissen beide, dass zwischen uns diese gewisse Chemie fehlt, die für eine Affäre doch vorhanden sein sollte.«

Er lehnte sich zurück. Lauernd, zufrieden, als hätte er sie genau da, wo er sie haben wollte.

»Diese Chemie, von der Sie sprechen – ist es die gleiche, die ich zwischen Ihnen und meinem Bruder bemerkt habe?«

Chloe war sprachlos. Wie hatte er nur …? Sie schob angriffslustig das Kinn vor und meinte: »Ich weiß gar nicht, wovon Sie sprechen. Ihren Bruder kenne ich kaum.«

Wieder dieses wissende Lächeln, als durchschaute er ihre dicke Lüge. Wie viel wusste er tatsächlich? Sie kam sich vor wie ein Hamster in einem Laufrad, der sich hechelnd abstrampelte, um vorwärtszukommen, und doch immer auf einem Fleck stehen blieb. Und Victor saß daneben und sah seelenruhig dabei zu.

»Verzeihen Sie mir, ich wollte Ihnen nicht zu nahetreten«, meinte er, nachdem er ihr einen rätselhaften Blick zugeworfen hatte. »Aber um auf Ihre Frage von eben zurückzukommen. Nein, ich habe keine Freundin, und es wird in absehbarer Zeit auch keine geben, wenn ich es vermeiden kann.«

Das wiederum konnte sie kaum glauben. Ein Mann in

seinem Alter und mit seiner Ausstrahlung. War er vielleicht schwul?

»Ich habe auch nichts mit Männern, falls sie das glauben sollten«, fügte er amüsiert hinzu.

Toll, Gedanken lesen kann er also auch …

Chloe versuchte, sich ihre steigende Verlegenheit nicht anmerken zu lassen, und räusperte sich vernehmlich.

»Sie daten also nicht?«, stellte sie etwas souveräner fest.

»Nein, Chloe. Ich date nicht«, meinte er lakonisch. »In meinem Leben ist kein Platz für Frauen, und ich will es auch in Zukunft dabei belassen.«

Wow, das ist mal eine eindeutige Ansage, dachte sie verblüfft und wusste gar nicht, was sie dazu sagen sollte.

Wie immer in der letzten Zeit wurde das Handy zu ihrem Retter, denn es vibrierte so heftig, dass es sogar durch ihre Tasche hindurch zu spüren war. Sie lächelte ihn entschuldigend an, ehe sie es rausfischte.

»Chloe Carter«, meldete sie sich und blickte kurz zu Victor. Der beobachtete sie genau, ließ mit seinen scharfen Adleraugen keine ihrer Regungen außer Acht.

»Ich bin es. Ross. Darf ich fragen, wo Sie derzeit sind?«

»Im Hotel. In der Blue Bar.«

»Sie sind schon im Haus? Wunderbar, dann mache ich mich mit meiner Tochter auf den Weg.« Plötzlich wurde seine Stimme leiser, er flüsterte, als wollte er verhindern, dass jemand die folgenden Worte mitbekam. »Ich muss Sie vorwarnen. Paige ist in einer ziemlich explosiven Stimmung, und ich will nicht, dass Sie einen falschen Eindruck von ihr bekommen.«

Sie warf nach dieser Warnung einen kurzen Blick auf Victor, der immer noch diesen stoischen Gesichtsausdruck zur Schau trug, den nichts und niemand erschüttern konnte. Plötzlich hatte sie eine kleine Eingebung.

Chloe wollte unbedingt mal erleben, wie diese unnahbare Fassade ins Wanken geriet, und irgendetwas ließ sie vermuten, dass Paige Turner genau die Richtige dafür sein würde. Warum sollte Victor nicht eine kleine Dosis amerikanischer Halsstarrigkeit abbekommen, die seine britische Gelassenheit erschütterte?

»Ross, wäre es Ihnen möglich, mich hier in der Bar abzuholen? Ich unterhalte mich gerade mit dem zukünftigen Schwager meiner Mutter und möchte ihn ungern einfach sitzenlassen.«

Ross Turner sog so scharf die Luft ein, dass sie es selbst durchs Telefon hören konnte.

»Ihre Mutter will heiraten?« Er klang ausgesprochen wütend, was sie sich nicht erklären konnte. Was scherte ihn das Privatleben ihrer Mutter?

»Ähm, ja.«

»Wieso haben Sie das nie erwähnt?«

»Ross, ich bitte Sie«, meinte sie eingeschnappt und verstand die Welt nicht mehr, weil er sich so vorwurfsvoll anhörte. »Das ist für ja wohl kaum von Interesse für Sie. Ich breite private Angelegenheiten grundsätzlich nicht vor meinen Kunden aus.«

Damit hatte sie ihn erst mal in seine Schranken verwiesen, und sie fragte sich ernsthaft, ob denn gerade alle vollkommen übergeschnappt waren. Ryan verhielt sich wie der Teufel, wenn er mit ihr schlief. Zügellos und völlig außer Kontrolle, verschlang er sie, sobald sie auch nur für fünf Sekunden miteinander allein waren. Leanne spielte derweil »Mummy«. Entweder war das eine neue Rolle, in die sie geschlüpft war, oder sie empfand tatsächlich Reue, was Chloe immer noch nicht so recht glauben mochte. Und Turner ... der tat so, als wäre ihr Leben ein Versuchslabor, in dem er herumpfuschen konnte, wann immer es ihm gerade in den Kram passte. Sie war genervt.

Vielleicht wäre es das Beste, wenn sie ihre Siebensachen packte und auf einen anderen Kontinent auswanderte, dann konnten sie alle ihre Psychosen unter sich ausmachen, und Chloe hätte endlich ihre Ruhe!

»Es tut mir leid, natürlich haben Sie recht, es geht mich nichts an«, drang es durch den Nebel der Wut an ihr Ohr. »Ich bin nur ziemlich angespannt, weil Paige mir den letzten Nerv raubt. Es wird nicht wieder vorkommen, das verspreche ich Ihnen.«

»Ist schon gut«, murmelte sie, weil er sich ehrlich zerknirscht anhörte. »Ich verzeihe Ihnen.«

»Vielen Dank«, meinte er erleichtert. »Dann mach ich mich gleich mit meiner Tochter auf den Weg. Bis gleich.«

»Ärger?«

Sie steckte das Handy weg und strahlte Victor an, nicht gewillt, sich auch nur die geringste Kleinigkeit anmerken zu lassen.

»Wie kommen Sie denn darauf? Übrigens kommt gleich mein Kunde vorbei und holt mich ab.«

»Ich verstehe.«

Chloe lächelte weiter, bis sie glaubte, man hätte ihr die Mundwinkel an die Ohrläppchen getackert.

Wenige Minuten später betrat Ross Turner in Begleitung einer jungen Frau die Bar, und ihr Grinsen fiel praktisch auseinander. Wow, er hatte wirklich nicht übertrieben. Seine Tochter war zweifelsohne eine atemberaubende Schönheit.

Chloe war eigentlich niemand, der neidisch auf die optischen Reize anderer Frauen war, doch beim Anblick von Paige Turner wünschte sie sich, sie hätte zu Hause mehr getan, als sich nur kurz die Haare zu bürsten und einen Spritzer Parfum aufzulegen. Diese Frau sah aus wie ein Filmstar. Angefangen bei den Haaren, für die jede Frau ohne mit der Wimper zu zucken einen gemeinen Mord begangen hätte. Die seidig schwarze Mähne fiel in üppigen Wellen seitlich über ihre Schultern. Bei jeder Bewegung nahmen sie den kühlen Schimmer der bläulich schillernden Beleuchtung mit. Es sah aus, als würden irisierende Lichter oder Glühwürmchen darüber hinwegtanzen. Ihre Figur hingegen erinnerte an die wunderschönen Pin-up-Girls der fünfziger Jahre. Die rasanten Kurven steckten gut verpackt in einem weinroten Neckholderkleid, das kurz über ihren Knien endete und glockenförmig ihre hübsch geformten Beine umspielte. Große und dennoch feste Brüste wölbten sich über einer Wespentaille, die so schmal war, als hätte man sie in ein Korsett eingenäht. Ein Mann mit großen Händen – Victor zum Beispiel – hätte sie fast gänzlich umspannen können.

Sonderlich groß war sie jedoch nicht. Der einzige Punkt, in dem Chloe sie übertrumpfte, obwohl sie mit ihren knapp eins siebzig auch nicht gerade zu den Riesinnen unter den Frauen gehörte. Ungewollter Neid stieg in ihr auf, als sie zu guter Letzt noch feststellen musste, dass das zarte Puppengesicht von Paige so unglaublich hübsch aussah, dass jede Frau einen Heulkrampf kriegen musste, sobald sie ihrer ansichtig wurde. Turners Tochter war wirklich eine Augenweide, und selbst der so unnahbare Victor Seymour wirkte für einen Moment wie vom Donner gerührt, während die beiden endlich vor ihnen zum Stehen kamen.

»Chloe, wie schön, Sie zu sehen«, wurde sie herzlich von Ross begrüßt. Sie und Victor erhoben sich gleichzeitig, und sie reichte Ross die Hand, die er sofort zu einem angedeuteten Kuss an die Lippen zog. Seine Tochter warf unterdessen mit einer lasziven Bewegung ihre dunkle Haarmähne über die Schultern nach hinten und rückte so ihre Brüste ins bestmögliche Licht. Durchaus schadenfroh bemerkte Chloe, dass dieser offensichtliche

Versuch, Victors Aufmerksamkeit auf sich zu ziehen, grandios scheiterte. Er hielt seinen Blick gleichmütig auf ihr Gesicht gerichtet und wirkte kein bisschen bezaubert von dieser geballten Ladung Sex auf zwei Beinen. Chloe räusperte sich.

»Hallo, ich bin Chloe.«

Sie bemühte sich bewusst um einen möglichst neutralen und freundlichen Tonfall, doch sie erntete lediglich einen abschätzenden Blick von dieser Lolita, ehe sie Chloe mit gelangweilter Miene die Hand reichte.

»Paige«, stellte sie sich knapp vor. Mehr sagte sie nicht. Die schöne Amerikanerin blickte lieber einem hübschen Kellner hinterher, der gerade an ihnen vorbeilief. Ein leises Murmeln folgte: »Geiler Arsch …«

»Paige, um Gottes willen!«

Ross' Stimme zerschnitt die schneidend dicke Luft, die nach dieser anstößigen Bemerkung schwellend in der Luft lag. Dabei trug er einen dermaßen entsetzten Gesichtsausdruck zur Schau, dass Chloe sich fast die Zunge blutig biss, um ein Lachen zu unterdrücken. Obwohl seine Tochter wirklich jedem Klischee einer ungebildeten Amerikanerin entsprach und dabei auch noch lausige Manieren an den Tag legte, fand sie durchaus Gefallen an ihrer unverfälschten Art. Über allem aber stand der unbezahlbare Gesichtsausdruck von Victor, der völlig geschockt von so schamloser Undiszipliniertheit Löcher in ihre Stirn starrte. Vielleicht um ihr nicht auf die wirklich beeindruckenden Brüste zu glotzen, die selbst ihm bewusstmachen mussten, dass er ein Mann war und kein keuscher Mönch.

»Dad, jetzt mach keinen Aufstand«, murrte Paige in der Zwischenzeit und verzog schmollend den Mund. Ein kleines, verwöhntes Püppchen, das immer bekam, was es wollte. Dieser Eindruck wurde durch ihr Verhalten nur noch gestützt, und Chloe war sich sicher, dass Ross noch alle Hände voll zu tun haben würde, um sie unter Kontrolle zu bringen. Wenn sie wirklich so naiv war, wie er bei einem früheren Gespräch angedeutet hatte, würden sich sämtliche Goldgräber und Casanovas des britischen Empire an ihre Fersen heften. Entweder, um an ihr Honigtöpfchen oder an Daddys Dollars zu gelangen.

Sie wandte sich an ihn, um die Situation ein wenig zu entschärfen.

»Ross, ich möchte Ihnen gerne Victor Seymour vorstellen.«

»Freut mich.«

Turner nickte ihm zu und begutachtete Victor von oben bis unten. Er schien angetan von der starken physischen Präsenz des Briten, und seine angespannte Miene glättete sich. Auch sein Gegenüber war ihm freundlich gesinnt, denn Victors Gesichtsausdruck wurde ein klein wenig duldsamer. Da hatten sich offenbar zwei Seelen im Geiste gefunden, während Paige den dunkelhaarigen Hünen nur noch mit gelangweilten Blicken streifte. Sie hatte offenbar nach den wenig erfolgreichen Versuchen, ihre Reize vor ihm zur Schau zu stellen, schnell das Interesse an ihm verloren. Bestimmt war sie lässige Sonnyboys in Jeans, Hemden oder T-Shirts gewohnt und konnte mit dem so konservativ wirkenden Mann nichts anfangen. Noch dazu war er mit Ende dreißig deutlich älter als sie.

»Chloe hat mir erzählt, Sie suchen einen Landsitz, um ihn käuflich zu erwerben«, sagte Victor höflich, um eine Unterhaltung in Gang zu bringen. Noch immer standen sie alle um den Tisch herum, und keiner machte Anstalten sich zu setzen.

Paige kicherte, was Victor mit grimmiger Miene quittierte.

»Was ist denn so lustig an meiner Frage, Ms. Turner?«

»Reden alle Engländer so gestelzt wie Sie, oder haben Sie die Eigenschaft exklusiv?«, konterte Paige mit einer Gegenfrage.

Chloe schluckte wie verrückt und tat so, als müsste sie husten. Diese Teufelin! Victor wurde leichenblass, seine Lippen zitterten, während sich seine Nasenflügel blähten. Ob vor Wut oder vor Entsetzen über ihr flegelhaftes Verhalten blieb jedoch sein Geheimnis. Bevor er etwas entgegnen konnte, ergriff Ross das Wort.

»Paige Turner«, seine Stimme bebte vor mühsam unterdrückter Wut, »noch so eine Bemerkung, und du sitzt schneller wieder in einem Flieger zurück in die Staaten, als du es für möglich hältst. Ich warne dich.«

Er wandte sich mit entschuldigender Miene an seinen männlichen Gegenpart, der Paige mit vernichtenden Blicken strafte.

»Ich möchte mich für das Benehmen meiner Tochter entschuldigen. Offenbar habe ich bei meiner Erziehung vollkommen versagt.«

Paige schnaubte beleidigt und verschränkte bockig die Arme vor der Brust, was die um ein gutes Stück nach oben drückte. Victors Augen blieben für einen kurzen Moment dort hängen, ehe er den Blick komplett über die Gestalt dieser heißblütigen Wildkatze gleiten ließ. Ein frostiger Schimmer lag in seinen Augen, er sah gefährlich aus und unberechenbar. Selbst Paige schien die eisige Aura zu spüren, die sich wie ein unsichtbarer Schutzwall um ihn ballte, und verkniff sich wohlweislich jede weitere vorlaute Bemerkung. Ein zufriedener Zug milderte die unnachgiebige Strenge seines Mundes, als er ihren vorläufigen Rückzug wahrnahm. Chloe, die das alles genau verfolgte, klopfte sich innerlich auf die Schulter, weil Ryan und sie sicher das Letzte waren, woran er momentan denken konnte.

Victors Stimme unterbrach die selbstzufriedenen Lobesarien in ihrem Kopf.

»Machen Sie sich keine Sorgen, Mr. Turner.«

Victors Stimme klang seidig, als er endlich auf Ross' Entschuldigung reagierte, ohne die Augen auch nur für eine Sekunde von dessen Tochter zu nehmen. Ein diabolisches Funkeln blitzte in seinen Augen auf, als er lässig ergänzte:

»Ich habe eine Pferdezucht und kenne mich gut aus mit bockigen Stuten. Man darf nur die Zügel nicht zu sehr schleifen lassen und muss sie mit fester Hand führen, dann hat man sie recht schnell unter Kontrolle.«

Ross gluckste und schien eher amüsiert als wütend über diese respektlose Bemerkung, die sich eindeutig gegen seine Tochter richtete.

»Haben Sie mich gerade ernsthaft mit einem Pferd verglichen, Mr. Seymour?«

Paige klang eisig, Victor hingegen verzog keine Miene.

»Wenn Sie sich den Schuh anziehen wollen.«

»Sie mieser kleiner …«

»Aber, aber, Ms. Turner«, unterbrach er tadelnd. »Beruhigen Sie sich. Nicht, dass noch die Gäule mit Ihnen durchgehen. Ich bin Züchter, kein Rodeoreiter.«

»Glauben Sie mir, auf meinem Sattel würden Sie keine drei Sekunden sitzen bleiben«, fauchte sie heißblütig. »Ich würde Sie abwerfen, ehe Ihr Hintern auch nur in die Nähe des Leders kommt.«

Victors Lächeln wurde so rätselhaft wie das der Sphinx.

»Glauben Sie?«

Er klang plötzlich unglaublich sanft, seine Worte waren kaum mehr als ein Streicheln tief in seiner Kehle, und Chloe fühlte sich wie ein Eindringling, während sie dem Schlagabtausch der beiden beiwohnte. Auch Ross schien sich nun nicht mehr wohl in seiner Haut zu fühlen, hielt sich jedoch zurück. Victor hingegen machte einen äußerst wachen Eindruck, während ein feines Lächeln seinen Zügen einen herben Hauch von Schönheit verlieh.

»Vielleicht reizt es Sie ja einfach nur, meine Peitsche zu spüren. Es gibt Frauen, die es durchaus genießen, wenn sie beherrscht werden.«

Paige warf arrogant den Kopf zurück und fixierte mit zusammengekniffenen Augen sein Gesicht. Ein intensives Wechselspiel. Keiner wollte nachgeben, keiner war bereit, sich eine Blöße zu geben. So wie Chloe die beiden einschätzte, würden sie noch bis zum nächsten Morgen hier rumstehen und ihre Kräfte messen. Da die Unterhaltung noch dazu in eine Richtung zu kippen drohte, die die Grenzen des hiesigen Anstands um ein Vielfaches überschritt, griff Chloe beschwichtigend ein und machte diesem verbalen Schlagabtausch ein Ende.

»Ich glaube, wir sollten uns nun langsam auf den Weg machen, was denken Sie, Ross?«

Der hatte mittlerweile sein Lächeln wiedergefunden und ein dickes Grinsen auf dem Gesicht. Abwechselnd sprang sein Blick zu Victor und dann wieder zu seiner erbost dreinblickenden Tochter.

»Sie haben wie immer recht, meine liebe Chloe.« Schadenfreude beherrschte die Symmetrie seiner ebenmäßigen Gesichtszüge. »Sagen Sie, Victor, wollen Sie uns nicht Gesellschaft leisten?« Er linste zu seiner Tochter, die anfing, heftig mit dem Kopf zu schütteln und ein flehendes »Nein« mit den rotgeschminkten Lippen formte. Ross ignorierte das und bedachte Victor mit einem abwartenden Blick, doch der lehnte dankend ab.

»Tut mir leid, aber ich bin bereits mit meinem Bruder verabredet.«

Ross wirkte ehrlich betrübt, Paige maßlos erleichtert.

»Schade, ich schätze die Gesellschaft von Menschen,

die kein Blatt vor den Mund nehmen. Vielleicht kreuzen sich unsere Wege noch. Ich mag England, nur leider ist es nicht so einfach, ein Haus zu finden, das mir zusagt.«

Victor lächelte leicht.

»Luxuriöse Immobilien auf dem Land sind rar gesät, es könnte eine Weile dauern, ehe Sie das Passende gefunden haben.«

Turner nickte, das Gesicht leicht unwillig verzogen.

»Ja, die Suche ist ziemlich langwierig, was leider an mir liegt und nicht an meiner entzückenden Maklerin.«

Er zwinkerte Chloe freundlich zu, die prompt errötete.

»Wenn ich nicht bald aus diesem Hotel rauskomme, werde ich noch wahnsinnig«, setzte er hinzu. »Seit fast zwei Monaten bin ich nun schon hier, und der Krach und die mangelnde Privatsphäre gehen mir fürchterlich auf die Nerven. Obwohl ich die Annehmlichkeiten der Stadt durchaus zu schätzen weiß, hasse ich es, direkt darin zu wohnen. Alles, was ich mir wünsche, ist ein wenig Ruhe.«

Victors Miene wurde nachdenklich, gleich darauf hellte sie sich auf.

»Nun, da könnte ich Abhilfe schaffen.«

Chloe schwante Böses.

»Ich selber bin im Besitz eines Landsitzes außerhalb von London. Er wird oft für Ausstellungen genutzt, da Unterhalt und Instandhaltung des Gebäudes Unsummen verschlingen. Auf diese Weise finanziert sich Seymour Manor sozusagen selbst, auch indem ich den Westflügel ab und an vermiete. Der Gästetrakt des Hauses ist komplett von meinen Privaträumen getrennt, und wir würden uns nicht in die Quere kommen. Ihre Privatsphäre wäre also gewahrt. Sollten Sie Interesse haben, rufen Sie mich an.«

»Das hat er nicht«, rief Paige mit Panik in der Stimme. »Er hat kein Interesse.«

Victor verzog maliziös den Mund, während er ihre lebhafte Mimik betrachtete, und biss sich dabei von innen auf die Unterlippe. Eine bestürzend sinnliche Geste, die so unerwartet kam, dass selbst Paige kurzfristig aus der Fassung geriet. Stille Wasser sind tief und dreckig, besagte ein altes Sprichwort. Vielleicht galt das auch für Victor Seymour.

»Nun, meine liebe Ms. Turner, glücklicherweise habe ich den Vorschlag an ihren Vater gerichtet und nicht an Sie«, antwortete er kalt. »Ich nehme nicht an, dass Sie in der Sache etwas zu entscheiden haben.«

Ohne sie eines weiteren Blickes zu würdigen, zog er eine Karte aus der Innentasche seines Jacketts und reichte sie an Ross weiter.

»Hier, meine Visitenkarte. Mein Angebot steht, und Sie können mich jederzeit telefonisch erreichen.«

Ross steckte die Karte ein und nickte beifällig.

»Danke, ich werde mit Sicherheit darauf zurückkommen. Und nun werde ich die bezaubernde Ms. Carter und meine Tochter zu einem wunderbaren Essen entführen.«

Gerade als sie sich auf den Weg machen wollten, unterbrach eine tiefe Männerstimme den Aufbruch.

»Stör ich gerade?«

Ihr Kopf schoss herum, und Chloes Puls explodierte. Es war niemand Geringeres als Ryan, der gerade an die kleine Gruppe herantrat und vor allem sie mit sichtlicher Missbilligung musterte.

Kapitel 8

Obwohl sie ja gewusst hatte, dass er früher oder später hier aufkreuzen würde, war sie überrumpelt von seinem Auftauchen. Sein Gesichtsausdruck war unergründlich, seine Augen hingegen sprachen eine deutlichere Sprache. Unbehaglich wand sie sich unter den Blicken, die krisselige Schauer über ihren Rücken jagten. Das bissige Funkeln war kaum zu übersehen und versetzte sie in Erklärungsnot. Unter anderem deswegen, weil Ross ihr vor wenigen Sekunden freundschaftlich die Hand auf den Rücken gelegt hatte, um sie galant aus dem Raum zu führen. Für Ryan musste es so aussehen, als wäre ihre Beziehung zu Turner doch intimer, als sie behauptet hatte. Bestimmt spuckte er innerlich Gift und Galle, und sie würde um eine Erklärung nicht herumkommen, wenn sie das nächste Mal allein waren. Allerdings war sie sich nicht sicher, ob sie sich davor fürchten oder diesen Moment herbeisehnen sollte. Ryan trieb sie buchstäblich an ihre Grenzen. Die Anzeige ihres Gefühlsbarometers schwankte unentwegt hin und her, wechselte sich ab mit schwindelerregenden Hochs, wenn sie sich heimlich trafen, und den darauffolgenden Tiefs, sobald sie wieder allein in ihrer leeren Wohnung saß und mit ihrem zweifelhaften Status als Geliebte haderte.

Victor begrüßte in der Zwischenzeit seinen Bruder und machte ihren Selbstzweifeln vorläufig ein Ende.

»Ryan, wie schön, dass du uns auch mit deiner Anwesenheit beehrst.« Er lächelte knapp und wies mit der Rechten auf die kleine Gruppe. »Aber um auf deine Frage von vorhin zurückzukommen … von Stören kann keine Rede sein. Wir waren gerade dabei, uns zu verabschieden.«

Chloe versuchte zwischenzeitlich, Ryans stechendem Blick auszuweichen, versagte aber kläglich, weil alles an ihm sie magisch anzog. Gott, allein die Art, wie er ihren Körper heimlich mit seinen Blicken streifte …

Als würde er ahnen, was gerade in ihr vorging, begann er zu grinsen. Zufrieden, triumphierend, ein Bild purer männlicher Überheblichkeit. Aufgebracht, verspürte sie den irrsinnigen Wunsch, ihm wehzutun, ihn aus seiner Reserve zu locken, um seine unendlich provozierende Haltung ihr gegenüber zu erschüttern.

»Ryan, ich bin überrascht, dich hier zu sehen. Ich hätte eigentlich meinen zukünftigen Erstgeborenen darauf verwettet, dass du den Abend mit Leanne verbringst, wo sie doch morgen früh für zwei Wochen nach Italien reist.«

Natürlich war es unvernünftig, ihn so herauszufordern, da sie genau wusste, wie sehr er es hasste, wenn sie den Namen ihrer Mutter ins Spiel brachte. Prompt presste er die Lippen zu einem schmalen Strich zusammen, in seinem Blick lag eine unübersehbare Warnung.

»Du solltest nicht so leichtfertig mit deinen Einsätzen umgehen. Du könntest mehr verlieren, als dir lieb ist«, sagte er zweideutig. Eingebildet fügte er hinzu: »Und mach dir mal keine Sorgen um deine Mutter. Sie ist am Packen, und niemand weiß besser als du, dass sie dann keinen um sich herum gebrauchen kann. Aber zu deiner Beruhigung … ich habe mich bereits gebührend von ihr verabschiedet.«

Sein Tonfall ließ keinen Zweifel darüber offen, auf welche Weise dies geschehen war, und sie fühlte einen scharfen Stich in der Brust. Sie sah ihn nackt über ihrer Mutter thronen, stellte sich vor, wie er seinen Schwanz tief in sie hineinpumpte, während sich Leannes Gesicht vor Lust verzerrte. Dann veränderten sich die Züge, wurden zu ihren eigenen …

Ein dicker Klumpen in ihrem Hals machte ihr das Atmen schwer, als diese verstörenden Bilder ihren Kopf überfluteten. Natürlich war ihr klar, dass er nach wie vor mit ihr schlief. Es wäre naiv gewesen, etwas anderes anzunehmen, nur weil sie eine Affäre hatten. Trotzdem wollte sie keinesfalls daran erinnert werden, dass der Mann, den sie so leidenschaftlich begehrte, regelmäßig, wenn nicht sogar täglich, den Schoß ihrer Mutter beglückte. Nun doch so unverblümt damit konfrontiert zu werden, setzte ihr mehr zu, als sie zugeben wollte, und paradoxerweise fühlte Chloe sich betrogen, obwohl doch eigentlich sie die Betrügerin war. Wieder ein Zeichen dafür, dass sie mehr sein wollte als nur eine Affäre. Mehr als ein schmutziges Geheimnis. Und doch würde sie ihn später, entgegen aller Vernunft, wieder in ihre Wohnung lassen, sollte er vor ihrer Tür stehen. Übelkeit stieg in ihr hoch. Sauer und ätzend bahnte sie sich den Weg aufwärts und blieb bitter an ihrem Gaumen haften. Was war nur aus ihr geworden?

Turner, der nichts von ihren inneren Qualen bemerkte, zeigte derweil auffallendes Interesse an Ryan.

»Sie sind also der künftige Stiefvater von Chloe«, meinte er gedehnt und sah ihn mit leichter Skepsis an. Dass er um einiges jünger sein musste als Chloes Mutter, konnte ja selbst dem unaufmerksamsten Beobachter nicht entgehen. Ryans Augen wurden schmal, da Ross zudem einen leicht feindseligen Ton angeschlagen hatte, den er jedoch geschickt hinter einem einnehmenden Lächeln versteckte.

»Ja, das stimmt. Und Sie sind …?«

»Ross Turner«, stellte er sich vor. »Chloe ist meine Maklerin, und ich muss zugeben, dass sie eine äußerst beeindruckende Persönlichkeit ist. Wenn Sie ihrer Mutter auch nur ansatzweise ähnlich ist, dann müssen Sie ein sehr glücklicher Mann sein. Mir war es leider bisher nicht vergönnt, die Frau meines Lebens zu finden.«

Ryan zögerte ein wenig und warf einen raschen Blick auf Chloe, ehe er antwortete.

»Ja, das bin ich. Leanne ist wunderbar, das anbetungswürdigste Geschöpf, das man sich nur vorstellen kann.«

Chloe brach das Herz. Ganz langsam, so dass sie es zuerst nicht merkte. Doch der leichte, andauernde Schmerz, der sie nach und nach überwältigte, bekam schneidende Intensität und zerlegte den unruhig hämmernden Muskel in ihrer Brust in kleine Einzelteile. Sie hatte oft von gebrochenen Herzen gelesen und sich niemals vorstellen können, wie sich das anfühlen mochte. Jetzt wusste sie es. Es wurde ihr mit einer Brutalität demonstriert, die alles an Schmerz in den Schatten stellte, was sie bisher in ihrem Leben durchlitten hatte. Und schuld daran war nur er.

»Er wird dir nie ganz gehören«, flüsterte die Stimme ihrer Vernunft. »Gib ihn auf, solange du noch ein bisschen Selbstachtung hast. Such dir einen, den du nicht teilen musst!«

Chloes Herz, eben noch lahmgelegt, fing wieder an, sich zu regen. Sie würde nicht mehr ein Leben in der zweiten Reihe führen. Er wollte ihre Mutter! Bitte schön, dann sollte er sie verdammt noch mal haben.

»Ich bin übrigens Paige«, drängte sich Turners Tochter in genau diesem Augenblick wieder in den Vordergrund.

Nach einem letzten langen Blick auf Chloe wandte sich Ryan um und besah sich mit gesundem männlichem Interesse die abenteuerlichen Formen ihrer vermeintlichen Rivalin. Chloe spürte echte, bittere Eifersucht in sich aufsteigen, die jeden vernünftigen Gedanken in ihr abwürgte. Am liebsten hätte sie ihn von ihr weggezerrt und ihn in das dunkelste Verlies von Seymour Manor gesperrt, damit er nie wieder seinen sprühenden Charme an eine andere verschwenden konnte.

Ryan blickte noch einmal kurz zu ihr rüber, wodurch ihm sicher nicht der giftige Blick entging, der sich eindeutig an Paiges Adresse richtete. Ein verhaltenes Lächeln umspielte seinen Mund, als er sich demonstrativ langsam über die Hand der anderen beugte und einen galanten Kuss auf den blassen Handrücken hauchte. Chloe hätte ihn am liebsten mit einem gewaltigen Tritt aus der Bar befördert.

»Es freut mich sehr, Sie kennenzulernen, Paige«, säuselte er in verführerischem Tonfall. »Sie verleihen unserem altehrwürdigen britischen Empire mit ihrer Anwesenheit neuen Glanz.«

Chloe konnte es kaum fassen, wie er Paige in den Hintern kroch, die albern kichernd seine Komplimente genoss und sichtlich angetan war von seinem Charme. Wieder ein kurzer Blick zu ihr; er konnte sich offenbar nur mit Mühe ein triumphierendes Grinsen verkneifen. Chloe stand kurz davor, zu explodieren, knirschte mit den Zähnen und betitelte ihn geistig mit allen beleidigenden Schimpfwörtern, die ihr auf die Schnelle einfielen. Dieser aufgeblasene Schleimer!

Turner beobachtete indessen mit Habichtaugen das Geplänkel zwischen Ryan und seiner Tochter und schaltete sich wieder in das Gespräch ein.

»Ich habe Ihren Bruder eben eingeladen, mit uns essen zu gehen, das schließt Sie natürlich mit ein«, erklärte er betont freundlich.

Chloe war sofort alarmiert. Ryan würde doch nicht …

»Das hört sich doch verlockend an«, antwortete der prompt.

Er strahlte eine solche Selbstzufriedenheit aus, dass sie sich am liebsten wie ein Kleinkind auf den Boden geworfen hätte, um sich heulend über die Ungerechtigkeit des Lebens zu beschweren. Wahlweise hätte sie ihn auch liebend gern vors Schienbein getreten. Dieser Irre! Warum provozierte er so eine Situation?

»Ryan, du bist ein bisschen voreilig. Ich muss dringend mit dir sprechen, allerdings unter vier Augen«, wandte Victor ein, und pure Erleichterung machte Chloe die Knie weich.

Ryan hob fragend eine Augenbraue.

»Du hast nicht erwähnt, dass etwas Besonderes anliegt«, sagte er leicht irritiert und wandte sich dann mit bedauernder Miene an Ross. »Tut mir leid, offensichtlich war ich tatsächlich zu voreilig. Ich würde das aber gerne wiedergutmachen und Sie und Ihre bezaubernde Tochter zum Abendessen einladen, sobald meine Verlobte wieder im Land ist. Was halten Sie davon?«

»Es wäre mir ein Vergnügen. Welcher Mann mit Verstand lässt sich die einmalige Gelegenheit entgehen, um Ashley Dubois live und in Farbe zu begegnen.«

»Fein, dann werde ich sie über Chloe kontaktieren, wenn es so weit ist.«

Nur über meine Leiche …

Ryan nutzte unterdessen das nun eintretende Schweigen, um sich von Paige zu verabschieden. »Ms. Turner, es war mir wirklich eine Freude.«

Die strahlte heller als die Lampen an den Plakatwänden entlang des Times Square und schenkte Chloes ramponiertem Traumprinzen ein überwältigtes Lächeln. Chloe hasste es, wie er darauf ansprang, und stand kurz davor, vor lauter Wut zu hyperventilieren. Warum war nie eine Papiertüte in Griffnähe, wenn man eine brauchte? Wütend beobachtete sie weiterhin diese absolut übertriebene Abschiedsszene. Paige ahnte ja nicht, dass sie hier einem Wolf im Schafspelz auf den Leim ging, der seine wahre Natur hinter einer gefälligen Maske versteckte. Chloe tauschte einen spontanen Blick mit Victor, der dies ebenfalls nicht sonderlich lustig zu finden schien.

»Ryan, wir sollten wirklich langsam in die Gänge kommen«, erklärte er äußerst reserviert und blickte bedeutsam zu seinem Bruder, der gerade seinen eisblauen Laserblick in dem Spalt zwischen Paiges beachtlichen Brüsten versenkte.

»Natürlich«, antwortete der knapp und löste sich scheinbar nur widerwillig von den schwellenden Rundungen dieses Schneewittchen-Klons. Bevor er sich jedoch mit seinem Bruder auf den Weg machte, richtete er das Wort ein letztes Mal an Chloe.

»Ich wünsch dir noch viel Spaß«, sagte er mit bedeutsamem Blick in Ross' Richtung. Ein kurzes Aufleuchten in seinen Augen verriet, dass hier zweifellos noch Klärungsbedarf herrschte.

»Danke, den werde ich sicher haben«, meinte sie bewusst freundlich.

Sein Lächeln gefror, er verkniff sich aber jede weitere Äußerung und verließ in Victors Begleitung die Bar. Mit einem aufgesetzten Lächeln wandte sie sich an Ross und seine Tochter, die nun deutlich besser gelaunt wirkte.

»Nun, dann wollen wir mal«, sagte Chloe aufgeräumt und lächelte dünn. Die Lust auf das bevorstehende Essen war ihr gründlich vergangen.

Der Abend wurde trotz ihrer aufgewühlten seelischen Verfassung nicht ganz so schlimm, wie sie es sich nach dem Zusammentreffen mit Ryan ausgemalt hatte. Was nicht zuletzt an Paige lag, die ein ausgesprochenes Talent für unverbindlichen Smalltalk besaß, sofern sie vergaß, sich zickig und vollkommen unmöglich zu benehmen. Chloes Antipathie schwächte sich im Verlauf des Abends merklich ab, auch weil sie auf reiner Eifersucht beruhte, was Paige gegenüber nun wirklich nicht fair war. Immerhin konnte sie nichts für ihr sensationelles Äußeres und den Umstand, dass Männer wie Ryan ihr reihenweise zu Füßen lagen.

Ross' Tochter war wirklich ein merkwürdiges Geschöpf, interessant, widerspenstig und nicht ganz so dumm, wie Chloe nach ihrer ersten Einschätzung angenommen hatte. Trotzdem konnte sie nicht mit Bestimmtheit sagen, ob sie Paige mochte oder nicht. Auf der einen Seite imponierten ihr die freche Art und der schlüpfrige Ton, mit dem sie sprach, andererseits fühlte sie sich davon abgestoßen.

Ross blieb während des gesamten Abends merkwürdig zurückhaltend. Ein stiller Beobachter, der nicht viele Worte verlor, während Chloe und Paige die Konversation praktisch im Alleingang bestritten. Gegen einundzwanzig Uhr erhob er sich vom Tisch und schützte Kopfschmerzen vor, um sich zurückzuziehen. Anstatt nach seinem Weggang den Abend vorzeitig zu beenden, unterhielten sich Chloe und Paige über allerlei Belanglosigkeiten, bis ihnen irgendwann die Themen ausgingen und eine peinliche Stille den Redefluss blockierte. Es war Paige, die den Mund zuerst wieder aufmachte.

»Seien Sie ehrlich, Chloe. Haben Sie was mit meinem Vater?«

Chloe, die gerade an ihrem Cocktail nippte, verschluckte sich und musste erst mal ihren Hustenanfall überwinden, ehe sie antworten konnte.

»Meinen Sie sexuell?«, keuchte sie unter fortwährendem Luftschnappen.

»Natürlich meine ich sexuell, was dachten Sie denn?«

Paige klang ein bisschen irritiert, als wäre Sex das einzige Bindeglied zwischen Mann und Frau und eine platonische Freundschaft schlichtweg unmöglich. Wahrscheinlich hatte sie damit sogar recht.

Nach einem tiefen Atemzug war Chloe in der Lage zu antworten.

»Paige, ich weiß, wie meine Bekanntschaft mit Ihrem Vater möglicherweise auf Sie wirken muss, aber Sie können mir wirklich glauben, dass die Beziehung zu ihm in rein freundschaftlichen und beruflichen Bahnen verläuft.«

»Ach du Scheiße.«

Paige schlug die Hände über dem Kopf zusammen und blinzelte Chloe mitleidig an.

»Was ist denn jetzt schon wieder?« Ein leicht ungeduldiger Unterton schwang in ihrer Stimme mit. Sie kam sich veräppelt vor.

»Lieber Himmel, Chloe! Wie alt sind Sie? Achtzig? Sie müssen doch nicht so gestelzt daherreden. Seien Sie doch mal ein bisschen locker. Wir sind hier nicht auf einem Empfang von dieser Queen Elsbeth.«

»Elizabeth«, korrigierte Chloe frostig. Sie *war* beleidigt. »Außerdem bin ich locker«, setzte sie noch nach und schob schmollend die Unterlippe vor. Anstatt auf den Einwand einzugehen, wechselte Paige abrupt das Thema.

»Sagen Sie mal ...«, begann sie gedehnt. »Was hat es eigentlich mit diesem Victor auf sich?«

Chloe war überrascht, dass wohl doch der ältere Seymour-Bruder im Blickpunkt ihres Interesses stand. Sie hätte jede Wette gehalten, dass Paige eher auf Ryan abfuhr. Offensichtlich war Wetten nicht gerade ihre Stärke ...

»Nun ja, viel kann ich Ihnen auch nicht über ihn erzählen«, sagte sie schließlich. »Ich kenne ihn kaum.«

»Aber er ist doch der künftige Schwager Ihrer Mutter, da müssten Sie doch über ihn Bescheid wissen.«

Lächelnd entkräftete Chloe den Einwand.

»Tut mir leid, aber da muss ich Sie enttäuschen. Ich weiß erst seit kurzem von der Beziehung meiner Mutter zu Ryan. Victor habe ich bislang nur zweimal getroffen.«

»Oh …«

»Wieso interessieren Sie sich auf einmal so sehr für ihn?«, hakte Chloe neugierig nach. »Ich hatte eigentlich den Eindruck, dass Sie ihn nicht abkönnen.«

Paige zog die Nase kraus.

»Kann ich auch nicht. Aber ich muss doch wissen, mit wem ich es zu tun bekomme, sollte Dad tatsächlich auf diesen total bescheuerten Vorschlag eingehen und sich bei ihm einmieten.«

Sie schüttelte sich, als würde sie sich ekeln, doch es war nur Show. Chloe fiel auf diese Scharade nicht herein und grinste so breit, dass ihr die Mundwinkel wehtaten.

»Oh Gott, Sie mögen ihn«, rief sie aus.

Paige schüttelte protestierend den Kopf.

»Nein, nein und nochmals nein! Er ist alt … und er sieht überhaupt nicht gut aus. Außerdem führt er sich auf, als hätte ihm jemand einen Stock in den Hintern gejagt. Bestimmt ist er prüde ohne Ende und …« Sie hörte auf zu reden, als sie Chloes leises Gelächter wahrnahm, und gab sich geschlagen. »Na gut, ich geb's ja zu, ich finde ihn ehrlich gesagt ziemlich scharf.«

Chloe gluckste auch nach diesem kleinlauten Eingeständnis unablässig vor sich hin.

»Verraten Sie mir eines, ehe ich mich hier komplett zum Affen mache«, meinte Paige gutmütig und schien sich nicht an Chloes Belustigung zu stören. »Hat er eine Freundin?«

Sie ließ den Anschein von Desinteresse vollends fahren

und beugte sich erwartungsvoll über den Tischrand. So weit, dass Chloe Angst bekam, ihre Brüste könnten mit den Cocktailgläser kollidieren und sie einfach umschmeißen.

»Er geht zur Zeit mit niemandem aus«, erklärte Chloe mit bemüht ernster Stimme. Nur unter größter Anstrengung schaffte sie es, nicht schon wieder zu lachen, als Paige sie zweifelnd ansah.

»Das heißt also keine Freundin«, murmelte Paige mehr zu sich selbst und wirkte erleichtert.

Chloe schüttelte den Kopf.

»Nein, er hat's nicht so mit Frauen.«

Paige stieß einen frustrierten Laut aus.

»Soll das etwa heißen, er ist schwul? Alle Männer, die ich gut finde, sind entweder schwul oder verheiratet.«

»Keine Sorge, schwul ist er auch nicht. Das hat er mir selbst versichert.«

»Ich denke, Sie kennen ihn kaum.«

»Dafür offensichtlich gut genug«, versetzte Chloe prompt.

»*Touché*«, flüsterte Paige und stürzte den kümmerlichen Rest ihres Getränks in einem Zug hinunter. Gleich darauf lächelte sie Chloe gewinnend an.

»Wissen Sie was? Zum Teufel mit den Männern! Die machen nichts als Ärger. Lassen Sie uns irgendwo hingehen, wo man sich amüsieren kann«, schlug sie aufgeregt vor. »Sie wissen schon. Tanzen, ein bisschen flirten, und dann lassen wir die Kerle eiskalt abblitzen. So was ist prima fürs Selbstvertrauen, und nachdem dieser Eiskönig mich keines Blickes gewürdigt hat, könnte ich eine kleine Dosis Selbstbewusstsein gut vertragen. Was halten Sie davon?«

Chloe war mehr als nur einverstanden. Allerdings hätte sie heute Abend freiwillig jeden Garten in England umgegraben, solange es sie von Ryan ablenkte. Sie erhob sich von ihrem Stuhl und grinste ihre vermeintliche Konkurrentin freundschaftlich an.

»Kommen Sie, ich zeige Ihnen jetzt mal, was das Nachtleben in London alles zu bieten hat.«

Es war spät, als sie nach Hause kam, fast zwei Uhr morgens, doch der Spaß, den sie mit Paige gehabt hatte, war die Müdigkeit wert, mit der sie sich durch den morgigen Tag schleppen würde. Erschöpft, aber ziemlich zufrieden, weil sie sich auch ohne Ryan amüsieren konnte, wartete sie unten im Eingangsbereich auf den Fahrstuhl. Sie summte leise vor sich hin und konnte es kaum erwarten, sich endlich in ihr kuschelig warmes Bett zu verkriechen, doch nachdem sie der Lift in ihrem Stockwerk abgesetzt hatte und sie hinaus in den Flur trat, verabschiedete sie sich gedanklich von diesem Vorhaben. Ryan saß vor ihrer Türe und sah ihr mit verdächtig unbeteiligter Miene entgegen. Sein Anblick ließ jede Faser in ihrem Körper erwartungsvoll prickeln. Das war nicht gut …

»Du hast dir ganz schön Zeit gelassen«, sagte er anstatt einer Begrüßung.

Alles an ihm wirkte vollkommen gelassen. Seine Haltung, sein Gesichtsausdruck, doch das täuschte. Sobald sie ihm in die Augen sah, die mit geradezu brütender Intensität an ihrem Körper hingen, ahnte sie, dass die Unterhaltung alles andere als erfreulich verlaufen würde. Ihr wurden die Hände feucht, als sie sich in Erinnerung rief, dass sie diese zerstörerische Beziehung beenden würde. Die letzten Stunden hatten ihr eindrucksvoll bewiesen, dass sie endlich wieder leben musste. Immer nur darauf zu warten, dass er Zeit für sie hatte, war nicht nur demütigend, sondern auch ungesund für ihre Seele, die langsam verkümmerte.

Ein weiterer Punkt bestärkte sie in dem Vorhaben, ihn in die Wüste zu schicken. Ryan gehörte ihr nicht. Außer seinem Körper hatte er ihr nichts zu geben, und im Grunde kannten sie sich kaum. Sicher, sie hatten sich schon in allen erdenklichen Stellungen geliebt. Nein ... das stimmte so nicht. *Sie* hatte geliebt – zumindest im körperlichen Sinne. Er hatte gevögelt. Doch egal, wie man es auch nennen mochte, in seinen Kopf und in sein Herz hatte er sie nie blicken lassen. Ihre Unterhaltungen beschränkten sich stets auf Belanglosigkeiten, obwohl sie liebend gerne mehr von ihm erfahren hätte. Leider blockte er Persönliches immer ab, wenn er nach dem Sex mal länger blieb als nur eine Zigarettenlänge. Meistens verließ er sie direkt im Anschluss, um zurück zu Leanne zu gehen.

Sie war nicht wichtig für ihn, nicht in dem Maße, wie sie es gerne gewesen wäre. Eine Zeitlang hatte sie das gut ertragen. Immerhin waren ihre gemeinsamen Stunden nicht von dieser Welt und katapultierten sie in sexuelle Sphären, von denen sie früher noch nicht mal zu träumen gewagt hätte. Doch auf Dauer reichte körperliches Begehren nicht, um sie glücklich zu machen. Es war besser, alles zu beenden, bevor der schlimmstmögliche Fall eintrat und Leanne die Wahrheit herausfand. Momentan war nur sie die Gelackmeierte, trug diese Bürde jedoch gerne, wenn sie dadurch einen Teil der Schuldgefühle wieder loswurde, die jeden Morgen beim Blick in den Spiegel an ihrer oberflächlich coolen Fassade kratzten.

Entschlossen, ihm diesmal zu widerstehen, schlenderte sie langsam auf ihn zu und wappnete sich gegen die hundertprozentig anstehende Eifersuchtsattacke, die gleich über sie hereinbrechen würde. Er beobachtete ihr vorsichtiges Heranpirschen, ein lauernder Ausdruck schlich sich auf seine Züge, als er den Kopf in den Nacken legte.

»War es schön mit Turner?«, hakte er scheinbar harmlos nach.

Bingo! Genau ins Schwarze getroffen.

Ihr Mund wurde so trocken wie das Instantpulver, das sie jeden Morgen in ihre Kaffeetasse schüttete. Die passende Antwort lag ihr schon auf der Zunge, doch die Worte lösten sich irgendwo zwischen ihren Stimmbändern und ihren formenden Lippen auf. Also strafte sie ihn weiterhin mit standhaftem Schweigen, was er mit einem finsteren Zusammenziehen seiner Augenbrauen quittierte. Ihr Blick verklärte sich, ihre guten Vorsätze machten einen Abflug. Verdammt, nicht mal die negativsten Gefühlsregungen konnten die faszinierenden Züge seines Gesichts beeinträchtigen. Sie merkte, wie seine enorme Anziehungskraft nicht nur ihre Sinne, sondern auch ihren Verstand manipulierte, und konnte sich trotzdem nicht dagegen wehren.

»Willst du mir nicht antworten?«

Er spielte mit ihr. Ganz eindeutig.

»Wie kommst du denn darauf?«

Ihre Antwort war pure Ironie. Doch dieses Katz-und-Maus-Spiel, das er so hervorragend beherrschte, konnte sie auch spielen. Provozierend langsam überbrückte sie den Abstand zwischen ihnen und stieß mit ihren Schuhspitzen an seine Sohlen. Ryan blieb sitzen und rührte sich keinen Millimeter von der Stelle.

»Würdest du bitte aufstehen und mir Platz machen«, verlangte sie beherrscht.

Ein respektloses Grinsen überzog sein Gesicht, als er sich mit einer eleganten Bewegung erhob und einen Schritt zur Seite machte.

»Danke«, meinte sie abweisend.

Chloe schloss auf und war sogar ein bisschen stolz auf sich, weil sie es schaffte, ohne zu zittern. Mit hocherhobenem Kopf trat sie ein und lief den Flur entlang. Sie tat so, als wäre es ihr gleich, ob er ihr folgte oder nicht. Einen Augenblick später hörte sie, wie die Tür hinter ihr geschlossen wurde. Langsam, kontrolliert. Sonst warf er sie immer ins Schloss und jagte hinter ihr her, als würde ihm sein Ding abfallen, wenn er es nicht schnellstmöglich in sie hineinbekam.

Ohne sich ihre Verunsicherung anmerken zu lassen, marschierte sie geradewegs in ihr Schlafzimmer. Er folgte ihr. Sie konnte ihn in ihrem Rücken spüren und merkte zu ihrem Leidwesen, wie ihre Nervosität anstieg. Ihre Kopfhaut kribbelte, ihre Finger bebten.

»Bedien dich, wenn du was zu trinken möchtest. Du weißt ja, wo du alles findest«, rief sie ihm wenig gastfreundlich zu, während sie auf ihr Bad zustrebte.

»Was hast du vor?«

Seine Stimme klang seidig, hatte einen tückischen Unterton, der sie erschreckte. Er wusste genau, dass sie auf Zeit spielte.

»Ich nehme noch eine kurze Dusche. Allein«, setzte sie sicherheitshalber hinzu. Sie traute ihm durchaus zu, dass er ihr einfach hinterherstieg.

Seine Augenbrauen hoben sich, und er blickte demonstrativ auf die Uhr an seinem Handgelenk

»Du willst ernsthaft jetzt noch duschen? Was willst du dir vom Körper waschen? Den Schweiß deines Liebhabers?«

Ihr brannten sämtliche Sicherungen durch, aufgrund seiner neuerlichen Unverschämtheit.

»*Du* bist mein Liebhaber«, hielt sie ihm vor. »Und es gibt weder jetzt noch später etwas fortzuwaschen, was man auch nur annähernd mit Sex in Verbindung bringen könnte.« Sie holte tief Luft und versuchte, sich zu beruhigen, ehe sie weitersprach. »Weißt du was? Ich habe wirklich keine Lust auf dein Gequatsche. Wenn du mir nicht glaubst, dass ich nichts mit Turner habe, dann ist das nicht mein Problem. Begleite Leanne nach Italien und jammere ihr die Ohren voll. Ich habe die Nase voll von deinen wirren Phantasien und werde meine kostbare Zeit nicht weiter damit verschwenden, deine Paranoia zu pflegen.«

Ohne seine Antwort abzuwarten, betrat sie ihr Badezimmer und warf die Tür zu. Gleich danach drehte sie den Schlüssel um und fixierte einige Sekunden lang mit leerem Blick die weißlackierte Oberfläche, ehe sie sich mit mechanischen Bewegungen entkleidete. Sobald sie nackt war, betrat sie die geräumige Duschkabine und schlug mit einer knappen Bewegung ihrer Hand den Hahn zur Seite. Warm und beruhigend prasselte das Wasser auf sie nieder, das Gesicht hielt sie direkt unter den Strahl. Doch die flüssige Hitze aus dem Duschkopf konnte die Kälte nicht vertreiben, die sich seit den frühen Abendstunden bei ihr eingeschlichen hatte.

Nach einer gefühlten Ewigkeit kühlte das Wasser merklich ab, wurde lauwarm und schließlich widerlich kalt. Chloe begann am ganzen Körper zu zittern, ihre Zähne schlugen klappernd aufeinander, und eine dicke Gänsehaut überzog die gesamte Hautoberfläche. Trotzdem zog sie die Dusche weiterhin in die Länge, bis sie irgendwann bibbernd die Kabine verließ, sich ein Handtuch schnappte und notdürftig abtrocknete. Anschließend schlüpfte sie in einen flauschigen Bademantel, der zwar warm und bequem, aber alles andere als sexy aussah. Zu guter Letzt schlang sie noch ein Handtuch um den Kopf.

Ihr Aufzug war nichts weiter als eine Verkleidung, ein Schutzschild, um sich gegen begehrliche Blicke zu wappnen. Zögernd machte sie einige Schritte auf die Tür zu und horchte angespannt auf das kleinste Geräusch, das auf der anderen Seite erzeugt wurde. Beunruhigt stellte sie fest, dass sie so gar nichts hören konnte. War er etwa schon gegangen? Die Möglichkeit erzürnte und erleichterte sie gleichermaßen, und so gab sie sich den entscheidenden Ruck und machte die Tür auf. Der Anblick, der sich ihr gleich darauf bot, ließ sie um ein Haar zurücktaumeln, ein erstickter Laut löste sich aus ihrer Kehle.

Ryan hatte die Rollläden heruntergelassen und die Nachtischlampe neben ihrem Bett eingeschaltet. Die Beleuchtung war lediglich gedimmt, und der Raum wurde in ein weich schimmerndes Licht getaucht. Ryan lag auf dem breiten Bett und lehnte mit geradezu schamloser Lässigkeit in ihren Kissen, während er nichts weiter auf dem Leib trug als seine samtig goldene Haut. Schluckend ließ sie den Blick über das verhaltene Lächeln auf seinem Gesicht gleiten, hinunter zu seinem wundervoll geformten Oberkörper, der nur wenig Behaarung aufwies. Ihr Atem beschleunigte sich, als ihre Augen tiefer wanderten. Sein Brustkorb ging über in einen verlockend flachen Bauch, der eine streng definierte Härte zeigte.

Chloes Finger spreizten sich erwartungsvoll, weil sie sich viel zu gut daran erinnern konnte, wie phantastisch sich diese feste Bauchdecke anfühlte. Unter ihren Händen und unter ihren Lippen, die sofort anfingen, sehnsüchtig zu prickeln. Um sich von ihrer wachsenden Erregung abzulenken, senkte sie die Augen tiefer, was sich als fataler Fehler erwies. Seinen steifen Penis zu betrachten, ließ sie fast vor Lust zerfließen. Dieses harte Stück Fleisch, immer wieder geschickt eingesetzt von seinem Träger, war so unendlich anregend, dass sich schon längst wieder zarte Rinnsale dort bildeten, wo keine sein sollten. Doch es war nicht allein der Anblick seines hochaufgerichteten Gliedes, der ihre Lust in schwindelerregende Höhen katapultierte, sondern die Tatsache, dass er seine Hand um seinen Schwanz gelegt hatte und ihn mit sanft streichenden Bewegungen massierte. Es sah unglaublich aus. Wunderschön. Sinnlich. Aufregend.

»Wie schön, dass du es endlich auch geschafft hast«, meinte er gelassen und lächelte sie fast schon sanftmütig an. »Ich dachte schon, ich müsste es ohne deine Hilfe zu Ende bringen.«

Ryan ließ die Hand weiterhin an seinem Penis auf und ab gleiten, während er zu ihr sprach, als wäre es nichts Besonderes, dass er sich vor ihren Augen einen runterholte. Der Anblick machte sie unendlich an, gleichzeitig hätte sie am liebsten geweint. Es war so unfair ...

»Ryan ...«

Verflucht, ihre Stimme klang so flehend, so unterwürfig. Chloe hasste, was er aus ihr machte.

»Komm her, ich weiß, du willst es«, lockte er sie mit seidigem Flüstern. Sein Pumpen wurde schneller, ihre Augen wurden wie magisch von seinen Händen angezogen, die sich so sinnlich über sein geschwollenes Glied bewegten.

»Zieh den Bademantel aus, und nimm diesen dummen Turban ab. Ich will dich nackt, und ich will dich jetzt. Du hast mich heute schon viel zu lange warten lassen.«

Forderungen. Immer wieder Forderungen, und nie gab er etwas zurück. Zumindest nicht das, was sie sich in ihrer albernen Phantasie von einem Mann erträumte. Respekt, liebevolle Zuwendung, ein bisschen Zärtlichkeit. Sie hatte immer gewusst, dass er ihr nichts zu geben hatte. Dass die Dinge, die sie sich so sehnlich wünschte, allein für Leanne reserviert waren, und doch schmerzte es sie unendlich, dass er ihr immer wieder aufs Neue bewies, dass sie einzig und allein fürs Bett taugte.

Tränen stiegen ihr in die Augen, doch sie blinzelte sie

weg. Sie wollte ihn anschreien, ihm sagen, wie sehr sie es hasste, dass er sie wie seine persönliche Nutte behandelte. Stattdessen spürte sie zu ihrem Entsetzen, wie ihre Hände ganz von allein nach oben griffen und das Handtuch von ihrem Kopf lösten. Einzelne Strähnen blieben kühlend an ihrer brennenden Wange haften und gaben dieser surrealen Situation wieder etwas Greifbares. Chloe senkte die Arme nach unten, die spannungslos ihre Seiten flankierten.

»Den Bademantel, Chloe«, forderte er. »Zieh ihn aus und komm zu mir. Fass meinen Schwanz an.«

Ihr wurde immer kälter ums Herz. Bald würde es zu Eis erstarren und in so viele winzig kleine Einzelteile zersplittern, dass kein Herzblut der Welt es wieder kitten konnte. Sie war noch viel schlimmer dran als eine Nutte. Die wurde wenigstens für ihre Dienste bezahlt, während sie wie eine Bettlerin nach ein bisschen Zuwendung heischte. Chloe fühlte sich wie eine Aussätzige, die am Rande der Gesellschaft leben musste, weil das, was sie war – eine Lügnerin und Betrügerin –, vor keinem ethischen Gericht der Menschheit Gnade finden würde.

Sie schüttelte den Kopf.

»Nein.«

»Nein?«

Sie hörte das Lächeln in seiner Stimme. Er nahm sie nicht ernst, was sie keineswegs überraschte. Welcher Mann traute seinem Betthäschen schon so was wie eine eigene Meinung zu?

»Du hast schon verstanden«, fuhr sie ihn an und suchte das Halbdunkel des Schlafzimmers nach seinen Kleidern ab. Chloe entdeckte sie als zusammengeknüllten Haufen direkt neben dem Bett, lief darauf zu und bückte sich nach seiner Hose.

»Hier.« Sie schmiss ihm die Jeans mitten ins Gesicht. Er

fing sie mit der Linken ab und starrte Chloe aus zusammengekniffenen Augen an.

»Was soll das denn jetzt?«

Sie wollte lächeln, bekam aber kaum die Mundwinkel hoch. Ausgerechnet jetzt fiel ihr auf, wie selten sie in seiner Gesellschaft lachte. Die meiste Zeit war sie vor lauter Gewissensbissen zu verkrampft, um ihre gemeinsamen Stunden voll und ganz zu genießen. So eine Beziehung wollte sie nicht weiterführen. Jetzt nicht, und auch nicht in Zukunft.

»Ich helfe dir gerne auf die Sprünge, Ryan. Ich werde mich nicht ausziehen, sondern du wirst dich anziehen und verschwinden. Ich will dich hier nicht mehr haben.«

Er runzelte verärgert die Stirn, als ihm klar wurde, dass sie keine Scherze mit ihm trieb.

»Was soll der Scheiß? Hast du doch etwas mit Turner? Oder warum der plötzliche Meinungsumschwung.«

Er pfefferte die Hose mit solcher Wucht auf den Boden zurück, dass sie kurz zusammenzuckte und automatisch zwei Schritte rückwärts machte. Er schwang die Beine aus dem Bett und kam auf sie zugeprescht wie eine Naturgewalt. Mit wütend verzerrtem Gesicht packte er sie an den Schultern und schüttelte sie, als wäre sie so leicht wie eine Stoffpuppe.

»Na los, sags mir! Fickst du mit ihm? Macht er's dir so gut wie ich?«

Sein Ton war verächtlich, nur darauf ausgelegt, sie zu verletzen, doch sie hatte sich innerlich gewappnet. Es würde nicht leicht werden, Schluss zu machen, doch das war keine Überraschung.

»Halt durch«, flüsterte die Vernunft.

»Sieh ihn dir an, er ist so scharf!«, hielt ihr die Begierde entgegen.

Sie fühlte sich vollkommen überfordert von der Situation, überwältigt von seiner Wut, die auf heftiger Eifersucht beruhte. Oder war es nur verletzter Stolz?

»Bitte, mach es uns doch nicht so schwer. Wir können doch nicht ewig so tun, als wäre diese Affäre ein harmloser Spaß. Wir tun uns doch nur gegenseitig weh, von meiner Mutter will ich gar nicht erst anfangen.«

Er schwieg. Beschwörend sah sie ihm in die Augen, konnte kaum glauben, dass er so wenig Einsicht zeigte.

»Herrgott, du hast doch selbst gesagt, dass du Leanne liebst. Was willst du denn dann hier? Dein Platz ist bei ihr.«

»Du hast meine Frage nicht beantwortet«, herrschte er sie an, anstatt auf ihren Einwand einzugehen. »Schläfst du mit dem Kerl?«

»Und wenn es so wäre?«, fragte sie hitzig.

»Spiel keine Spielchen mit mir, Chloe. Meine Geduld ist erschöpft.«

»Ich spiele keine Spiele, Ryan. Alles, was ich will, ist, dass du verschwindest und mich endlich in Frieden lässt. Wieso ist das so schwer für dich zu begreifen? Wir haben ein paarmal gefickt, es war gut, und jetzt ist es vorbei. Hiermit beende ich unsere Affäre, und nichts, was du sagst oder tust, wird etwas an meinem Entschluss ändern können.«

Er wurde blass unter seiner Bräune.

»Das meinst du nicht so.«

»Und ob ich das so meine, oder hältst du dich für so unwiderstehlich, dass keine Frau es wagt, dir den Laufpass zu geben?«

Ryans Mund öffnete sich, ein leidenschaftlicher Zug umspielte seine Lippen.

»Wenn du denkst, dass ich dich einfach so aufgebe, dann musst du verrückt sein.«

Seine Augen brannten vor Wut. Oder war es vielmehr

Enttäuschung, die in ihnen glomm? Bevor sie sich von dieser Vorstellung einwickeln ließ, versuchte sie weiter, ihm ihre Gefühle begreiflich zu machen. Einen anderen Weg, als an seine Vernunft zu appellieren, sah sie nicht.

»Kannst du mich denn nicht ein bisschen verstehen? Ich geh an dieser Sache langsam kaputt.«

Ryan presste die Lippen zusammen, sein Griff wurde unmerklich fester, als hätte er Angst, sie könnte ihm in einem unbedachten Moment entwischen. Aber wenigstens schien er ihr jetzt zuzuhören. Sie befeuchtete sich ihre trockenen Lippen und fühlte eine tonnenschwere Last auf ihrer Brust ruhen, weil ihr dieses Gespräch so unendlich schwerfiel.

»Ryan, hast du dir je Gedanken darüber gemacht, wie ich mich fühle? Du hast sicher schon längst gemerkt, dass Leanne und ich nicht die allerbeste Beziehung zueinander haben, aber trotz all unserer Differenzen liebe ich sie. Jetzt möchte sie einen Neuanfang, und ich habe wirklich das Gefühl, sie meint es ehrlich. Doch anstatt die Gelegenheit zu nutzen, habe ich nichts Besseres zu tun, als hinter ihrem Rücken mit dem Mann zu schlafen, den sie liebt.«

»Du meinst das also ernst«, stellte er mit sachlicher Stimme fest. »Du willst das mit uns tatsächlich beenden.«

»Du etwa nicht? Erzähl mir nicht, dass du mit dieser Situation glücklich bist, ich würde dir ohnehin nicht glauben. Aber weißt du, was das Schlimmste ist?«

Er schüttelte unmerklich den Kopf.

»Dass ich auf Abruf bereitstehe, als wäre ich ein Callgirl. Ich verbringe meine Tage und Nächte damit, auf deinen Anruf zu warten, darauf, dass du mal wieder eine Stunde für mich abzweigen kannst, wenn du nichts Besseres vorhast. Das ist erbärmlich.« Sie holte tief Luft. »Ryan, ich will mein Leben wieder zurück. Gib es mir wieder!«

Er sah zu Seite, wirkte in sich gekehrt.

»Du bist nicht glücklich.«

Eine leise Feststellung, nachdenklich. Sie beschloss, ehrlich zu sein.

»Ryan, ich begehre dich immer noch, das gebe ich zu. Aber so gut der Sex zwischen uns auch ist, bin ich trotz allem nicht glücklich dabei. Der Preis dafür ist zu hoch.«

Er stieß einen tiefen Seufzer aus, nickte und gab endlich nach.

»Okay, wenn es das ist, was du willst …«

Erleichtert schloss sie die Augen und fügte dann, einem absolut dummen inneren Impuls folgend, hinzu: »Das will ich, es sei denn, du entscheidest dich für mich und schaffst so klare Verhältnisse.«

Gleich danach wäre sie am liebsten im Erdbeben versunken, als ihr klar wurde, was sie soeben preisgegeben hatte. Und es stimmte. Sie wollte mit ihm zusammen sein und hätte dafür sogar auf die Liebe ihrer Mutter verzichtet. Konnte sie noch tiefer sinken?

Er spürte wohl ihre innere Zerrissenheit, die Scham, die in ihr aufstieg, weil sie ihre Wünsche so bloßgestellt hatte. Sein bedauerndes Lächeln war Gift für ihre Seele, das Mitleid in seinen Augen eine Ohrfeige. Doch es war kein peitschender Knall, den sie auf ihrer Haut spürte, sondern das sanfte Gleiten seiner Handfläche, als er ihr mit einer Zärtlichkeit über die Wange fuhr, die sie während ihrer kurzen Beziehung immer so schmerzlich vermisst hatte.

»Chloe, da gibt es nichts zu entscheiden«, erklärte er behutsam, ohne es jedoch an der notwendigen schonungslosen Offenheit fehlen zu lassen. Sie fühlte sich wie ausgehöhlt vor Enttäuschung. Natürlich stand es für ihn gar nicht zur Debatte, Leanne ihretwegen zu verlassen. Wie hatte sie auch nur für eine Sekunde daran glauben können, es wäre anders? Trotzdem tat es weh, und sie versuchte, diesen Schlag ohne sichtbare Regung wegzustecken. Das Lächeln fiel ihr dennoch schwer.

»Dann gibt es wohl nichts mehr zu sagen, und du kannst gehen. Nicht wahr?«

Nur kein Streit, keine schmutzige Wäsche, keine Verbitterung …

Bitte geh, bevor ich anfange zu weinen …

»Nicht ganz, Chloe.«

Sie wollte schon zu einem Protest ansetzen, doch er legte ihr einen Finger auf die Lippen und hinderte sie am Sprechen.

»Nicht, hör mir einfach zu«, bat er leise und fuhr streichelnd über ihre Unterlippe. Die Berührung war so sanft, dass ihr die Tränen in die Augen stiegen. »Ich will es nicht so kalt enden lassen. Schenk mir noch eine Nacht zum Abschied. Ich denke, das wäre ein würdiger Rahmen, um unsere gemeinsame Zeit enden zu lassen.«

Eine unerträgliche Melancholie bemächtigte sich ihrer. Eine weitere Nacht mit ihm würde ihr endgültig das Herz aus dem Leib reißen, doch sie konnte den Wunsch, sich noch einmal in ihm zu verlieren, nicht unterdrücken. Sie wollte ihn ein letztes Mal spüren, ohne Groll, in dem zuckersüßen Bewusstsein, dass sie einander nie wieder in den Armen halten würden. Von der Sehnsucht nach ihm gepeinigt, sah sie ihm in die Augen und erblickte ihr Spiegelbild in dem sanft schimmernden Eismeer. Sie sah die verschwommene Reflexion einer Frau, die von tiefem Verlangen getrieben wurde, von einer einzigartigen Begierde, die kein anderer Mann jemals wieder wecken würde. Sie wollte diesen herbsüßen Abschied, durchzogen von Fäden unendlicher Gier, gespickt mit spitzen Dornen einer niemals endenden Leidenschaft, die ihr gleichermaßen Schmerz und Lust bescherte.

»Nur diese eine Nacht …«, stimmte sie nach kurzem Schweigen zu und wurde von dem heftigen Hämmern ihres Herzens fast in die Knie gezwungen.

Sie konnte einfach nicht anders. Der Druck an ihrem Nacken wurde stärker, mit dem Zeigefinger seiner freien Hand zog er eine heiße Spur von ihrer Halsbeuge hinunter zu ihrem Dekolleté. Er schob den Frotteestoff auseinander und legte den oberen Teil ihres Busens frei.

»Du wirst die nächsten Stunden niemals vergessen.«

Nackte Gier stand in seinen Augen, während er die mädchenhaften Wölbungen ihrer Brüste betrachtete. Sie schloss ergeben die Augen, als er anfing, mit dem Handrücken den Ansatz ihrer linken Brust zu liebkosen. Sacht wanderte er über ihre vom Duschen noch kühle Haut. Er atmete hörbar, als strenge es ihn über die Maßen an, sich zurückzuhalten, ansonsten blieb es totenstill im Raum. Nichts störte ihre Zweisamkeit, nichts durchbrach die erotische Blase, die sie beide schmeichelnd einhüllte und sie schwerelos aufeinander zutrieb …

Er zog ihren Kopf weiter nach hinten und schob seine Finger, die immer noch ihren Hinterkopf hielten, tiefer in ihr feuchtes Haar. Die Strähnen schlangen sich um seine Finger. Seidene Fesseln, die ihn gefangen nahmen.

»Fass mich an, Ryan … überall«, bat sie ganz leise und wand sich sinnlich unter seinen tastenden Berührungen. Geschmeidig wie eine Schlange lag sie in seinen Armen. Der Bademantel öffnete sich bei jeder Bewegung ihres gelenkigen Körpers ein Stückchen mehr, bis sich die zart schimmernde Elfenbeinhaut ihres Oberkörpers seinen Blicken darbot. Er liebte es, sie anzusehen, vor allem ihr heller Schwanenhals hatte es ihm angetan. Durch ihre opfergleiche Haltung, den Kopf in den Nacken gelegt und den Rücken über seinen Arm nach hinten gebogen, präsentierte sie ihm ihre Kehle. Sein Blick folgte dem Verlauf ihrer bläulich getönten Halsschlagader, und er konnte es kaum erwarten, den Mund an diese Stelle zu legen, um den gleichmäßig pulsenden Takt ins Stocken zu bringen.

Er gab der Versuchung nach und drückte die Lippen fest auf die samtige Ebene ihrer Kehle, strich mit seiner Zunge darüber hinweg und hielt die Spitze gegen den klopfenden Knotenpunkt ihres Aderschlags. Sie keuchte und versuchte, ihm noch näher zu kommen, während er seinen Atem ungebremst auf die Oberfläche ihrer Haut blies, sie feucht machte.

Er kitzelte sie wohl, denn sie kicherte leise. Dieser süße Laut prallte gegen seine aufgepeitschten Sinne und sorgte dafür, dass er die Geduld verlor.

Der Bademantel störte ihn, also zog er ihn ihr über Schultern und Oberarme nach unten. Wie in einer Zwangsjacke gefangen, wurde sie nun erheblich in ihrer Bewegungsfreiheit eingeschränkt. Genau dieser Anblick, so wehrlos und ausgeliefert, verlieh ihm Flügel, und er wurde nur noch von einem einzigen Gedanken beherrscht: Er wollte sie mit Haut und Haaren besitzen. Wenn diese Nacht vorbei war, würde sie es selbst mit einer Dusche nicht mehr schaffen, ihn sich von der Haut zu waschen. Vorfreudig biss er sich auf die Unterlippe.

»Hör auf damit«, beschwerte sie sich prompt.

Ihr Blick hing an seinem Mund.

»Womit?«

Er beschäftigte sich nun eingehend mit ihrer Brust und fing an, einen ihrer samtigen Nippel mit dem Daumen zu umkreisen. Er schnellte hin und her, während er mit der breiten Kuppe darüberrieb, und sie wimmerte leise, sobald er dazu überging, die Spitze mit zwei Fingern zu umspannen und an ihr zu zupfen, als wäre sie eine hartgespannte Gitarrensaite. Ihr Körper wurde zu einem Instrument, das er mit seinen Händen bespielte, ihr Stöhnen die Musik, die er ihm entlockte.

»Das fühlt sich so gut an.«

Ryan lächelte zufrieden nach diesem Eingeständnis und beugte sich über ihren Mund.

»Du bist schon so heiß auf mich, Prinzessin. Dabei habe ich noch gar nicht richtig angefangen.«

Sie atmete mittlerweile so hektisch, dass er Angst bekam, sie könnte vor lauter Aufregung hyperventilieren.

»Mach deinen Mund für mich auf, Chloe.«

Sie gehorchte, teilte die Lippen, wenn auch nur einen Spaltbreit. Er fuhr züngelnd zwischen die schmale Lücke, strich verspielt über die seidige Innenseite, ehe er sie sanft kauend in Besitz nahm.

»Hm, du bist zum Fressen süß«, wisperte er.

Er saugte genüsslich an der fleischigen Innenseite ihres Mundes, während er eine flache Hand an ihre rechte Pobacke legte und leicht zudrückte. Chloe zuckte merklich zusammen und verzog leidend das Gesicht. Ihm fiel ein, dass er sie vor zwei Tagen vor lauter Leidenschaft gebissen hatte. Tat die Stelle etwa immer noch weh?

»Wie geht es deinem Hintern?«, wollte er von ihr wissen und hielt sie ein Stück von sich weg, um ihr ins Gesicht zu schauen.

»Sitzen ist nicht sonderlich angenehm«, antwortete sie mit eindeutig vorwurfsvollem Unterton.

Obgleich es ziemlich dreist war, lachte er. Er war verdammt stolz auf sich, weil sie ihn dadurch nicht aus ihren Gedanken verbannen konnte, sobald er weg war. Vor allem, wenn sie mit diesem Amerikaner zu tun hatte. Allein der Gedanke daran, dass sie eines Tages unter diesem Kerl liegen könnte, ließ ihm die Magensäure hochkommen.

»Ich weiß nicht, was daran so lustig sein soll, Ryan«,

meinte sie in der Zwischenzeit patzig, dabei war ihm das Grinsen doch schon längst vergangen.

Ohne sich um ihr beleidigtes Gehabe zu kümmern, hob er sie auf die Arme und trug sie ohne weitere Verzögerung zum Bett. Über der Matratze ließ er sie einfach fallen, was ihm einen ziemlich gereizten Blick von ihr einbrachte. Er spürte, wie sich seine Mundwinkel wieder ausdehnten. Sie war so süß, wenn sie sich aufregte! Manchmal ärgerte er sie nur, damit sich diese niedliche Falte zwischen ihren Augen bildete.

»Weißt du, es schadet wirklich nicht, wenn man eine Frau ab und an mit ein bisschen Feingefühl behandelt. Ich bin doch kein Sack Mehl, den man einfach durch die Gegend trägt«, beschwerte sie sich und versuchte sich aufzusetzen.

Sein Grinsen zog sich ein wenig mehr in die Breite. Sie war entzückend, und er hätte dieses flapsige Spiel gerne noch etwas ausgedehnt, doch der Mangel an Zeit ließ ihn davon abkommen. Er wollte keine Sekunde mit ihr verschwenden. Mit leicht gespreizten Beinen ragte er über ihr auf und beobachtete interessiert ihre lebhafte Mimik. Momentan stand sein Schwanz im Blickpunkt ihres Interesses. Seine Erektion ragte waagrecht von der Mitte seines Körpers hervor und wartete freudig wippend auf seinen Einsatz. Ein gieriges Funkeln glomm in ihren Augen. Er trat einen Schritt näher an sie heran, damit sie ihn noch besser betrachten konnte. Nackt zu sein war für ihn etwas vollkommen Natürliches, und ihrem Gesicht nach zu urteilen gefiel ihr, was er zu bieten hatte.

Mit einem Mal hatte er genug von diesem ganzen Vorgeplänkel. Seine Hand fuhr nach unten und zog an den Schlaufen ihres Bademantels. Endlich fiel der grobe Stoff vollends auseinander und enthüllte ihre ganze Schönheit. Er nahm ihren Anblick voll und ganz in sich auf, prägte sich jede wunderbare Linie ihrer grazilen Gestalt genauestens ein. Wenn er mal ein alter Mann war, würde er einfach die Augen schließen und von seinen Erinnerungen zehren. Und Chloe, das war eine unverrückbare Tatsache, würde definitiv einen großen Teil davon einnehmen.

Betört verschlang er sie mit den Augen, wollte in ihr sein, auf ihr, über und unter ihr. Er wollte Liebe mit ihr machen, auf jede nur erdenkliche Weise, an jedem nur denkbaren Ort und zu jedem nur möglichen oder unmöglichen Zeitpunkt. Dass er sie heute Nacht das letzte Mal haben durfte, war eine erschütternde Vorstellung, und er verdrängte sie wohlwissend.

»Schlüpf aus deinen Ärmeln und dreh dich um«, befahl er schließlich leise.

Zögernd schaute sie zu ihm hoch, tat dann aber, was er verlangte, und drehte ihm ihre Kehrseite zu. Augenblicklich atmete er zischend ein und versank in heftigen Schuldgefühlen, als er den Grund für ihr Zaudern präsentiert bekam. Auf ihrem Hintern prangte ein ziemlich ausufernder Fleck, der in allen möglichen violetten und grünen Farbschattierungen schillerte. Sein machohafter Stolz, den er vorhin wie einen Schild vor sich hergetragen hatte, wandelte sich in Bestürzung.

»Scheiße, war ich das?«

»Du warst nicht gerade sanft beim letzten Mal«, bestätigte sie.

Die Matratze senkte sich unter seinem Gewicht, als er sich setzte, der Lattenrost quietschte. Die Nebengeräusche ließen ihn kalt, stattdessen strich er federleicht über die malträtierte Stelle und betrachtete stillschweigend die unschönen Folgen seiner Leidenschaft. Er kam sich vor wie ein brutales Schwein, sein Hals fühlte sich an wie zugeschnürt, und das Sprechen fiel ihm schwer.

»Chloe … ich … Scheiße, es tut mir so leid«, brachte er irgendwann doch heraus.

Er konnte sie kaum ansehen.

Im nächsten Augenblick kroch sie unter seinen Händen heraus, drehte sich um und kniete sich blitzschnell hin.

»Hör auf, dich zu entschuldigen«, sagte sie und klang dabei sehr bestimmend. »Ich bin nicht aus Zucker, und du bist kein romantischer Liebhaber, der sich stundenlang mit Streicheleinheiten aufhält. Das will ich auch nicht. Ich wollte Leidenschaft, und ich wollte begehrt werden. Das hier …«, sie deutete mit ihrer Hand auf ihre Kehrseite, »… ist nicht wichtig. Außerdem sieht es schlimmer aus, als es tatsächlich ist. Ich bekomme schon blaue Flecken, wenn man mich nur anpustet.«

Er schüttelte entschieden den Kopf.

»Natürlich ist es wichtig. Ich bin kein Mann, der Frauen Schmerz zufügt.«

Sie verdrehte die Augen.

»Hast du mir denn gar nicht zugehört?« Sie kroch auf ihren Knien auf ihn zu und umfasste sein Gesicht. »Ich wollte es so. Ich wollte deine Leidenschaft für mich spüren.«

Er entspannte sich und beugte sich vor, um sie kurz auf den Mund zu küssen.

»Du bist unglaublich. Wenn die Dinge anders lägen …«, flüsterte er ihr zu, ohne den Satz zu Ende zu bringen.

Ihm fehlte der Mut dazu, all jene Dinge auszusprechen, die ihm nachts oft durch den Sinn gingen, wenn er neben Leanne lag, ihrem friedlichen Atmen lauschte und sich eigentlich weit weg wünschte. Chloe hatte ihn auf eine Weise in der Hand, wie es nicht mal Leanne zuwege brachte, und wäre sie ihm zuerst begegnet … Ryan war sich mittlerweile nicht mehr sicher, ob er Leanne dann noch mit den gleichen Augen betrachtet hätte. Er liebte sie immer noch, da war er sich sicher. Zumindest war er ein Meister darin geworden, sich immer wieder in Erinnerung zu rufen, warum er mit ihr zusammen sein wollte. Doch sobald er bei Chloe war, rückten all diese Gründe in den Hintergrund, er vergaß Leanne und konnte nur noch an diese rothaarige Sirene denken. Jählings hatte er das Bedürfnis, sich zu erklären.

»Chloe, ich wünschte …«

Sie wollte nicht hören, was er ihr zu sagen hatte. Mit einem kurzen Kuss brachte sie ihn zum Schweigen, weil es für Entschuldigungen oder Bekenntnisse schon längst zu spät war. Ihre streichelnden Fingerkuppen umschmeichelten die schön geschwungenen Konturen seiner Lippenpartie. Sein Mund teilte sich leicht unter ihrer Berührung, befeuchtete ihre Haut mit seinem Atem.

»Sag jetzt bloß nichts, was du morgen bereuen könntest, Ryan«, riet sie ihm. »Küss mich einfach, und lass uns den Rest vergessen.«

Umgehend presste er seinen Mund auf ihren und zwang ihn auseinander, um seine Zunge mit der ihren zu vereinen. Gluthitze erfüllte jede Faser ihres Körpers, Feuerströme rasten durch ihre Venen und verbrannten sie von innen.

Seine rauen Zungenstöße katapultierten sie in einen Zustand absoluter Hingabe, ein warmes Meer an himmlischen Schauern überschwemmte ihren ausgehungerten Körper, als er leidenschaftlich die Konturen ihres Gesichts nachfuhr, ihre Brauen küsste, ihre Augenlider und am Ende das Grübchen über ihrem rechten Mundwinkel. Ryan war viel zärtlicher als sonst, als wollte er sein grobes Betragen im Nachhinein wiedergutmachen. Sie war gerührt.

»Sag, dass du mich willst«, verlangte er nach einer Weile.

»Ich will dich, Ryan. So sehr …«

Er küsste sie erneut, seine Zunge schnellte in schwindelerregendem Rhythmus in ihre Mundhöhle, leckte über Gaumen, Zähne und die zarte Innenhaut ihrer Wangen. Sie wollte ebenfalls geben, seine harten Muskeln küssen, die blauen Adern an seinen Armen nachfahren und das Salz von seiner Haut lecken. Nichts war köstlicher als dieser Mann. Selbst sein Haar war eine Sensation für sich. Weich und seidig glitt es ihr durch die Finger, sobald sie sich haltsuchend hineinwühlten, weil das unerbittliche Spiel seiner Zunge sie verrückt machte. Es war köstlich beherrschend, nahm den eigentlichen Liebesakt vorweg.

»Du machst mich wahnsinnig. Ich habe noch nie eine Frau so sehr gewollt wie dich.«

Keuchend zog er ihr den Kopf an den Haaren nach hinten und betrachtete sie eingehend, während sie seinen Satz auf sich wirken ließ. Hatte er das eben ernst gemeint? Bestimmt war es nur so dahingesagt. Eine Floskel, die eine Frau während des Liebesakts einfach gerne hörte und die er als probates Mittel nutzte, um eine romantische Stimmung zu erzeugen.

Ryan drückte sie in der Zwischenzeit auf das Bett zurück.

»Bleib so und schließ die Augen«, befahl er leise.

Sie tat wie geheißen und konzentrierte sich nun vollkommen auf ihren Gehörsinn. Er stieg vom Bett, und sie hörte ein quietschendes Geräusch. War er etwa an ihrer Schublade? Ein leichter Anflug von Panik stieg in ihr hoch, als sie sich daran erinnerte, was sie gestern Abend darin vergessen hatte. Oder hatte sie ihn doch wieder zurück in den Schrank gelegt? Chloe war sich keineswegs sicher und war versucht, einfach die Augen zu öffnen, um nachzusehen. Tapfer unterdrückte sie diese Regung und wartete ergeben ab, was als Nächstes passieren würde.

Auf einmal fühlte sie etwas Kühles über ihre Haut gleiten. Ihre Lider schnappten blitzartig nach oben, gleich darauf holte sie japsend Luft. Oh nein, also doch ...

Ryan hielt ihren rosa getönten Dildo in seinen Händen und grinste so breit, dass sich vor Scham alles in ihr zusammenzog, während sie ertappt auf den ansprechend geformten Freudenspender aus Latex blickte. Er war eine exakt naturgetreue Nachbildung eines männlichen Phallus. Nur größer und massiver als der Durchschnitt.

Chloe hätte sich am liebsten unter dem Bett verkrochen, weil Ryan gerade ein verdammt überhebliches Lächeln zur Schau trug. Er klatschte das Ding hörbar gegen seine Handfläche und spitzte maliziös die Lippen, als würde er sich gerade ausmalen, was er ihr damit alles antun könnte.

Eine verrückte Phantasie übernahm die Regie in ihrem Kopf. Sie stellte sich unwillkürlich vor, er wäre ein brutaler Cop, der sie mitten in der Gluthitze der Wüste dazu zwang, an einem einsamen Highway ihren Wagen zu stoppen. Dann hielt er sie grob dazu an, auszusteigen, und sich mit gespreizten Beinen gegen den Streifenwagen zu lehnen. Chloe konnte beinahe das heiße Blech der Karosserie an ihren Brüsten fühlen, der Dildo verwandelte sich in einen harten schwarzen Schlagknüppel, der langsam den Saum ihres leichten Flatterkleides hochschob, um sich dann gnadenlos in ihre vor Nässe triefende Öffnung zu bohren ...

»Also, ich muss schon sagen, das hätte ich jetzt nicht von dir gedacht«, unterbrach seine amüsierte Stimme ihren erotischen Traum, und sie zuckte zusammen. Er wog immer noch den Gummischwanz in den Händen und unterzog ihn einer genauen Musterung. Trotz wallte in ihr auf. Er stellte sich an, als hätte er so was noch nie im Leben aus der Nähe gesehen, dabei war sie sich beinahe sicher, dass derlei Spielzeug ihm nicht fremd war.

»Ich muss zugeben, ich bin froh, dass mich die Natur so großzügig ausgestattet hat, sonst würde ich anhand dieses Prügels noch das Handtuch werfen.« Er warf ihr einen raschen Blick zu, ein freches Lächeln auf den Lippen. »Du bist ein wirklich unartiges kleines Ding. Sag mir jetzt nicht, du hast dich ohne mich vergnügt, als ich nicht da war?«

Die brennende Scham, die ihr das Gesicht wärmte, wanderte fröhlich weiter über ihren Hals und kroch bis zu ihren Brüsten. Wenn er so weitermachte, konnte sie ihre Karriere als Maklerin an den Nagel hängen und sich als Streichholzkopf selbständig machen. Gleichzeitig verpasste sie sich ungefähr ein Dutzend geistige Ohrfeigen für ihre Nachlässigkeit. Warum war sie nur zu faul gewesen, die paar Meter zum Schrank zu laufen und den Dildo sicher zu verstauen? Ihre freizügige Freundin Amber hatte ihn ihr geschenkt und augenzwinkernd versichert, der Gummifreund wäre ein wirklich aufregender Zeitvertreib in einsamen Nächten.

Blinzelnd sah sie zu Ryan hoch und fragte sich, was jetzt wohl in ihm vorging. So wie er aussah, fand er die Tatsache, dass sie sich mit Sexspielzeug befriedigte, wenn sie keinen Mann – sprich: ihn – zur Hand hatte, äußerst faszinierend, denn sein Blick glitt immer wieder von dem Latexknüppel zu ihrer Mitte, als versuche er abzuwägen, wie tief man ihn da reinstecken konnte.

»Wie oft machst du es dir damit?«, fragte er plötzlich, streckte den Arm aus und umkreiste mit der kühlen Spitze ihre Nippel, die offenbar noch lange nicht am Zenit ihrer Schwellung angelangt waren. Sie wurden unter seinen taxierenden Blicken noch härter. Chloe wich seinem Blick absichtlich aus und fühlte sich immer unwohler in ihrer Haut.

»Komm schon, sei nicht so prüde. Sag es mir.«

Gott, er konnte so unendlich penetrant sein. Sie beschloss, diesem quälenden Frage-ich-geb-dir-aber-keine-Antwort-Spiel ein Ende zu setzen, in der Hoffnung, dass er dann endlich Ruhe gab.

»Hin und wieder«, sagte sie schließlich mit möglichst neutraler Stimme.

»Wann das letzte Mal?«

Großartig. Er ließ mal wieder seine zweite Persönlichkeit als Nervensäge raushängen. Ryan schien jedenfalls nicht gewillt, sich mit Halbwahrheiten abspeisen zu lassen, doch sie beschloss, die Sache einfach auszusitzen, und schwieg eisern. Nicht, dass dies hilfreicher gewesen wäre. Er verlegte sich stattdessen aufs Raten, als wäre es absolut legitim, sie auf diese Weise über ihre intimsten Dinge auszufragen.

»Willst du mir nicht sagen, wann du ihn das letzte Mal im Einsatz hattest?«

Sie schüttelte stumm den Kopf. Nie im Leben würde sie sich auf einen Plausch über ihre sexuellen Gewohnheiten einlassen.

»Hm, lass mich überlegen? Vor einer Woche vielleicht?«

Chloe sagte weiterhin kein Wort, drehte den Kopf zur Seite und versuchte verbissen, das rosafarbene Ungetüm zu ignorieren, das er nun neckisch um ihren Busen kreisen ließ. Er beugte sich zu ihr herunter und brachte seinen Mund direkt an ihr Ohr. Sein warmer Atem ließ Millionen Schauer über ihre Wirbelsäule tanzen, als hätten sie sich zu einem kollektiven Freudenfest auf ihrem Körper verabredet.

»Sag es mir«, wisperte er eindringlich.

»Mein Gott, warum interessiert es dich so?«, brauste sie auf.

Er lächelte dreist.

»Weil es mich aufgeilt. Komm schon, wann das letzte Mal?«

»Gestern«, schrie sie völlig entnervt. Ihre Wangen brannten, als hätte man sie mit Benzin übergossen und dann angezündet. »Ich habe ihn gestern Nacht benutzt. Bist du nun zufrieden?«

Er atmete tief ein.

»Fast. Ganz zufrieden bin ich erst, wenn du es noch mal machst.«

»Das kannst du vergessen.«

Entschlossen verschränkte sie ihre Arme vor der Brust, um ihre Unnachgiebigkeit zu demonstrieren. Er zog einen Arm wieder heraus, teilte sanft ihre Finger und schloss sie um den Dildo. Automatisch umspannte sie das nachgiebige Material.

»Tu es ... für mich. Ich will sehen, wie du ihn dir tief in deine Pussy schiebst.«

Seine raue Stimme jagte trotz der ordinären Sprache elektrische Impulse über ihren Körper. Die Idee, es vor seinen Augen zu tun, löste eine Reihe der unterschiedlichsten Regungen in ihr aus. In erster Linie war ihre angeborene Hemmschwelle im Weg, doch je länger sie darüber nachdachte, umso mehr verlor die Vorstellung, sich vor ihm zu befriedigen, ihren Schrecken. Es wäre bestimmt erregend, sich völlig gehenzulassen, *und* er würde es bestimmt niemals vergessen. Er würde *sie* niemals vergessen ...

Sie musste sich eingestehen, dass ihr allein der Gedanke daran unerträglich schien, er könnte nach dieser Affäre einfach so zur Tagesordnung übergehen und keinen Gedanken mehr an sie verschwenden. Das mochte egoistisch sein, weil sie eigentlich alles daransetzen musste, damit genau dieser Fall eintrat. Doch gerade das wollte sie nicht. Er *sollte* an sie zurückdenken und sich verdammt noch mal nach ihr verzehren. Das Wissen, dass es so sein würde, wenn sie sich auf dieses erotische Spielchen einließ, machte aus ihren Skrupeln einen lauwarmen See, durch den sie einfach hindurchschwamm. Sobald sie das andere Ufer erreichte, betrat sie neues Land, fühlte sich reingewaschen von falschen Hemmungen, irritierenden Moralvorstellungen und dummen Ängsten.

Mit sicherer Hand führte er den pflaumenförmigen Kopf an ihre Lippen.

»Ich werde dir helfen, wenn du verlegen bist«, versprach er ihr indessen leise.

Beinahe hätte sie gelacht. Das war gar nicht mehr notwendig. Um ihn nicht zu kränken, verkniff sie sich das Kichern, während seine Augen mit schläfriger Intensität auf ihr ruhten. Sie wartete darauf, dass er etwas sagte, wartete auf ihren Einsatz.

»Leck darüber. Stell dir vor, es wäre mein Schwanz.«

Sein Blick hatte etwas Hypnotisches, sie hielt ihn fest, streckte langsam die Zunge heraus und fuhr kreisend über die künstliche Eichel. Es schmeckte nach Plastik, keineswegs so warm und erregend wie seine zuckend heiße Härte. Chloe schielte abwärts. Ryan hatte seine Hand wieder um seine Härte gelegt und streichelte sich mit aufreizend langsamen Bewegungen. Ihn dabei zu beobachten machte sie unglaublich heiß, sein Wille wurde zu ihrem, und sie war bereit, ihm jeden seiner Wünsche zu erfüllen. Er wollte sie spielen sehen? Bitte, das konnte er haben.

Ihre Zunge schob sich wieder heraus und leckte über das kalte Gummi, als wäre es ein echtes, voll durchblutetes Glied. Nur fehlte die seidige Wärme seines Fleisches, das sachte Pulsieren unter der weichen Haut. Sein schwerer Atem zeigte, wie sehr ihm das alles gefiel, also machte sie weiter, obwohl sie viel lieber das Original im Mund gehabt hätte.

»Oh ja, genau so. Mach weiter.«

Sein Ächzen klang erstickt, seine Faust schob sich unablässig über seinen Penis rauf und runter. Es sah heiß aus, ihre kaum noch vorhandenen Hemmungen stürzten ins Bodenlose. Zu sehen, wie sehr es ihn antörnte, sie zu beobachten, schraubte ihre Schamgrenze auf die Höhe eines Teppichabsatzes herunter. Sie machte einen mentalen Hüpfer, überwand das letzte Hindernis und ließ ihren Latexfreund bewusst schleppend in den Mund hineingleiten.

Er war so dick und groß, dass sie ihn kaum fassen konnte. Ihre Lippen spannten, während sie den Mund weiter öffnete, um ihn ganz aufzunehmen.

Ryan löste seine Augen keine Sekunde von ihr, während er vor ihr onanierte. Ihr Blick ging wieder abwärts. Ryans Eichel war schon ganz feucht von den stetig herausquellenden Lusttropfen. Kleine Perlen, die glänzend seine Kuppe krönten. Mit jedem Ausstreichen nahm er ein wenig davon mit, verteilte den durchsichtigen Saft auf seinem pulsierenden Glied, bis es genauso ölig glänzte wie der geheime Ort zwischen ihren Schenkeln. Chloe nahm den Rhythmus seiner Hand auf und ließ den falschen Penis im gleichen Takt seiner Bewegungen zwischen ihren Lippen verschwinden und wieder auftauchen. Nicht zu tief, aber weit genug, damit ihm der Anblick ordentlich einheizte.

»Tust du das auch, wenn du allein bist, oder ist die Show nur für mich?«

Sie ließ das Ding aus dem Mund gleiten.

»Oh, das ist ganz allein für dich. Törnt es dich an?«

Er lachte, er klang beinahe aufgeregt.

»Das trifft es nicht mal annähernd«, gab er mit heiserer Stimme zu. »Zeig mir mehr.«

Seine voyeuristische Freude an ihrem Körper war berauschend. Sie hielt bewusst den Kontakt zu seinen Augen, während sie langsam mit dem Gummischwanz über ihren Bauch nach unten glitt und sich unaufhaltsam ihrer Mitte näherte.

»Spreiz meine Beine, Ryan«, forderte sie leise.

Er hörte sofort auf, sich zu streicheln, um beide Hände frei zu haben, teilte ihre Oberschenkel und betrachtete ihr feucht schimmerndes Geschlecht. Ohne Hast streckte er einen Finger aus und strich fast schon spielerisch über ihre Labien, danach bestrich er ihren glatten Venushügel mit dem Tau ihrer Lust.

»Keine Stoppeln«, murmelte er leise. Er sah kurz zu ihr auf. »Ich hätte dich gerne rasiert.«

Er besah sich die Stelle zwischen ihren Schenkeln wie ein Forscher eine neuartige Mikrobe. Sie unterdrückte ein Lächeln.

»Ich bin gewachst, da gibt es nichts zu rasieren.«

»Wie schade«, kam es flüsternd, dann sagte er nichts mehr.

Bevor sie den Mut verlor, arbeitete sie sich mit dem Dildo zu ihrer Scham vor, bis sie mit dem rosafarbenen Kopf ihres Spielzeugs ihre lustvoll angeschwollene Spalte berührte. Die leichte Berührung ließ die Sehnsucht nach Fülle zu schmerzhafter Intensität anwachsen. Chloe führte ihre Hand weiter, bis die runde Spitze die feuchte Schneise teilte und sacht gegen ihren Eingang drückte. Die Kunsteichel drang mit Leichtigkeit in ihren Körper ein, dehnte ihre Weiblichkeit und schob sich unaufhaltsam vorwärts. Keine Sekunde nahm sie dabei die Augen von Ryan, der sein Glied wieder in seiner Faust eingeklemmt hielt und sie stetig auf und ab zog.

Sich die trockenen Lippen leckend, sah sie dabei zu, wie sich seine Vorhaut wie ein Vorhang zurückzog und ihr eine erotische Peepshow der besonderen Art bot. Bei jedem Hinuntergleiten seiner Faust stülpte sie sich wieder verhüllend über die rosige Kuppe. Das machte ihr den Mund wässrig, sie wollte ihre Lippen darüberlegen und seinen Geschmack einsaugen, ihn so lange in ihren Hals stoßen lassen, bis er seine Lust mit einem wilden Brüllen auf ihren Gaumen spritzte. Die Phantasien wurden immer eindeutiger, und so langsam konnte sie nachvollziehen, warum er so scharf darauf war, sie zu beobachten. Es war eine geistige Form des Vorspiels, die nicht minder erotisch war wie echter Körperkontakt.

Während sie sich in seinem Anblick verlor, verschwand der Dildo endlich komplett in ihr, und sie stöhnte wohlig auf. Es war wirklich gut. Nicht so gut, wie Ryan in sich zu haben, aber eine angemessene Alternative für die bevorstehenden einsamen Nächte. Ihre Augen schlossen sich genießerisch, während sie ganz stillhielt und einfach nur das sanfte Pulsieren auf sich wirken ließ, das von der Mitte ihres Körpers ausging. Auf einmal fühlte sie, wie Ryan zwei Kissen hinter ihren Rücken schob, damit sie es bequemer hatte. Ihre Augenlider öffneten sich träge. Er kniete vor ihr, die Finger seiner rechten Hand immer noch um seinen Schwanz gewunden, den Blick aber direkt auf ihr Lustzentrum gerichtet.

»Zieh ihn jetzt raus und lass ihn wieder in dich hineingleiten«, befahl er. »Ganz langsam, lass dir Zeit. Ich will nicht eine Sekunde davon verpassen.«

Erfreut registrierte sie die gnadenlose Gier, die sich auf seinen Zügen abzeichnete. Gut. Wenigstens jetzt gehörte er ihr. Niemand, auch nicht Leanne, stand zwischen ihnen.

Chloe zog den Latexstab zurück, bis er zur Hälfte aus

ihr herausragte. Gleich darauf drückte sie ihn zurück, und er rutschte wieder in die Ursprungsposition. Ein lustvolles Ziehen setzte ein. Sie wiederholte die Bewegung, und sie spürte es wieder. Stärker diesmal.

Sie legte an Tempo zu, penetrierte sich schneller. Sie war so unglaublich feucht, dass jedes Eindringen mit einem leicht schmatzenden Geräusch verbunden war. Immer wieder führte sie den Stab in sich ein, fühlte die fast schon erleichternde Dehnung und winkelte ein Bein an, um eine angenehmere Position zu suchen.

Sein Blick folgte ihr, seine Leidenschaft war ein Spiegelbild ihrer eigenen, und so langsam kam sie richtig in Fahrt. Das Glühen in ihrem Bach und die süßen Zuckungen nahmen kontinuierlich zu, je öfter und je schneller sie das künstliche Glied in ihren Körper hineintrieb.

Es war ihr aber nicht vergönnt, sich ganz fallen zu lassen. Der Grund war simpel. Sie wollte nicht durch dieses tote Ding in ihrem Körper kommen, sondern durch den warmen lebendigen Mann an ihrer Seite. Einen Mann, der sie viel besser befriedigen konnte als dieses Plastikspielzeug.

Die Zähne zusammenbeißend, verdrehte sie kurz die Augen, als ausgerechnet in diesem Moment ein besonders heftiges Ziehen die Stelle zwischen ihren Beinen erschütterte. Ihr Inneres zog sich krampfartig um den biegsamen Kunststoff zusammen, presste ihn unaufhörlich und verstärkte so den aufgebauten Druck, der kurz davor war, sich explosionsartig zu entladen.

»Ist es das, was du wolltest?«, hauchte sie mühsam und schob den Dildo noch ein wenig tiefer in sich hinein.

»In dir zu sein ist das, was ich will«, entgegnete er mit verzerrter Stimme, die Augen wie paralysiert auf den Mittelpunkt ihres Körpers gerichtet. Dann lachte er heiser.

»Aber das hier ist auch nicht übel.«

Chloe war schon kurz davor, zu kommen. Entweder sie brachte es jetzt mit dem Dildo zu Ende, oder sie hörte auf, damit Ryan endlich zum Zuge kam. Die Entscheidung fiel ihr nicht schwer. Heftig atmend sank sie in die Kissen zurück, ließ den Dildo los und hob beide Arme über ihren Kopf. Sie sah Überraschung in seinen Augen aufblitzen und versuchte sich vorzustellen, was er sehen musste. Eine hingebungsvoll ausgestreckte Frau, voll erregt und mit einem halb herausragenden Latexschwanz zwischen den Beinen. Wenn das nicht unvergesslich war …

Ryan stockte bei ihrem Anblick der Atem. Es war ungewohnt, sie so offensiv zu erleben, so hemmungslos, und er wünschte sich verzweifelt, sie wäre schon früher so aus sich herausgegangen. Ob sie auch nur ansatzweise ahnte, wie unglaublich begehrenswert und sexy sie war? Er nahm ihren Anblick in sich auf und war sich sicher, noch nie etwas Schöneres gesehen zu haben als Chloe in diesem intimen Augenblick. Ihre Haut glühte und war rosig überhaucht, einzelne Strähnen ringelten sich in feuchten Löckchen an ihren Schläfen, und die grünen Augen schimmerten wie kostbare Juwelen in dem bezaubernd hübschen Gesicht. Etwas tief in ihm drin baute sich auf, wurde groß und mächtig, gefährlich. Er ließ dieses Gefühl nicht zu, würgte es ab, bevor es überhandnehmen konnte.

»Wieso machst du nicht weiter?«

Statt ihm zu antworten, lächelte sie nur. Ihr Blick hatte etwas unendlich Provozierendes, als sie mit einer Hand nach unten langte und den Dildo vorsichtig herauszog. Er sah ihr dabei zu, wie sie den Stab an den Mund führte und kurz an der Spitze leckte.

»Hm …« Sie schnurrte regelrecht. »Magst du auch mal probieren?«

Sie hielt ihm den Gummischwanz hin, direkt vor seine Lippen, und er leckte gehorsam darüber. Ryan wurde fast schwarz vor Augen, als sich ihr Mund erwartungsvoll teilte. Was wollte sie hören, und wann verdammt noch mal hatte sie die Rollen vertauscht?

»Er schmeckt nach dir«, gestand er gedämpft.

Chloe ließ den Dildo auf den Boden fallen und griff gleich danach nach seiner Hand, um sie zwischen ihren Schenkeln zu platzieren. Aha, das wollte sie also. Damit konnte er umgehen, darin war er gut. Seine Fingerkuppen bewegten sich spielerisch und kamen sofort mit warmer, milchiger Feuchtigkeit in Berührung. Federleicht streichelte er über die glatte Haut, ohne zu fordernd zu sein. Dabei sah er sie abwartend an, gespannt darauf, was sich in ihrem hübschen Köpfchen gerade zusammenbraute.

»Mach's mir!«, forderte sie deutlich.

Diese ungenierte Seite an ihr erstaunte ihn, und er bedauerte ernsthaft, dass er diese atemberaubende Frau heute das letzte Mal lieben durfte.

Verdammtes Gewissen, verdammte Moral, die den Menschen erlaubte, nur eine Person zu lieben. Ryan gestand sich ein, dass Chloe wie Heroin für ihn war. Einmal im Blut, wurde man das Verlangen danach nie wieder los. Wie sollte er ihre Anwesenheit ertragen, wenn sie ihre Mutter besuchte, ohne sie berühren zu dürfen? Das erschien ihm unmöglich.

»Was ist los?«

Die leise Frage brachte ihn kurz aus dem Konzept, doch er schüttelte nur den Kopf.

»Nichts, alles bestens«, log er. »Ich habe nur gerade gedacht, wie wunderschön du bist.«

Das war zumindest ein Teil der Wahrheit, und sie belohnte dieses Geständnis mit einem strahlenden Lächeln, das einen ganz merkwürdigen Punkt in ihm zum

Schwingen brachte. Sein Magen zog sich zusammen, er bekam das Bedürfnis, sie für alle Zeiten so glücklich aussehen zu lassen, was ein absolut lächerlicher, romantischer Unsinn war.

Er war ein viriler Mann, sie eine schöne Frau, die ihn körperlich ungemein anzog. Statt sich weiter in gefühlsduseligen Vorstellungen zu ergehen, begann er, mit seinen Fingern ihre glitschigen Falten zu teilen und ihre erregte Knospe mit dem Zeigefinger zu bearbeiten. Ihr leises Zischen erfüllte ihn mit männlicher Zufriedenheit, und er verscheuchte den unwillkommenen Gedanken, dass er diesen Augenblick am liebsten bis in alle Ewigkeit ausgedehnt hätte.

Mit dem Kopf deutete er über den Bettrand, wo irgendwo auf dem Teppich der verschmähte Dildo herumlag.

»Schade, dass du gekniffen hast und es nicht zu Ende gebracht hast.«

»Normalerweise würde ich ja sagen, dass ich es eines Tages bis zum Schluss für dich durchziehe, aber in diesem speziellen Fall …«

Sie sprach nicht weiter. Er wusste ohnehin, was sie damit ausdrücken wollte. Verpasste Gelegenheiten. Das Leben war voll davon, und einmal zu spät, ließen sich diese magischen Momente niemals wiederholen. Er übertünchte diese unangenehmen Gedanken, indem er sich über sie beugte und ihren Mund mit einem wilden Kuss verschloss. Hart saugte er an ihren Lippen, seine Hände bewegten sich zielgerichtet auf ihre Brüste zu, schnappten nach den erigierten Brustwarzen und rollten sie mit gnadenloser Effizienz. Er wollte sich ein für alle Mal an Chloe sattvögeln, damit dieser gefährliche Unsinn in seinem Kopf endlich aus seinem Körper gepumpt wurde.

Er drückte die Warzen fester. Sie ächzte leise, weil sein

grobes Zwicken ihr wehtun musste, doch das hielt ihn nicht davon ab, sie noch heftiger zu bearbeiten. Ohne sich über seine rohe Behandlung zu beschweren, verkrallte sie ihre Finger in den Laken. Ihre Zunge schmeckte köstlich, er lutschte an ihr, als bestünde sie aus zartschmelzendem Eis, das seinen Gaumen mit einer fruchtigen Geschmacksexplosion erfreute.

Im Grunde konnte man ihren gesamten Körper mit einem duftenden Garten an verlockenden Früchten vergleichen. Angefangen bei ihren Brustspitzen. Sie erinnerten an süße Beeren, die klein und spitz seine Zunge kitzelten, sobald er sie in den Mund nahm. Die Brüste ahmten die Form von niedlichen Birnen nach. Die vollen Unterseiten ließen ihn mit schöner Regelmäßigkeit vor Geilheit die Wände hochgehen. Und ihr Mund erst. Seine Augen landeten auf ihren üppigen Lippen, seine Zunge prickelte und sehnte sich nach der dahinterliegenden feuchtwarmen Höhle. Ihr Mund war ein wahres Paradies. Ob zum Küssen oder für seinen sehnsüchtig pochenden Schwanz. Chloe schmeckte immer ein wenig nach saftigen Pfirsichen, nach süßem Nektar und festem jungem Fleisch. Er war süchtig danach und hätte stundenlang ohne Unterbrechung von diesen Lippen kosten können, doch seine vorwitzige Hand suchte bereits nach ihrem appetitlichen Po, der für ihn den Gipfel der Verlockung darstellte. Der verbotene Apfel im Garten Eden. Jeder Mann, der es wagte, von dieser sündigen Nascherei zu kosten, war auf alle Ewigkeit an diese Frau verloren.

»So wie ich«, dachte er wie betäubt.

Diese stetig wachsende Erkenntnis beiseitedrängend, zog er sie fester an seinen Körper, grabschte mit zügelloser Gier nach ihren Rundungen.

»Soll ich deine Nippel ein bisschen lecken?«

Er sah zu ihr auf, so lasterhaft verrucht, dass sie fast ohnmächtig wurde unter seinem heißen Blick. Heftig nickend streckte sie ihm den Busen entgegen. Sein Haar streifte erregend über ihre Haut, vor allem ihre Brüste reagierten mit einem unmissverständlichen Prickeln, als die seidigen Strähnen an ihnen entlangstrichen. Schon streckte er die Zunge aus und liebkoste die runde vollerblühte Brustspitze, pustete leicht darüber, ehe er sie mit den Lippen einfing und leicht an ihr zog. Chloe schluchzte fast, weil die Hitze zwischen ihren Beinen sie tatsächlich fast zum Weinen brachte. Sie brauchte ihn so sehr. Da unten, wo sie so heiß und sehnsüchtig nach ihm verlangte. Ryan machte zu ihrem Leidwesen nicht die geringsten Anstalten, sich der Stelle zwischen ihren Schenkeln zu widmen, sondern verlegte sich auf ein quälendes Knabbern an ihren sensiblen Nippeln.

»Ich liebe deine Brustwarzen«, hauchte er leise und zog eine davon tief in seine heiße Mundhöhle. Ein scharfer Strahl zog bis in ihren Unterleib, ihr Schoß zuckte, und ihre Hüften fingen an, aufwärts zu stoßen, auf der Suche nach der fleischigen Härte, die den quälenden Lustschmerz zwischen ihren Schenkeln mildern konnte. Chloe fühlte sich wie ein triebiges Tier, war völlig ihren Instinkten ausgeliefert und dem Wunsch, sich zu paaren. Aus halbgeschlossenen Lidern sah sie den rhythmischen Bewegungen seiner Lippen zu, die ihre Warzen bearbeiteten, und versteifte sich. Lediglich sein über ihr thronender Körper sorgte dafür, dass sie nicht wie eine gespannte Bogensehne einen halben Meter über dem Bett schwebte.

»Das macht dich richtig an. Nicht wahr, Prinzessin?«

Ohne auf eine Antwort von ihr zu warten, widmete er sich wieder ihren Brüsten.

»Ryan, in Gottes Namen … hör auf, mich so zu quälen.«

Ihr Kopf warf sich unkoordiniert auf den Kissen hin und her.

»Dreh dich auf den Bauch, Chloe.«

Nach dieser leise ausgesprochenen Aufforderung strich er ihr beruhigend über die Hüfte. Sein Daumen ruhte kurz an dem hervorstehenden Knochen. Sie wusste, sie war sehr schmal geworden in letzter Zeit. Essen schien irgendwie eine lästige Notwendigkeit geworden zu sein, die ihr nur die Zeit stahl. War sie ihm vielleicht zu dünn? Leanne war zumindest obenrum deutlich üppiger bestückt, doch die mangelnde Fülle schien ihn bisher nie gestört zu haben.

Bevor sie sich noch weiter in der Vermutung verstrickte, sie könnte ihm nicht weiblich genug sein, drehte er sie auf den Bauch. Eine heiße Welle spülte über sie hinweg. Sie konnte die Hitze seines Körpers an ihrem Rücken fühlen. Den Kopf vergrub sie zwischen ihren Armen, während seine wundervollen Hände in ihr Haar hineingriffen und ihre Locken um sie herumdrapierten. Ein kühler Lufthauch fegte schmeichelnd über sie hinweg, als er ihren Nacken freilegte und einen innigen Kuss daraufdrückte.

»Halt ganz still.«

Wieder ein Kuss unterhalb ihres Haaransatzes. Sie erschauerte heftig. Sofort danach bedeckte er sie mit seinem Körper, wärmte sie und schmiegte seinen steifen Penis an ihre rückwärtigen Rundungen. Er war heiß, genauso hart, wie sie es mochte, und ihr Schoß reagierte mit neuer feuchter Lust. Ihre Atemzüge wurden hastiger, verließen in immer knapperen Zügen ihre Lungen, entwickelten eine ganz eigene Dynamik, als sich zwei seiner Finger nach vorn stahlen und prüfend über ihren Schlitz strichen. Mehrmals, bis sie von ganz allein die Schenkel noch weiter öffnete, damit seine Finger mehr Bewegungsfreiheit bekamen. Die Eindringlinge zwängten sich tastend zwischen ihre Schamlippen und suchten ihren Lustknoten. Sie bäumte sich unter ihm auf wie eine rossige Stute, als er ihn endlich erwischte und fest zwischen Daumen und Zeigefinger zusammendrückte. Chloe konnte spüren, wie sich seine Lippen an ihrem Rücken zu einem Lächeln verzogen, während er sich hingebungsvoll dem Ende ihres Rückgrats widmete, das direkt in die Wölbung ihres Hinterns überging. Er küsste die Schnittstelle, strich dabei mit den flachen Händen an ihrer Taille auf und ab und landete schließlich mit dem Mund auf dem blauen Fleck, den er entschuldigend mit kleinen Küssen bedeckte.

»So ein süßer kleiner Arsch«, murmelte er undeutlich. Sie hörte es trotzdem und ächzte leise, da er die andere Backe nicht so zartfühlend behandelte. Er massierte sie mit kräftigem Druck und verpasste ihr einen kurzen scharfen Schlag, der sie protestierend aufschreien ließ. Und doch minderte das ihre Lust in keinster Weise. Ihr Po bewegte sich unruhig hin und her, lud ihn ein, mehr zu tun, als sie nur mit seinem Vorspiel zu reizen. Er sollte, verdammt noch mal, endlich zur Sache kommen.

»Wenn du nicht gleich was unternimmst, hol ich mir den Dildo wieder«, drohte sie keuchend und streckte schon die Hand aus, um ihre Worte in die Tat umzusetzen. Sie war so erregt, dass es ihr mittlerweile egal war, ob sie seinen Schwanz oder den künstlichen in sich hatte.

»Na gut, du wolltest es ja nicht anders.«

Grob schob er ihre Beine auseinander. Er strich prüfend über ihre Schamlippen, die Eichel drückte drängend gegen ihre Öffnung. Sie drehte den Kopf über die Schultern nach hinten, um ihn anzusehen. Sie wollte nichts verpassen und jede Regung in seinem Gesicht miterleben. Ihre Zähne vergruben sich erregt in ihrer Unterlippe, während sie dabei zusah, wie er seine Hüften zurückschob. Sofort danach schnellten sie vor, und er versank ansatzlos zwischen ihren engen Wänden, die sich innig um seine angespannte Härte schmiegten.

»Du fühlst dich einfach herrlich an«, stöhnte er und begann zu stoßen. Das Klatschen von nacktem Fleisch hallte durch die Wohnung, während er sie hemmungslos von hinten nahm. Sie bockte unter ihm und warf den Kopf in einer wilden Bewegung nach hinten.

»Oh Gott, mach's mir härter!«, feuerte sie ihn an und lächelte selig, als er umgehend gehorchte.

Die schiere Wucht seiner Stöße schleuderte sie fast gegen das Kopfteil ihres Bettes. Keuchend vor Anstrengung, obwohl er ja eigentlich die ganze Arbeit hatte, fühlte sie, wie sich eine feine Schicht Schweiß aus den Poren ihrer Haut herauslöste und von der kühleren Luft im Zimmer getrocknet wurde. Jeder einzelne Nervenstrang in ihrem Leib vibrierte, der Druck baute sich zu einem riesigen Vakuum auf, das sie blind und taub für ihre Umgebung machte. Chloe nahm nur noch seinen Schwanz wahr, der ihrem Körper noch nie dagewesene Lustgefühle schenkte.

»Hart genug?«, fragte er keuchend.

Gleich darauf drang er noch ungestümer in sie hinein. Der Akt war ursprünglich, er war roh, und er war gut. Auch wenn sie sich im Alltag nach ein bisschen Zärtlichkeit sehnte, bevorzugte sie beim Sex die etwas rauere Gangart.

»Gott ... ja«, antwortete sie daher und griff schluchzend nach dem runden Kopfteil des Bettes, um sich am Holz festzuhalten. Ryan setzte sofort nach, griff mit beiden Armen unter ihren Körper und zog sie zu sich nach oben, schlang die Arme fest um ihren Körper und hielt sie so eng an seine schweißnasse Brust gepresst, dass sie sich richtiggehend geborgen fühlte. Das erste Mal in ihrem Leben und wohl auch das letzte Mal. Sie hätte gern etwas gesagt, doch ihr fehlten die Worte, all ihre Energie konzentrierte sich auf die Vereinigung ihrer Körper, die sie in einen rauschhaften Zustand der Glückseligkeit versetzte.

Sie befanden sich nun beide aufrecht auf den Knien, sein Glied spürte sie so noch intensiver. Mit rasender Geschwindigkeit steuerte sie dem Orgasmus entgegen, die Reibung in ihrem Schoß wurde bei jedem Stoß inniger, bis sie diese unglaubliche Anspannung nicht mehr aushalten konnte. In dieser Sekunde packte er ihre Haare. Er benutzte die Strähnen, als wären sie Zügel, und zog mit einem schmerzhaften Ruck ihren Kopf nach hinten und ihre Lippen an seinen Mund. Sobald ihre Zungen aufeinandertrafen, explodierten sie beinahe gleichzeitig und versteiften sich im darauf einsetzenden Höhepunkt. Ineinander verschlungen, fielen sie seitlich auf die Matratze. Ryans Sperma spritzte in ihren Schoß und floss, von seiner Fülle in ihrem Körper hinausgedrängt, aus ihr heraus. Die Nässe an den Innenseiten ihrer Oberschenkel war der optische Beweis seiner Lust, kühlend benetzte sie ihre erhitzte Haut, während sie sich förmlich auflöste in der reinsten sexuellen Ekstase, die sie jemals hatte empfinden dürfen. Es war berauschend und derart erschöpfend, dass sie noch lange danach nicht in der Lage war, sich zu rühren ...

Ryan schlief noch drei weitere Male mit ihr. Erst als der Morgen graute, ließ er von ihr ab und betrachtete die schlafende Schönheit an seiner Seite. Er war ganz froh, dass sie nicht wach war, als er sich leise anzog, um wie ein Dieb klammheimlich zu verschwinden. So konnte er sie noch ein letztes Mal in Ruhe ansehen und sparte sich eine ebenso peinliche wie unangenehme Abschiedsszene.

Nachdem er den letzten Knopf an seinem Hemd geschlossen hatte, setzte er sich vorsichtig an den Bettrand und band sich die Schuhe zu. Dabei dachte er intensiv darüber nach, wie es in Zukunft weitergehen sollte. Er warf einen kurzen Seitenblick auf Chloe und musste gegen seinen Willen lächeln, als er sie so daliegen sah. Sie wirkte so jung und hatte etwas unglaublich Berührendes an sich. Zusammengerollt wie ein Embryo, die Wangen weich im Schlaf, der Mund entspannt und leicht geöffnet. Das durch die Schlitze der Jalousien einfallende Licht des beginnenden Tages warf helle Muster auf die fragil geschwungene Linie ihres Rückens. Vorsichtig streckte er die Hand aus und strich über die hellen Stellen, hinunter zu ihrem Po, der auf der rechten Seite so wüst von dem Fleck verunstaltet wurde.

Erst dann erhob er sich und ging zur Tür. Bevor er jedoch endgültig den Raum verließ, lehnte er die Stirn gegen den Türrahmen und atmete tief durch. Bedauern zog wie Gift durch seine Adern, weil es nun endgültig vorbei war. Ihre Bitte, sich in Zukunft von ihr fernzuhalten, war durchaus legitim, und er hatte sie nach anfänglichem Ärger auch verstanden. Ein Teil von ihm war sogar froh, dass sie über genügend Mut verfügte, um diese Affäre zu beenden. Es wäre nur eine Frage der Zeit gewesen, bis sie sich durch eine belanglose Kleinigkeit verraten und damit eine Katastrophe heraufbeschworen hätten. Ein inniger Blick voller Intimität, eine verstohlene Berührung hätte ausgereicht, und Leanne wäre im Bilde gewesen …

Er war demnach auf ein rasches Ende vorbereitet, und spätestens nach der Hochzeit wäre er derjenige gewesen, der Schluss gemacht hätte. Dieses Zeitfenster hatte er sich und Chloe gestattet, um die unglaubliche Lust aufeinander auszuleben. Dass sie ihm zuvorgekommen war, hatte ihn unvorbereitet getroffen, doch er gönnte ihr den Triumph, die Sache beendet zu haben. Schließlich hatte er immer noch Leanne und Chloe niemanden.

Leanne. Hatte er sie wirklich noch?

Ihr wunderschönes Gesicht tauchte vor seinem geistigen Auge auf, und er ließ die letzten Tage Revue passieren. Sie kam ihm irgendwie verändert vor, als hätte sein Zusammensein mit Chloe die Sicht auf sie getrübt. Diese Entwicklung gefiel ihm ganz und gar nicht, bezeugte sie doch die beginnende Entfremdung, die sich gerade zwischen ihnen einschlich.

Er warf einen flüchtigen Blick auf seine Armbanduhr und wog seine Chancen ab, sie noch zu erwischen, bevor ihr Flug ging. Doch laut Uhrzeit saß sie schon längst im Flieger nach Italien. Frustriert hob er die Hand und rieb sich über den Nacken. Er dachte an den gestrigen Nachmittag zurück und an den so unterkühlt ausgefallenen Abschied.

In der Blue Bar hatte er vor Chloe den Eindruck erweckt, er hätte mit Leanne geschlafen, doch tatsächlich waren sie im Streit auseinandergegangen. Er war sauer gewesen, weil sie den Abend vor ihrer Abreise lieber allein verbringen wollte anstatt mit ihm, wo sie doch schon am Nachmittag eine andere Verabredung seiner Gesellschaft vorgezogen hatte. Als sie ihn dann zum krönenden Abschluss noch gebeten hatte, sie am nächsten Morgen nicht zum Heathrow Airport zu begleiten, war seine Geduld erschöpft. Ihr mit höhnischer Stimme einen guten Flug wünschend, war er aus ihrer Wohnung gestürmt und hatte sich zum Dinner mit seinem Bruder verabredet.

Er fand ihre zunehmend abweisende Haltung in der letzten Zeit alarmierend. Ahnte sie doch etwas? Sie war trotz ihrer kapriziösen Art intelligenter, als viele annahmen, und verfügte über einen scharfen Verstand. Manche bezeichneten es fies als Bauernschläue, doch egal wie man es auch nennen wollte, Leanne war immer in der Lage, ihre Schäfchen ins Trockene zu bringen. Ein Zug an ihr, der ihn genauso anzog wie ihre körperliche Attraktivität und ihre Begeisterungsfähigkeit – vor allem in Bezug auf ihn. In den letzten Wochen hatte sich ihr Verhalten jedoch gewandelt. Leanne verbrachte deutlich weniger Zeit mit ihm, immer kam etwas Wichtiges dazwischen, und sie sagte Verabredungen ab. Da sie beide nach wie vor in ihren eigenen Wohnungen lebten, mehrten sich auch die Nächte, die sie getrennt voneinander verbrachten. Um das Ganze noch gebührend abzurunden, kühlte die heftige Leidenschaft, die sie zu Anfang miteinander verbunden hatte, gerade massiv ab. Sie schliefen nur noch selten miteinander, weil sie entweder zu müde war oder klischeehafte Kopfschmerzen vorschützte, um keinen Sex haben zu müssen. Doch anstatt sauer darüber zu sein, fühlte er nur Erleichterung, weil er bei Leanne nur noch dann richtig in Fahrt kam, wenn er sich vorstellte, sie wäre Chloe. Woran das lag, wusste er nicht. Er hielt sie nach wie vor für begehrenswert, fand sie wunderschön, doch sie weckte seine Leidenschaft nicht mehr in dem Maße wie ihre Tochter.

Ryan hielt diese beunruhigende Tatsache für eine Phase, für einen vorübergehenden Zustand, der sich schon bald wieder legen würde. Natürlich hatte er Chloe gern, viel zu sehr, wenn er ehrlich war, aber er wollte nicht seine ganzen Pläne wegen ihr über den Haufen werfen. Das erste Mal in seinem Leben war er dabei, sich etwas Großes aufzubauen, etwas Dauerhaftes. Er hatte seine wechselnden Affären mit gesichtslosen Frauen so sattgehabt. Keine von ihnen konnte einen bleibenden Eindruck hinterlassen, eine war wie die andere. Austauschbar.

Leanne hatte diesem Zustand penetranter Langeweile schlagartig ein Ende gesetzt und das Beste aus ihm herausgeholt. Und zum Dank vögelte er ihre Tochter. Immer und immer wieder, weil er den Hals nicht voll bekam. Seine einzige Rechtfertigung – wenn es denn eine geben konnte – bestand darin, dass er der Lust auf Chloe wehrlos ausgeliefert war. Sämtliche Versuche, vernünftig zu sein, ihr aus dem Weg zu gehen, waren gescheitert. Und jetzt stand er hier an dieser Tür, es war zu Ende, und er hatte keinen Schimmer, wie er in Zukunft mit ihr umgehen sollte.

Er gönnte ihr noch einen letzten Blick, ehe er das Schlafzimmer verließ. Als wollte er ihn verhöhnen, stand sein Scheißpenis umgehend wie eine Eins. Er seufzte deprimiert und fuhr sich mit einer forschen Bewegung durchs Haar. Von nun an *würde* er sich von ihr fernhalten, egal wie sehr ihn die Lust nach ihr auch quälte. Und wenn Leanne erst wieder zurück war, würde er sich für den unschönen Abschied entschuldigen und mit all seiner Kraft dafür sorgen, dass ihre Beziehung wieder die alte wurde. Mit diesem Entschluss verließ er Chloes Wohnung und sah nicht mehr zurück …

Kapitel 9

Chloe wurde von einer unerträglichen Sehnsucht nach Ryan geplagt. An manchen Tagen fühlte es sich so an, als hätte man ihr einen Teil ihrer selbst genommen – den, der Freude und Lust am Leben verspürte. Zudem fühlte sie sich schrecklich allein. Amber, die immer in der Lage gewesen war, sie mit ihrer fröhlichen, optimistischen Art aufzumuntern, war im Urlaub und daher nicht verfügbar als Seelentrösterin. Beth hatte ebenfalls keine Zeit, da sie selbst genug Probleme am Hals hatte. Ihre intrigante Stiefschwester Calista war nach einem langjährigen Auslandsaufenthalt nach London zurückgekehrt und hatte sich an Beths heißgeliebten Boss Quinn herangemacht. Jetzt vögelte dieses gemeine Biest ihm das letzte bisschen Hirn aus dem Schädel, das er noch vorzuweisen hatte und besaß auch noch die Frechheit, Beth beinahe täglich unter die Nase zu reiben, was für ein exorbitant gut ausgestatteter und ausdauernder Liebhaber er doch war. Ihre Freundin war darüber untröstlich und hatte nicht nur ihre liebenswert durchgeknallte Art eingebüßt, sondern auch ihren Appetit. Sie verlor immer mehr an Gewicht und war seit dem Auftauchen ihrer verhassten Stiefschwester schon satte acht Kilo losgeworden, was ihr zwar durchaus gut zu Gesicht stand, aber Beth keineswegs aufmunterte. Chloe wollte ihre Freundin daher nicht auch noch mit ihrem desaströsen Liebesleben belasten.

Die letzte in Frage kommende Möglichkeit, sich abzulenken, waren Ross und Paige. Doch auch die ließen sie schmählich im Stich und waren nicht greifbar. Ross hielt sich für eine ganze Weile geschäftlich außer Landes auf. Sämtliche Besichtigungstermine wurden demnach vorerst auf Eis gelegt, bis er wieder nach London zurückkehrte. Doch selbst nachdem er sich wieder in der Stadt befand, blieb er weiterhin derart eingespannt, dass er keine Zeit für Chloe aufbringen konnte. Weder zu Besichtigungszwecken noch in privatem Rahmen, so dass sie langsam das Gefühl bekam, dass er ihr aus dem Weg ging.

Paige hatte auch Besseres zu tun, als sich mit den kümmerlichen Resten von Chloes Selbstwertgefühl herumzuplagen. Sie leerte sämtliche Designerläden in London und trieb nebenbei Victor Seymour in den Wahnsinn, nachdem ihr Vater dessen Angebot, nach Seymour Manor zu ziehen, tatsächlich angenommen hatte. Dabei machte sie ihrem Ruf als unverschämte Zicke alle Ehre und hatte zudem einen Heidenspaß dabei, sich immer neue Gemeinheiten auszudenken, um diesen stockkonservativen Briten aus der Reserve zu locken. Bislang ohne großen Erfolg. Victor hielt sich zu ihrem Leidwesen wacker und ignorierte Paige mit einer Beharrlichkeit, die seinem weiblichen Folterknecht doch einigen Respekt abnötigte. Allerdings fand Paige ihn nun mal unwiderstehlich und sah es als die größte Herausforderung ihres Lebens an, ihn ins Bett zu kriegen. Was mit einem ungeheuren Zeitaufwand verbunden war.

Alles schien sich im Augenblick gegen Chloe verschworen zu haben, und allein vor sich hin zu leiden machte nun wirklich keinen Spaß. Sie versuchte sich mit den typischen Heißhungerattacken auf Eiscreme und Schokolade zu trösten, doch anstatt sich in ihrem Liebeskummer gebauchpinselt zu fühlen, nahm sie mehr an Gewicht zu, als sie davor verloren hatte. Schlussendlich war sie frustriert, weil sämtliche Hosen und Röcke zu stramm saßen. Dass sie sich immer gewünscht hatte, ein bisschen fülliger zu werden, ignorierte sie in diesem Fall und suhlte sich stattdessen in ihrem Kummer.

Nach vielen durchgeweinten Nächten gestand sie es sich schließlich ein: Sie hatte Liebeskummer. Das erste Mal in ihrem Leben.

Dieses Gefühl versetzte sie in Angst und Schrecken. Ständig spukte Ryan in ihrem Kopf herum, mehrfach hielt sie den Telefonhörer in der Hand, um die Nummer seiner Agentur zu wählen. Doch sobald das gleichmäßige Tuten durch die Leitung schallte, legte sie ganz schnell wieder auf, mit Tränen in den Augen, weil sie so ein dummes Schaf war.

Dass ausgerechnet ihr das passieren musste! Sie hatte nicht nur mit dem zukünftigen Mann ihrer Mutter geschlafen, sondern sich zu allem Überfluss auch noch unsterblich in ihn verliebt. Das war unverantwortlich und noch dazu schreiend dämlich. Nach der Trennung hatte es jedoch einige Nächte gedauert, bis sie sich ihre Liebe zu ihm eingestanden hatte, und seit sie die Phase der Verleugnung hinter sich gebracht hatte, musste sie einen hohen Preis für ihre bodenlose Dummheit bezahlen. Sie litt wie ein Hund, und sie fing an, sich zu wünschen, sie hätte sich niemals auf ihn eingelassen, doch sobald die Erinnerungen an ihre gemeinsamen Stunden auf sie einprasselten, bereute sie keine Sekunde ihres Zusammenseins. Trotz dieser Erkenntnis hatte sie den völligen Verlust ihres Stolzes gut umschifft und Ryan nicht bettelnd angefleht, er möge ihren idiotischen Anfall von Moral vergessen und sie wieder besuchen.

Leider wurde der Wunsch, wieder in seinen Armen zu liegen, täglich stärker, anstatt sich abzuschwächen. Hatte nicht irgendein schlauer Mensch behauptet, die Zeit heile alle Wunden? Ihrer Meinung nach hätte man diesen Lügner zu Lebzeiten am höchsten Baum Englands aufknüpfen sollen, weil diese Weisheit bei ihr nicht funktionierte. Und doch, die Welt drehte sich weiter, ohne auf ihren persönlichen Herzschmerz Rücksicht zu nehmen.

Vier Wochen waren nun seit ihrer letzten berauschenden Liebesnacht vergangen. Ryan hatte Wort gehalten und war ihr ferngeblieben, doch der Moment des unvermeidbaren Wiedersehens stand kurz bevor. Leanne – erst seit einigen Tagen wieder zurück, weil die Dreharbeiten unplanmäßig verlängert worden waren – hatte darauf bestanden, dass sich Chloe auf der Geburtstagsparty einer befreundeten Schauspielerin blicken ließ. Es verstand sich beinahe von selbst, dass Ryan ebenfalls dort auftauchen würde.

Mit bebenden Händen stand sie am frühen Abend im Bad vor ihrem Spiegel und legte letzte Hand an ihr Makeup, als Kassiopeia sich zu ihr gesellte und schmeichelnd um ihre Füße schlich. Mit einem ehrlichen Lächeln auf den Lippen sank Chloe nach unten und strich ihr übers Fell.

»Hey, ist dir langweilig?«, fragte sie mit warmer Stimme. »Ich denke, ich werde mir noch eine Spielgefährtin für dich zulegen, dann bist du nicht immer so allein.«

Die Katzendame legte den Kopf schräg und rieb sich genüsslich an der sanften Hand, als wollte sie ihr so ihre Zustimmung geben. Chloe hob das Tier auf den Arm und schmiegte die Wange an das weiche Fell. Das war das einzig Gute, das das Zusammensein mit Ryan in ihrem Leben bewirkt hatte: Kassiopeia schien zu spüren, wie schlecht es ihr ging, und war wie verwandelt. Anschmiegsam, eine tröstende Gefährtin in einsamen Stunden, die ihr das Alleinsein ein bisschen erträglicher machte.

»Keine Sorge, Pussycat, ich bin bald wieder da. Ich werde auf diese Party gehen, ein bisschen lächeln und

Small Talk halten, heile Familie spielen und dann ohne Umwege in das nächste Taxi nach Hause steigen.«

Ein leises Miauen folgte, mit dem die Katze wohl ausdrücken wollte, dass Chloe ja keinen Blödsinn machen sollte. Sie kicherte leise.

»Keine Angst, ich werde mich benehmen. Ich schwör's.«

Das Tier sprang leichtfüßig von ihren Armen zurück auf den Boden und verkrümelte sich in ihr Körbchen, das nun seinen angestammten Platz in Chloes Schlafzimmer gefunden hatte. Sie sah ihr mit einem kaum merklichen Seufzen hinterher und strich sich das grüne Seidenkleid an den Hüften glatt. Der Stoff raschelte ein wenig, als sie ihr hinterherlief und gleich darauf abrupt stehen blieb, da sie durch das Schlafzimmerfenster direkt auf die London Bridge blicken konnte. Schneidender Schmerz zerstückelte sie innerlich, als sie sich daran erinnerte, wie sie vor ein paar Wochen an der gleichen Stelle gestanden hatte, während Ryan ihr die Hose von den Beinen geschält hatte …

Entschlossen verdrängte sie den Gedanken. Es war vorbei, und sie hatte das Ende selbst herbeigeführt. Nun musste sie die Konsequenzen tragen und endlich damit aufhören, sich wie ein Trauerkloß aufzuführen, während er sein Leben mit größter Wahrscheinlichkeit so weiterlebte, als wäre nie etwas zwischen ihnen vorgefallen. Männer konnten so was, und sie würde den heutigen Abend nutzen und sich selbst beweisen, dass sie ebenfalls dazu imstande war. Diese Party bot den perfekten Rahmen, um sich wieder auf dem reichgefüllten Singlemarkt umzusehen, noch dazu direkt vor seinen Augen. Ein befriedigendes Gefühl machte sich in ihrem Bauch breit, wenn sie sich sein dummes Gesicht vorstellte, sollte sie mit jedem verfügbaren Kerl flirten, über den sie heute Abend stolperte. Ryan sollte keinesfalls merken, wie sehr er ihr fehlte, wie sehr sie sich danach verzehrte, ihn wieder ganz nah bei sich zu haben. Ryan war arrogant genug, um es zu genießen, und diesen Triumph gönnte sie ihm nicht.

Chloe nahm ein Taxi zur Party von Madeline Livingston und betrat nach einer halbstündigen Fahrt den festlich eingerichteten Saal eines Hotels in der Nähe des Trafalgar Square. Ein riesiger Kronleuchter hing an der Decke und warf sein helles Licht auf das auf Hochglanz polierte Parkett der Tanzfläche. Drum herum verteilt befanden sich die hübsch eingedeckten Tische, an denen schon unzählige Gäste saßen und sich angeregt unterhielten. Ganz hinten erstreckte sich eine schicke Bar, an der sich im Augenblick vornehmlich männliche Besucher tummelten und eindeutig taxierend die Auswahl der anwesenden Frauen begutachteten.

Kopfschüttelnd über das Verhalten dieser Primaten begann sie nach Leanne und Ryan Ausschau zu halten. Ihre Mutter entdeckte sie relativ schnell. Sie war kaum zu übersehen in ihrem flammend roten Kleid, das sich tief ausgeschnitten und sehr körperbetont an ihre Formen schmiegte. Doch es war weniger die spektakuläre Erscheinung von Leanne, die ihr am meisten ins Auge stach, sondern die Tatsache, dass sie ohne männliche Begleitung am Tisch saß. Zu ihrem Entsetzten fühlte Chloe maßlose Enttäuschung in sich aufsteigen. Warum war Ryan nicht bei ihr? War er etwa krank geworden? Zur Niedergeschlagenheit gesellte sich eine ordentliche Portion Sorge, und diese Kombination war so ärgerlich, dass sie sich schnurstracks in Bewegung setzte.

»Hallo, Mutter.«

Leanne, die irgendwas in ihr Handy tippte und erst jetzt merkte, dass ihre Tochter bei ihr war, sah lächelnd auf, steckte das Ding zurück in ihre Clutch und erhob sich. Ohne irgendwelche Berührungsängste zu zeigen, umarmte sie Chloe und flüsterte: »Wie schön, dass du es einrichten konntest, Liebes.«

Sie küsste sie zart auf die Wange und strich ihr liebevoll übers Haar, eine Geste, die eine so schmerzhaft süße Empfindung in ihr auslöste, dass Chloe Mühe hatte, die aufsteigenden Tränen wegzublinzeln. Oh verdammt ...

Sie unterbrach den Augenkontakt und deutete mit einem bebenden Lächeln auf den Tisch.

»Sind wir heute nur ein Damen-Duo?«

Chloe hasste sich dafür, dass sie sofort die Sprache auf Ryan brachte, doch sie wollte lieber von Anfang an wissen, woran sie war, um sich seelisch und moralisch auf den weiteren Verlauf einzustellen.

»Tut mir leid, dich enttäuschen zu müssen, liebe Chloe, aber du wirst wohl auch mit meiner Gesellschaft vorliebnehmen müssen.«

Überrumpelt riss sie den Kopf herum und blickte direkt in jene Augen, die sie seit Monaten bis in den Schlaf verfolgten. Vier Wochen. Sie hatte ihn vier verdammte Wochen nicht gesehen, und doch kam es ihr vor, als wäre es erst gestern gewesen, dass er ihr in ihrem Schlafzimmer das Herz aus dem Leib gevögelt hatte. Es war keine sonderlich romantische Umschreibung ihrer seelischen Verfassung, doch sie war wohl die treffendste. Ein dicker Klumpen machte ihr das Sprechen schwer.

»Reiß dich zusammen, Chloe. Mutter darf auf keinen Fall was merken«, ermahnte sie sich und rang sich ein Lächeln ab.

»Als ob du stören würdest.«

Sie klopfte sich geistig auf die Schulter für diese bravouröse Zurschaustellung von Gleichmut. Er erwiderte ihr Lächeln nicht, sondern verkürzte mit zwei langen Schritten den Abstand zwischen ihnen, bis er direkt vor ihr stand. Mit rasendem Herzklopfen spürte sie, wie er ihre Hand in seine nahm. Sein Blick streifte flüchtig ihren Körper, ihr Gesicht. Trotz der Oberflächlichkeit, mit der das geschah, meinte sie, in seinen Augen ein bewunderndes Aufblitzen erkennen zu können.

»Du siehst wie immer bezaubernd aus«, schmeichelte er und hauchte einen Kuss auf ihren Handrücken. Beinahe hätte sie die Augen geschlossen und gestöhnt, doch sein heißer Blick nahm ihr schlichtweg den Atem, hielt sie in einem hypnotischen Taumel gefangen, der keinen Laut und keine Bewegung mehr zuließ. Endlich lächelte er, was eine hektische Betriebsamkeit ihrer Herzklappenfunktion zur Folge hatte.

»Oh Scheiße«, dachte sie unzusammenhängend. »Ich bin echt geliefert.«

Sein Lächeln wurde zu einem fiesen Grinsen, als wüsste er haargenau, was gerade in ihr vorging. Das weckte sofort den Wunsch in ihr, ihm dieses arrogante Gehabe aus dem Gesicht zu schlagen, und zwar so nachhaltig, dass ihm sämtliche Zähne im Mund locker saßen. So ein Arsch!

»Wir sollten uns setzen, die Leute starren schon zu uns hinüber.«

Er zog lediglich eine seiner goldbraunen Augenbrauen hoch, drehte sich jedoch gehorsam zum Tisch. Auf gewisse Weise war sie ihm dankbar, dass er den Widerling raushängen ließ. Das würde es vereinfachen, ihn zu ignorieren.

Sie setzten sich. Dabei rückte er so nah an ihre Mutter heran, dass er problemlos die seidenweiche Haut ihrer Schultern mit den Fingerspitzen liebkosen konnte. Heiße Eifersucht ergriff sie bei diesem Anblick, so sengend und heftig, dass ihr übel wurde. Wie konnte sie ihrer eigenen Mutter das Glück so sehr missgönnen? Die lächelte sie unterdessen munter an und wirkte sehr leutselig.

»Und wie ist es dir die letzten Wochen ergangen, Liebes?«

Die Frage traf Chloe völlig unvorbereitet, weil sich ihr Gehirn in Ryans Gegenwart mit schöner Regelmäßigkeit in wabbliges Gelee verwandelte. Es fiel ihr unheimlich schwer, anständige Sätze zu bilden, und so stotterte sie ihre Antwort einfach herunter.

»Äh, gut. Viel Arbeit ... das Übliche eben. Du kennst das ja.«

Wieder begegnete sie seinem süffisanten Grinsen, das nur er auf diese unnachahmliche Weise zu beherrschen schien. Wahrscheinlich war er bereits mit dieser Fähigkeit aus dem geschwollenen Leib seiner Mutter gekrochen, um die Welt vom Kinderwagen aus damit zu beglücken. Ehe sie sich zurückhalten konnte, fragte sie: »Willst du mir nicht verraten, was dich so sehr amüsiert? Ich würde auch gerne darüber lachen können.«

Er spitzte den scharf geschnittenen Mund.

»Oh, es gibt keinen besonderen Grund, außer dass ich maßlos glücklich bin, mich in der Gesellschaft der zwei schönsten Frauen im Saal zu befinden«, schmeichelte er völlig übertrieben. »Übrigens finde ich es bedauerlich, dass du so beschäftigt bist. Eigentlich hatte ich vor, mir eine neue Wohnung zu kaufen, und wollte dich zu Rate ziehen.«

Chloe schaffte es trotz dieser Ankündigung – oder sollte sie es lieber als Drohung ansehen –, ihm gelassen zu antworten.

»Wenn du Hilfe bei der Wohnungssuche brauchst, werde ich natürlich alles tun, um deine Wünsche zu befriedigen«, erklärte sie doppeldeutig.

Ein sinnlicher Schimmer flackerte in seinem Blick auf. Chloe ignorierte das ebenso wie die heiße Erregung, die sich in ihrem Bauch zusammenbraute. Ihre Beine fühlten sich bleischwer an, die Stelle zwischen ihren Schenkeln schmerzte und verlangte pochend danach, ausgefüllt zu werden. Um sich abzulenken, wandte sie sich an ihre Mutter.

»Erzähl mal, wie waren die Dreharbeiten?«

Sie wollte das Gespräch in unverfängliche Bahnen lenken. Leannes Beruf als Schauspielerin war da immer das perfekte Ausweichthema, denn sie konnte sich stundenlang über die Probleme am Set auslassen, war aber auch immer für die eine oder andere Anekdote gut. Doch dieses Mal schien die Erwähnung ihrer italienischen Wochen ein gewisses Unwohlsein bei ihr auszulösen. Wenn sie zuvor noch beschwingt, ja geradezu aufgedreht gewirkt hatte, so verdüsterte sich ihr Gesicht nun schlagartig. Anstatt sich in Schwärmereien über »Bella Italia« zu ergehen, stieß sie ein ungeduldiges Seufzen aus.

»Erinnere mich bloß nicht daran.«

Sie sah aus, als würde sie gerade an eine ganz besonders unangenehme Begebenheit zurückdenken, und verzog das Gesicht, als hätte sie in eine saure Zitrone gebissen.

»Du kannst dir nicht vorstellen, was man mir zugemutet hat. Das Hotel war furchtbar, das Personal unfreundlich und flegelhaft. Der Dreh selbst war eine einzige Katastrophe und der Regisseur ein unfähiger Dilettant.« Ihre Stirn glättete sich, und sie fügte etwas milder hinzu: »Aber das liegt glücklicherweise alles hinter mir, und ich bin endlich wieder da, wo ich hingehöre.«

Das klang fast so, als müsste sie sich selbst davon überzeugen. Chloe fand das merkwürdig, musste aber gleich darauf einen satten Tiefschlag einstecken, als sich ihre Mutter mit einem zärtlichen Lächeln zur Seite drehte und Ryan zart auf den Mund küsste. Das erste Mal in ihrem Leben kam ihr der Ausspruch »Du hast mir das Herz aus dem Leib gerissen« nicht als übertriebene Reaktion einer weltfremden Romantikerin vor. Ryan erwiderte den Kuss, ohne zu zögern, und ließ Chloe einfach vor seinen Augen bluten. Sie konnte diesen innigen Moment zwischen den beiden kaum ertragen und bereute es bitter, dass sie der Einladung zu dieser Party gefolgt war.

Abrupt erhob sie sich von ihrem Stuhl. Das schabende Geräusch klang unnatürlich laut, trotz der lauten Livemusik und dem Stimmengewirr, das um sie herum herrschte.

»Hört mal, ich werde mich hier ein wenig umschauen. Vielleicht ist ja jemand da, den ich kenne.« Sie lächelte, obwohl es sie all ihre Kraft kostete. »Ihr beiden seid ohnehin beschäftigt und werdet mich sicher nicht vermissen.«

Ryan löste sich aus dem Kuss, und sein Blick glitt prüfend über ihre Gestalt. Lag da immer noch Begehren in seinen Augen, oder war es reines Wunschdenken von ihr?

»Liebes, bitte bleib noch einen Augenblick«, bat Leanne unvermutet. »Wenn ich euch beide schon an einem Tisch habe, möchte ich gerne die Gelegenheit nutzen, um über die Verlobungsfeier zu sprechen.«

Alles, nur das nicht …

Chloe wünschte sich weit weg und suchte verzweifelt nach einer Möglichkeit, dieser Situation zu entkommen. Über die Organisation der Verlobung zu philosophieren überstieg heute ihre Kräfte.

»Muss das wirklich sein?

Leanne nickte nachdrücklich, ließ damit keinen Raum für Kompromisse.

»Ja, jetzt!« Ihre Augen schimmerten unerbittlich, und so sank Chloe – ganz gehorsame Tochter – zurück auf den Stuhl.

»Also gut, dann raus mit der Sprache. Gibt es irgendwelche gravierenden Änderungen, von denen ich wissen sollte?«

»Das kann man wohl sagen. Ich will nicht länger warten, sondern so schnell wie möglich heiraten. Eine aufwendige Verlobungsfeier wird also nicht mehr nötig sein.« Sie drehte sich zu Ryan und nahm seine Hand. »Liebling, lass uns einfach standesamtlich heiraten und den ganzen Kram drumherum vergessen.«

Chloes Herz geriet für eine Sekunde aus dem Takt, auch Ryan schien über diese Neuigkeit überrascht zu sein. Sein Wangenmuskel zuckte unkontrolliert, und es dauerte einige Sekunden, ehe er antwortete.

»Natürlich will ich dich auch so schnell wie möglich heiraten, aber warum die Eile? Dein ganzes Herz hing an der Planung der Feier. Du hast wochenlang über nichts anderes gesprochen, und jetzt willst du auf einmal alles abblasen?«

Leanne schenkte ihm einen seelenvollen Augenaufschlag.

»Mein Herz hängt an dir und sicher nicht an einer blöden Feier.« Sie legte ihm die Hand an die Wange. »Also, was denkst du?«

Leanne wartete sichtlich gespannt auf die Antwort. Genau wie Chloe, die voller Verzweiflung feststellen musste, dass sie kein bisschen über ihn hinweg war. Sie wollte, dass er nein sagte, dass er Leanne gestand, eine andere zu lieben.

»Wenn das dein Wunsch ist, lassen wir das mit der Verlobungsfeier und heiraten so schnell wie möglich.«

Chloe saß reglos auf ihrem Stuhl und fühlte … nichts. Sein Einverständnis ließ jede lebendige Regung, sei es Wut, Hass oder Liebe, im Keim ersticken. Leanne lachte indessen erleichtert auf.

»Dann wäre das ja geklärt«, sagte sie und wandte sich an Chloe. »Ich will, dass du meine Trauzeugin bist, Liebes.«

Diese Bitte warf Chloe aus ihrer Lethargie. Sie konnte sich nichts Schlimmeres vorstellen, als aus nächster Nähe mitzuerleben, wie sie Ryan endgültig verlor. Sicher, *sie* hatte Schluss gemacht, doch es war eher eine Notwendigkeit gewesen und nicht ihr freier Wille. Sie hatte es ihrer Mutter zuliebe beendet, doch in ihrem Herzen wünschte sie sich Ryan zurück in ihre Arme. Wie durch ein Wunder schaffte sie es, ein Lächeln auf ihr Gesicht zu zaubern.

»Es wäre mir eine Ehre, deine Trauzeugin zu sein«, log sie leise. Ihre Augen klebten auf Ryans Gesicht, während sich ihre Mutter zu ihr rüberbeugte und sie herzlich drückte.

»Danke, Liebes. Ich kann dir gar nicht sagen, was mir das bedeutet«, flüsterte sie ihrer Tochter ins Ohr. Plötzlich versteifte sich Leanne und wich zurück. Mit erstarrtem Gesichtsausdruck fixierte sie einen Punkt hinter Chloes Rücken, als hätte sie einen Geist gesehen oder zumindest jemanden, dessen Anwesenheit ihr größtes Unbehagen bereitete. Unwillkürlich drehte Chloe sich um und sah zu ihrem grenzenlosen Erstaunen Ross Turner auf den Tisch zusteuern. Schritt für Schritt kam er dem ungleichen Dreiergespann näher und blieb schließlich vor ihnen stehen.

»Ross, was für eine Überraschung!«, grüßte sie ihn und brachte irgendwie ein Lächeln hervor.

Er schien jetzt erst zu registrieren, dass sie ebenfalls am Tisch saß.

»Chloe, Sie hier? Na, wenn das keine glückliche Fügung ist«, meinte er. Er bedachte ihre Mutter mit einem rätselhaften Blick, ehe er mit der Hand auf Ryan wies. »Eigentlich wollte ich Mr. Seymour begrüßen.«

Er log wie gedruckt, das spürte Chloe bis in die Fingerspitzen. Ross hatte nicht einen Blick an Ryan verschwendet, sondern sich ganz auf ihre Mutter konzentriert. Aus heiterem Himmel kam ihr seine heftige Reaktion wieder in den Sinn, nachdem sie ihm vor ein paar Wochen eher zufällig von Leannes Heiratsplänen erzählt hatte. Was zum Teufel war hier los?

Ross schien ihr beginnendes Misstrauen zu spüren und versprühte wieder seinen beträchtlichen Charme, um von dem unglücklichen Start abzulenken.

»Es ist wirklich ein Segen, Sie ebenfalls hier anzutreffen, Chloe. Vielleicht können Sie meine Tochter dazu bringen, Victor eine Verschnaufpause zu gönnen. Seit wir auf Seymour Manor wohnen, hat sie sich wie ein Schatten an seine Fersen geheftet. Ich fürchte, es wird nicht mehr lange dauern, bis er Amnesty International um Hilfe anfleht, damit sie ihn von ihr befreien.«

Chloe konnte sich lebhaft vorstellen, wie verzweifelt dieser kühle Mann über Paiges unermüdliche Eroberungsversuche sein musste. Sie hielt seinen Wunsch, dauerhaft auf weibliche Gesellschaft zu verzichten, keineswegs für eine läppisch hingeworfene Floskel. Er meinte das ernst und wollte seine Ruhe, was Paige jedoch keineswegs daran hinderte, ihm permanent nachzustellen.

Ryans Stimme unterbrach ihre gedanklichen Ausführungen über die absonderliche Beziehung zwischen Victor und Paige.

»Mein Bruder ist hier? Er hat bei unserem Telefongespräch heute Mittag mit keiner Silbe erwähnt, dass er auch kommen will.«

»Das liegt wohl daran, dass er zu diesem Zeitpunkt gar nichts davon wusste«, erklärte Ross freundlich. »Ich habe ihn spontan gebeten, mich und Paige zu begleiten, weil ich ja nicht ahnen konnte, dass ich hier auf so … anregende Gesellschaft treffen würde.«

Seine funkelnden Augen fuhren unablässig über Leanne, die merkwürdig stumm geworden die Tischkante umklammerte, als wollte sie ein Stück daraus herausbrechen. Chloes Alarmglocken bimmelten wie verrückt. Die beiden kannten sich, und zumindest ihre Mutter konnte ihn nicht ausstehen … das spürte sie bis in die Fingerspitzen. Welchen anderen Grund konnte es für ihr Auftreten geben? Man konnte Leanne sicher vieles nachsagen, aber sicherlich keine schlechten Manieren. Doch gerade die legte sie an den Tag, indem sie keine Anstalten machte, Turner eines Blickes zu würdigen. Stoisch starrte sie an ihm vorbei, und Ryan übernahm das Ruder.

»Warum setzen Sie sich nicht ein wenig zu uns? Ich schulde Ihnen ja noch ein Essen, und ich würde das gerne mit einem Drink besiegeln.«

Diese Einladung erweckte Leanne wieder zum Leben.

»Nein, das geht nicht. Ich will keinen Fremden an meinem Tisch haben.«

»Mutter!«

Chloe war entsetzt über das unhöfliche Verhalten ihrer Mutter, während Ross die ablehnende Haltung einfach ignorierte und sich auf den Stuhl neben Chloe schob. Lächelnd nickte er Ryan zu.

»Ich nehme Ihre Einladung auf einen Drink gerne an. Doch vorher würde ich gerne Ihre entzückende Verlobte zu einem Tanz entführen, um sie von meiner charmanten Persönlichkeit zu überzeugen. Vielleicht gelingt es mir ja, ihre Bedenken über meine Anwesenheit an diesem Tisch zu zerstreuen.«

Der Blick, den Leanne ihm daraufhin schenkte, besagte eindeutig, dass wohl eher die Hölle zufrieren würde. Chloe konnte diese offen gezeigte Abneigung immer weniger nachvollziehen und beschloss, dieser Sache bei passender Gelegenheit auf den Grund zu gehen.

Währenddessen lächelte Leanne Turner süßlich an.

»Tut mir leid, aber ich möchte meine Tochter nicht

allein am Tisch sitzen lassen, während Ryan die Drinks besorgt«, meinte sie.

Dass es hier massig Personal gab, das sich eifrig um das leibliche Wohl der Gäste kümmerte und hier keiner irgendwem irgendetwas besorgen musste, ließ sie wohlweislich unter den Tisch fallen.

Ross lächelte artig.

»Oh, ich bin sicher, Chloe wird nicht als Mauerblümchen enden, so atemberaubend, wie sie heute Abend aussieht.« Er wandte sich an Ryan. »Vielleicht würden Sie das Gewissen ihrer Verlobten beruhigen, indem Sie mit Chloe das Tanzbein schwingen?«

Ryan schenkte ihr einen Blick, der Chloe durch und durch ging. Er würde es nicht wagen …

»Aber gerne doch.« Gleich darauf stand er auf und reichte ihr seine Hand. »Wollen wir?«

Mit riesigen Augen starrte sie auf seine langen Finger. Künstlerhände, die so unglaublich zartfühlend über ihren Körper geglitten waren und doch so hart zupacken konnten.

»Tanzen ist nicht gerade meine Stärke«, erwiderte sie abwehrend und hoffte, er würde es dabei belassen.

»Komm schon, du brauchst keine Angst zu haben, mir auf den Fuß zu treten. Ich halte einiges aus. Oder hast du etwa Angst vor mir?«

Ihr mörderischer Blick hätte den Stamm eines kalifornischen Riesenmammutbaums in zwei Hälften spalten können, so sauer war sie. Er schaffte es einfach immer wieder, sie herauszufordern. Mit verkniffenem Gesichtsausdruck stand sie auf.

»In spätestens fünf Minuten wirst du deine Zehen zu Grabe tragen müssen, Ryan Seymour«, versicherte sie ihm im Brustton der Überzeugung.

Sie ergriff seine angebotene Hand, und erschauerte.

Seine Haut wieder auf ihrer zu spüren ließ sämtliche Sicherungen in ihrem Körper durchbrennen.

»Wahrscheinlich steigt mir der Rauch schon zu den Ohren raus«, dachte sie leicht hysterisch, während er sie zur Tanzfläche führte, wo schon einige andere Paare Aufstellung genommen hatten. Ihre Mutter und Turner taten es ihnen gleich, nachdem Leanne sich zähneknirschend gefügt hatte, wurden aber relativ schnell in dem dichten Pulk von Tanzpaaren aus Chloes Sichtfeld gedrängt.

Ryan zog sie fest in seine Arme und presste sie in unanständiger Weise an sich, während er sie geschickt zu den lateinamerikanischen Rhythmen der Band übers Parkett führte. Sie starrte erbost nach oben und trat ihm mehrfach – und natürlich mit voller Absicht – auf die Zehen. Er ließ es mit gelassener Miene über sich ergehen, ohne sich zu beschweren. Stattdessen grinste er verstohlen, zog sie noch dichter an sich, und seine Hand, die bisher regungslos auf ihrem Rücken gelegen hatte, wanderte gefährlich tief nach unten. Sie schnappte nach Luft, weil er höchstens noch zwei Handbreit von ihrem Hintern entfernt war.

»Hey, halt ein bisschen Abstand, Casanova! Sonst kannst du dir gleich ein Schild umhängen, auf dem steht: Ich habe Chloe Carter gevögelt.«

Verstohlen sah sie sich um, nickte hier und da einem bekannten Gesicht zu und versuchte verzweifelt zu verbergen, was für ein Chaos der enge Körperkontakt in ihr hervorrief. Aus den Augenwinkeln sah sie ihre Mutter in Turners Armen vorbeischweben. Chloe stellte leicht erstaunt fest, dass Leanne auf einmal äußerst redselig wirkte. Sie sprach unablässig auf Ross ein, das Gesicht wütend verzogen, während er ungerührt auf sie heruntерlächelte. Nicht charmant, wie Chloe es von ihm gewohnt war, sondern mit einem raubtierhaften Ausdruck auf den kantigen Zügen, der ihn gefährlich und unberechenbar aussehen ließ. Chloe erschauerte unwillkürlich, weil sie das erste Mal das Gefühl hatte, hinter die glatte Fassade dieses Mannes schauen zu können. Ryan schien es ähnlich zu gehen.

»Kennen die beiden sich irgendwoher? Sie sehen nicht so aus, als wären sie sich fremd.«

»Keine Ahnung. Ross hat nie etwas Derartiges erwähnt.«

Ryan fixierte ihre Mutter, die Augenbrauen unwillig zusammengezogen. Chloe wurde die Kehle eng, als sie die unverhohlene Eifersucht auf seinem Gesicht wahrnahm, und blinzelte die Tränen weg. Verlegen wandte sie den Kopf ab, damit er nichts von ihrer Verfassung mitbekam.

»Geht es dir gut?«

»Er ist heute wirklich wissbegierig«, dachte sie zynisch, weil sie seine Frage scheinheilig fand.

»Warum willst du das wissen? Es hat dich die ganze Zeit nicht geschert, wie ich mich fühle.«

Vor Ärger verdunkelten sich seine Augen.

»Verflucht, musst du immer aus jeder Begegnung einen Kampf machen? Ich habe dir eine ehrlich gemeinte Frage gestellt, weil ich mir Sorgen um dich mache. Immerhin haben wir eine gemeinsame Geschichte, und ob du es glaubst oder nicht, du bedeutest mir was.«

Dieses Eingeständnis warf sie derart aus der Bahn, dass sie ihn nur noch sprachlos ansehen konnte. Er machte sich Sorgen, sie bedeutete ihm etwas …

»Chloe …« Seine Stimme klang sanft, weil sie nicht sofort antwortete. Sein harter Griff lockerte sich, wurde so behutsam, als wäre sie so zerbrechlich wie ein rohes Ei. Genauso fühlte sie sich auch, während sie ihm in die Augen sah. Zerbrechlich, nackt, ihre Gefühle spiegelten sich bloßgestellt in ihren Augen wider.

»Ich ... es geht mir gut, du musst dir keine Sorgen machen«, sagte sie schließlich. Es war eine fette Lüge, und sie fühlte das stumme Seufzen, das seine Brust erschütterte.

»Können wir irgendwo reden?«, fragte er.

Sie schüttelte den Kopf.

»Nein, auf gar keinen Fall«, sagte sie entschlossen und lächelte. Ehrlich diesmal. »Du weißt doch, wie unsere Gespräche immer enden.«

Jetzt verzogen sich auch seine Lippen, ein melancholischer Ausdruck glitt über sein Gesicht und setzte eine ganze Armada an Schmetterlingen in ihrem Bauch frei.

»Ja, ich erinnere mich noch sehr gut daran.«

Wieder schenkte er ihr dieses hinreißende Lächeln, das sie innerlich zum Schmelzen brachte.

Oh, Ryan, wenn du nur wüsstest, wie sehr du mir fehlst ...

Sie traute sich kaum noch, ihn anzusehen, während sie in seinen Armen lag und mit ihm über die Tanzfläche schwebte. Körperlich passten sie einfach perfekt zusammen. Jede ihrer Bewegungen harmonierte, sie gingen fließend ineinander über. Es war wie Fliegen. Sie fühlte sich schwerelos, wie losgelöst von Zeit und Raum. Nichts hatte mehr eine Bedeutung. Erneut trafen sich ihre Blicke, und ihr knickten fast die Beine weg, als sie in seinen Augen die gleiche Sehnsucht erkennen konnte, die auch sie von Kopf bis Fuß beherrschte.

»Chloe ... Prinzessin«, kam es auf einmal abgehackt von ihm. Als wäre ihm gerade in diesem Augenblick aufgegangen, was er verloren hatte, veränderte sich das Tempo seiner Atemzüge. Sie kamen stoßweise, seine Mimik wirkte fahrig, als kämpfe er mit sich selbst.

Auf einmal änderte sich sein Gesichtsausdruck, wurde ruhig und entschieden. Sie merkte viel zu spät, dass er sie mit einigen geschickten Drehungen an den Rand der Tanzfläche lotste und schließlich am Handgelenk durch die Menschentrauben zog. Sie konnte ihn nicht stoppen, ohne Aufsehen zu erregen, und so ließ sie mit aufgeregt pochendem Herzen zu, dass er sie durch einen der Personalausgänge aus dem Saal zerrte. Ein Kellner kam ihnen entgegen, der diskret den Blick abwandte, ehe er mitsamt seinem Tablett verschwand. Jetzt waren sie allein, doch anstatt etwas zu sagen, stellte er sich hinter sie und schob sie an den Schultern weiter vorwärts.

»Ryan, wir können nicht einfach so verschwinden«, protestierte sie, als sie ihre Sprache wiederfand. »Was ist mit Leanne? Sie wird nach uns suchen!«

Sie blickte über die Schultern nach oben, während sie sich bemühte, nicht über den Saum ihres Kleides zu stolpern. Sein Gesicht trug verbissene Züge, er schwieg und reagierte nicht auf ihre Ermahnungen.

»Ryan, hast du mich nicht gehört? Was du da vorhast, wird nicht funktionieren.«

Er stoppte abrupt, doch nicht um ihr zu antworten, sondern um eine Tür aufzureißen, die rechts von ihnen in einen Putzraum führte. Es roch nach Desinfektionsspray, nach Scheuerpulver und nach alten Putzlappen. Ohne Umschweife schubste er sie hinein, schlug die Tür hinter sich zu und drückte sie gegen das Regal, das sich kaum einen Meter hinter ihrem Rücken befand. Die metallenen Ränder der Fachböden drückten sich schmerzhaft gegen die nackte Haut, es fühlte sich kalt an, und doch raste ihr Puls vor schierer Lust. Gleich darauf flammte die Birne über ihren Köpfen auf, und sie blinzelte wegen der plötzlich einsetzenden Helligkeit, obwohl das Lämpchen nur ein trübes Licht verbreitete. Als sich ihre Augen endlich an die neuen Lichtverhältnisse gewöhnt hatten, konnte sie die Anspannung auf seinem Gesicht erkennen, den Kampf, den er mit sich oder seinem Gewissen ausfocht. Sie leckte sich nervös über die Lippen, versuchte sich zu sammeln und einen klaren Kopf zu bewahren, was angesichts der brennenden Leidenschaft, die er nun rückhaltlos offenbarte, nicht ganz einfach war.

»Ryan, bitte. Ich meine es ernst. Lass mich gehen, bevor …

»… bevor es zu spät ist«, beendete er ihren Satz für sie und lachte bitter auf.

Mit einem langgezogenen Ausatmen schloss er den Abstand zwischen ihnen und presste sie noch stärker gegen das Regal. Irgendetwas hinter ihr fiel um und landete scheppernd auf der Oberfläche.

»Chloe, es war bereits zu spät, als du den Saal betreten hast, und ich habe es so satt, mir einzureden, dass ich dich nicht mehr will.«

Wie ein Blinder tastete er über ihr Gesicht, fuhr mit den Fingerspitzen die weichen Konturen ihrer Wangen nach, streifte ihre Augenbrauen, die Schläfen, bis er endlich ihren bebenden Mund erreichte und ihn mit den Kuppen liebkoste. Sie teilte die Lippen und schloss zitternd die Lider, weil glühende Funken vor ihren Augen explodierten.

»Ich habe es ehrlich versucht, Chloe«, erklärte er mit angespannter Stimme. Seine Brust rieb sich am Vorderteil ihres Kleides, weil sein Atem in harten Zügen aus seinen Lungen strömte. Zu spüren, wie sehr er sie begehrte, setzte einen schwindelerregenden Prozess in ihr in Gang. Sie war froh, dass sie dieses blöde Regal im Rücken hatte, sonst wäre sie unweigerlich zu Boden gesunken, so nachhaltig schlich sich die Schwäche in ihre Knochen und Muskeln. Chloe zerfloss unter seinen Berührungen, fühlte erste Auflösungserscheinungen und mutierte innerhalb von Sekunden zu einem wirren Schwarm aus frei umherschwebenden Molekülen, der sich erst wieder neu finden musste, um sich dann zu der Frau zu formen, die er haben wollte.

Ryan drängte sich dichter an sie, ließ sie sein hart pochendes Verlangen spüren, das selbst durch die Kleiderschichten erregend warm gegen ihren Oberschenkel klopfte. Sie antwortete mit feuchter Hitze zwischen ihren Beinen, ein leichtes Ziehen setzte ein. Ihr Körper war mehr als willig, nur ihr Verstand wehrte sich noch.

»Bitte nicht …«

Ihr Flüstern verhallte ungehört. Rücksichtslos presste er seinen Mund auf ihren, ohne auf ihr Flehen einzugehen. Er verhöhnte es geradezu, als er die Zunge tief in sie hineinbohrte. Seine flatternde Zungenspitze entzündete jede Stelle, die er liebkoste, genau wie seine Hände, die ihre Oberschenkel packten und hastig den Stoff des Kleides zusammenrafften. Sie spürte den kühlen Luftzug, der von unten beginnend immer höher wanderte, über ihre Knöchel, die Waden, und schließlich ihre heiße Mitte erreichte, als er ihren Unterleib endlich völlig freigelegt hatte.

»Das ist verrückt«, keuchte sie.

»Du machst mich verrückt. Verdammt, Chloe, sag, dass wir uns sehen können. Irgendwo, wo wir ganz allein sind.«

Jedes seiner Worte wurde von fiebrigen Küssen auf ihren Hals begleitet, er brandmarkte sie mit jeder Berührung.

»Sag mir wann und wo!«, beharrte er und schob seine Finger in ihr Höschen. Er sah ihr ins Gesicht, während er mit dem Mittelfinger den Weg zwischen ihre Schamlippen fand und sie mit köstlichem Druck zu reiben begann. Seine freie Hand stützte ihren Rücken.

»Wir … wir … können uns nicht sehen«, brachte sie

mühsam heraus und biss sich in der nächsten Sekunde hart auf die Unterlippe, als er den Druck auf ihre Klitoris verstärkte. Er rieb langsam, aber so nachdrücklich, dass innerhalb kürzester Zeit ein peinigendes Ziehen zwischen ihren Schenkeln einsetzte.

»Warum willst du nicht? Wir haben bereits unzählige Male miteinander geschlafen, denkst du, jetzt aufzuhören macht unseren Betrug an Leanne ungeschehen? Ich habe wenigstens den Mut zuzugeben, dass ich dich um jeden Preis haben will. Du willst mich genauso, ich spüre es doch. Jetzt, in dieser Sekunde, zerfließt du unter meinen Fingern.«

Sie packte sein Handgelenk und zwang ihn, mit seinen lustfördernden Streicheleinheiten aufzuhören. Chloe war wütend.

»Mut? Das hier nennst du Mut?«, brachte sie ungläubig hervor. Sie schüttelte den Kopf. »Nein, mit Mut hat das nichts zu tun. Wir sind feige, Ryan. Alle beide, so wie wir hier stehen. Du versuchst dir doch nur schönzureden, dass du alles haben willst. Eine Ehefrau und eine bequeme Geliebte. Aber weißt du was?« Ihre Augen wurden schmal, während sie ihn mit unverhohlenem Unverständnis musterte. »Ich mach bei deinem Spiel nicht mit. Du weißt genau, auf welche Knöpfe du drücken musst, um mich rumzukriegen, aber das ist wirklich kein Kunststück, Casanova. Jeder Kerl mit ein bisschen Einfühlungsvermögen würde das auch schaffen, also bilde dir bloß nichts darauf ein. Und jetzt …«, sie atmete tief durch, »lass mich bitte los, damit ich zurück an unseren Tisch kann. Mutter wird sonst noch misstrauisch, und nachdem du ihr erst vor ein paar Minuten so eifrig bestätigt hast, dass du sie so schnell wie möglich heiraten willst, solltest du zumindest so viel Anstand zeigen und in Zukunft die Finger von anderen Frauen lassen.«

Er sah aus, als hätte sie ihm eine Peitsche quer übers Gesicht gezogen. Ohne ein Wort entließ er sie aus seinem Griff, drehte sich um und verließ die Putzkammer. Chloe zitterte am ganzen Leib, als sie ihr Kleid über die Hüften nach unten zog und sich erschöpft auf den Boden sinken ließ. Hier saß sie nun, eingepfercht zwischen Plastikeimern, Besen und Scheuermitteln, und fragte sich unglücklich, wie sie nur so dumm sein konnte, einen Mann zu lieben, der nie den Mut haben würde, zu ihr zu stehen ...

Ryan war wie vor den Kopf gestoßen, während er seinen Körper durch die Menge pflügte und sich schließlich an der langgezogenen Bar auf einem der hohen Hocker niederließ. Er fühlte sich wie betäubt nach dieser Zurückweisung, und er wollte seinen Frust mit einem Whiskey hinunterspülen.

»Sir, was darf ich Ihnen bringen?«, fragte der Barkeeper mit einem einstudiert wirkenden Lächeln. Ryan erwiderte es mechanisch und hatte das Gefühl, sein Gesicht würde gleich in eine Million Teile zerspringen, so schwer fiel ihm das Heben seiner Mundwinkel.

»Einen doppelten Whiskey«, krächzte er und richtete seinen Blick auf die Tür, durch die er erst vor wenigen Minuten mit Chloe verschwunden war. War sie schon wieder draußen? Er konnte sie nirgends entdecken, weder am Tisch noch sonst wo. Auch Leanne und dieser Ami waren nirgends zu sehen, was ihn ungemein erleichterte, denn er war sich nicht sicher, ob er ihren Anblick jetzt ertragen könnte. Alles, woran er denken konnte, war Chloe. An ihre blitzenden Augen, an ihre zarte Haut, die aussah wie frisch geschlagene Sahne, an ihren Mund, der so süß und üppig schmeckte und perfekt auf seine Lippen passte.

»Du siehst aus, als könntest du einen Drink gebrauchen, Bruderherz.«

Durch Ross vorgewarnt, war Ryan nicht überrascht, die Stimme seines Bruders zu hören, und warf Victor lediglich einen schrägen Seitenblick zu, als der sich neben ihn auf den freien Hocker schob. Er musterte ihn prüfend, sah den erschöpften Zug um die schmalen Lippen und die leicht bläulichen Schatten unter seinen Augen.

»Das Gleiche könnte ich auch über dich sagen. Du siehst echt scheiße aus«, meinte er in scherzhaftem Ton. Victors Gesicht blieb ernst, nicht mal die leiseste Andeutung eines Lächelns lockerte sein Mienenspiel auf.

»Mach dir mal um mich keine Sorgen, Ryan«, erklärte Victor und nickte dem jungen Barkeeper zu. »Bringen Sie mir bitte ein Soda«, bellte er, als der das halbvolle Whiskeyglas mit dem massiven Boden vor Ryan abstellte.

Er griff danach, schwenkte es hin und her und sah dabei zu, wie die darin schwimmenden Eiswürfel klirrend aneinanderstießen. Gierig setzte er den Rand an die Lippen und inhalierte den intensiven Duft des Alkohols, ehe er einen ersten Schluck davon nahm. Das Brennen auf der Zunge zog sich bis in seine Nasenflügel hinein, verteilte sich auf seinem Gaumen, bis es seine Kehle hinunterfloss und als warmes Glühen in seinem Magen endete. Er zischte und verzog das Gesicht zu einer Grimasse.

»Geht's dir jetzt besser?«

Victors spöttische Stimme schürte die Wut in Ryan.

»Sag mal, bist du nur hier, um mir auf den Sack zu gehen, oder hast du noch einen anderen Grund? Wenn nicht, dann verzieh dich und lass mich in Ruhe meinen Whiskey trinken.«

Das Stirnrunzeln seines Bruders ließ Ryan die Heftigkeit seiner Attacke bereuen. Er seufzte und rieb sich mit der Handfläche einmal übers Gesicht. Chloes Duft haftete seinen Fingern noch an, und sofort blitzten einzelne

Erinnerungsfetzen in ihm auf und setzten erneut dieses eigenartige Gefühl in ihm frei, sobald er an sie dachte. Scheiße …

»Was ist los, Ryan? Und sag mir nicht, es wäre alles in bester Ordnung. Du warst noch nie ein guter Lügner.«

Für einen Augenblick zog er in Erwägung, Victor tatsächlich anzulügen, doch der Druck, der auf ihm lastete, drohte ihn langsam zu ersticken. Er fühlte die unsichtbare Last bleischwer auf seinen Schultern, und wenn er nicht bald mit jemandem über diese Sache sprach, würde sie ihn derart in die Knie zwingen, dass er sich niemals wieder ohne fremde Hilfe erheben konnte.

»Leanne will die Verlobungsfeier canceln und so schnell wie möglich heiraten«, fing er an.

Victor legte den Kopf schräg. Die Ader an seiner Schläfe pochte, ein Zeichen dafür, dass er äußerst konzentriert war. »Und du willst das nicht.«

Keine Frage, lediglich eine Feststellung.

»Doch … nein … ach Scheiße, ich weiß es einfach nicht.«

Ryan nahm einen weiteren großen Schluck von seinem Whiskey und wich dem Blick seines Bruders aus. Stattdessen ließ er ihn über die vielen Männer und Frauen schweifen, die in kleinen Grüppchen beieinanderstanden, lachten und sich unterhielten. Plötzlich entdeckte er Chloe, die sich suchend durch die Leute drängte. Ihr zarter Körper schlängelte sich so verlockend durch die anwesenden Gäste hindurch, dass ihm bei diesem Anblick ganz heiß wurde.

»Langsam verstehe ich, was mit dir los ist«, meinte Victor in das entstandene Schweigen hinein. Er war Ryans Blick gefolgt und nickte verstehend. »Ich habe schon bei unserem gemeinsamen Abendessen vermutet, dass da etwas zwischen euch ist, und jetzt bin ich mir sicher.«

Ryan versteifte sich unwillkürlich, leugnete automatisch. »Ich weiß nicht, was du meinst …«

Victor ließ ihn nicht ausreden, seine Stimme klang scharf.

»Lüg mich nicht an. Du weißt, ich kann das auf den Tod nicht leiden. Ich habe doch gerade mit eigenen Augen gesehen, wie du sie ansiehst. Himmel noch mal, Ryan! Wie kannst du auch nur daran denken, Leanne zu heiraten, wenn du ihre Tochter anstarrst, als wolltest du sie mit Haut und Haaren verschlingen? Du bist verrückt nach diesem Mädchen. Das sieht selbst ein Blinder.«

»Sie ist kein Mädchen. Chloe ist eine Frau, durch und durch«, entgegnete Ryan flüsternd und sah ihr verlangend nach, als sie nach einem kurzen Halt am gemeinsamen Tisch den Saal verließ. Er gab sich keine Mühe mehr zu verbergen, was er empfand.

»Ich dachte, ich könnte mit ihr schlafen, bis ich genug habe, und dann einfach zur Tagesordnung übergehen, aber ich habe mich getäuscht.«

»Seit wann läuft das zwischen euch?«

»Seit Song Lis Vernissage.«

Victors Augen weiteten sich, als er das hörte.

»So lange schon …«

Ryan sah ihn an. »Na los, sag es schon!«, forderte er ihn auf. »Sag mir, was für ein Arsch ich bin.«

Sein Bruder schüttelte den Kopf. »Das ist doch gar nicht das Thema.«

»Ach nein?«

»Nein, ist es nicht. Was hast du jetzt vor?«

Ryan betrachtete angelegentlich seine Schuhspitzen.

»Ich weiß es nicht genau. Vor einer halben Stunde habe ich noch zugestimmt, Leanne früher als geplant zu heiraten. Ich war überrumpelt und konnte schlecht nein sagen, aber Chloe … sie treibt mich in den Wahnsinn.

Ständig muss ich an sie denken, ich träume von ihr, will mit ihr schlafen. Morgens, mittags, abends.« Ryan sog hart die Luft in seine Lungen und sah seinem aufmerksam horchenden Bruder in die Augen. »Du kannst dir nicht vorstellen, wie es gerade in mir aussieht.«

»Natürlich kann ich das. Du liebst sie.« Ein nachsichtiges Lächeln hellte Victors finstere Gesichtszüge auf. »Weißt du, an wen du mich erinnerst, sobald du ihren Namen in den Mund nimmst?«

Ryan schüttelte stumm den Kopf, während er sich dieses Wort geistig auf der Zunge zergehen ließ ... Liebe.

»An Vater. Er hatte den gleichen Ausdruck im Gesicht, sobald er von unserer Mutter gesprochen hat.«

»Du phantasierst«, widersprach Ryan spröde, wehrte sich aber nicht mehr gegen die wachsende Erkenntnis, dass Victor recht haben könnte. War es tatsächlich so, dass er in Chloe verliebt war? Wie im Zeitraffer zogen die vielen Stunden in ihren Armen an ihm vorbei, ein warmes Gefühl kitzelte seinen Magen, er musste lächeln. Liebe. Chloe. Das war ein und dasselbe, wie ihm plötzlich mit untrüglicher Sicherheit klar wurde. Er liebte sie. Gott verdammt ... Wieso hatte er nicht schon längst kapiert, was mit ihm los war? Stattdessen war er davongelaufen, weil er Angst hatte. Angst vor diesen Gefühlen, die ihn übermannten, sobald er ihr in ihre klaren grünen Augen sah.

»Ryan, hör auf, dir etwas vorzumachen. Gesteh es dir endlich ein. Leanne war von Anfang an die Falsche, nur eine Zwischenstation auf dem Weg zu der Frau, die du wirklich willst.«

Ryan grinste schwach, weil eine gewisse Begeisterung den Tonfall seines Bruders färbte.

»Du denkst doch nur an die Erbfolge.«

Ein heiseres Lachen brachte die breite Brust seines Bruders zum Beben.

»Ich gebe zu, das hat durchaus eine Rolle gespielt, aber wäre Leanne in meinen Augen die richtige Frau für dich, hätte ich die Heirat akzeptiert.« Victors Blick wurde mild, er betrachtete Ryan mit brüderlicher Nachsicht. »Ob du es glaubst oder nicht, aber alles, was ich will, ist, dass du glücklich bist. Das habe ich Vater versprochen, bevor er im Krankenhaus seinen Verletzungen erlegen ist.«

Victor ließ sich vom Hocker gleiten und schlug ihm kräftig auf die Schulter.

»Ich lass dich jetzt allein und verschwinde, bevor Paige mich am Ende noch findet.«

Er schnaubte, als Ryan nach dieser Ankündigung breit grinste.

»Hör auf, so dämlich zu grinsen! Ich weiß wirklich nicht, womit ich diesen Quälgeist verdient habe, immerhin habe ich immer anständig gelebt und gehe jeden Sonntag in die Kirche. Trotzdem straft mich Gott mit dieser amerikanischen Xanthippe, und wenn nicht bald ein Wunder geschieht, werde ich dieses Weibsstück mit bloßen Händen erwürgen.«

Victor tippte sich leicht an die Schläfe und tauchte anschließend mit geschmeidigen Bewegungen zwischen den Gästen unter. Ryan sah ihm sinnend nach und trank seinen Whiskey aus. Danach knallte er das Glas auf die Theke, stand auf und ging mit entschlossenem Gesichtsausdruck auf die Suche nach Leanne …

Das Einzige, was Chloe noch aufrecht hielt, war ihr Vorhaben, diese Veranstaltung zu verlassen. Sie war sich jedoch im Klaren darüber, dass sie nicht einfach sang- und klanglos verschwinden konnte, ohne ihren vorzeitigen Rückzug plausibel zu erklären. Suchend schob sie sich durch die herumstehenden Gäste, wandte den Kopf nach rechts, dann wieder nach links und ignorierte krampfhaft

Ryans lässig lümmelnde Gestalt auf dem Barhocker am anderen Ende des Saals, während er sich scheinbar ungerührt mit seinem Bruder unterhielt. Sie hatte ihn sofort entdeckt, als sie den weitläufigen Raum wieder betreten hatte. Egal, wo er sich aufhielt, sie spürte seine Gegenwart, als stünde er direkt neben ihr.

Mit einem verkrampften Lächeln auf den Lippen schlug sie sich bis zu ihrem Tisch durch und blieb unschlüssig davor stehen. Keine Spur von ihrer Mutter oder von Ross. Sie beschloss kurzerhand, zu gehen. Es war feige, einfach so abzuhauen, doch ihr Liebeskummer steuerte auf seinen absoluten Höhepunkt zu. Sie brauchte weiß Gott keine Zuschauer, wenn ihre mühsam zusammengehaltene Beherrschung auseinanderbrach. Zögernd kaute sie auf ihrer Unterlippe herum und fühlte sich vollkommen allein, trotz der vielen Menschen um sie rum.

Ich habe wenigstens den Mut zuzugeben, dass ich dich um jeden Preis haben will. Du willst mich genauso, ich spüre es doch.

Seine Worte von eben drangen wie aus dem Nichts wieder in ihr Gedächtnis. Chloe schwankte auf ihren hohen Schuhen und klammerte sich an die Lehne des Stuhls, der vor ihr stand, um nicht einfach umzufallen. Innerlich fiel sie trotzdem, so tief und schmerzhaft, dass sie glaubte, ihre Rippen brechen zu fühlen, die sich allesamt in ihr verwundetes Herz bohrten. Chloe keuchte unter dem wilden Schmerz in ihrer Brust. Ryan hatte ihr das Herz gestohlen, es irreparabel geschädigt und trampelte auch noch darauf rum. Sie drehte sich mit einem Ruck um. Zum Teufel mit ihm!

Mit staksigen Schritten marschierte sie aus dem Saal, um sich ihren Mantel zu holen. Während sie darauf wartete, dass die Garderobiere ihren Job erledigte, entdeckte sie auf einmal ihre Mutter. Sie stand ein gutes Stück abseits, in einer ziemlich schlecht einsehbaren Nische. Davor befand sich ein gigantischer Kübel mit einer riesigen Palme und erschwerte zusätzlich die Sicht, dennoch erkannte sie die zweite Person, die bei ihr war. Leanne redete wild gestikulierend auf Ross Turner ein, der in lässiger Haltung vor ihr stand. Geistesabwesend nahm Chloe den Mantel an, bedankte sich flüchtig und bewegte sich auf die beiden zu. Eine unerträgliche Neugier trieb sie vorwärts. Sie wollte endlich wissen, was es mit Leanne und Ross auf sich hatte.

Ohne lange darüber nachzudenken, ob es richtig oder falsch war, die beiden zu belauschen, pirschte sich vorsichtig heran und drückte sich an die Wand, die direkt hinter dem Palmenkübel verlief. Mit angehaltenem Atem lauschte Chloe dem Fortlauf der Unterhaltung.

»Warum verfolgst du mich immer noch, Ross? Du hast doch bekommen, was du wolltest, und mir in Italien versprochen, dass du mich von jetzt an in Ruhe lassen würdest. Waren das nur leere Worte? Hör auf, mir weiter nachzustellen, und scher dich zurück nach Texas zu deinen Kühen.«

Leannes Stimme klang atemlos, wütend. Chloe drückte sich fest gegen die Wand und schielte um die Ecke, um einen Blick durch die riesigen Blätter hindurch zu erhaschen. Jetzt konnte sie Ross' breiten Rücken sehen, der ihre Mutter komplett verdeckte. Seine breiten Schultern bebten, als er ein hämisches Lachen ausstieß. Es klang kalt und berechnend. So hatte Chloe diesen Mann noch nie erlebt, und böse Vorahnungen griffen mit rasiermesserscharfen Krallen nach ihr, bohrten sich in ihren Verstand und ließen sie nicht mehr los.

»Hast du wirklich geglaubt, dass ich das ernst meine?«, spottete er. »Ich bitte dich, Leanne. Du als gewiefte Lügnerin solltest doch die Unwahrheit erkennen, wenn sie dir ins Gesicht springt. Aber offensichtlich habe ich dich überschätzt.«

»Du bist ein widerwärtiger Mistkerl, und ich hasse dich.«

Chloe beugte sich ein wenig vor und schielte um die Ecke. Soweit sie es erkennen konnte, griff er sich in einer dramatischen Geste ans Herz.

»Oh, jetzt hast du mich wirklich getroffen, aber keine Sorge. Dieses Gefühl beruht auf Gegenseitigkeit.«

»Ross, ich warne dich. Ich habe mir hier ein neues Leben aufgebaut, ich werde bald wieder heiraten, und ich will nicht, dass du mir das alles kaputtmachst, nur weil du dich zu einem rachsüchtigen Arschloch entwickelt hast.«

Chloe wurde blass. Was ging hier nur vor sich? Die beiden kannten sich, und zwar so gut, dass er ihr offensichtlich nach Italien nachgereist war. Hatte Leanne etwa auch eine Affäre? Mit staubtrockenem Mund und angehaltenem Atem hörte sie weiter zu und schloss gleich darauf gepeinigt die Augen.

»Ja, du hast dir ein neues Leben aufgebaut und dein altes ohne die geringsten Gewissensbisse hinter dir gelassen. Hast du eigentlich jemals an Paige gedacht, während du dich hier in England amüsiert hast?« Seine Stimme überschlug sich fast vor Verachtung, während es Chloe speiübel wurde. Ross ... Paige ... ihre Mutter ... Langsam setzte ihr Verstand die einzelnen Fragmente zu einem Ganzen zusammen. Nein, das war unmöglich. Leanne hätte niemals ... Sie war sicher keine gute Mutter, aber sie hätte doch niemals ihr Kind zurückgelassen. Doch eine schüchterne Stimme in ihr flüsterte ihr traurig zu, dass sie wohl genau das getan hatte.

»Paige war bei dir in guten Händen. Du weißt doch selbst, dass ich damals keine gute Mutter gewesen wäre. Es war besser, zu gehen, ehe sie mich vermissen konnte«, hörte sie Leanne mit erstickter Stimme sagen. Chloe fühlte, wie ihre Beine unter ihr nachgaben, und ließ sich an der Wand entlang nach unten sinken, kalter Schweiß kühlte ihre fiebrig heiße Haut, und ihre Lippen zitterten, als hätte sie Schüttelfrost. Sie fühlte, wie sie die Kontrolle über ihren Körper verlor. Ihr wurde schwarz vor Augen, gleißende Punkte tanzten vor ihrem Blickfeld herum, während sie die beiden immer noch hören konnte.

»Du bist so ein egoistisches Aas, Leanne«, zischte Ross, »Hast dein eigenes Kind zurückgelassen, weil du Karriere machen wolltest, und dann hast du mir auch noch Chloe verschwiegen.« Er lachte ungläubig auf, seine Stimme bekam einen drohenden Unterton. »Denkst du wirklich, ich lasse dich in Ruhe? Vergiss es. Ich werde nicht aufhören, bis du bekommen hast, was du verdienst und wenn ich mit dir fertig bin, wirst du dir wünschen, niemals geboren worden zu sein.«

»Ross, in Gottes Namen! Was bringt dir das noch? Denkst du wirklich, ich habe es später nicht bereut, dass ich Paige zurückgelassen habe? Jahrelang habe ich ein schlechtes Gewissen ihretwegen gehabt, habe mir Vorwürfe gemacht, weil nur ein Kind bei mir aufwachsen durfte. Das hat mich so belastet, dass ich nie in der Lage war, eine normale Mutter-Tochter-Beziehung zu Chloe aufzubauen.« Ein Schluchzen löste sich aus ihrer Kehle. »Jedes Mal, wenn ich sie angesehen habe, hatte ich Paige vor Augen. Ich habe mich so verdammt mies gefühlt, dass ich Chloe immer wieder zurückgestoßen habe, weil mich ihr Anblick daran erinnert hat, was ich in Amerika zurückgelassen habe.«

»Wen willst du mit dieser Show überzeugen? Du warst schon immer eine gute Schauspielerin, aber mich kannst du mit dieser Einlage nicht täuschen. Du bist ein Monster, Leanne. Ein kaltes und gefühlloses Miststück ohne Herz und ohne Seele. Ich kann dir gar nicht sagen, wie sehr ich dich verachte.«

Ein klatschendes Geräusch. Leanne hatte ihn geohrfeigt, doch das nahm Chloe eher nebenbei wahr. Nur langsam sickerte die Wahrheit in ihr Gehirn. Erst tröpfchenweise, dann mit der Kraft einer gewaltigen Flutwelle. Schwerfällig erhob sie sich und hatte dabei einen grauenhaften Geschmack im Mund. Eine Mischung aus Verrat, Wut und unendlicher Traurigkeit schmiegte sich an ihren Gaumen, als sie sich wie in Trance in Bewegung setzte. Mit bedächtigen Schritten ging sie um die Palme herum, bis sie vor ihren Eltern stand.

»Sagt, dass das nicht wahr ist«, verlangte sie tonlos.

Beide zuckten unter dem monotonen Klang ihrer Stimme zusammen und drehten sich gleichzeitig um. Fast schon teilnahmslos sah Chloe, wie die Hand ihrer Mutter an ihren Mund zuckte, um dann hilfesuchend nach ihr zu greifen.

»Chloe, Liebes. Oh Gott, bitte lass mich dir erklären …«

Mit zur Seite geneigtem Kopf betrachtete Chloe die scheinheiligen Gesichter jener Menschen, die sie eigentlich beschützen und umsorgen sollten. Stattdessen war sie nur belogen worden. Erst von ihrer Mutter, und wie sich jetzt rausstellte, auch von ihrem Vater. Ross legte ihr derweil beschwichtigend eine Hand auf die Schulter. Wollte er jetzt etwa Schadensbegrenzung betreiben und vertuschen, dass er genauso verlogen war wie ihre Mutter?

»Es tut mir so unendlich leid, dass du es auf diese Weise erfahren musstest. Ich kann mir vorstellen, wie du dich fühlen musst, weil ich dir nicht von Anfang an die Wahrheit gesagt habe. Aber ich hatte Angst, dass du mich zurückweisen würdest. Ich wollte …«

»*Was* wolltest du?«, brüllte sie ihn an und scherte sich

nicht um die neugierigen Blicke der Menschen, die sich ebenfalls im Foyer aufhielten. Sollte doch die ganze Welt erfahren, wie hinterhältig sie waren. »Du bist kein Stück besser als sie, hast dich in mein Leben geschlichen und so getan, als wärst du mein Freund. Warum? Wolltest du dich erst mal vergewissern, ob ich als Tochter akzeptabel bin? Nun, ich habe eine hilfreiche Information für dich. Meine eigene Mutter konnte mich nicht ertragen, du verpasst also nichts, wenn du zurück nach Amerika gehst und vergisst, dass ich existiere.«

Er schloss die Augen, wirkte über die Maßen betroffen, doch Chloe war noch nicht fertig. In ihr brodelte der Hass. Sie bemerkte Ryan, der auf die kleine Gruppe zulief, das Gesicht beunruhigt verzogen, weil sie alle so vermeintlich vertraut beieinanderstanden.

»Ah, da ist ja der Letzte in unserem gloriosen Quartett«, spottete sie, als er den Abstand verkürzte und schließlich neben Chloe zum Stehen kam.

»Was ist hier los?«

»Was hier los ist?«, meinte Chloe lapidar und blickte verächtlich zu dem Pärchen, das vor Jahren zwei Kinder miteinander gezeugt hatte. »Ich bin mal so frei und setze dich ins Bild. Deine Verlobte«, sie brachte es nicht mehr über sich, Leanne als Mutter zu bezeichnen, »hat offensichtlich ein paar Geheimnisse, von denen du nichts weißt. Darf ich vorstellen …«

Sie wies mit der Hand auf Ross, der mit fest zusammenpressten Lippen ihre ganze Verachtung absorbierte.

»Ross Turner. Mein Vater, wie sich gerade eben herausgestellt hat.«

Ryan blieb der Mund offen stehen. Chloe kräuselte herablassend ihre Lippen, um ihre augenblickliche Überlegenheit zu demonstrieren.

»Du solltest dir gründlich überlegen, ob du sie heiratest, denn du bekommst eine Frau, die ohne mit der Wimper zu zucken eine Lüge aufrechterhält, die genauso alt ist wie ich. Eine grandiose Leistung, Leanne«, gratulierte sie mit einem Seitenblick auf ihre Mutter. »Geradezu oscarreif, wie du mich mein ganzes Leben lang verarscht hast. Ich nehme an, Teddy MacAvoy war auch nur eine Erfindung.«

Ihre Mutter biss gepeinigt auf ihrer Lippe herum und nickte schließlich.

»Einer meiner ersten Schauspielkollegen«, flüsterte sie leise. »Ich habe den Schnappschuss von Dreharbeiten.«

Chloe drehte sich alles. »Oh Gott ...«, war alles, was sie noch rausbrachte. Sofort setzte ihre Mutter dazu an, um Verzeihung zu bitten.

»Bitte, Liebes, es tut mir leid. Ich schwöre dir, ich werde es irgendwie wiedergutmachen. Sobald ich und Ryan geheiratet haben, machen wir reinen Tisch, und ich schwöre, ich werde den Rest meines Lebens alles daransetzen, dir die Mutter zu sein, die du verdienst.«

Chloe fühlte sich abgestoßen.

»Bitte ... hör auf, so zu winseln. Es steht dir nicht.«

Leanne sah nach dieser eiskalten Abfuhr so verzweifelt aus, wie Chloe sich fühlte.

»Das mit der Hochzeit lässt du mal lieber bleiben, Leanne«, durchbrach Ross' klirrend kalte Stimme die frostige Atmosphäre. »Du hast zwar damals die Scheidungspapiere unterschrieben, hast es aber es leider versäumt, dich zu vergewissern, ob ich dasselbe getan habe.«

Leannes Augen weiteten sich erschrocken, sie drehte ihren Körper zu ihm hin.

»Was soll das heißen? Bedeutet das etwa, du hast nicht unterschrieben?« Ihre Stimme überschlug sich fast vor Entsetzen. Ross lächelte dünn.

»Nein, habe ich nicht«, bestätigte er. Er schien sich

geradezu an ihrer Fassungslosigkeit zu weiden. »Die Papiere habe ich damals verbrannt und den Antrag zurückgezogen, indem ich behauptet habe, wir hätten es uns anders überlegt. Du bist immer noch Mrs. Ross Turner, und solltest du weiterhin vorhaben, Mr. Seymour zu heiraten, wirst du dich sehr schnell wegen Bigamie im Gefängnis wiederfinden. Das ist auch in England strafbar, meine Teuerste.«

Chloe fing an zu lachen, als ihr die Ironie der Lage bewusst wurde. Das Kichern wurde richtiggehend hysterisch und ließ sich gar nicht mehr eindämmen, bis Leanne entschlossen nach ihr griff, um sie tröstend in die Arme zu ziehen. Ein schwacher Versuch mütterlicher Fürsorge, und nach dem lauten Knall, der peitschend die Luft durchschnitt, als Chloe sich losriss und ihr eine Ohrfeige verpasste, hielten alle Anwesenden schockiert die Luft an.

Langsam ließ sie den Arm wieder sinken, während sich Leanne verblüfft die Wange hielt. Ross und Ryan waren blass geworden und sahen sie an, als hätte sie nicht mehr alle beisammen. Doch sie täuschten sich, alle, wie sie da standen. Sie war noch nie klarer im Kopf gewesen als in diesem Augenblick.

»Ich werde mich nicht für die Ohrfeige entschuldigen«, entfuhr es ihr trotzig. »Du hast es verdient, und weißt du was? Eigentlich bin ich ganz froh, dass alles so gekommen ist. Jetzt brauche ich wenigstens kein schlechtes Gewissen mehr zu haben.«

»Wieso ein schlechtes Gewissen?«, wollte Leanne flüsternd wissen.

»Überleg dir genau, was du tust, Chloe«, funkte Ryan eindringlich dazwischen. Seine Stimme hatte einen panischen Unterton, der sie unter anderen Umständen sicher amüsiert hätte. Seine Warnung ignorierend, nahm Chloe den Faden wieder auf und holte zum letzten finalen Schlag aus. Sie würde sie allesamt mit in den Abgrund hinunterziehen, in den man sie vorhin kalt lächelnd gestoßen hatte.

»Ich werde es dir gerne erklären, *Mutter*«, sagte sie überdeutlich und warf einen gewollt lasziven Blick in Ryans Richtung.

»Chloe, nicht jetzt«, bat er ernst. »Nicht auf diese Weise …«

Doch nichts, auch nicht die Bitte in seinen Augen, konnte Chloe jetzt noch aufhalten.

»Halt den Mund, Ryan. Du hast kein Recht, mir etwas vorzuschreiben«, entgegnete sie kalt und wandte sich dann wieder an ihre wie versteinert dreinblickende Mutter.

»Tja, wie soll ich dir das schonend beibringen?«, fragte sie sich gespielt besorgt, doch dann ließ sie den falschen Schein fahren und legte einen möglichst stählernen Unterton in ihre Stimme. Jedes Wort war pures Kalkül, so hart und kalt wie der eisige Klumpen in ihrer Brust, der nicht mehr viel Ähnlichkeit mit einem warm schlagenden Herzen aufwies.

»Wenn ich es recht bedenke, habe ich eigentlich gar keine Lust, dich zu schonen. Ich werde es kurz und möglichst schmerzhaft machen, damit du nie vergisst, wie es ist, wenn man belogen wird.«

Leanne wurde – wenn möglich – noch bleicher, und Chloe verlor die letzten Skrupel.

»Stell dir vor, dein Verlobter und ich hatten wochenlang eine Affäre, und das direkt vor deiner Nase«, erklärte sie triumphierend. »Ich muss schon sagen, ich kann gut verstehen, dass du so einen Narren an ihm gefressen hast. Er war wirklich gut im Bett, und er war verrückt nach mir. Es war wirklich schwer, ihn dazu zu überreden, die Sache zwischen uns zu beenden.«

»Nein, das glaube ich dir nicht. Du lügst, er hätte niemals …«

In ihren hellblauen Augen schimmerten Tränen, während ihre Blicke zwischen Chloe und Ryan hin- und hersprangen. Sie konnte offenbar nicht fassen, was sie ihr da gestanden hatte. Doch Ryans schuldbewusster Gesichtsausdruck sprach Bände, und so spiegelte sich relativ schnell die Erkenntnis auf den Zügen ihrer Mutter, dass all diese Behauptungen der Wahrheit entsprachen. Eigentlich hätte Chloe sich jetzt noch viel besser fühlen müssen, doch als sich dieses Gefühl einfach nicht einstellen wollte, setzte sie noch einen drauf.

»Ehrlich, Leanne, du kannst wirklich stolz auf dich sein«, wisperte sie leise, während ihr Herz gerade ein zweites Mal brach. »Ich bin genauso eine Schlampe geworden wie du …«

Leannes heftiges Aufschluchzen tat Chloe trotz ihrer Wut und der gnadenlosen Enttäuschung in der Seele weh. Sie war noch immer ihre Mutter, nichts konnte an dieser Tatsache etwas ändern, und ein Teil von ihr – derjenige, der noch nicht abgestorben war – liebte sie noch immer mit kindlicher Arglosigkeit. Ein letztes Mal sah sie allen in die Augen. Bei Ryan verharrte sie besonders lange, bat ihn stumm um Entschuldigung, ohne zu wissen, wofür, ehe sie sich umdrehte und zum Ausgang hastete. Die heißen Tränen, die sie die ganze Zeit über so heroisch unterdrückt hatte, drängten nun mit aller Macht hinaus und kullerten über ihre Wangen.

Kapitel 10

Joyce Brothers hatte einst gesagt, der beste Beweis für die Liebe wäre das Vertrauen. Doch wie sollte man vertrauen, wenn man nicht geliebt wurde? Diese Frage raubte Chloe den Schlaf, nachdem sie nun vor den Scherben ihres Lebens stand. Sie fühlte sich verraten und verkauft und konnte keinen von ihnen mehr in ihrer Nähe ertragen, weil sie genug hatte von den einlullenden Lügen, die wie zäher Sirup in ihren Kopf tropften. Natürlich hatten sowohl Leanne als auch Ross versucht, sie zu sprechen, und standen abwechselnd vor ihrer Tür. Chloe ließ sie beide abblitzen und sperrte sich gegen jegliche Versuche einer Aussprache, doch das hinderte ihre Eltern nicht daran, es weiterhin zu probieren. Sie legten dabei eine erschreckende Penetranz an den Tag, und Chloe kam es so vor, als führten sie einen einvernehmlichen Wettstreit um ihre Gunst. Um dem zu entgehen, hatte sie sich mit Kassiopeia bei ihrer Freundin Beth einquartiert. Zu viel war passiert, zu viele Geheimnisse waren gehegt und gepflegt worden, die ihr nach Aufdeckung nichts als bohrenden Schmerz eingebracht hatten.

»Chloe, kann ich dir was zu essen machen?«

Beths Stimme war sanft, als sie sich vorsichtig neben Chloe setzte, die in eine warme Decke gehüllt vor dem Fernseher saß und stumm auf die dunkle Mattscheibe starrte. Sie schüttelte den Kopf.

»Chloe, so geht das nicht weiter. Seit Tagen verkriechst du dich hier und versteckst dich vor der Welt. Denkst du nicht, es würde dir bessergehen, wenn du dich deinen Problemen stellst?«

»Willst du mich loswerden? Du brauchst es nur zu sagen, und ich bin weg.«

Sie fühlte sich sofort angegriffen von den Vorhaltungen ihrer Freundin und reagierte aggressiv.

»Darum geht es doch gar nicht. Du weißt, ich habe dich gern bei mir, und du kannst so lange bleiben, wie du willst, was aber nicht heißt, dass ich dir nicht ab und an ins Gewissen reden werde.«

»Und was soll ich deiner Meinung nach tun? Zu meiner Mutter gehen und sagen: ›Du hast mich zwar mein ganzes Leben lang belogen, mir meinen Vater und meine Schwester vorenthalten, aber hey, was soll's, das ist nicht weiter tragisch. Lass uns zusammen einen trinken gehen und darauf anstoßen, wie dumm und naiv ich war‹?«

Beth verschränkte angesichts ihres Spottes die Arme vor der Brust und hob verletzt ihr Kinn.

»Du solltest deine Wut nicht an mir auslassen, Chloe. Ich will dir nur helfen.«

Betreten senkte Chloe den Kopf.

»Hör mal, ich weiß, dass sich das nicht einfach so geradebiegen lässt, und ehrlich gesagt bin ich mir nicht mal sicher, ob deine Mutter überhaupt eine zweite Chance verdient hätte, aber du solltest zumindest mal mit ihr reden.«

Chloe schüttelte den Kopf.

»Das kann ich nicht. Ich will sie nie wiedersehen.«

Tränen liefen über ihre Augenränder und tropften ungehindert auf ihren Handrücken. Sie hob nicht mal die Hand, um sie wegzuwischen.

»Oh, jetzt heul doch nicht«, rief Beth.

Auch ihre Stimme zitterte verdächtig, was Chloe letztendlich doch zum Lachen brachte.

»Ach, du bist ja noch eine schlimmere Heulsuse als ich.«

Entnervt warf sie das Sofakissen nach ihrer Freundin, die sich kichernd auf den Rücken fallen ließ. Von unten her schenkte sie Chloe ihr typisches Beth-Lächeln, das sie wie einen frechen Kobold aussehen ließ.

»Wir sind vielleicht ein Paar. Beide keine Familie, die es wert wäre, so genannt zu werden, und verliebt in Männer, die sich einen Scheiß um unsere Gefühle scheren.«

Chloe verzog nach dieser so zutreffenden Feststellung das Gesicht, während Beth ihr einen schrägen Blick zuwarf.

»Was denkst du, Chloe? Sollen wir zum anderen Ufer wechseln und lesbisch werden? Ich bin nett, ich bin treu, ich kann kochen und bin ganz unterhaltsam, wenn man mich lässt. Der Traum jeder Schwiegermutter«, frotzelte sie.

Chloe grinste und tat spaßeshalber so, als würde sie ernsthaft darüber nachdenken. Sie versuchte, ernst zu bleiben, doch allein bei der Vorstellung, bei Beths zutiefst konservativer Mutter vorstellig zu werden, quasi als Schwiegertochter in spe, ließ sie schon nach wenigen Sekunden prustend aufgeben. Glucksend vor Vergnügen fiel sie nach hinten und fühlte sich das erste Mal seit Tagen wieder besser. Ihr war, als hätte das Lachen ihr die verstopften Gehirnwindungen freigepustet, und sie fragte sich entsetzt, wie sie sich so hatte gehenlassen können.

Beth hatte völlig recht. Es brachte sie nicht weiter, wenn sie sich noch länger verschanzte. Die Arbeit wartete, und während sie sich eine Auszeit gönnte, schnappten ihr die Kollegen gerade die lukrativsten Kunden weg.

»Du bist eine weise Frau, Beth«, erklärte sie und rappelte sich mit geschäftiger Miene auf.

»Ähm, danke«, erwiderte die verwirrt und war offenbar mit dem rasanten Stimmungswechsel ein wenig überfordert. »Aber was bedeutet das jetzt?«

»Das bedeutet, dass ich wieder in meine Wohnung zurückziehen werde. Und morgen früh steh ich wieder im Büro und sorge dafür, dass meinen lieben Kollegen der Arsch ordentlich auf Grundeis geht.«

Beth strahlte und wirkte über die Maßen erleichtert.

»So gefällst du mir. Ich dachte schon, ich sehe die alte Chloe nie wieder.«

Sofort sank sie wieder in sich zusammen.

»Das wirst du auch nicht. Die alte Chloe gibt es nicht mehr.«

Sie war unendlich traurig, weil sie einen Teil von sich selbst verloren hatte. All die Illusionen, die sie sich gemacht hatte, waren mit einem Schlag zerstört worden, ihr bisheriges Leben glich einer einzigen fetten Lüge. Sie versuchte, nicht mehr daran zu denken, es zu verdrängen, und lächelte wieder, wenn auch etwas gezwungen.

»Genug davon!«, rief sie entschlossen aus. »Es ist ja nicht so, dass ich vorher eine richtige Familie gehabt hätte, und es ist besser, allein zu sein, als sich mit Menschen zu umgeben, die derart verlogen sind.«

Beth sah sie skeptisch an.

»Gilt das auch für deine Schwester? Ich meine, sie ist auch nur ein Opfer. Willst du sie auch strafen, indem du jeden Kontakt verweigerst?«

Chloe fühlte sich schlecht, sobald sie an Paige dachte. Auch ihr ging sie aus dem Weg, obwohl sie sicher genauso an dem Ganzen zu knabbern hatte wie sie selbst. Doch im Moment brauchte sie einfach Abstand und konnte niemanden aus ihrer Familie in ihrer Nähe ertragen.

»Würdest du mir bitte den Gefallen tun und nicht mehr darüber reden? Ich habe genug davon, mein Seelenleben auf dem Silbertablett zu präsentieren.«

Beth hob abwehrend die Hände in die Höhe.

»Schon gut, schon gut. Ich werde sie nicht mehr erwähnen.«

Plötzlich lächelte sie gewinnend und versuchte, die düstere Stimmung, in die sie nun vollends abzurutschen drohten, zu vertreiben.

»Wie wäre es mit einer richtig fettigen Pizza, tonnenweise Eiscreme und einer klebrigen Cola zum Abschied? Schließlich verliere ich nicht jeden Tag eine Mitbewohnerin und …«, sie grinste selbstgefällig, während sie sich liebkosend über die Hüften strich, »im Moment kann ich es mir leisten.«

Chloe war erleichtert über den Themenwechsel und nickte zustimmend.

»Das ist eine prima Idee. Wer braucht schon eine Familie, wenn man gute Freunde hat«, meinte sie resolut. Obwohl sie das durchaus ernst meinte, blieb ein bitterer Nachgeschmack, denn die Sehnsucht, alles wieder irgendwie ins Reine zu bringen, war stärker, als sie es sich eingestehen wollte.

Im Grunde war es nicht mehr als eine Floskel, doch das Leben ging tatsächlich weiter. Chloe nahm ihre Arbeit wieder auf, als wäre nichts Besonderes passiert. Ihre Mutter und Ross versuchten nach wie vor, Kontakt zu ihr aufzunehmen, was sie geflissentlich ignorierte. Nur Ryan hatte offenbar mit den Carter-Frauen abgeschlossen. Seit jenem Abend hatte sie nichts mehr von ihm gehört, und obwohl das vermutlich für alle Beteiligten das Beste war, empfand sie tiefe Enttäuschung darüber. Sie redete sich ein, dass sie ohne ihn sowieso besser dran war, denn sie wollte nicht das aufsammeln, was ihre Mutter ihr übriggelassen hatte. Trotz ihres Rückzugs war sie dennoch interessiert an den Geschehnissen, die sich seitdem ereignet hatten.

Durch Amber, die beruflich bedingt ab und an mit ihrer Mutter zusammentraf, hatte Chloe erfahren, dass Ross ihr die Scheidung verweigerte und sie wie einen Fisch auf dem Trockenen zappeln ließ, was die Offenlegung seiner Pläne anbelangte. Von Ryan hatte Leanne sich indessen getrennt – oder er sich von ihr – und die Hochzeit verständlicherweise abgesagt. Das lag sicherlich auch daran, dass Ross überall herumposaunte, er sei der *verschollene* Ehemann von Ashley Dubois. In der Zwischenzeit lief die Klatschpresse beinahe Amok und überschlug sich mit haarsträubenden Mutmaßungen darüber, wie sie es geschafft hatte, eine langjährige Ehe vor der ganzen Welt geheim zu halten. Gerade klickte sich Chloe im Internet durch die neuesten Schlagzeilen, als es leise an ihre Bürotür klopfte.

Sie schloss die Seite und bat den Besucher herein.

»Herein.«

Edgar Sorenson trat ein und lächelte sie freundlich an.

»Chloe, schön, Sie noch bei der Arbeit anzutreffen. Ich hatte schon befürchtet, Sie hätten bereits Feierabend gemacht.«

Ihre Mundwinkel hoben sich ein wenig.

»Ich wollte gerade gehen«, gab sie zu. »Gibt es denn was Besonderes?«

Sorenson wirkte merkwürdig fahrig auf Chloe, weil er sich ständig durch das schüttere Haar fuhr. Oder war sie schon paranoid?

»Das kann man so sagen. Ich habe noch einen Kunden, der den Wert seiner Wohnung schätzen lassen möchte, und außer Ihnen ist keiner mehr im Büro«, fing er an.

»Er ist beruflich sehr eingespannt und hat den entsprechenden enggesteckten Terminkalender, was es sehr erschwert, einen Termin auszumachen. Vor fünf Minuten hat er angerufen und gefragt, ob heute noch jemand vorbeikommen könnte. Ich dachte da an Sie und wollte Sie bitten, sich der Sache anzunehmen.«

»Wenn es weiter nichts ist«, meinte sie leichthin. Seit sie Ross als Klienten abgeschossen hatte, war sie zeitlich deutlich flexibler. »Geben Sie mir einfach die Akte, und ich werde mich unverzüglich auf den Weg machen.«

Wieder fuhr er sich durch die Haare, bis die feinen Strähnen unordentlich von seinem Kopf abstanden.

»Wir sind gerade erst dabei, die Akte anzulegen. Machen Sie ein paar Notizen und ein paar Bilder, und dann sehen wir weiter.« Er zog einen Zettel aus der Innenseite seines Jacketts und reichte ihn Chloe über den Schreibtisch hinweg. »Hier, die Adresse. Ich weiß, es ist ungewöhnlich, dass ich Sie so plötzlich damit überfalle, aber der Klient ist schwerer zu erreichen als die Queen.«

Sie nickte nur abwesend und starrte auf die Adresse. Soho. Nicht übel. Wenn sich die Wohnung nicht als totale Bruchbude herausstellte, würde ein Verkauf leicht werden. »Dann werde ich mich mal auf den Weg machen, bevor sich unser neuer Kunde wieder davonmacht. Wie heißt er eigentlich? Hier steht nur die Adresse und die Wohnungsnummer.«

Edgar wirkte erleichtert.

»Ich kann Ihnen gar nicht genug danken, dass Sie so kurzfristig einspringen.«

Sie lächelte ihn an. »Das gehört doch zu meinem Job. Und nachdem sich die Sache mit Mr. Turner auf so unerfreuliche Weise zerschlagen hat, habe ich das Gefühl, etwas gutmachen zu müssen.«

Edgar schüttelte den Kopf.

»Chloe, ich will nicht indiskret sein, aber ich habe durchaus mitbekommen, was es mit Turner und Ihrer Mutter auf sich hat. Niemand hier, schon gar nicht ich, nimmt Ihnen krumm, dass Sie ihm geraten haben, sich an eine andere Maklerfirma zu wenden. Unter diesen Umständen wäre es untragbar für Sie gewesen, ihn weiterhin zu betreuen, und mir ist eine dauerhaft fähige Mitarbeiterin lieber als ein einmaliger Abschluss.«

Erleichterung fuhr durch ihren Körper, und ihr Lächeln wurde noch strahlender.

»Danke, das bedeutet mir wirklich viel.«

Edgar nickte ihr begütigend zu und verließ sie einige Minuten später, damit sie aufbrechen konnte. Erst als er weg war, fiel ihr auf, dass er vergessen hatte, ihr den Namen des Kunden mitzuteilen.

Eine knappe Stunde später stieg Chloe schnaufend die Stufen eines umgebauten alten Fabrikhauses hinauf und fragte sich mit einem Hauch Verzweiflung, warum sie immer wieder an solche Objekte geriet. Soho war zwar berühmt für seinen kulturellen Einfluss, und viele Künstler pflegten einen fast schon minimalistischen Lebensstil, um den Kopf frei zu haben für ihre Arbeit, aber musste das denn automatisch bedeuten, dass man mehrstöckige Häuser ohne Fahrstühle ertragen musste?

Ziemlich außer Puste bewältigte sie Stufe für Stufe zu Fuß, bis sie vor der besagten Wohnung stand und recht indigniert auf die Holztür starrte, deren Lack schon derart abgeblättert war, dass die Oberfläche aussah wie die schuppige Haut eines Fisches. Sie kramte den Zettel noch mal aus ihrer Tasche und vergewisserte sich, ob sie hier auch wirklich im richtigen Haus gelandet war. Sie glättete das zerknitterte Papier und starrte auf die schwungvolle und sehr großzügige Handschrift, die nicht von Edgars

Feder stammte. Er hatte eher eine feine und zierliche Schrift, fast schon ein wenig weiblich. Zu ihrem Leidwesen stellte sich die Adresse als völlig korrekt heraus.

Sie sah sich weiter um und unterdrückte ein Seufzen, weil diese wenig ansprechende Umgebung nicht ganz das war, was sie erwartet hatte. Wahrscheinlich war dem Bauträger während der Renovierung das Geld ausgegangen. Im Eingangsbereich war noch weitestgehend alles in Schuss, doch mit jedem weiteren Stockwerk ließ die Optik mehr zu wünschen übrig. Farbe, die von den Wänden splitterte, morsche Geländer. Die Stufen der Treppe stöhnten so herzzerreißend, dass sie schon befürchtete, sie würden unter ihr zusammenbrechen.

Leicht frustriert ballte sie die Hand zu einer Faust und klopfte dreimal kurz hintereinander an, als sie endlich vor der besagten Wohnung stand. Sie runzelte die Stirn, während ihre Augen suchend die Seiten neben der Tür absuchten. Nicht mal eine Klingel gab es hier. War es denn zu fassen?

»Hallo, ist da jemand?«

Gleich darauf bekam sie eine gedämpfte Antwort.

»Es ist offen, kommen Sie einfach rein.«

Sie drückte vorsichtig die Klinke runter, und tatsächlich gab die Tür mit einem wenig vertrauenerweckenden Knarren nach. Etwas befangen, betrat sie die Wohnung und stand mitten in einem kalkweiß gestrichenen Flur. Keine Möbel, kein Mensch. Alles, was sie empfing, waren gähnende Leere und ein einzelnes überdimensionales Fenster am Ende des langen Ganges, das die rötlich violetten Ausläufer der Abendsonne hereinließ. Ihr Blick senkte sich abwärts, und sie unterdrückte einen ergebenen Laut, als sie den Zustand des Bodens wahrnahm. Er war komplett mit althergebrachtem Holzparkett ausgelegt, weder gewachst noch poliert, allerdings ordentlich abgeschliffen. Insgesamt wirkte die Umgebung sehr rustikal und verströmte kein bisschen heimelige Wohnlichkeit. Chloe konnte sich kaum vorstellen, dass hier tatsächlich ein Mensch gewohnt und sich dabei wohl gefühlt hatte, und ging tiefer in den Flur hinein. Rechts und links befanden sich in unregelmäßigen Abständen Türen, die allesamt verschlossen waren. Chloe wurde es mulmig. Warum kam der Mann nicht raus?

»Hallo, wo sind Sie denn?«, rief sie und fühlte sich zunehmend unbehaglicher. Vielleicht war der Kerl ja ein entlaufener Irrer, der sie in seiner Badewanne ertränken wollte, um dann irgendwelchen perversen nekrophilen Phantasien nachzugehen?

Ein leises Schnarren machte ihren wenig ermutigenden Vorstellungen ein Ende, und sie drehte sich um. Sobald sie den Mann erkannte, der lässig an einem der Türrahmen lehnte und sie intensiv betrachtete, wäre ihr ein irrer Psychopath tausendmal lieber gewesen.

»Ryan.«

Seinen Namen auszusprechen hatte etwas seltsam Bezwingendes an sich, und sie spürte wieder diese verräterische Anziehung, die sie an ihn band. Würde es ihr jemals gelingen, ihn anzusehen, ohne den Wunsch zu verspüren, für immer und ewig in seinen Armen zu liegen? Es gelang ihr jedoch, sich aus dem schwindelerregenden Taumel zu lösen, den er verursachte. Chloe setzte den kältesten Blick auf, den ihr mimisches Repertoire aufweisen konnte.

»Ich hätte mir eigentlich denken können, dass du nicht so einfach aufgibst«, warf sie ihm erbost vor und hielt ihre Tasche wie einen Schutzschild vor sich. Statt zu lächeln oder sie mit einer seiner Unverschämtheiten zu konfrontieren, wirkte er seltsam ernst. Er sprach kein Wort, sondern begutachtete sie von Kopf bis Fuß.

»Ich merke schon, du freust dich nicht unbedingt, mich zu sehen«, stellte er ohne große Überraschung fest. Dann: »Du bist sehr schmal geworden, Chloe.«

Sie zuckte mit den Schultern und lächelte dünn.

»Willst du ernsthaft über mein Gewicht diskutieren, Ryan?«

Er stieß sich von der Tür ab und bewegte sich auf sie zu. Wie meistens, wenn er in ihre Nähe kam, fing alles in ihr an zu schwingen, ein sachtes Pulsieren, das sie bis in die kleinste Zelle ihres Körpers vereinnahmte. Vielleicht war es auch eher die eindringliche Warnung ihres Körpers, ihm ja nicht zu nahe zu kommen. Das knarzende Geräusch des Parketts begleitete jeden seiner Schritte, während ihr treuloser Körper ihm weiterhin unsichtbare Signale sendete. Er bettelte darum, von ihm angefasst zu werden, sie konnte es nicht leugnen. Sofort machte sie zwei Schritte zurück und hob die Hand.

»Stopp! Keinen Schritt weiter. Ich will nicht, dass du auch nur in meine Nähe kommst.«

»Chloe …«

»Nichts da«, antwortete sie heiser. »Was immer du hier vorhast, es wird nicht funktionieren. Keine Ahnung, was für ein verlogenes Spiel du jetzt schon wieder treibst, aber ich bin sicher nicht so dumm und falle ein zweites Mal auf dich rein.«

»Ich spiele nicht«, widersprach er mit eindringlicher Stimme. »Du hast mir gefehlt, und ich wollte dich sehen.«

Chloe wehrte sich mit aller Kraft gegen das süße Gefühl, das seine Worte in ihr auslösten. »Hör auf, mich zu verarschen! Du bist doch nur hier, weil Mutter nicht mehr für dich in Frage kommt. Denkst du, ich weiß nicht, dass ich für dich nur ein Lückenbüßer bin? Vor ein paar Wochen wolltest du sie noch heiraten, und kaum merkst du, dass sie dich genauso belogen hat wie den Rest der Welt, schwenkst du um und willst auf einmal mich.«

Ryan ließ sich davon nicht beirren und drängte sie in die Ecke. Sie fühlte die kalte Wand an ihrem Rücken, während er groß und breit vor ihr stand.

»Das hier hat nichts mit Leanne zu tun. Ich will dich und nur dich.«

Er legte eine Handfläche auf ihre Wange. Für einen kurzen Augenblick ließ sie sich gehen, schmiegte sich in seine Berührung hinein und atmete den Duft ein, den sie so schmerzlich vermisst hatte. Erst dann stieß sie ihn von sich und verpasste ihm eine Ohrfeige. Der Knall fiel nicht sonderlich laut aus. Seine Reaktion blieb ebenfalls leise.

»Die habe ich wohl verdient«, murmelte er kaum hörbar, drehte sich um und lehnte sich ihr gegenüber an die Wand. Sie konnte kaum glauben, wie gelassen er wirkte.

»Ich werde jetzt gehen«, informierte sie ihn steif und setzte sich in Bewegung. Den Flur hatte sie schon halb hinter sich gelassen, als er ihr nachrief: »Willst du nicht wissen, warum ich dich hierherbestellt habe?«

Das war zu viel. Hierherbestellt?

Chloe wirbelte herum und lief im Eiltempo auf ihn zu, blieb vor ihm stehen und stach ihm den Finger in die Brust.

»Niemand bestellt mich irgendwohin, Ryan Seymour. Merk dir das!«, flüsterte sie mit leidenschaftlich zitternder Stimme.

»Du bist betörend«, hauchte er leise und wirkte eher fasziniert von ihrem Ausbruch als eingeschüchtert.

»Davon kann ich mir auch nichts kaufen«, versetzte sie stur.

Ein frustrierter Laut entwich seiner Brust, seine Augen blickten drängend.

»Was kann ich tun, um dich zu überzeugen, Chloe? Ich will mit dir zusammen sein. Zugegeben, das habe ich zu spät gemerkt, aber nicht erst nachdem die Sache mit Turner rauskam, sondern schon vorher. Als ich euch damals im Foyer vorgefunden habe, war ich auf der Suche nach Leanne, um ihr zu sagen, dass ich sie nicht heiraten kann.«

»Wie praktisch für dich, dass plötzlich ein Ehemann aus der Versenkung aufgetaucht ist und dir diese unangenehme Aufgabe erspart hat. Nicht wahr?«

»Glaubst du mir nicht?«

»Kein Wort. Für wie naiv hältst du mich eigentlich? Willst du mir ernsthaft weismachen, dass du deine Meinung innerhalb einer halben Stunde um hundertachtzig Grad gedreht hast? Ich bitte dich.«

Ryan packte sie an den Schultern, drückte sie ruppig gegen die Wand. Das wurde langsam zu einer unliebsamen Gewohnheit von ihm, und sie war in Versuchung, ihm zu sagen, er solle sich gefälligst ein anderes Hobby zulegen. Ihre Augen glitten demonstrativ zu der Stelle, wo seine Finger ihre zarten Knochen festhielten. Sofort lockerte er seinen harten Griff, ließ aber nicht los.

»Aber genau so war es. Ich habe schon vor dem ganzen Theater entschieden, dass du diejenige bist, mit der ich zusammen sein will. Verdammt, Chloe … *ich liebe dich.*«

»Entschieden? Wie edelmütig von dir«, höhnte sie und ignorierte die nackte Freude, die in ihr hochsteigen wollte.

»Bitte, du musst mir glauben …«

»Hör auf, mich anzuschwindeln«, unterbrach sie ihn. »Ich habe genug davon, dass alle mich verarschen.«

Sie versuchte, sich aus seiner Umklammerung zu winden, doch er ließ keinen Abstand zu. Seine Hand legte sich um ihren Nacken, fixierte sie, während er sie mit den Hüften an der Wand festpinnte. Chloe konnte seine harte Erregung an ihrem Bauch fühlen. Pochend, pulsierend, drängend.

»Ich liebe dich«, wiederholte er und sah ihr tief in die

Augen. Für einen Moment war sie wie gelähmt. Sie verzehrte sich mit jeder Faser ihres Körpers danach, sich in seine Arme sinken zu lassen und ihm zu glauben, doch die Erfahrungen der letzten Wochen und Monate ließen ein derartiges Vertrauen nicht mehr zu.

»Liebe ist eine Lüge, Ryan. Nur eine Ausrede, um die Verletzungen zu legitimieren, die man anderen zufügt.«

»Nein, so ist es nicht. Jedenfalls nicht bei mir«, versicherte er.

»Was soll denn bei dir anders sein als beim Rest der Menschheit?«

Er trat näher an sie heran, bis sie seinen warmen Atem über ihr Gesicht streifen fühlte.

»Chloe, ich habe nie wirklich an die Liebe geglaubt«, begann er. Ein bedauernder Zug flog über sein Gesicht, ehe er weitersprach. »Ich hatte wirklich viele Frauen. So viele, dass ich irgendwann aufgehört habe, sie zu zählen, und keine hat mir jemals etwas bedeutet. Wenn ich ehrlich bin, dann kann ich mich kaum noch an ihre Gesichter erinnern. Dich konnte ich aber vom ersten Moment an nicht vergessen. Chloe, ich bin total verrückt nach dir. Ich will keinen Tag mehr ohne dich sein.«

»Du hast auch geglaubt, Leanne zu lieben«, hielt sie ihm sofort vor.

Er seufzte, wich ganz kurz ihrem Blick aus, ehe er ihn wieder ruhig mit ihrem verknüpfte.

»Eins zu null für dich.« Er machte eine kurze Pause, ehe er weitersprach. »Ich will versuchen, dir klarzumachen, was mich mit Leanne verbunden hat und wieso ich so lange gebraucht habe, um zu verstehen, was mit mir los ist.«

»Bitte, tu dir keinen Zwang an.«

Seine Augen verdunkelten sich kurz aufgrund ihres zickigen Tonfalls.

»Kein Grund, schnippisch zu werden, Prinzessin«, rügte er sie, bevor er ihr einen Einblick in seine Vergangenheit gewährte. Nach einem tiefen Durchatmen begann er zu erzählen. »Als ich Leanne das erste Mal begegnet bin, war ich an einem Punkt in meinem Leben angelangt, an dem ich eine Entscheidung treffen musste. Entweder weiter sinnlos in der Weltgeschichte herumhuren oder eine feste Bindung eingehen. Bei Leanne bekam ich alles, was ich mir von einer Frau wünschte, ohne groß zurückstecken zu müssen, nur weil ich plötzlich monogam lebte. Der Sex mit ihr war gigantisch und spontan. Dabei blieb sie immer selbstbewusst und hing nicht dauernd an meinem Rockzipfel, eben eine gestandene Frau, die in sich ruht und weiß, was sie will.« Er lächelte dünn und korrigierte nach. »Zumindest dachte ich das. Jetzt weiß ich, dass sie in vielerlei Hinsicht naiv und verloren ist.«

»Und da hast du dir gedacht, du verlagerst deine Gefühle auf mich, damit auch wirklich alle etwas davon haben. Tut mir leid, aber das hat mit Liebe nichts zu tun. Was immer du glaubst, für mich zu fühlen, ist ebenso vergänglich wie die Gefühle, die du für meine Mutter hattest.«

»Nein, das stimmt nicht«, widersprach er und nahm wieder ihre Hand. »Mit dir ist es anders. Mein Herz gehört dir, Chloe, wenn du es haben willst. Ich habe nur verdammt lange gebraucht, um das zu kapieren.«

Es hörte sich einfach zu schön an, um wirklich wahr zu sein. Sie starrte auf ihre Finger, die still über seiner Brust ruhten, und konnte das stetige Pochen darunter fühlen. Gleichmäßig, ruhig und beschwörend, als wollte sein Herz ihr mit jedem weiteren Schlag versichern, dass es nur für sie schlug. Dass es nur für sie lebte.

»Ich liebe dich, Chloe«, wiederholte er eindringlich.

Meinte er, glaubwürdiger zu wirken, wenn er es nur

oft genug aussprach? Erschöpft sank ihr Kopf nach vorn. Ihre Stirn berührte den weichen Stoff seines Shirts und blieb dort; sie fühlte das Streicheln seiner Hand auf ihrem Haar und erbebte bis in die Fingerspitzen. Seinen Duft inhalierend versuchte sie, nicht ihren Kopf zu verlieren, doch die Sehnsucht nach ihm wurde immer stärker. Er schien das zu spüren und nutzte ihre momentane Schwäche gnadenlos aus. Mit zwei Fingern hob er ihr Kinn an und legte seine Lippen auf ihren zitternden Mund. Übergangslos teilte sie ihn, ließ seine schmeichelnde Zunge eindringen, die ihr mit sachtem Kreisen jeden Widerstand austrieb.

»Ich wusste, dass du mich nicht zurückweisen würdest«, flüsterte er an ihren Lippen. Er klang angestrengt, fast abgezehrt vor Verlangen. »Wir beide gehören zusammen, Chloe.«

Sie drehte den Kopf weg, um einem weiteren Kuss zu entgehen.

»Es ist zu spät.«

»Nein, ist es nicht«, widersprach er zuversichtlich. »Eins sag ich dir: Ich werde nicht aufgeben. Wenn es sein muss, übernachte ich vor deiner Haustüre, nerve dich mit Blumen, Liebesbekundungen auf der Straße, in der U-Bahn oder in deinem Maklerbüro. Wenn es sein muss sogar vor laufender Kamera eines Fernsehsenders. Und das mache ich so lange, bis du zu mir zurückkommst«, schloss er und setzte noch einmal bekräftigend hinzu: »Ich liebe dich. Find dich damit ab.«

Alles an ihm strahlte absolute Ehrlichkeit aus. Sie war versucht, ihm zu glauben ... tat es. Ein zittriges Lachen entfuhr ihr. »Oh, Ryan ...«

»Du weißt, dass wegrennen zwecklos ist. Oder?« Er küsste sie sanft auf die Nasenspitze. »Das habe ich dir schon mal gesagt und damit recht behalten.«

Er betrachtete sie mit einer Intensität, die ihr fast schon Angst einjagte, weil sich in seinen Augen die ganze bodenlose Tiefe seiner Empfindungen widerspiegelte. Weder ihr Herz noch ihr Verstand blieben davon unberührt. Seine wiederholten Liebeserklärungen drückten lähmend gegen ihre Hirnschale, um sich dort ein für alle Mal einzunisten. Doch die Angst nährte sich wie ein Parasit an der aufkeimenden Hoffnung und ließ nichts mehr von ihr übrig.

»Bitte, lass mich …«, wehrte sie ab und vermied es, ihm ins Gesicht zu sehen. »In mir herrscht das totale Chaos, und ich brauche Zeit, um wieder Ordnung da reinzubringen.«

Sie war völlig überfordert von seiner plötzlichen Liebe, von der Vergangenheit und vor allem von dem ungewissen Weg, den ihre Zukunft einschlagen würde. Es war dringend notwendig, ihre Gedanken zu sortieren, und sie wollte sich nicht weiter bedrängen lassen. Er musste sie gehenlassen. Was ihm sicherlich unheimlich schwerfallen musste. Mit überdurchschnittlichem Charme und einer privilegierten Stellung in der Gesellschaft ausgestattet, war er es bestimmt gewohnt, immer gleich zu kriegen, was er wollte. Sozusagen mit dem sprichwörtlichen goldenen Löffel im Mund geboren, der ihm immer schnell zu allem verhalf, was er haben wollte. Sie beobachtete genauestens jede Regung in seinem Gesicht, versuchte zu ergründen, was gerade in ihm vorging.

»Also gut, du kriegst, was du willst«, erklärte er mit einem Mal.

Das erschien ihr zu einfach, sie suchte Gewissheit.

»Wie soll ich denn das verstehen?«

»Das bedeutet, dass ich dir alle Zeit der Welt gebe, um einzusehen, dass wir beide zusammengehören.«

Er hatte die irritierende Angewohnheit, sie ständig zu überraschen, auch wenn immer ein Hauch von Arroganz seine Handlungen beeinflusste. Sie rechnete es ihm jedoch hoch an, dass er ihren Wunsch respektierte und nicht wie ein Macho leidenschaftlichen Sex einsetzte, um sie rumzukriegen. Nur auf ihren Körper reduziert zu werden wäre ihr wirklich zuwider gewesen, und seine Reaktion bewies, dass er sie als eigenständig denkende Person akzeptierte.

»Du bist ein merkwürdiger Mensch, Ryan Seymour. Ich weiß nie, was in dir vorgeht, was dir als Nächstes in den Sinn kommt. Du bist ein einziges Rätsel.«

Er zuckte gleichmütig mit den Schultern, grinste schwach.

»Alles andere wäre doch langweilig.«

Sie lachte ein wenig, tauschte einen verständigen Blick mit ihm.

»Da hast du vermutlich recht.«

Ryan streckte ihr die Hand entgegen.

»Komm, ich bring dich nach Hause.«

Ein letzter Funken an Misstrauen glomm in ihren Augen auf.

»Kein Haken?«

»Kein Haken. Du wolltest Zeit, du bekommst sie«, antwortete er. »Aber lass mich nicht zu lange warten. Wir sollten keine unnötige Zeit verschwenden, die wir zusammen verbringen könnten.«

Er wirkte so überzeugt von sich. Sie wollte ihm jedoch keine falschen Hoffnungen vermitteln, denn obwohl dieses Gespräch gerade in friedvollen Bahnen verlief, änderte es nichts an ihrer Einstellung.

»Du weißt, dass Zeit nichts daran ändern wird, oder? Dass ich das nicht tun kann.«

»Mit mir zusammen sein?«

Sie nickte.

»Warum? Weil ich vorher mit deiner Mutter liiert war?«

Ein hartes Lachen entrang sich ihr, es klang nicht sonderlich fröhlich. Die Stimmung drohte wieder zu kippen.

»Liiert ... wie sich das anhört. So hart und kalt, als wäre es nicht weiter von Bedeutung.« Sie senkte ihren Blick auf ihre Füße. »Aber es hatte Bedeutung, das hast du eben erst selber zugegeben, und obwohl sie es eigentlich nicht verdient hat, kommt es mir falsch vor, mit dem Mann eine Beziehung einzugehen, den sie bis vor kurzem noch heiraten wollte.«

Ihr Blick richtete sich wieder auf sein Gesicht. Seine Mimik war wechselhaft, schwankte zwischen Ungeduld und Enttäuschung.

»Ryan, du solltest deine Zeit nicht damit verschwenden, auf mich zu warten.«

»Wieso nicht?«, rief er aufgebracht. »Leanne und ich, das ist Geschichte, und wir haben unseren Frieden miteinander gemacht. Wir werden nie wieder ein Paar sein, und sie ist dir auch nicht böse wegen unserer Affäre, das hat sie mir selbst gesagt. Außerdem ist es jetzt ein bisschen spät für Rücksichtnahme. Findest du nicht?«

»Rücksichtnahme steht hier gar nicht zur Debatte. Ich will nur nicht mit ihr verglichen werden, das ist alles.«

»Du blockst wieder total ab«, stellte er mürrisch fest. Ryan zog sich von ihr zurück und lehnte sich mit dem Rücken an die gegenüberliegende Wand. Die Arme verschränkte er vor der Brust und sah sie abwartend an.

»Es tut mir leid. Aber manchmal reicht Liebe einfach nicht aus, um das Drumherum zu ignorieren.«

Sie meinte das ernst. Können und Wollen waren nun mal nicht immer miteinander vereinbar, so tragisch sich das auch oft auswirkte. Zärtliches Bedauern begleitete ihre Abschiedsworte.

»Ich wünschte wirklich, ich hätte den Mut, es mit dir zu versuchen, aber man hat mich einmal zu oft verletzt.

Es wäre besser, du suchst dir eine Frau, die dir geben kann, was du brauchst. Ich fürchte, ich kann das nicht.«

»Das glaube ich nicht. Du täuscht dich.«

»Natürlich kannst du dir das weiterhin einreden, aber es ändert nichts daran, dass Leanne immer zwischen uns stehen wird.«

Sie schloss den Abstand zwischen ihnen, und es kam ihr vor, als würde ein kilometerlanger Graben zwischen ihnen liegen. Sie gab ihm einen zärtlichen Kuss. Er schmeckte bittersüß, nach Abschied, nach Endgültigkeit.

»Leb wohl, Ryan. Trotz allem werde ich unsere gemeinsame Zeit niemals bereuen.«

Ein letztes Mal sah sie ihm ins Gesicht, dicke Tränen stauten sich an ihren Lidrändern, als sie für eine letzte Berührung die Hand ausstreckte. Seine Haut war heiß, ihre Hand kühl. Sie waren wie Tag und Nacht, wie Sonne und Mond. Dazu verdammt, sich nacheinander zu sehnen, ohne die Möglichkeit, einander nahe zu sein. Nach einem letzten langen Blick verließ Chloe die Wohnung, und diesmal war es Ryan, der allein zurückblieb.

Lustlos gammelte sie am Sonntagnachmittag auf ihrer Couch herum und strich Kassiopeia über den Rücken, die auf ihrem Bauch lag und genüsslich schnurrend die Massage genoss. Regentropfen klopften gegen die Fensterscheiben. Draußen prasselte der Regen auf London hinunter. Dieses grauenhafte Wetter war eine passende Untermalung zu ihrer miesen Stimmung. Während sie immer tiefer in den Polstern versank und ernsthaft mit dem Gedanken spielte, so lange liegen zu bleiben, bis sie darauf festgewachsen war, klingelte es an ihrer Wohnungstür. Genervt verzog sie das Gesicht. Bestimmt war das Beth, die ihr einen Kontrollbesuch abstatten wollte, um sicherzugehen, dass sie nicht wieder in einem Meer aus Trübsinnigkeit versank. Dabei wünschte sich Chloe nichts mehr als das. Es war wohltuend, zu heulen und sich selbst zu bemitleiden. Warum auch nicht, sie hatte allen Grund dazu!

Stur blieb sie liegen, doch nach einem weiteren durchdringenden Läuten hüpfte Kassiopeia von ihrem Bauch und miaute anklagend. Mit einem ungeduldigen Grummeln setzte Chloe sich auf und marschierte zur Tür. Bevor sie jedoch öffnete, warf sie sicherheitshalber einen schnellen Blick durch den Türspion und zuckte überrascht zurück. Paige stand vor der Tür und trat nervös von einem Fuß auf den anderen, als erwarte sie, jeden Augenblick hochkant aus dem Gebäude geworfen zu werden. Chloe wurde es heiß und kalt zugleich, ein leichter Schwindel ergriff sie. Was sollte sie tun? Ein Teil von ihr wollte mit ihr reden, sie in die Arme schließen, doch auch hier war die Feigheit ihr allgegenwärtiger Schatten und ließ sie zögern.

»Chloe ... Chloe, bist du da?«, hörte sie Paige von draußen rufen. Die Stimme ihrer Schwester zitterte. »Bitte, wenn du mich hörst, dann mach mir auf. Bitte ...«

Das letzte Wort kam leise, herzzerreißend. Chloe wischte sich die feuchten Hände an ihrem Rock ab und griff nach der Türklinke. Ein leichter Luftzug, die Tür öffnete sich. Chloe stand ihrer Schwester gegenüber und geriet augenblicklich in Sorge, da Paige wirklich angegriffen aussah. Sie war blass, ungeschminkt bis auf ein wenig Wimperntusche, die aussah, als hätte sie sie noch am Vortag aufgetragen. Auch machte sie einen unausgeschlafenen Eindruck. Kein Vergleich zu der strahlenden Schönheit, die sie damals in der Blue Bar kennengelernt hatte.

»Kann ich reinkommen?«

Sogar ihre Stimme war verändert. Beinahe schüchtern.

Chloe wollte ja sagen, doch das Wort blieb ihr vor lauter Aufregung im Hals stecken. Also trat sie einfach einen Schritt nach hinten. Das war zwar keine überschwängliche Einladung, doch das bebende Lächeln auf Paiges Gesicht verriet eine solche Erleichterung, dass Chloe von fürchterlichen Gewissensbissen geplagt wurde, weil sie ihr absichtlich aus dem Weg gegangen war.

Zwei Stunden später saßen sich die beiden Schwestern immer noch am Küchentisch gegenüber, vor jeder stand eine dampfende Tasse mit köstlich duftendem Kaffee, während Kassiopeia zwischen unbeschuhten Füßen und Stuhlbeinen hin und her streifte. Die Unterhaltung war zuerst stockend, ausgebremst von den Hemmungen, die sie aufgrund der neuartigen Situation voreinander hatten. Das Gespräch bewegte sich daher in ungefährlichen Regionen, die ihre gemeinsamen Eltern bewusst aussparten.

Nun herrschte seit einigen Sekunden eine verlegene Stille zwischen ihnen, während Chloe verzweifelt nach einem unverfänglichen Gesprächsthema suchte. Doch es war Paige, die wieder das Wort ergriff, und dieses Mal hielt sie ihre Neugier nicht im Zaum.

»Wie ist sie so?«

Sie meinte natürlich Leanne. Chloe überlegte genau, bevor sie ihrer Schwester eine Antwort gab.

»Leanne zu charakterisieren ist unglaublich schwer.«

Sie suchte nach einer passenden Umschreibung für die gemeinsame Mutter.

»Mal ist sie Feuer, dann wieder Eis. Ein unruhiger Geist, süchtig nach Aufmerksamkeit und doch verletzlich wie ein Kind. Ich hatte nicht selten das Gefühl, dass ich die Erwachsene bin und nicht umgekehrt. Für ein Kind ist das ziemlich hart, und wenn ich ehrlich bin, erinnere ich mich nicht gern an meine Kindheit zurück. Materiell gesehen hatte ich wirklich alles, was man sich für Geld kaufen konnte. Spielzeug, hübsche Kleider, Besuche in Vergnügungsparks. Aber das, was ich wirklich gebraucht hätte ... eine Mutter, die mich mal in den Arm nimmt und Zeit mit mir verbringt ... das blieb immer nur ein Wunschtraum von mir.«

Chloe hielt kurz inne und schenkte Paige ein bedauerndes Lächeln.

»Ich will dir deine Träume und Vorstellungen nicht zerstören, aber wenn du die Hoffnung hegst, in ihr eine liebevolle Mutter zu finden, wirst du höchstwahrscheinlich eine Enttäuschung erleben. Ich habe mein ganzes Leben bei ihr verbracht und war ihr nie wirklich nahe, nicht so, wie du es mit Ross erlebt hast.«

Paige nickte. Sie wirkte nicht im mindesten überrascht. So als hätte sie mit einer derartigen Antwort gerechnet.

»Danke für die klaren Worte. Dad hat mich zwar gewarnt, aber ...« Sie sah kurz auf, ihr Lächeln wirkte schrecklich müde. »Die Hoffnung stirbt ja bekanntlich zuletzt, und nachdem sie mich um ein Treffen gebeten hat, wollte ich einfach die Einschätzung eines Menschen hören, der sie gut kennt. Ross ist dafür nicht der Richtige, außerdem hält er es für keine gute Idee, dass ich Kontakt zu ihr aufbaue. Und jetzt weiß ich nicht, was ich tun soll. Ich dachte, du könntest mir bei meiner Entscheidung helfen.«

»Das kannst nur du allein entscheiden, Paige«, antwortete Chloe leise. Sie konnte und wollte sich da nicht einmischen. Ihre Schwester musste selbst herausfinden, ob sie Leanne eine Chance geben wollte. Für sich selbst schloss sie das momentan kategorisch aus.

»Du hast recht, da muss ich wohl allein durch.«

Paige verstummte, wirkte auf einmal sehr nachdenklich

und in sich gekehrt. Mit dem Zeigefinger zog sie Kreise auf dem Rand ihrer Kaffeetasse. Ein durchdringendes Quietschen war die Folge, und dieses Geräusch zerrte an Chloes Nerven.

»Könntest du das bitte lassen?«

Paiges Hand zuckte sofort zurück, ein peinlich berührter Gesichtsausdruck begleitete die Geste.

»Tut mir leid«, murmelte sie, seufzte und lehnte sich auf dem harten Plastikstuhl zurück. »Mann, ich bin ganz schön nervös«, gestand sie schließlich. »Als Dad mir erzählt hat, dass ich eine Schwester habe und meine Mutter noch lebt und nicht tot ist, wie er mir all die Jahre weisgemacht hat, dachte ich zuerst, er hätte Drogen genommen.«

»Warst du nicht sauer auf ihn?«, hakte Chloe neugierig nach. »Immerhin hat er dich jahrelang belogen.«

Paiges Miene wirkte gleichgültig.

»Klar war ich sauer. Aber eher auf sie, weil sie mich im Stich gelassen hat. Es war besser, in dem Glauben aufzuwachsen, sie wäre tot, als mich ständig zu fragen, was hätte sein können.« Ein schwaches Lächeln bog ihre Mundwinkel nach oben. »Dad hat seine Fehler, aber ich weiß, dass er mich liebt. Alles, was er tut, dient nur meinem Schutz. Er hat mich nicht angelogen, um mir wehzutun.«

Chloe nickte langsam. Paiges Erklärung klang plausibel und nachvollziehbar, doch sie war noch nicht zu Ende. Sie lachte ein wenig verlegen.

»Also ehrlich. Hier zu sitzen … bei meiner Schwester … hat so etwas Unwirkliches an sich, dass ich laufend das Gefühl habe, mich kneifen zu müssen.«

Chloe lächelte.

»Mir geht es ähnlich«, gab sie nach einigem Zögern zu und räusperte sich dann vernehmlich. »Möchtest du noch eine Tasse Kaffee?«, fragte sie, obwohl Paige noch nicht einmal diese leergetrunken hatte.

»Warm«, ergänzte sie schnell. »Der hier wird doch schon kalt sein.«

Paige schüttelte den Kopf.

»Ich will keinen Kaffee. Was ich möchte, ist eine Schwester«, entgegnete sie mit ihrer typischen Offenherzigkeit. Ein hoffnungsvolles Glimmen erhellte das düster gewordene Blau ihrer Augen. Diese riesigen Tümpel glichen denen ihrer gemeinsamen Mutter so sehr, dass Chloe kaum hineinsehen konnte. Dennoch war es unmöglich, sich gegen die wachsende Verbundenheit zu wehren, die sie für Paige zu empfinden begann, denn die seit Jahren anhaltende Sehnsucht nach einem Menschen, dem sie sich stets anvertrauen konnte, verschaffte sich lautstark Gehör. Paige war ihre Schwester, von ihrem Blut. Was immer Ross und Leanne in der Vergangenheit geteilt und wieder verloren hatten, um so einen Hass füreinander zu empfinden, durfte nicht stark genug werden, um jemanden abzuweisen, der genau wie sie unschuldig in dieses Drama hineingeraten war. Alles Schlechte hatte einen guten Kern, und vielleicht konnten sie gemeinsam diese Tragödie in etwas Positives umwandeln. Auf einmal war es gar nicht schwer, ihr die richtige Antwort zu geben.

»Eine Schwester ...« Der Hauch eines Lächelns huschte über ihr Gesicht. »Ich denke, das kann ich einrichten.«

»Heißt das, du willst den Kontakt zu mir halten?«, hakte Paige nach.

»Willst du denn?«

»Oh ja, sehr gern sogar«, freute sich Paige, dann, ein wenig befangen: »Und Dad? Willst du ihn auch ewig abweisen? Er bereut wirklich, dass er dir nicht von Anfang an gesagt hat, wer er ist. Ross hatte einfach Angst vor deiner Reaktion und hat nicht damit gerechnet, dass ihm der Zufall zuvorkommt.«

»Der Lauscher an der Wand …«, murmelte Chloe sehr leise.

»Was?«

»Nichts weiter. Ich habe nur mit mir selbst geredet.«

»Wirst du mit ihm sprechen?«

Chloe wog ihre nächsten Worte genau ab. Sie konnte sich durchaus vorstellen, eines Tages einen normalen, vielleicht sogar liebevollen Umgang mit ihm zu pflegen, wollte das aber nicht auf Biegen und Brechen realisieren.

»Dräng mich nicht, was das angeht«, bat sie sanft. »Im Moment ist das alles zu früh für mich. Aber du kannst ihm ausrichten, wenn er sich ein bisschen geduldet, werde ich ihn anrufen. Sobald ich dazu bereit bin.«

»Mehr will er ja gar nicht«, antwortete Paige. Ein verständnisvoller Ausdruck ließ sie plötzlich viel erwachsener aussehen. Ihrem Alter entsprechend. Chloe ahnte, dass das Bloßlegen der Vergangenheit auch in ihr einen Wandel vollzogen hatte. Die rotzfreche Art war zurückgedrängt worden. Ausgetauscht gegen … nun, sie würde es herausfinden. Sie hatten schließlich den Rest ihres Lebens Zeit, sich kennenzulernen.

»Also, was hast du nun vor? Wirst du wieder zurück nach Amerika gehen, oder wirst du vorerst in London bleiben?«

Paiges Hände fuhren ordnend durch das lange schwarze Haar und strichen es nach hinten.

»Na ja, ursprünglich hatte ich nicht vor, länger in London zu bleiben. Ich vermisse die Sonne und die Wärme, aber mittlerweile habe ich mich recht gut mit dem Klima hier angefreundet und spiele ernsthaft mit dem Gedanken, noch einige Zeit zu bleiben. In Texas hält mich nichts, wenn Dad hier ist, und er macht nicht den Eindruck, als wollte er allzu schnell wieder zurück.«

Die Nachricht löste Herzklopfen bei Chloe aus. Ihr Vater wollte bleiben und das sicher nicht, weil ihm das regnerische Wetter in London so zusagte. Er tat es ihretwegen, und das erste Mal in ihrem Leben fühlte sie sich geschätzt. Ross wollte kämpfen. Um die Liebe seiner Tochter, um die Gegenwart und um die Zukunft. Ein warmes Gefühl dehnte ihre Brust, und sie nahm sich fest vor, ihn so bald wie möglich anzurufen. Zwar nahm sie es ihm immer noch furchtbar übel, dass er sich nie geoutet hatte, doch sie konnte seine Beweggründe zumindest in Teilen nachvollziehen. Was sie von Leannes Verhalten nicht behaupten konnte. Paiges Entschluss, der Insel noch nicht den Rücken zu kehren, überraschte sie hingegen überhaupt nicht. Ein wissendes Lächeln bildete sich auf ihren Lippen.

»Dein Wunsch zu bleiben hängt nicht zufällig mit einem ganz bestimmten Briten zusammen, oder?«

Ihre Schwester machte keinen Versuch, das abzustreiten, und grinste verhalten.

»Victor …« Sie dehnte jede Silbe aus, den Namen auskostend, während sie ihn aussprach. Gleich darauf zeigte sich unverkennbare Frustration auf ihrem hübschen Gesicht.

»Ehrlich, ich bin wirklich verrückt nach dem Kerl, aber er lässt mich kein Stück an sich heran. Immer wenn ich denke, dass ich seinen Eispanzer endlich zum Schmelzen bringe, kommt eine neue Kältewelle und macht alle meine Versuche, ihn rumzukriegen, zunichte. Wäre er nicht so verdammt heiß, dann hätte ich ihn schon längst zum Teufel geschickt.«

Sie runzelte die Stirn, ehe sie Chloe misstrauisch ansah.

»Sag mal, bist du dir auch wirklich sicher, dass er nicht schwul ist?«

Chloe nippte gerade an ihrem lauwarmen Kaffee und verschluckte sich. Hustend wartete sie darauf, dass sie wieder ausreichend Sauerstoff bekam, bevor sie antwortete.

»Er hat mir versichert, er sei hetero«, würgte sie hervor.

»Ich glaube, er ist weder das eine noch das andere«, murmelte Paige ergrimmt und rührte so heftig in ihrer vollen Tasse herum, dass die braune Flüssigkeit über den Rand schwappte und sich hässliche dunkle Flecken auf der Tischdecke ausbreiteten. Sie war aber zu sehr mit sich selbst beschäftigt, um es zu bemerken. Chloe ihrerseits sah großzügig darüber hinweg. Es gab wirklich Wichtigeres als eine ruinierte Tischdecke. Ein ruiniertes Herz zum Beispiel.

»Bist du verliebt in Victor?«

Die Frage schien sich Paige noch gar nicht gestellt zu haben, und so sah sie mit einiger Verblüffung im Blick wieder auf.

»Verliebt?« Ein hilfloser Ausdruck beherrschte ihre Züge. »Ich habe keine Ahnung. Um ehrlich zu sein … darüber habe ich noch gar nicht nachgedacht. Ich bin nicht scharf auf so was. Sieh dir an, was die Liebe aus unseren Eltern gemacht hat. Und sie sind nicht das einzige Beispiel, das ich anführen könnte, das kannst du mir glauben. Nein, wirklich, darauf kann ich echt verzichten. Außerdem weiß ich nicht mal, ob ich Liebe und Begierde unterscheiden könnte.«

Chloe lächelte verträumt.

»Ist es nicht ein und dasselbe?«

»Du scheinst zu wissen, wovon du sprichst.«

Paige konnte erstaunlich feinfühlig sein, dachte Chloe unangenehm berührt.

»Kann schon sein«, meinte sie ausweichend.

»Okay, ich merk schon, du willst nicht darüber reden.«

»Es ist kompliziert.«

»Das ganze Leben ist kompliziert«, ergänzte Paige weise. »Manche halten sich für superintelligent, wenn sie alles zerreden und zu Tode diskutieren. Man denkt nach ... und denkt nach, und am Ende bekommt man doch nur einen Arschtritt. Dad ist doch das beste Beispiel. Anstatt dir von Anfang an reinen Wein einzuschenken, hat er die Klappe gehalten, weil er sich in seinem Kopf die abenteuerlichsten Szenen ausgemalt hat, wie du auf ihn reagieren könntest. Wäre er einfach zu dir gegangen, hättest du ihn höchstwahrscheinlich mit offenen Armen empfangen, und dieser ganze Mist wäre gar nicht erst so eskaliert.« Sie verzog das Gesicht zu einer Grimasse und grinste schwach. »Es ist doch so. Wir Menschen können zum Mond fliegen, Krankheiten heilen und skypen, was ich nebenbei bemerkt für die geilste Erfindung dieses Jahrtausends halte. Aber eines können wir nicht.«

»Und das wäre?«

Paige legte ihre Finger auf Chloes Handrücken und machte einen auf Lady Di.

»Wir haben verlernt, ehrlich zu sein, und sind zu blöde, unseren Gefühlen nachzugeben, weil wir Angst vor den Schmerzen haben, sollten wir auf die Schnauze fallen.«

Dieser Satz verursachte Chloe Gänsehaut. Sich die Arme reibend, lächelte sie Paige verhalten an.

»Wo hast du nur diese Weisheit her?«

Paige grinste verschmitzt.

»Oprah ...«, meinte sie feixend und brachte Chloe damit zum Lachen.

Dann verstummte ihr Kichern, und sie wurde nachdenklich, als sie sich die Gründe für Ross' Schweigen durch den Kopf gehen ließ. Sie wusste mittlerweile, dass Ross eher zufällig von ihrer Existenz erfahren hatte, während er geschäftlich in London gewesen war. Beim Querschauen durch die unzähligen Fernsehkanäle war er bei einem Interview von Leanne hängengeblieben. Ross, der Leanne aus seinen Gedanken verbannt hatte, nachdem sie ihn und die kleine Paige verlassen hatte, war aus allen Wolken gefallen, als seine Ex plötzlich über ihre Tochter plauderte. Einem inneren Impuls folgend, hatte er Nachforschungen anstellen lassen. Ihr Geburtsjahr und die frappierende Ähnlichkeit mit seiner eigenen verstorbenen Mutter, Cassandra Turner, hatten ausgereicht, um ihn von seiner Vaterschaft zu überzeugen. Danach war er nur noch auf eines aus: Er wollte sie kennenlernen.

Doch mit seinem latenten Schweigen hatte er mehr zerstört als bewahrt. Dabei hätte er nur ein Wort sagen müssen, und sie wäre ihm freudestrahlend um den Hals gefallen. Sie musste an ihre letzte Begegnung mit Ryan denken und gestand sich ein, dass sie eigentlich kein Stück klüger gehandelt hatte als ihr Vater. Endlich war Ryan ganz offen zu ihr gewesen und hatte ihr all die Dinge gesagt, nach denen sie sich so sehnsuchtsvoll verzehrt hatte. Statt glücklich darüber zu sein, war sie vor ihm weggelaufen. Aus Angst, verletzt und irgendwann wieder verlassen zu werden. Und was hatte sie jetzt davon? Sie war unglücklich, und sie war allein.

Plötzlich wurde ihr die bodenlose Dummheit ihrer bisherigen Einstellung klar, als hätte ihr jemand einen grauen Schleier von den Augen gerissen, der ihr die Sicht getrübt hatte. Jetzt schien ihr die Sonne wieder ungehindert ins Gesicht, wärmte sie und entfachte eine winzige Flamme der Zuversicht, die sich stetig ausbreitete.

Der Stuhl, auf dem sie saß, flog krachend nach hinten und landete mit ohrenbetäubendem Getöse auf den Küchenboden, als sie mit einer Geschwindigkeit hochschnellte, die Paige vor Schreck zusammenfahren ließ.

»Was ist denn?«

Chloe verfiel in hektische Betriebsamkeit, fischte mit den Zehen nach ihren Schuhen, die unter dem Tisch herumlagen, schlüpfte hinein und war bereits an der Tür, als sie die Frage ihrer Schwester erreichte. Kurz hielt sie inne und blickte zurück.

»Mir ist gerade etwas klargeworden.«

»Ach, und was?«

Sie lächelte ihre ältere Schwester an, die reichlich verdutzt und ein wenig verloren in der Küche saß und nicht wusste, was hier eigentlich los war.

»Das erkläre ich dir ein anderes Mal, wenn es dir nichts ausmacht. Ich muss nur dringend weg. Tust du mir einen Gefallen? Bringst du Kassiopeia nach nebenan zu Mrs. Simmons? Es gibt da etwas, das ich dringend klären muss, und ich weiß nicht, ob ich heute Nacht noch nach Hause komme.«

»Warte … es gibt da auch was, was ich dringend tun muss«, rief Paige eilig.

Chloe schenkte ihr einen fragenden Blick, während ihre Schwester sich erhob und auf sie zuging. Nur wenige Zentimeter von ihr entfernt blieb sie stehen, sah sie einige atemlose Sekunden an, ehe sie mit einem erstickten Laut die Arme ausstreckte und Chloe umarmte. Sie ließ es sich gefallen, erwiderte die herzliche Geste. Ihre Schwester …

»Was immer du auch klären musst, ich hoffe, er versteht es«, flüsterte Paige ihr leise ins Ohr.

Chloe schluckte heftig, konnte aber nicht verhindern, dass ein paar tapfer unterdrückte Tränen über die Lidränder herausquollen. Mit einem verlegenen Lachen wischte sie die Nässe weg.

»Oh Scheiße, ich wollte doch nicht heulen.«

Bestimmt hatte sie jetzt Augenränder wie ein Panda. Ihre Schwester sah nicht besser aus, auch ihre Augen waren feucht, die Wimperntusche folgte in schwarzen

Bahnen den Tränenspuren und zog ein wirres Netz auf der hellen Haut. Trotzdem lächelte sie.

»Keine Sorge, du siehst immer noch wunderhübsch aus.« Sie atmete tief ein und betrachtete Chloe mit liebevollem Stolz. »Ehrlich, der Kerl ist ein echter Glückspilz.«

»Woher weißt du, dass ich zu einem Mann will?«

Paige verdrehte die Augen.

»Oh bitte … wenn es Ärger oder Tränen im Leben einer Frau gibt, dann steckt grundsätzlich ein Kerl dahinter. Und jetzt geh! Ich bring deine Katze zur Nachbarin und werde mich in den nächsten Tagen bei dir melden, damit du mir alles haarklein berichten kannst.«

Chloe hatte die Empfindung, wie auf Wolken zu schweben, so befreit fühlte sie sich von der Last, die sie die ganze Zeit niedergedrückt hatte. Sich davon loszumachen, verlieh ihr geradezu Flügel. Jetzt musste sie diese nur noch ausbreiten und geradewegs in Ryans Arme flattern.

»Wünsch mir Glück …«, wisperte sie leise. Ein letztes Mal drückte sie ihre Schwester und verließ die Wohnung.

Kapitel 11

Chloe konnte es kaum erwarten, zu ihm zu gelangen, um ihre Fehler wiedergutzumachen. Einem inneren Impuls folgend, fuhr sie jedoch nicht in sein luxuriöses Apartment in der Londoner Innenstadt, sondern lenkte das Auto in eine völlig andere Richtung. Sie mochte seine Wohnung ohnehin nicht, obwohl die Einrichtung wirklich außerordentlich geschmackvoll war. Moderne Linien, viel Chrom, puristisch. Der Traum jedes hippen Innenausstatters. Sie war allerdings nur ein einziges Mal dort gewesen. Es war ihr einfach unmöglich gewesen, unbefangen den Sex in einer Umgebung zu genießen, in der Leanne dermaßen präsent gewesen war. Statt also zu ihm zu fahren, lenkte sie den Wagen zum umgebauten Fabrikhaus in Soho. Rein instinktiv.

Mit klopfendem Herzen und vor Aufregung schweißnassen Händen stellte sie das Auto ein paar Meter vom Haus entfernt in eine freie Parklücke und schaltete den Motor ab. Erleichtert sah sie, dass Ryans BMW tatsächlich am Straßenrand parkte, nur wenige Meter von ihr entfernt. Tief ausatmend und sich Mut zusprechend, blickte sie durch die Windschutzscheibe hinaus, hoch in den Himmel. Es war Vollmond, doch eine dichte schwarze Wolkendecke verschleierte die Sicht auf den runden Himmelskörper, der wie eine riesige geprägte Münze über der Erde schwebte.

Der gesamte Straßenzug wirkte bei diesem traurigen

Regenwetter einsam und verlassen. Keine Fußgänger waren zu sehen, es fuhr nur ab und an ein Wagen vorbei. Die hellen Lichtkegel der Scheinwerfer ließen den feuchten Asphalt ein ums andere Mal schimmernd aufleuchten, ehe er wieder schwarz und undurchdringlich von der Dunkelheit verschluckt wurde.

Sie verharrte wie festgenagelt auf dem Sitz, behielt den dunklen Hauseingang im Auge und versuchte, genug Mut zusammenzukratzen, um endlich auszusteigen. Währenddessen wurde aus dem stetigen Niederschlag ein heftiger Regenguss. Die Tropfen prasselten unablässig auf die Scheibe, ein treibendes Geräusch, das sie zur Eile ermahnte. Nackte Panik donnerte durch ihre Adern. Vielleicht hatte er schon längst die Schnauze voll von den Carter-Frauen, schoss es ihr durch den Kopf.

Chloes Finger zitterten, als sie den Schlüssel abzog und die Hand ausstreckte, um trotz des unablässig strömenden Regens die Fahrertür zu öffnen. Gerade in diesem Augenblick schwang die Eingangstür des Wohnhauses auf und ein Mann trat hinaus auf den Fußgängerweg. Es war Ryan. Ihre Hand verharrte regungslos am Griff, während sie wie paralysiert seinen kraftvoll-dynamischen Gang bewunderte, mit dem er die kurze Strecke zu seinem BMW zurücklegte. Selbst in der Dunkelheit und obwohl er es verständlicherweise ziemlich eilig hatte, strahlte er eine geschmeidige Eleganz aus, die ihr die Knie weich werden ließ. Chloe fühlte sich von ihm angezogen, als hätte er einen magischen Zauber über sie ausgeschüttet, und sie konnte nur noch dasitzen und schauen und schauen und schauen …

Sie war so gefangen von seinem Anblick, dass sie viel zu lange wartete. Er öffnete bereits die Tür seines Wagens und schob seinen langen Körper auf den Fahrersitz, als ihr klar wurde, dass er ihr direkt vor der Nase davonfahren würde. Übergangslos riss sie die Tür komplett auf, stieg aus und rannte ohne Jacke oder sonstigen Schutz über die Straße auf seinen Wagen zu. Die Tür ihres alten Minis blieb sperrangelweit offen, der böige Wind, der durch die Straße fegte, wehte den Regen in den Innenraum. Es war ihr gleichgültig. Sie musste zu ihm.

»Ryan!«, brüllte sie und riss schützend den Unterarm vors Gesicht. Wie kleine Nadeln prallten die Tropfen auf ihre Haut und hinterließen ein prickelndes Brennen. Kälte kroch ihr in die Knochen, da sich die Temperatur unter die 10°-Celsius-Marke herabgesenkt hatte und empfindlich kühl mit ihrer Haut kollidierte. Verstärkt wurde das beginnende Zittern durch ihre durchgeweichte Kleidung. Trotz der unangenehmen Begleitumstände interessierte es sie einen Dreck, dass sie sich vermutlich den Tod holen würde. Alles, was sie empfand, war nackte Furcht davor, dass sie ihn nicht mehr rechtzeitig erreichte, und dabei musste sie unbedingt jetzt mit ihm sprechen. Morgen hatte sie vielleicht nicht mehr den Mut dazu.

»Ryan!«, schrie sie erneut. Es hörte sich an, als würde man einen rostigen Nagel über eine glatte Oberfläche ziehen, ein Keuchen begleitete ihre kratzige Stimme, als die Rücklichter seines Wagens rot aufglühten. Er hatte sie nicht gehört. Chloe verlor einen Schuh, als sie schneller rannte, und schluchzte wütend auf. Um Zeit zu sparen, kickte sie auch den zweiten weg und rannte praktisch barfuß weiter, denn die feinen Strümpfe hatten eine reine Alibifunktion und stellten keinen wirklichen Schutz dar. Das krisselige Gefühl einer beginnenden Laufmasche zog sich über die Waden aufwärts und endete unterhalb ihrer Kniekehle. Auch das interessierte sie nicht. Chloe rannte. Nur noch zwei Meter. Der Motor heulte auf.

»Ryan … bitte bleib stehen.«

Gerade als er den BMW schon seitlich auf die Straße

lenkte, erreichte sie ihn und klopfte heftig gegen die Scheibe. Ryan riss sichtlich erschrocken den Kopf herum. Erkennen blitzte in seinen Augen auf, er bremste, und sie trat einen Schritt nach hinten, als er die Wagentür aufdrückte.

»Chloe …«

Er klang ungläubig, besah sich von Kopf bis Fuß ihre pitschnasse und vollkommen derangierte Gestalt. Ihr Anblick war ihr peinlich, bestimmt sah sie furchtbar aus mit ihren tropfenden Haaren, die ihr unangenehm am Schädel klebten, den feuchten Kleidern, die sich anfühlten, als hätte man sie ihr auf den Körper gegossen. Chloe bebte vor Kälte, während sie auf eine Reaktion von ihm wartete. Der Londoner Herbst war nicht dazu geeignet, um einem davonfahrenden Mann nur in Rock und dünner Bluse in einer Regennacht hinterherzujagen.

»Ryan, ich muss … mit dir r… reden«, fing sie an, als sein Schweigen anhielt.

Das klirrende Zähneklappern erschwerte eine anständige Artikulation, und sie schlang schützend die Arme um ihren frierenden Körper. Er fluchte, erwachte aus seiner Starre und holte etwas aus der Innentasche seiner wuchtigen schwarzen Lederjacke. Sofort erinnerte sie sich an den intensiven Geruch. Eine Mischung aus seiner unverwechselbaren Note, herbem Aftershave und dem natureigenen Duft des gegerbten Materials. Oft hatte sie heimlich die Nase hineingepresst und den Duft inhaliert. In diesen Momenten empfand sie eine trügerische Nähe zu ihm, ein Hirngespinst, das ihr über den Kummer hinweghalf, dass jede Sekunde mit ihm nur gestohlen war.

Er warf ihr einen Schlüssel zu.

»Hier, geh schon mal rein. Ich setz noch den Wagen zurück, bevor jemand drauffährt, und komme nach.«

Chloe schaffte es, den Schlüssel zu fangen, ohne ihn fallen zu lassen. Sie fühlte die Schwere und den verbliebenen Rest seiner Körperwärme auf dem Metall. Er schloss die Fahrertür wieder, und sie stakste ungelenk auf den Hauseingang zu. Sie hörte trotz des prasselnden Regens, wie er wieder einparkte, kurz darauf folgte ein dumpfer Knall und dann noch einer, als er erst seine und dann ihre Wagentür zuwarf.

Chloe wurde hektisch. Er würde jeden Augenblick bei ihr sein, und sie stand immer noch vor verschlossener Tür. Vergeblich versuchte sie, den Schlüssel in die Öffnung zu schieben, rutschte aber aufgrund ihres Zitterns immer wieder ab. Erneut setzte sie an, versagte abermals. Auf einmal drückte sich sein warmer Körper an ihren Rücken. Er schob sie vorwärts, seine heißen Handflächen legten sich über ihre bebenden Finger und halfen ihr geduldig, den Schlüssel in die Öffnung zu dirigieren. Endlich klappte es, die Tür gab nach, und sie standen im dunklen Hauseingang. Das Licht flammte auf, sie blinzelte und wurde an der Hand gepackt. Ryan zog sie über die Treppen nach oben. Sein rasches Tempo ließ sie taumeln, er hielt sie jedoch mit sicherer Hand.

»Komm, du musst aus den Klamotten raus, bevor du dir eine Lungenentzündung holst.«

Das war das Letzte, wonach ihr der Sinn stand.

»Aber … ich muss dir dringend etwas sagen«, rief sie, während sie hinter ihm herstolperte.

»Reden können wir später. Erst musst du dich aufwärmen.«

Bevor sie einen klaren Gedanken fassen konnte, waren sie in seiner Wohnung. Noch immer gähnend leer, verbreitete sie keine sonderlich angenehme Atmosphäre, dennoch ließ sie sich widerstandslos in den nächstgelegenen Raum ziehen und sah überrascht, dass dort ein

Bett stand, ein Fernseher und eine Tasche mit Kleidung. Wohnte er etwa hier? In diesem Loch?

»Bist du hier eingezogen?«, fragte sie verblüfft.

Er sah sie schweigend an, und sie dachte schon, er würde ihre Frage ignorieren, als er doch den Mund aufmachte.

»Nicht direkt, ich hab es in meiner Wohnung nur nicht mehr ausgehalten«, gestand er. »Aber lassen wir jetzt die Frage-und-Antwort-Spiele. Du bist nass bis auf die Haut.«

Er ließ ihr keine Zeit, sich weiter umzuschauen, sondern schubste sie auf eine Tür zu. Vermutlich das Bad. Chloe schlang die Arme um sich, sobald sie in dem kahlen Raum stand. Es war schrecklich altmodisch, aber zweckmäßig und sauber. Trotzdem verbreiteten die grünen Kacheln – ein Überbleibsel aus den siebziger Jahren – eine klinische Atmosphäre. Man müsste alles rausreißen und neu machen, dachte sie merkwürdig unbeteiligt.

»Zieh dich aus und stell dich unter die Dusche«, hörte sie ihn sagen.

Chloe wurde verlegen, obwohl er sie bereits öfter nackt gesehen hatte, als sie zählen konnte. Es war dumm, sich ausgerechnet jetzt zu genieren, und so hob sie ihre Hände an die Bluse. Ihre Finger waren steif vor Kälte, ihr Versuch, sich von dem klammen Kleidungsstück zu befreien, wenig erfolgreich.

»Ich krieg sie nicht auf«, flüsterte sie leise und sah auf ihre ungeschickt hantierenden Finger.

»Lass, ich mach das schon …«

Sie hörte ihn kommen. Ryan schob ihre Hände weg. Er war geschickt und schnell, und schon nach einigen Augenblicken klaffte ihre Bluse offen über ihrem Oberkörper. Der zarte weiße Spitzenbüstenhalter hob sich durchsichtig von ihrer hellen Haut ab, die dunklen Brustspitzen schimmerten unter dem feinen Gewebe und standen steil nach oben weg. Ihr Blick ging nach oben, und sie registrierte freudig, dass er die Augen geschlossen hielt; sein Kehlkopf hüpfte unkontrolliert, als er mehrfach hart schluckte. Ryan begehrte sie immer noch. Diese Erkenntnis erfüllte sie mit Zuversicht, so dass sie in der Lage war, die Bluse abzuschütteln und den seitlich angebrachten Reißverschluss ihres Rockes zu öffnen. Ein leises Surren, der Stoff fiel und landete zu ihren Füßen. Sofort trat sie heraus, entledigte sich auch der ohnehin kaputten Strumpfhose und war nun bis auf den knapp geschnittenen Slip nackt.

Ryans Lider schoben sich wieder nach oben, seine Augen glitten über ihre Gestalt und entzündeten eine kleine heiße Flamme in ihrem Inneren, die auch die letzten Hindernisse in ihrem Kopf einfach dem Erdboden gleichmachte. Sie würde nicht gehen, ohne ihm zu sagen, was sie für ihn empfand. Selbst wenn sie Gefahr lief, enttäuscht zu werden, weil sie sich und ihre Anziehungskraft möglicherweise überschätzte.

Einfach würde es jedoch nicht werden. Obwohl sie nackt und bloßgestellt vor ihm stand, machte er keine Anstalten, sich ihr zu nähern. Sie bereute mit jeder Sekunde mehr, dass sie beim letzten Mal so abweisend gewesen war. So ängstlich.

Nach einigen atemlosen Augenblicken wandte er den Kopf zu Seite, als könne er ihren Anblick nicht länger ertragen.

»Ich lass dich jetzt allein. Ein Handtuch findest du an der Halterung neben der Dusche. Sobald du fertig bist, leih ich dir was zum Anziehen, bis deine Sachen wieder trocken sind. Ich leg sie auf den Heizkörper, das dürfte nicht lange dauern.«

Ohne sie noch einmal anzusehen, drehte er sich von ihr weg und machte einen ersten Schritt auf die Tür zu. Seine

Haltung wirkte steif, als bereite ihm ihre Anwesenheit hier die schlimmsten Qualen. Sofort setzte sie ihm nach und schlang von hinten die Arme um ihn.

»Bleib … bitte«, flüsterte sie.

Ryan verfiel er in absolute Starre, selbst seine Atmung stockte für einen Moment.

»Chloe … was?«

Er sprach nicht weiter, dafür fand sie die richtigen Worte.

»Ich brauche dich. Ich will nicht, dass du gehst.«

Sie schmiegte die Wange an seinen Pullover, während sich ihre Hände verstohlen darunterstahlen und über seine heiße Haut tasteten. Er zuckte beim ersten Kontakt mit ihren eisigen Fingern kurz zusammen, ließ sie aber kommentarlos gewähren. Streichelnd krochen ihre Finger aufwärts zu seiner Brust und fingen an, enge Kreise um die flachen Warzen zu ziehen, bis sie sich zu kleinen Kügelchen zusammenzogen. Ob er das aufgeregte Klopfen ihres Herzens an seinem Rücken fühlen konnte? Es schlug so hart, dass sie das frenetische Hämmern bis in den Hals spüren konnte, ein Prickeln überzog ihre Haut. Sie wollte mit ihm schlafen. Jetzt.

Endlich – es kam ihr vor wie eine Ewigkeit, bis er auf ihre Berührungen reagierte – drehte er sich um. Ihre Hände glitten bei der Drehung wieder heraus. Ryan umfing ihre Finger, die sich wieder unter den feinen Stoff seines schwarzen Kaschmirpullovers schieben wollten, um da weiterzumachen, wo sie gerade aufgehört hatte.

»Chloe, warte. Was hat das hier zu bedeuten?«

Er klang misstrauisch. Zu Recht. Sie hatte ihm bei ihrem letzten Treffen klar und deutlich zu verstehen gegeben, dass sie keine gemeinsame Zukunft haben konnten, und jetzt – nur ein paar Tage später – handelte sie völlig gegensätzlich und warf sich ihm förmlich vor die Füße.

»Ich habe einen schrecklichen Fehler gemacht«, gestand sie und fing wieder an zu zittern. Im Bad war es zwar recht warm, doch in ihrem Zustand konnten sie nur warmes Wasser oder Ryans Körper aufwärmen. Er fluchte.

»Steig in die Dusche. Deine Lippen sind schon ganz blau.«

Duschen ... das hörte sich verlockend an. Aber nicht allein, nicht ohne ihn. Entschlossen trat sie auf ihn zu, griff nach seinem Gürtel, mit einem Mal erstaunlich geschickt darin, ihn in Sekundenschnelle davon zu befreien. Ryan sog scharf die Luft in seine Lungen, sah ihr zu, die Arme seitlich nach unten hängend, ohne sie davon abzuhalten. Sie war erleichtert und fuhr fort, ihn zu entkleiden, während er ganz den Eindruck erweckte, als wäre seine Muskulatur lahmgelegt. Bis auf jenen harten langen Muskel, der sich formschön unter dem feinen Stoff seiner Hose nach außen presste. Den Reißverschluss zu öffnen stellte kein großes Hindernis dar. Sie zog ihn runter und sichtete die einladende Wölbung darunter. Mit zwei Fingerkuppen strich sie prüfend über den Stoff und vernahm zufrieden den ersticken Laut, den er ausstieß.

»Ich gehe unter die Dusche«, stimmte sie schließlich zu. »Aber nur, wenn du mitkommst.«

Wieder trafen sich ihre Blicke, und obwohl ihr Herz vor lauter Aufregung wie ein junger Vogel in ihrer Brust hin und her flatterte, nahm sie all ihren Mut zusammen.

»Ich will, dass du mich liebst. Nicht nur heute Nacht, sondern solange du mich haben willst.«

Angespannt wartete sie. Von seiner Antwort hing so viel ab. Ihre ganze Zukunft, die er mit einem Nein so leicht zertrampeln konnte, als wäre sie nicht mehr als eine eklige Küchenschabe. Doch sie sorgte sich umsonst, denn gleich nach ihrem Eingeständnis glitt ein befreites Lächeln über sein Gesicht. Er packte sie um die Taille und presste sie so fest an seinen Körper, dass sie Angst bekam, ihr könnten die Rippen brechen. Nach Luft schnappend, versuchte sie vergeblich, das todsicher dämliche Grinsen aus ihrem Gesicht zu wischen. Doch spätestens sein jubelndes »Gott, ich dachte schon, ich hätte dich endgültig verloren«, machte jeden Versuch in diese Richtung zunichte. Sie hätte platzen können vor Freude und stellte sich auf die Zehenspitzen, um seinem suchenden Mund entgegenzukommen.

Sein Kuss war nicht leidenschaftlich, sondern derart zärtlich, dass ihr die Tränen kamen. Unbefangen schwelgte sie in dem Gefühl, ihn wieder ganz nah bei sich zu spüren. In der Zwischenzeit kroch ihre Hand zurück zu seiner Unterhose, legte sich flach an die Vorderseite und streichelte ihn durch den Stoff hindurch. Ihr Atem kam in schweren Schüben, sich in der Vorstellung verlierend, ihn bald wieder tief in sich zu haben. Vorsichtig schob sie ihre Finger unter seinen Slip und griff beherzt nach seinem Glied, presste das warme Fleisch, die zarte Haut liebkosend, die sich über stählerne Härte spannte. Ryans Schwanz fühlte sich noch genauso an, wie sie ihn in Erinnerung hatte. Prall geschwollen, fiebrig heiß und mehr als einsatzbereit.

Danach geschah alles sehr schnell. Seine Passivität wurde von hektischer Gier ersetzt, als er sich seinen Pullover über den Kopf zog und ihn auf den Boden pfefferte. Schuhe, Hosen und der Rest seiner Kleidung folgten und landeten wild verteilt auf den Fliesen. Sobald er nackt war, umschlang er sie und hob sie an, bis sie die Bodenhaftung verlor. Gehalten von seiner Kraft, legte sie ihm die Arme um den Hals, presste das Gesicht an seine Schulter und küsste das glänzende Gold, das sich über seine wunderbaren Muskelstränge zog.

Ihr leises Lachen durchbrach die Stille, als sie das berauschende Gefühl auf sich wirken ließ, dass er nun endlich ihr gehörte. Sie musste ihn nicht mehr teilen, weder mit ihrer Mutter noch mit sonst wem.

»Jetzt lass ich dich nicht mehr gehen, Chloe«, raunte er ihr ins Ohr.

Es klang wie ein Versprechen. In diesem einen Satz lag eine felsenfeste Entschlossenheit, die sie schwindelig machte vor Glück. Oder lag es daran, dass er sich mit ihr auf den Armen im Kreis drehte, den Blick mit ihrem verknüpft, als ob außer ihnen beiden nichts auf der Welt irgendeine Bedeutung hatte?

Ryan ähnelte in diesen Sekunden eher einem archaischen Krieger aus längst vergangenen Zeiten denn einem modern denkenden Mann. Ein Kämpfer, der nach gewonnener Schlacht endlich die ersehnte Beute mit nach Hause nehmen durfte. Mit ihr auf den Armen betrat er die Dusche und stellte sie vorsichtig dort ab. Er streckte den Arm aus und drehte das Wasser auf, das in einer breiten Fontäne auf sie hinunterstürzte. Chloe prustete und schnappte nach Luft, als Flüssigkeit in ihre Nase lief und sie in keuchendes Husten ausbrach.

»Vorsichtig, nicht dass du mir hier drin ertrinkst«, neckte er leise.

Seine Stimme klang warm, liebevoll. Chloe fühlte, wie sich wohlige Schwäche in ihrem Körper ausbreitete, als er ihr vorsichtig die Feuchtigkeit aus dem Gesicht strich und sich so vor sie stellte, dass sie von dem herabfallenden Wasser geschützt war. Sie lachte ausgelassen, bis zum Bersten angefüllt mit überschäumenden Glücksgefühlen, die gleichmäßige Bahnen durch ihren Körper zogen und ihre Glieder vor Wonne schwächten. Ihr kam es fast so vor, als hätte ihre Bereitschaft, ihm Vertrauen zu schenken, eine völlig neue Frau in ihr zum Vorschein gebracht.

Was sie trotz ihrer Seligkeit noch wahrnehmen konnte, war ein kleiner Rest Verhaltenheit in ihm. Hatte er Angst, sie könnte im letzten Moment ihre Meinung doch noch ändern? Bevor er nun von idiotischen Zweifeln übermannt werden konnte, zog sie sein Gesicht an ihres heran und küsste ihn zärtlich auf den Mund. Er packte sie am Po, sie vertiefte den Kuss und zog dabei seine aufreizend volle Unterlippe zwischen die Zähne. Sinnlich an dem seidigen Fleisch knabbernd, neckte sie ihn gleichzeitig mit ihrer Zunge, die immer wieder in seinen Mund vordrang und sich wieder entzog.

»Ich will dich zurück, Ryan«, gestand sie ihm zwischen ihren neckischen Küssen.

Als würde dieser Satz sämtliche Blockaden in ihm lösen, prallte sein Rücken an die Hinterwand der Dusche, und er rutschte an ihr entlang auf den Boden. Chloe wurde mit hinabgezogen, ihre Arme umschlagen haltsuchend seinen kräftigen Hals, bis sie leicht benommen auf seinem Schoß zum Sitzen kam. Er robbte ein paar Zentimeter vorwärts, packte ihre Beine und platzierte sie über Kreuz hinter seinem Rücken. Jetzt konnten sie einander aus kürzester Entfernung ins Gesicht schauen, das Wasser rollte perlend über ihre Haut und sammelte sich am Boden der Duschkabine.

Sie sehnte sich nach einem Kuss und bekam ihn. Ihre Lippen verschmolzen erneut. Gierig tastende Zungen trafen aufeinander, sich windend vor Lust. Vom fließenden Wasser eingehüllt, drifteten sie nach und nach in ihr ganz persönliches Universum ab, ließen sich Zeit, um ihre Körper aufs Neue kennenzulernen, und genossen ihre Zweisamkeit, die nie wieder enden sollte, wenn es nach Chloe ging.

»Heb deinen Unterleib ein bisschen an«, raunte er nach einer Reihe feuchter Küsse. Seine Hände kneteten stützend ihren Hintern, als sie gehorchte. Chloe fühlte voller Vorfreude, wie er mit der Spitze seines Gliedes nach ihrem Eingang tastete. Dabei streifte er laufend ihre empfindsame Klit, was ihr eine Reihe süßer Schauer über den nassen Rücken jagte.

»Oh ja, komm zu mir«, flüsterte sie mit heiserer Stimme und biss ihm fest in die rechte Schulter. Die Arme hatte sie unter seinen Achseln nach oben geschoben, ihre Finger umklammerten seine Schulterpartie. Schon zwängte sich die weiche Spitze in sie hinein, dehnte ihren Eingang, bis er mit einer fließenden Bewegung durch ihren Kanal rutschte und eingebettet in festes Fleisch zur Ruhe kam. Chloe krampfte ihre Finger in seine Haut und drückte den Unterleib in seinen Schoß. Die pulsierende Fülle war so unglaublich befriedigend, dass sie nicht mal das Bedürfnis verspürte, sich zu bewegen. Sie wollte einfach nur seine pochende Härte in sich haben und bis in alle Ewigkeit mit ihm verbunden bleiben. Zwei Seelen, die rastlos suchend nach einem Platz gesucht hatten, an dem sie ein wenig Ruhe und Frieden finden konnten.

»Ich liebe dich.«

Wieder war er es, der diese Worte sagte. Ryan nahm ihren Kopf zwischen seine großen Hände und hielt ihn fest. Er schaute ihr durchdringend in die Augen.

»Hast du mich gehört? Ich liebe dich«, wiederholte er.

Ihre Antwort kam aus tiefstem Herzen.

»Ich liebe dich auch, Ryan. Schon lange …«

Er stupste ihre Nase mit seiner an.

»Und wieso sagst du mir das erst jetzt?«

Ihre Lippen berührten schon längst wieder seinen Mund, bereit sich den nächsten Kuss zu stehlen, als sie sich an seine Worte vom letzten Mal erinnerte.

»Alles andere wäre doch langweilig gewesen …«

Ryans Lächeln hätte einen Gletscher zum Schmelzen bringen können. Er hob sie an und ließ sie wieder zurück auf seinen Schoß sinken. Sein langer Penis rieb ihre inneren Wände entlang und sorgte dafür, dass es ihr buchstäblich die Sprache verschlug. Chloe brachte keinen vernünftigen Satz mehr heraus, nur noch ein gepresstes Ächzen. Sie konnte fühlen, wie sich sein Glied mit jedem weiteren Stoß vergrößerte, sie ausfüllte, und gab ihrem Wunsch, den Takt vorzugeben, einfach nach. Chloe setzte sich auf. Ihre Knie trafen auf den Boden der Duschkabine, und obwohl es wahnsinnig unbequem war und auch ein wenig schmerzte, ertrug sie es freudig, während sie sich regelrecht auf ihm aufspießte. Seine Hände formten sich zu Schaufeln, die ihren Hintern umfingen, während sie sich erneut an seiner Länge entlang nach oben stemmte, um sich wieder fallen zu lassen. Erst ganz gemächlich – die Dehnung in ihrem Inneren auskostend – dann immer rascher und mit zunehmendem Schwung.

Ryan lehnte den Kopf gegen die harte Wand, während er aus halbgeschlossenen Lidern ihr Gesicht betrachtete. Sie erwiderte den Blick, ertrank in seinen Augen, betäubt durch Gefühle jenseits des Bauchnabels, die sie so noch nie erlebt hatte. Mit schnellen und präzise ausgeführten Bewegungen ritt sie ihn, presste seine Hoden auf den Wannenboden und betete, dass sie ihn nicht aus Versehen zerquetschte.

»Ich bin gleich so weit«, zischte er zwischen zusammengebissenen Zähnen.

Sie wollte es noch nicht enden lassen, wollte es hinauszögern, solange es ging. Als sie sich erhob, riss er die Augen auf.

»Chloe …?«

Sein Ausdruck, sein Ton – alles war ein einziges Fragezeichen, gespickt mit einer ordentlichen Prise Entsetzen, wie sie lächelnd bemerkte. Dummer Liebling …

»Keine Angst, Ryan. Ich laufe dir nicht wieder davon«, wisperte sie leise und sah auf ihn hinunter. Noch immer lief das Wasser und perlte an ihren Brüsten ab. Die Tropfen landeten auch an seinen Lippen und verschwanden in dem schmalen Spalt dazwischen. Sie wusste, was für ein magisches Instrument hinter diesem schön geformten Mund verborgen lag, und wünschte sich sehnlichst, dass er es wieder zwischen ihren Beinen einsetzte. Dort, wo es so sehr brannte, dass trotz des vielen Wassers nur noch ein Häufchen Asche von ihr übrig bleiben würde, wenn sie ihn nicht schnell dazu brachte, dieses Feuer mit seiner Zunge zu löschen.

Chloe schloss den Abstand und schob ihren Unterleib direkt vor sein Gesicht. Fordernd, in einer Weise, die er nicht falsch interpretieren konnte. Er atmete tief aus und legte die Hände an ihre glatten Oberschenkel, während sie seinem Blick folgte, der sich an ihrem Schlitz festsaugte.

»Mach die Beine breit«, befahl er leise.

Chloe teilte ihre Schenkel nur wenige Zentimeter, es war jedoch ausreichend, um seiner Zunge den gewünschten Zugang zu verschaffen. Sie stöhnte tief auf, als er sie endlich dort berührte, wo sie es am meisten brauchte. Kleine, feste Kreise, hartes Schnippen, sachtes Saugen. Er bot sein gesamtes Repertoire an sexueller Raffinesse auf, um es ihr so richtig zu besorgen, während ihre Finger so brutal an seinen nassen Haaren zerrten, dass sie ihm die Strähnen fast ausriss. Sie verging fast vor Lust.

»Das ist so irrsinnig schön …«, brachte sie mit ersterbender Stimme hervor, während sie das nasse Gleiten seiner Zunge an ihrem Kitzler genoss.

Sie schwankte, wurde nur noch gehalten von seinen Händen, die ihre Schenkel umfassten. Gierig nach mehr, spreizte sie die Beine weiter und drückte schamlos ihr

Geschlecht gegen sein Gesicht, rieb sich an seinen Lippen, seiner Nase und war kaum noch imstande, sich und ihren Körper zu kontrollieren. Alles, was sie wollte, war zu kommen. Durch ihn, auf ihm …

Langsam – er nahm sich alle Zeit der Welt – schob er von unten seine Hand auf ihre Öffnung zu. Gleich zwei Finger ließ er in sie gleiten, während er sie weiter leckte. Seine Zunge war hart und erbarmungslos, genau wie der Takt, mit dem er sich durch den seidigen Kanal pflügte und jeden geheimen Punkt reizte, den er erreichen konnte.

Den Kopf hielt sie gesenkt, während ihre Unterarme sich an den kalten Fliesen abstützten. So konnte sie alles beobachten, was er mit ihr anstellte, sehen, wie sich diese flinke rosa Zunge an ihr zu schaffen machte und sie zum Höhepunkt leckte. Es versetzte sie in unglaubliche Ekstase, jede geschickt ausgeführte Bewegung aus nächster Nähe beobachten zu können. Nach einer Weile ertrug sie diese Reize nicht mehr, bog die Schenkel auseinander, so weit, wie es ihr möglich war, und ließ sich mit einem hemmungslosen Stöhnen gegen sein Gesicht sinken. Sie vertraute darauf, dass er sie halten würde, und genau so geschah es.

Wie Stahlfesseln schlossen sich seine Finger noch fester um ihre Oberschenkel, sein Bizeps war zum Bersten angespannt. Den Mund weit geöffnet, verwöhnte er ihre Scham mit einem wilden Zungenkuss und imitierte mit kräftigen Schüben seiner Zunge den Geschlechtsakt, als er die enge Öffnung durchbrach. Und die ganze Zeit über kreiste sie mit den Hüften, unterstützte ihn, bis sich alles in ihr krampfartig zusammenzog.

Konnte er schon ihren Orgasmus auf den Lippen spüren, ihn auf seiner Zunge schmecken? Allein der Gedanke daran machte ihren exquisiten Qualen ein Ende. Chloe kam heftig und schrie ihren Höhepunkt laut heraus.

Als es vorbei war, presste sie schluchzend die Stirn gegen die nassen Kacheln, ihre Atmung ging flach, und ihre Beine zitterten so stark, dass sie kraftlos nach unten sank.

»Oh Gott, das war unglaublich«, wisperte sie erschöpft und vergrub das Gesicht an seiner Schulter, während er einen Arm hob und das Wasser abdrehte. Sie drückte einen flüchtigen Kuss auf seine Haut, ließ die Lippen dort liegen und fühlte, wie er sie fest und sicher umarmte, während sie sich von ihrem Orgasmus erholte.

»Das klingt, als wäre alles schon vorbei«, lachte er leise. Sie erschauerte, weil die Hitze seines Atems ihr Ohr kitzelte. »Dabei habe ich fest vor, dich heute Nacht so lange und so oft zu lieben, bis du vor lauter Erschöpfung zusammenbrichst.«

Das war in jeder Hinsicht ein erotisches Versprechen. Eines, das ihre Lebensgeister wieder weckte und ein warmes Glühen in ihrem Bauch hervorrief. Schon wieder.

Erwartungsvolle Vorfreude erfüllte sie bis in die Haarspitzen, ihr Körper summte eine Melodie, die nur Liebende hören konnten. Endlich war sie wieder in der Lage, ihren Kopf zu heben, und blinzelte ihn träge an.

»Willst du mehr?«, raunte sie ihm zu, lehnte sich ein wenig zurück und glitt verspielt mit ihren Fingerspitzen über seine Brustwarzen.

»Nein, will ich nicht.«

Erschrocken suchte sie seinen Blick, wurde aber sofort wieder beruhigt, als er sagte: »Ich will nicht mehr, sondern alles. Jede Berührung, jeden Gedanken, jede Regung von dir möchte ich teilen, und das für den verdammten Rest meines Lebens.«

Sie schluckte heftig, als die Gefühle über ihr zusammenschlugen.

»Oh Ryan …«

Anstatt ihm mit Worten zu versichern, was in ihr vorging, fiel sie ihm um den Hals und küsste ihn mit solcher Leidenschaft, dass sie trotz ihrer sitzenden Position fast umfielen. Er löste sich behutsam aus ihrer Umklammerung und deutete mit dem Kopf Richtung Schlafzimmer.

»Komm, lass uns hier rausgehen. Im Bett haben wir es bequemer.«

Küssend erhoben sie sich, lachten, weil sie auf dem glatten Untergrund fast ausrutschten, und wankten schließlich eng umschlungen aus dem Bad. Noch immer ganz schlüpfrig von den Resten des Wassers und des Duschgels auf ihrer Haut, landeten sie auf dem breiten Doppelbett. Chloe wurde sofort von Ryan auf den Rücken gerollt, damit er sie in aller Ruhe betrachten konnte. Sie fühlte sich wohl, trotz ihrer vermeintlichen Schutzlosigkeit, und streckte lasziv die Arme über dem Kopf aus, rekelte sich, wartete …

Ryan sah sie lange an, sein Blick ruhte eindringlich auf ihrem Gesicht, ihren Brüsten und vor allem auf dem Spalt zwischen ihren Beinen. Ein langsames Lächeln breitete sich auf seinen Zügen aus. Es war so männlich, so sündig und so voller Verheißung, dass ihr unter dem feurigen Blick ganz anders wurde. Ryan sah aus, als würde er sie am liebsten bei lebendigem Leib auffressen, und sie hätte seinen Appetit mit Freuden gestillt, solange ihn das glücklich machte.

»Ich würde dich am liebsten auffressen«, bestätigte er gleich darauf ihre Gedanken. Sie schenkte ihm ein ergebenes Seufzen, spreizte die Beine und streckte verlangend die Arme nach ihm aus. Er kam umgehend zu ihr, begrub sie unter seinem Körper und hielt sie mit seinem Gewicht unten. Für sie gab es nichts Schöneres, als ihn und seine zärtlichen Berührungen zu fühlen, die erkundend über ihren Körper glitten und sie in eine Welt jenseits der Wirklichkeit katapultierten. Sie fühlte Frieden unter dem Deckmantel der Erregung, oder anders ausgedrückt: die Sicherheit, genau so geliebt zu werden, wie sie war. Mit all ihren Stärken und Schwächen.

Ryan neigte sich zu ihr hinunter. Seine Hände umschlossen behutsam ihren Kopf, als bräuchte er den Kontakt zu ihrer Haut und zu ihrem Haar, während er sie küsste.

»Ich liebe dich …«

Immer wieder wiederholte er diese drei kleinen Wörter, die so eine unglaubliche Wirkung auf ihre so einsame Seele hatten. Heilend vertrieben sie jede Unzulänglichkeit, die sie über die letzten Jahre hinweg in sich zu sehen geglaubt hatte, und machten sie zu einer Frau, die es wert war, verehrt und geliebt zu werden. Auch in ihrer eigenen Wahrnehmung.

Chloe erwiderte sein Bekenntnis mit der gleichen Inbrunst, bis sich jeder vernünftige Gedanke unter seinen Berührungen auflöste. Schon längst hatten seine Liebkosungen an Nachdrücklichkeit zugenommen. Während er seine Zunge in genüsslich gleitenden Zügen immer wieder in ihrem Mund versenkte, rieb er sein Glied an ihrer glitschigen Scham. Chloe spreizte die Beine, um ihn noch besser spüren zu können, drückte ihm ihren Unterleib entgegen.

»Halt dich an mir fest«, flüsterte er an ihrem Mund, unterbrach dafür den Kuss. Sie sah ihm in die Augen und hätte am liebsten geweint, weil sie so viel Liebe darin lesen konnte.

»Er tut es wirklich, er liebt mich … nur mich«, dachte sie unzusammenhängend, während er in sie eindrang. Sein Glied füllte die Leere in ihrem Körper, das glückliche Leuchten in seinem Blick die ihn ihrem Herzen. Ryan vervollständigte sie auf jede nur mögliche Weise.

»Lass mich nicht los, das könnte ein wilder Ritt werden«, riet er ihr leise und setzte sich auf.

Er nahm sie mit sich, und sie saß auf seinen Schenkeln. Chloe schlang automatisch die Arme um seinen Hals und brachte ihr Gesicht so nah an seines, dass sie seinen warmen Atem auf ihrer Zunge schmecken konnte. Erneut umfing er sie mit sicherem Griff und sah ihr tief in die Augen, als er sie hochhob und wieder nach unten drückte. Erst ganz langsam, dann immer schneller. Ihre Erregungskurve stieg rasant, die Dehnung zwischen ihren Schenkeln baute eine delikate Spannung auf und riss sie mit sich, während sie einfach nur dem Rhythmus folgte, den er vorgab.

Vor Anstrengung bildete sich feiner Schweiß auf seinem Körper, sie leckte die winzigen Perlen von seiner Schulter, schmeckte ihn, genoss ihn, und doch war es nicht genug.

»Leg dich auf den Rücken, Ryan«, bat sie mit erstickter Stimme und biss sich fest auf die Zunge, als ein bittersüßes Ziehen durch ihren Schoß zog. Es war herrlich, doch sie brauchte mehr. Sie wollte ihn in Besitz nehmen, so wie er es sonst immer mit ihr tat.

Ryan gehorchte und streckte sich lang aus. Sein Glied rutschte heraus und blieb pulsierend auf seinem Bauch liegen. Er lächelte, angestrengt, aber er lächelte.

»Was hast du jetzt vor, Prinzessin?«

Entschlossen sah sie ihm in die Augen.

»Ich werde dich jetzt nehmen.«

Seine Lider schlossen sich über dem schillernden Eisblau, er riss sie aber sofort wieder auf, als sie seinen Schaft fest mit der Hand umfasste. Chloe fühlte sich unglaublich frei in diesem Augenblick. Die Liebe zu ihm gab ihr die Sicherheit, jene Schranken zu sprengen, die ihr Liebesspiel bisher eingeengt hatten. Sonst war er immer der dominante Part gewesen, heute wollte sie diejenige sein, die ihn an seine Grenzen trieb.

Mit sicherem Griff streichelte sie seinen Schwanz auf und ab und rutschte näher an ihn heran.

»Ich liebe es, dich zu berühren«, flüsterte sie ihm zu und betrachtete bewundernd diesen wunderschönen Körperteil, der selig zuckend zwischen ihren Fingern lag. Er hatte das Licht im Zimmer nicht gelöscht, und so konnte sie jede Einzelheit an ihm klar erkennen. Ryan war an dieser intimen Stelle wirklich wunderbar anzusehen, sein Glied genauso schön wie der Rest seines Körpers. Nicht so ein hässliches, blutunterlaufenes Ding, sondern von einer himmlisch cremigen Tönung, nur unterbrochen von den pulsierenden blauen Adern, die sich wie die Linien einer Landkarte um sein erigiertes Fleisch wanden.

Chloe konnte nicht widerstehen und drückte einen Kuss auf die Spitze, ihre Zunge zog verspielte Kreise und befeuchtete seine Eichel, obwohl das gar nicht mehr nötig war. Aus dem zarten Spalt traten schon längst die ersten Lusttropfen heraus. Sie leckte sie fort, fuhr mehrmals durch die feine Kerbe, um noch mehr davon zu kriegen. Chloe war süchtig nach seinem Geschmack, hörte aber auf, sich daran zu berauschen, weil sein lautes Fluchen sie zum Lachen brachte. Den Kopf hebend, fixierte sie neugierig sein Gesicht und war irrsinnig stolz auf ihre Leistung. Er musste sich sichtlich anstrengen, nicht die Kontrolle zu verlieren. Das war allein ihr Verdienst.

»Wie lange willst du mich noch quälen?«

»Hm … mal sehen …«

Ihre Zungenspitze fuhr provozierend langsam an der Unterseite seines Gliedes entlang. Ryan wurde von einem Lustschauer geschüttelt, was Chloe heftig einheizte. Sie stülpte ihren Mund wieder über seine Härte, nahm ihn so tief auf wie nur möglich und saugte. Ihre Fingerspitzen tanzten dabei über seine harte Bauchdecke, ließen die Muskeln vibrieren, die sich immer wieder zusammenzogen und entspannten. Je nachdem, wie intensiv sie ihn bearbeitete.

»Chloe, hör auf. Ich will nicht in deinem Mund kommen.«

Kurz war sie versucht, ihn noch ein wenig zappeln zu lassen, doch ihre eigene Lust schrie ebenfalls nach Befriedigung und ließ keine weitere Verzögerung mehr zu. Sie positionierte sich mit weit gespreizten Schenken über seinem Glied und senkte vorsichtig ihren Unterleib auf ihn hinunter. Sie spürte sein Eindringen, die Dehnung und schließlich das wilde Pochen, das wie ein Echo zwischen ihren seidigen Wänden hin und her prallte.

Gleichzeitig stöhnten sie auf, weil die Empfindung, endlich eins zu sein, sie beide überwältigte. Um das voll und ganz genießen zu können, blieb sie ganz ruhig sitzen, bis sie es nicht mehr aushielt und sich mit den Händen nach hinten hin abstützte. Die Ruhe vor dem Sturm war zu Ende, sobald sie ihren Unterleib in fließenden Bewegungen vor- und zurückschob, sich an ihm befriedigte, wie sie es gerade brauchte.

»Mach schneller«, ächzte er und stieß nach oben, um ihr entgegenzukommen.

Sie tat es, bewegte die Hüften wie im Fieber, erbebte beim jedem heftigen Zusammenprall ihrer Körper, bis sich die Spannung nach einigen berauschenden Minuten in einem wahnsinnigen Orgasmus entlud ...

Der Morgen graute schon und warf das erste trübe Licht des beginnenden Tages in den Raum, als Chloe dicht an ihn geschmiegt dalag und seine Brust streichelte. Er war glücklich, und obwohl er früher mit Spott darauf reagiert hatte, so glaubte er jetzt ohne Einschränkung daran, dass es für jeden Mann tatsächlich die Eine gab. Chloe war alles, was er wollte, alles, was er benötigte, um glücklich zu sein. Obwohl er sich unglaublich müde fühlte, flüsterte er ihr unablässig süße Nichtigkeiten zu und berührte ihren weichen Körper, als hätte er Angst, dieser Moment könnte wie eine Seifenblase zerplatzen und ihn genauso einsam erwachen lassen wie die Nächte zuvor.

»Ich kann immer noch nicht glauben, dass du hier bist«, flüsterte er ihr leise zu.

Sein Mund streifte ihre Schläfe und trank den Duft ihrer Haut.

»Ehrlich gesagt kann ich es selbst kaum glauben«, erwiderte sie und vergrub die Nase an seiner Brust, ehe sie sich plötzlich aufsetzte und auf ihn niedersah. Ryan verschränkte die Arme hinter seinem Nacken und lächelte sie an. Er fühlte sich entspannter als je zuvor in seinem Leben. Zufrieden.

»Hübsch …«, murmelte er und betrachtete jede Linie ihres Körpers voller Stolz, weil dieses entzückende Geschöpf endlich zu ihm gehörte.

»Ryan, wie soll es jetzt weitergehen?«

Ihre klare Stimme durchschnitt die friedvolle Atmosphäre, und Ryan seufzte. Die Realität kam mit Siebenmeilenstiefeln angelaufen und verlangte ihr Recht. Er setzte sich ebenfalls auf und schob eine Hand an ihren Nacken.

»Schon wieder Zweifel?«

Heftiges Kopfschütteln.

»Nein, darum geht es nicht. Ich meine eigentlich eher praktische Erwägungen. Wie stellst du dir unsere Beziehung in Zukunft vor?«

Sein anderer Arm schoss heraus, er packte sie und zog sie mit einem Ruck auf seinen Schoß.

»Wie hättest du es denn gerne?«

Sie zog eine Grimasse.

»Idiot, lass die Scherze.«

»Das ist kein Scherz. Sag mir, was du dir wünschst, was du dir erträumst. Ich bin kein Hellseher, Chloe. Du musst mir dabei helfen, dich glücklich zu machen.«

Ein zarter Kuss streifte seinen Mund, als sie sich dichter an ihn schmiegte. Ihr Haar fiel ihnen beiden ins Gesicht, während sie die Nasenspitze an seiner Wange rieb.

»Du willst mich also glücklich machen«, hauchte sie.

»Mehr als alles andere«, versicherte er. Seine Fingerkuppen waren gerade dazu übergegangen, die gerade Linie ihrer Wirbelsäule nachzuziehen, was beschleunigten Atem und unruhige Bewegungen auf seinem Unterleib zur Folge hatte.

»Weißt du, was mich wirklich glücklich machen würde?«

Er hielt sie ein wenig von sich weg.

»Sag's mir.«

Chloe zögerte merklich, rückte dann aber mit der Sprache raus.

»Am liebsten würde ich meine Sachen packen und irgendwo hingehen, wo uns keiner kennt.« Nachdenklich zog sie die Unterlippe zwischen ihre Lippen.

»Ich habe das Gefühl, London ist nicht groß genug für mich und meine Mutter. Die Möglichkeit, ihr eines Tages auf der Straße zu begegnen, jagt mir eine Höllenangst ein.«

Wieder vergrub sie ihr Gesicht an seiner Schulter. Er konnte sie verstehen. Auch für ihn war es ein Schock gewesen, dass er die Frau, mit der er monatelang zusammen gewesen war, eigentlich nie gekannt hatte. Das Ende ihrer gemeinsamen Zeit war dann kurz und schmerzlos gewesen. Sie hatte ihm keine Vorwürfe gemacht und mit keinem Wort durchblicken lassen, dass seine Affäre mit Chloe sie verletzt hätte. Dass sie die Trennung so locker hinnahm, war nicht unbedingt ein schönes Gefühl gewesen. Immerhin hatten sie eine schöne Zeit zusammen gehabt, er war sogar überzeugt davon gewesen, sie zu lieben, bis ihm die Gefühle für Chloe in die Quere kamen und ihm zeigten, was Liebe wirklich war.

Mit Leanne war er zusammen gewesen, um nichts aufgeben zu müssen, was er als wichtig erachtete. Er war immer noch der Mittelpunkt und Leanne die mehr als nur reizvolle Beigabe. Bei Chloe war das anders. Diesmal war nicht er die Hauptperson, sondern sie. Ihr Glück war alles, was zählte. Deswegen musste er sie auch dazu bringen, sich mit Leanne auszusprechen, sonst würde sie sich innerlich zerfleischen, was sicher auch Spuren in ihrem gemeinsamen Leben hinterlassen würde.

»Du kannst nicht ewig vor Leanne davonlaufen. Du musst mit ihr reden.«

Trotzig hob sie den Kopf.

»Ich muss gar nichts. Sie hat jedes Recht auf eine Aussprache verwirkt.«

Er seufzte ungeduldig, weil sie so stur war. Chloe hob leicht brüskiert die Augenbrauen.

»Du siehst das wohl anders, oder?«

Er atmete tief aus und wappnete sich vor dem gewaltigen Donnerwetter, das er sicher gleich zu erwarten hatte.

»Sagen wir mal so: Ich hätte dich für mutiger gehalten. Wäre es nicht besser, du machst deinen Frieden mit ihr? Leanne ist trotz ihrer Fehler kein Unmensch, also tu nicht so, als hätte sie ein grausames Verbrechen begangen.«

Wie erwartet rückte sie von ihm ab. Ryan konnte sie gerade noch so davon abhalten, von seinem Schoß zu rutschen, und hielt sie an den Oberarmen fest. Ihr Haar flog indessen schwungvoll nach hinten, als sie sich mit den Handflächen abwehrend an seiner Brust abstützte.

»Kein Verbrechen?«, wiederholte sie. Ihre Augen

funkelten zornig. »Vielleicht nicht vor dem Gesetz, aber moralisch gesehen hat sie sich durchaus schuldig gemacht. Kapierst du denn nicht? Sie hat mich mein ganzes Leben lang belogen, mich um meinen Vater und meine Schwester gebracht, und jetzt soll ich so tun, als wäre nie etwas passiert?«

»Das habe ich doch so nie behauptet«, widersprach er und fragte sich, wie sie ihn nur so falsch verstehen konnte.

»Dann muss ich mich wohl verhört haben«, erklärte sie spöttisch.

Keine zwei Sekunden später fand sie sich flachgelegt auf dem Rücken wieder, sein Gesicht schwebte nur Zentimeter über ihrem.

»Du bist wirklich mit Abstand das dickköpfigste Frauenzimmer, das mir je untergekommen ist«, flüsterte er entnervt.

»Was kann ich dafür, wenn du dummes Zeug redest«, wehrte sie ab und drehte den Kopf zur Seite, als er sie küssen wollte. Sein Mund landete auf ihrer Wange, fuhr hinab zu ihrem Hals und saugte sich dort fest.

»Hör auf, mir Knutschflecke zu verpassen, während wir streiten«, empörte sie sich.

Sie versuchte, sich unter seinem Körper herauszuwinden, was geradezu lächerlich war, wenn man bedachte, um wie vieles größer und kräftiger er war.

»Du streitest, ich diskutiere«, erwiderte er. Um ihr seine Überlegenheit zu demonstrieren, packte er ihre Hände und pinnte ihre Arme hoch über ihrem Kopf auf der Matratze fest.

»Du Ekel, lass mich los. Geh doch wieder zurück zu meiner Mutter. Du scheinst sie ja weiterhin für einen Engel zu halten.«

»Ich halte sie nicht für einen Engel, nur für einen Menschen, der eben einen Fehler gemacht hat.«

Ihr Blick zeigte, dass sie ihn für übergeschnappt hielt, und er verdrehte die Augen.

»Na gut ... eine Menge Fehler«, präzisierte er.

Das entsprach wohl schon eher dem, was Chloe hören wollte. Er schenkte ihr einen abschätzenden Blick, ehe er dieser fruchtlosen Diskussion ein Ende bereitete. Seine Lust auf Streit hielt sich in Grenzen, vor allem in Anbetracht ihrer verlockenden Nacktheit. Er küsste sie auf den Hals und arbeitete sich zu ihren Brüsten vor.

»Vielleicht sollten wir diese Unterhaltung auf einen späteren Zeitpunkt verschieben. Wie du vielleicht gemerkt hast, bin ich schwer beschäftigt.«

Sein Mund widmete sich mittlerweile seelenruhig ihrer linken Brust und züngelte ihre Warze. Er grinste dabei in sich hinein. Chloe war so aufgewühlt, dass sich ihr Brustkorb rasch auf und ab senkte. Ihm gefiel die Wirkung, die er auf sie hatte, außerordentlich gut. Sein Knie schlüpfte zwischen ihre Schenkel und spreizte sie so weit, dass er sich mit dem Unterleib bequem zwischen ihren Beinen einnisten konnte. Seine neubelebte Erektion drückte sich hart in die Mulde ihrer Scham und fühlte die sahnige Feuchtigkeit, die aus ihrer Öffnung austrat. Sie war genauso scharf auf eine Wiederholung der letzten Stunden wie er, auch wenn sie momentan wohl eher der Queen das Nachttöpfchen geleert hätte als das zugegeben.

»Wenn du denkst, du kriegst mich rum, dann hast du dich geschnitten, Seymour«, ließ sie prompt verlauten.

Ryan seufzte. Er hatte genug und wollte diese leidige Angelegenheit endlich zu Ende bringen.

»Chloe, ich bin auf deiner Seite. Gerade deswegen halte ich es für das Beste, wenn du dich mit Leanne aussprichst. Lass raus, was dich ankotzt. Das bedeutet nicht, dass du ihr verzeihen sollst, aber ich schwöre dir, du wirst dich danach besser fühlen. Es ist ungesund, alles in sich reinzufressen. Mein Gott, siehst du denn keine Talkshows?«

Sie lachte nicht, so wie von ihm beabsichtigt, sondern wurde sehr schweigsam. An ihm vorbeistarrend, blickte sie still zur Decke. Ihre Mundwinkel zuckten, und ihre Augen waren feucht. Ryan fühlte sich wie das größte Arschloch unter der Sonne, weil er sie so unter Druck setzte.

»Ich weiß nicht, ob ich das schaffe«, flüsterte sie nach einer Weile.

Ihre schönen Augen schwammen in Tränen, was ihn nur noch mehr gegen sich selbst aufbrachte. Er hasste es ohnehin, wenn Frauen weinten, und konnte den Anblick bei Chloe erst recht nicht ertragen.

»Pst, nicht weinen, Prinzessin«, tröstete er und fing eine hinabkullernde Träne mit den Lippen auf. »Vergiss, was ich gesagt habe.«

Sie schüttelte den Kopf und umfing seine Wangen mit ihren zarten Händen, strich über seine rauen Bartstoppeln.

»Nein, es stimmt schon, was du gesagt hast, auch wenn ich es gerne anders hätte.« Ihre Augen wirkten ein wenig rastlos, ehe sie in seinen wieder ihren Fixpunkt fanden. »Würdest du mich begleiten? Ich glaube, allein kann ich ihr nicht gegenübertreten. Dafür bin ich nicht stark genug.«

Ryan streichelte mit dem Daumen ihre Wangenknochen und küsste sie auf die Nasenspitze.

»Wenn du mich brauchst, dann komme ich mit«, versprach er.

»Gut.« Sie lächelte ihm unter Tränen zu. Ihr wunderbares Chloe-Lächeln, das ihm von der ersten Sekunde an den Atem geraubt hatte. Er erinnerte sich wieder an den

Moment, als er sie das erste Mal gesehen hatte, damals … auf Seymour Manor.

Es kam ihm vor wie eine Ewigkeit, die Zeit dazwischen war nicht immer leicht gewesen. Schwankend zwischen dem Wunsch, sie aus seinem Kopf zu kriegen, und einem unersättlichen Verlangen, das sich niemals stillen ließ. Wie lange hatte er gebraucht, um das zu begreifen? Ohne Chloe war das Leben eine endlose Nacht, doch sobald sie bei ihm war, erstrahlte es in bunten und leuchtenden Farben.

»Chloe, ich möchte, dass du eines weißt: Wir beide, du und ich, brauchen uns vor nichts auf der Welt zu fürchten, solange wir zusammen sind«, flüsterte er ihr leise zu und schwor sich, dass er alles Menschenmögliche tun würde, damit sie nie wieder verletzt wurde.

Kapitel 12

Nachdem sie sich endlich dazu durchgerungen hatte, ein letztes Mal mit Leanne zu sprechen, konnte es ihr gar nicht schnell genug gehen. Ein einziger Anruf reichte aus, um ein Treffen für den späten Nachmittag zu arrangieren. Bis dahin hatten sie noch viel Zeit, und so verließen sie gemeinsam seine provisorische Wohnung, um erst mal zu Chloe nach Hause zu fahren. Dort holte sie ihre Katze ab, während Ryan seine Tasche in ihrem Schlafzimmer bunkerte und sich in ihren vier Wänden so breitmachte, als würde er schon jahrelang mit ihr unter einem Dach wohnen. Chloe wurde das Herz weit, weil er sich mit so ungezwungener Unbefangenheit in ihren Räumlichkeiten bewegte, den Kühlschrank nach was Essbarem durchforstete und sich auch sonst ziemlich wohl in seiner Haut zu fühlen schien.

Gerade in diesem Augenblick war er bei ihr im Bad und sah ihr interessiert dabei zu, wie sie sich vor dem Spiegel zurechtmachte. Kassiopeia lungerte derweil lammfromm auf seinem Schoß herum und genoss das sanfte Streicheln seiner kräftigen Hände auf ihrem Rücken. Hin und wieder durchbrach das zufriedene Schnurren der Katze die Stille, und Chloe hätte fast geseufzt. Sie konnte sie ja so gut verstehen …

Ryans Hände waren einfach magisch, während ihre eigenen gerade machten, was sie wollten. Sie hatte ihre widerspenstigen Finger nicht mal für eine Sekunde unter

Kontrolle, während sie sich redlich mühte, sich nicht aus Versehen die Spitze der Mascarabürste ins Auge zu rammen. Noch dazu schienen ihre Wimpern ein eigentümliches Eigenleben zu führen und glitten an dem Schminkutensil ab, ohne auch nur einen Hauch der schwarzen Farbe anzunehmen. Nach einigen Fehlversuchen gab sie es schließlich auf und beschloss, die Welt heute mit naturbraunen Härchen zu beglücken.

»Nervös?«

Ryan saß noch immer auf dem runtergeklappten Klodeckel und wirkte dermaßen entspannt, dass Chloe nur noch fahriger wurde. Sie wusste schon gar nicht mehr, wohin mit ihren Händen.

»Wie kommst du denn auf die Idee?«, behauptete sie blasiert und tat so, als wäre alles in bester Ordnung. Dabei ging ihr der Arsch auf Grundeis, allein beim Gedanken an das bevorstehende Gespräch mit ihrer Mutter. Sie hatte keine Ahnung, was sie ihr sagen sollte, keine Strategie, die ihr dabei helfen konnte, die anstehende Konfrontation besser zu überstehen. Dass es Ryan so gar nicht berührte, Leanne bald wieder zu begegnen, machte es auch nicht besser. Über den Spiegel hinweg kreuzten sich ihre Blicke.

»Macht es dir denn gar nichts aus, sie heute zu sehen?«

Es wurmte sie, dass er so unbeteiligt wirkte, doch ein leichtes Zucken an seiner Wange verhieß etwas anderes. Ryan war längst nicht so gelassen, wie es den Anschein hatte. Er konnte es nur besser verbergen als sie. Mit einer flüssigen Bewegung erhob er sich und ignorierte das erboste Fauchen ihrer Katze, weil die liebevolle Behandlung ein so jähes Ende fand. Mit wenigen Schritten war er bei ihr und positionierte sich hinter ihrem Rücken, seine Hände legten sich schwer auf ihre Schultern. Automatisch lehnte sie sich an seine Brust und spürte gleich darauf, wie er sein Kinn auf ihrem Scheitel abstützte.

»Wie praktisch für ihn, dass ich ihm kaum bis an die Schulter reiche«, dachte sie leicht schmollend.

»Chloe, natürlich lässt es mich nicht kalt. Immerhin war ich monatelang mit ihr zusammen und wollte sie sogar heiraten«, fing er an.

Sie versteifte sich unwillkürlich.

»Jetzt krieg das nicht wieder in den falschen Hals. Ich liebe sie nicht mehr, aber das bedeutet nicht, dass ich gar nichts mehr für sie empfinde. Sie tut mir einfach leid, weil sie durch ihre Lügen ihr ganzes Leben verpfuscht hat. Mehr nicht.«

Chloe verzog unglücklich die Mundwinkel und fühlte keinerlei Triumph, weil sie ihre Mutter endgültig überflügelt hatte. Zumindest, wenn es um Ryan ging.

»Mitleid ist was Furchtbares, geradezu erniedrigend«, stellte sie sehr leise fest und fragte sich das erste Mal überhaupt, wie es Leanne jetzt gehen mochte. Sie hatte auf einen Schlag alles verloren. Nicht nur den Mann, den sie geliebt hatte und mit ziemlicher Wahrscheinlichkeit nach wie vor liebte, sondern sie hatte auch das Band zu ihren Kindern – so zerbrechlich es auch gewesen war – irreparabel beschädigt.

Ein scharfer Schmerz zog an ihren Eingeweiden, weil die Vorstellung, dass sie mutterseelenallein in ihrer Wohnung saß und womöglich über ihren eigenen Fehlern verzweifelte, wie eine bösartige Klauenhand an ihr riss. Gleich darauf wurde sie wütend auf sich selbst und versuchte, ihre unerbittliche Haltung aufrechtzuerhalten. Leanne verdiente weder Mitleid noch Sorge. Dafür hatte sie in ihrem Leben selbst zu wenig davon gezeigt.

»Lass uns fahren, ich würde es gerne so schnell wie möglich hinter mich bringen, damit wir endlich ein neues Leben beginnen können.«

Obwohl sie sich den Anschein von Coolness gab, bekam Chloe feuchte Hände, als sie an der Wohnungstür ihrer Mutter klingelte. Sie hatte Angst, einer in Tränen aufgelösten Leanne gegenüberzustehen, gezeichnet vom Kummer, doch Leanne gehörte zu jenen Frauen, denen nicht mal Elend und Sorgen etwas anhaben konnten. Sie sah wie immer atemberaubend aus, als sie nach dem ersten Klingeln öffnete, als hätte sie schon hinter der Tür auf Chloes Ankunft gelauert.

»Können wir reinkommen?«, fragte sie steif.

Leanne trat zurück, ihr Blick glitt unstet zwischen Chloe und Ryan hin und her, der ihr freundlich zunickte. Ein Lächeln huschte über ihr Gesicht, sie verzichtete jedoch darauf, die knappe Begrüßung mit ihrer typisch überschwänglichen Art zu erwidern, sondern hielt sich ungewöhnlich zurück.

»Kommt doch rein, ich habe euch schon erwartet«, murmelte sie leise und drehte ihnen den Rücken zu, um durch den Flur voraus ins Wohnzimmer zu gehen. Ihre Haltung dabei war nicht anders als königlich zu nennen. Die Schultern gerade, den Kopf hoch erhoben, wirkte sie keineswegs wie jemand, der bei irgendjemandem Abbitte leisten musste. Chloe war irritiert und warf einen hilfesuchenden Blick zu Ryan, der ihr beruhigend zulächelte und nach ihrer Hand fasste.

»Komm, so schlimm wird es nicht werden«, raunte er ihr zu und drückte ihre eisigen Finger. Seine Wärme ging auf sie über und breitete sich wie ein mäßigender Teppich über ihrem überreizten Nervenkostüm aus.

»Hoffentlich behältst du recht«, erwiderte sie ebenso leise.

Leanne stand mitten im Raum, als sie sich zu ihr gesellten, und deutete auf die breite Couch.

»Setzt euch doch. Wollt ihr was zu trinken?«

Sie war ganz fürsorgliche Gastgeberin, als wäre es normal, dass man den ehemaligen Geliebten in Begleitung der Tochter willkommen hieß. Chloe lehnte dankend ab und setzte sich dicht neben Ryan auf die gepolsterte Fläche. Ihr war die ganze Situation furchtbar unangenehm, und so kam sie tief einatmend gleich zur Sache.

»Nein, ich will nichts trinken. Was ich eigentlich möchte, ist eine Erklärung.«

Ein bebendes Lächeln glitt über Leannes Züge.

»Das habe ich befürchtet …«

»Hast du was anderes erwartet?«

Die blauen Augen ihrer Mutter bohrten sich in ihre, sie schüttelte den Kopf.

»Natürlich nicht. Und du wirst deine Antworten bekommen. Frag mich, was immer du wissen willst.«

Chloe presste Ryans Finger so fest, dass es ihm wehtun musste. Die Stunde der Wahrheit. Gleich war es so weit, sofern Leanne nicht wieder mit Lügen um sich warf, als wären es Smarties.

»Es gibt eigentlich nur eines, das ich wissen will. Wieso hast du mir all die Jahre verschwiegen, dass ich einen Vater und eine Schwester habe?«, brach es aus ihr heraus.

Leanne seufzte tief und drehte den Kopf zur Seite, als bereite ihr der vorwurfsvolle Blick ihrer Tochter körperliche Schmerzen.

»Das lässt sich nicht in ein paar Sätzen abhandeln. Wie soll ich dir etwas begreiflich machen, was ich selbst nicht verstehe.«

Ein schmerzlicher Zug überschattete ihr wunderschönes Profil.

»Willst du mir etwa weismachen, du weißt nicht, warum du damals gegangen bist?«

»Nein, das nicht, aber damals war ich ein anderer

Mensch, es kommt mir alles so weit weg vor. Ein anderes Leben …«

Leanne stockte.

»Das hat so keinen Zweck«, flüsterte sie mehr zu sich selbst und ließ sich in einen Sessel sinken. Sie strahlte etwas eigenartig Verlorenes aus in dem wuchtigen Gebilde. Schließlich ging ein Ruck durch sie.

»Chloe, ich hätte eine Bitte an dich.«

»Ich höre.«

»Sei so lieb und unterbrich mich nicht, bis ich dir die ganze Geschichte erzählt habe. Sie wird mich zwar nicht unbedingt im besten Licht zeigen, aber nach all meinen Lügen hast du endlich ein Anrecht auf die Wahrheit.«

Chloe blieb kühl. Ryans unmittelbare Anwesenheit half ihr dabei, nicht wutentbrannt auf Leanne einzudreschen, weil sie jetzt die reuige Sünderin spielte.

»Ich bitte darum«, sagte sie lediglich. Sie fühlte sich innerlich wie versteinert, weil der Seelenschutt eines ganzen Lebens auf ihr lastete. Die Stimme ihrer Mutter klang ganz weit weg, als sie mit ihrer Beichte begann.

»Ich war sechzehn, als ich Ross kennenlernte, jung und naiv und von dem Wunsch erfüllt, der erdrückenden Enge meines Elternhauses zu entfliehen«, begann sie.

Chloe fixierte ihr Gesicht, sah, dass Leanne geistig weit zurück in die Vergangenheit abdriftete. »Meine Mutter … sie war eine unglaublich strenge Frau und hat unsere Farm allein geführt, nachdem mein Vater mit einer Jüngeren abgehauen war. Sie war danach nie wieder die Gleiche und hat keinen Mann mehr an sich herangelassen, obwohl sie wirklich eine wunderschöne Frau war. Mutter war verbittert und hielt alle Männer für lüsterne Monster, die einer Frau nichts als Unglück bringen.« Ein heiseres Lachen entwich Leanne. »Hätte ich mal nur auf sie gehört, aber als Teenager sieht man die Dinge nun mal anders, und ich wollte mir von ihr keine Vorschriften machen lassen. Alles hat sie mir verboten, und ich habe mich gefühlt, als wäre ich lebendig begraben, umgeben von Kühen und Feldern, so weit das Auge reicht. Das Einzige, was mich aufrecht gehalten hat, waren meine Träume.«

Plötzlich grinste sie und sah dabei unheimlich jung aus.

»Ich wollte schon damals Schauspielerin werden, weißt du. Berühmt sein und umschwärmt … und ich wusste tief in mir drin, dass ich es schaffen konnte. Das hat mir geholfen durchzuhalten, doch dann tauchte Ross auf der Farm auf, und alles wurde nebensächlich. Er suchte Arbeit, und meine Mutter hat ihn zu meinem größten Erstaunen sofort eingestellt. Weiß der Himmel, warum …«

Chloe war gegen ihren Willen fasziniert von dieser Reise in die Vergangenheit und hörte wie gebannt zu. Ryan, der ganz still neben ihr saß, äußerte sich gar nicht. Er blieb ein stiller Beobachter, der darauf achtete, dass die Situation nicht in irgendeiner Weise eskalierte.

»Was ist dann passiert?«

Leanne sah kurz zu ihr und hob die Schultern an.

»Ach, das Übliche. Ross war jung und sah aus wie ein Gott«, sagte sie nüchtern, holte dann aber weiter aus, fing beinahe an zu schwärmen. »Er verfügte über einen Charme und eine Ausstrahlung, die jeden für sich einnahm, und ich war ihm innerhalb weniger Tage total verfallen. So sehr, dass ich sogar meinen Traum, Schauspielerin zu werden, einfach vergaß. Ross war alles, woran ich noch denken konnte, alles, was mir noch wichtig war. Es hat auch nicht lange gedauert, bis wir ein Paar wurden. Heimlich natürlich. Meine Mutter wäre ausgeflippt, hätte sie gewusst, dass ich mit sechzehn schon Sex hatte.«

»Trotzdem hast du ihn geheiratet«, stellte Chloe fest. »Wie kam es dazu?«

Leannes Blick verdüsterte sich.

»Wir haben regelmäßig miteinander geschlafen, und Ross hat damals geschworen, dass er aufpassen würde. Leider ist es einmal schiefgegangen, und ich wurde prompt schwanger. Trotzdem tat ich rein gar nichts, so, als würde sich dieses Problem irgendwie von allein lösen. Tja, das hat es dann, aber nicht so, wie ich es mir erhofft hatte. Eines Nachmittags bin ich von einem Treffen mit Ross heimgekommen. Ich war kaum durch die Tür, als meine Mutter mich mit einer schallenden Ohrfeige begrüßte und mich als Hure beschimpfte.« Leannes Mundwinkel verkrampften sich. Offenbar taten die Erinnerungen an diese Beleidigungen selbst nach all den Jahren noch weh. Chloe spürte unwillkommenes Mitleid.

»Das war sicher nicht sehr angenehm«, meinte sie etwas friedfertiger und hätte sich für dieses Zeichen von Schwäche am liebsten geohrfeigt. Doch Leanne ging gar nicht groß darauf ein, sie befand sich geistig schon längst wieder in der Vergangenheit. Ihre Stimme klang bitter, als sie weitersprach:

»Ich war so naiv und habe nicht daran gedacht, dass sie es ja merken muss, wenn ich über einen längeren Zeitraum hinweg meine Tage nicht kriege.«

»Und dann?«

Chloe fühlte sich wie eine gespannte Reißleine.

»Sie ist mit mir nach Livingston gefahren, um das Baby abtreiben zu lassen. Ich wollte nicht, doch sie hat mich dermaßen unter Druck gesetzt, dass ich nicht mehr wusste, was ich tun sollte. Ross hatte sie von der Farm geworfen, und mich kontrollierte sie so lückenlos, dass eine Kontaktaufnahme zu ihm unmöglich wurde. Sogar das Telefon hat sie ausgesteckt. Ich war praktisch von der Außenwelt abgeschnitten, fühlte mich überfordert und allein. Noch dazu hat sie mir gedroht, ihn bei der Polizei wegen Verführung Minderjähriger anzuzeigen. Immerhin war er schon volljährig …«

Der letzte Satz war nur noch ein unglückliches Flüstern, und Chloe konnte den Schmerz ihrer Mutter fast körperlich fühlen.

»Dann hat er also nichts von der Schwangerschaft gewusst?«

Leanne schüttelte den Kopf.

»Nein, anfangs hatte er keine Ahnung.«

»Das Baby … hast du es wirklich abgetrieben?«

Leanne schüttelte den Kopf, mit geschlossenen Augen, und schien ganz weit weg.

»Nein, der Arzt hat sich geweigert, weil die Schwangerschaft schon so weit fortgeschritten war, und so blieb uns nichts anderes übrig, als zurück nach Hause zu fahren. Mutter hat noch zwei weitere Ärzte kontaktiert, doch auch sie haben eine Abtreibung verweigert, und so fanatisch, dass sie mich in irgendeinem schmuddeligen Hinterzimmer einem Metzger überlassen hätte, war sie gottlob dann doch nicht. Ein paar Tage lang hat sie nichts gesagt, und ich wurde immer nervöser, weil ich nicht wusste, was passieren würde. Bis sie eines Tages mit Ross im Schlepptau nach Hause kam. Sie hatte ihn über die Schwangerschaft informiert und ihm die Überschreibung der Farm angeboten, im Gegenzug musste er mich heiraten.«

Chloes Hand fuhr an ihren Mund, um den entsetzten Laut zu ersticken, der unwillkürlich aus ihr herauswollte. Ross hatte sich kaufen lassen …

»Er hat angenommen, was ich ihm nie verziehen habe«, erklärte Leanne. »Natürlich hat er beteuert, dass er mich liebt und dass er für immer mit mir zusammen sein will. Es stimmte auch, ich sah es seinen Augen an, aber ein Teil von mir hat es ihm immer verübelt, dass er sich von meiner Mutter hat manipulieren lassen.«

»Das ist furchtbar. Du musst dich schrecklich gefühlt haben.«

Leanne bekräftigte dies mit einem heftigen Kopfnicken.

»Ich war genau da, wo ich niemals sein wollte. Für immer an die Farm gebunden, zusammen mit einem Mann, den ich zwar liebte, der aber nie zu Hause war, weil er vor lauter Arbeit einfach keine Zeit mehr hatte. Je weiter mein Bauch anschwoll, umso negativer wurden meine Gefühle dem Baby und ihm gegenüber. Ich fühlte mich verraten und zur Seite geschoben, obwohl er nur so viel gearbeitet hat, um mir und dem Kind eine sorgenfreie Zukunft zu bereiten. Mein Kopf wusste das schon, aber mein Herz«, sie klopfte kurz auf die Stelle, »hat das nicht wahrhaben wollen. Als Paige dann zur Welt kam, konnte ich mich einfach nicht in die Mutterrolle einfügen. Sie hat viel geschrien, wahrscheinlich, weil sie gespürt hat, wie es in mir aussieht. Das hat alles noch unerträglicher für mich gemacht, bis meine Mutter mir die Pflege des Kindes komplett abgenommen hat. Ich war erleichtert und fühlte mich wie befreit, während Ross immer mehr durchblicken ließ, wie abartig er mein Verhalten fand.«

»Wundert dich das?«

Dieses Mal ließ sich Leanne nicht den Schuh der Alleinschuldigen anziehen.

»Sei nicht unfair, Chloe. Ich war sechzehn, ein Kind, das man in eine Ehe getrieben hatte, die von Anfang an zum Scheitern verurteilt war.«

»Immerhin hast du dich alt genug gefühlt, um mit einem Mann zu schlafen«, setzte Chloe mit schriller Stimme entgegen.

Ryan legte einen Arm um ihre Schultern und drückte sie besänftigend an sich.

»Bleib ruhig, Prinzessin«, bat er leise.

Sie schloss die Augen und versuchte, sich wieder in den Griff zu kriegen.

»Entschuldige, Leanne. Erzähl weiter, sag mir, was danach passiert ist.«

»Eines Tages war die Stadt in heller Aufregung, weil sich ein europäisches Filmteam angekündigt hatte. Sie wollten eine Woche bleiben, um dort zu drehen, und dann wieder zurück nach England fliegen. Ich war total aus dem Häuschen und habe mich wieder an meinen Traum erinnert. Diese Dreharbeiten sah ich als einmalige Gelegenheit an, um ihn wahr werden zu lassen. Unentwegt trieb ich mich in der Nähe vom Set herum, bis eines Tages tatsächlich einer der Produzenten auf mich aufmerksam wurde. Er war sofort hellauf begeistert und versprach mir, mich ganz groß rauszubringen. Ich glaubte ihm, brach alle Brücken hinter mir ab und verließ Amerika, um hier in England Fuß zu fassen. Der Rest ist, wie man so schön sagt, Geschichte.«

»Wie konntest du nur dein Kind zurücklassen?«

Chloe war über die Maßen fassungslos.

Leanne senkte beschämt den Kopf.

»Ich weiß es nicht. Ich weiß es ehrlich nicht …« Sie sah auf, die wunderschönen Augen schwimmend in Tränen. »Könnte ich die Zeit zurückdrehen, würde ich es nicht noch einmal tun, aber das kann ich leider nicht.«

»Aber wenn du es bereut hast, wie du behauptest, wieso hast du mir dann all die Jahre etwas vorgelogen?«

Leanne warf die Arme nach oben. Es wirkte ein wenig hilflos.

»Weil ich feige war und egoistisch, weil ich Angst hatte, dass die ganze Welt mein wahres Gesicht sehen könnte. Nicht das der strahlenden Ashley Dubois, sondern Leanne Carter, die gemeine und egoistische Rabenmutter. Den Gedanken daran konnte ich nicht ertragen. Außerdem …

wollte ich Ross nie wieder gegenübertreten, nachdem ich ihm die Scheidungspapiere zugeschickt hatte. Du hast keine Ahnung, wie unerbittlich er sein kann. Ich glaube, hätte er damals schon gewusst, dass ich ihm eine Tochter verschwiegen habe ...«

Sie schluckte und beendete den Satz nicht.

»Du hättest es ihm sagen müssen.«

»Sicher, nur hätte er mich dann zurückgeholt oder dafür gesorgt, dass mir das Sorgerecht für dich entzogen wird. Aber zurück nach Texas, in dieses Kaff, wollte ich auf keinen Fall, und dich herzugeben, war mir auch unerträglich, also habe ich geschwiegen. Ich wollte wenigstens ein Kind behalten, und Paige war bei Ross und meiner Mutter gut aufgehoben. Damals erschien mir das als beste Lösung. Auch wenn ich durch meine Schuldgefühle kaum deine Nähe ertragen konnte, hat es mir immer geholfen, dich nah bei mir zu wissen. Das war unverzeihlich egoistisch, das ist mir jetzt auch klar.«

»Eines versteh ich trotzdem nicht«, hakte Chloe nach und verschränkte die Arme vor der Brust. »Wie konntest du diesen Wahnsinn umsetzen, obwohl du schwanger warst? Hattest du keine Angst, dass du mittellos enden würdest? Ich kann mir nicht vorstellen, dass es einfach war, mit dickem Bauch gute Rollenangebote zu ergattern.«

»Dass ich schwanger war, wusste ich zu dem Zeitpunkt nicht«, rief Leanne rechtfertigend und fühlte sich sichtlich in die Ecke gedrängt. »Meine Periode kam schon immer sehr unregelmäßig, außerdem habe ich die Pille genommen, auch wenn ich wohl etwas nachlässig mit der Einnahme war. Dazu kam noch die Aufregung, in einer völlig neuen Welt gelandet zu sein, als ich mich endlich in London befand. Das hat mein Zeitempfinden ohnehin komplett verschoben, und als ich merkte, dass du unterwegs warst, konnte ich nicht mehr zurück. Es war zu spät dafür. Ich wusste, Ross würde mir diesen Verrat niemals verzeihen, und ich hatte Angst vor seiner Reaktion und davor, eines Tages wie meine Mutter auf dieser verdammten Farm zu versauern.« Leanne sah sie flehend an. »Es ging einfach nicht, Chloe ... ich konnte nicht mehr zurück in mein altes Leben, egal wie unsinnig dir das jetzt vorkommen muss.«

Chloe schluckte, während sie die Lebensgeschichte ihrer Mutter verdaute und die Umstände ihrer Geburt. Dass es ihr leidtat, war im Augenblick nebensächlich. Alles, woran sie gerade denken konnte, war die Tatsache, dass sie kein Kind der Liebe war, sondern ein Unfall. Nichts weiter als ein verdammter ungewollter Fehler, weil ihre Mutter zu dämlich gewesen war, regelmäßig die Pille einzunehmen. Kein Wunder, dass Leanne sie nie geliebt hatte. Von Ross hatte sie sich innerlich schon längst gelöst und Paige an ihn abgeschoben. Im Prinzip hatte sie ihrer Mutter den ganzen hübsch zurechtgelegten Lebensplan versaut.

Herzlichen Glückwunsch, Chloe, du hast ganze Arbeit geleistet ...

Sie schaffte es nur durch Ryans unmittelbare Nähe, nicht in Tränen auszubrechen. Er war dicht an sie herangerückt und hatte ihr schützend den Arm um die Schultern gelegt, während er dem Verlauf des Gesprächs lauschte. Sie war dankbar, dass sie ihn hatte. Ryan war ihr Fels, der einzige Halt, den sie im Leben brauchte, um das hier halbwegs unbeschadet zu überstehen.

»Was ist dann passiert?«, wollte sie wissen.

Leanne räusperte sich und hatte sichtliche Schwierigkeiten, ihre Fassung zu wahren.

»Ich habe die Dreharbeiten durchgezogen, bevor man mir die Schwangerschaft ansehen konnte. Zum Glück war mir nie schlecht.«

Nach der letzten Bemerkung versuchte sie sich an einem Lächeln, doch Chloe schenkte ihr einen derart eisigen Blick, dass es erstarb und sie sich erneut entschuldigte.

»Es tut mir so leid, wirklich, das musst du mir glauben. Aber du musst mir wenigstens zugutehalten, dass ich dich behalten habe. Der Job hat mir genug Geld eingebracht, um dich in Ruhe zur Welt zu bringen und die Zukunft zu planen. Ich hatte Glück, dass ich bei der Ausstrahlung des Films einem weiteren einflussreichen Produzenten aufgefallen bin, der bereit war zu warten, bis ich wieder in der Lage war zu arbeiten. Viel Geld habe ich nicht verdient, aber es hat gereicht, um uns beide durchzubringen. Dich habe ich einfach mit an das Set genommen, und später, als sich endlich der Erfolg einstellte, war genug Geld da für ein Kindermädchen.« Ein eindringlicher Blick ihrer Mutter traf sie. »Eines musst du mir glauben: Niemals hätte ich dich weggegeben. Das war nie eine Option für mich.«

»Bei Paige hattest du nicht so viele Skrupel.«

»Paige war bei Ross und meiner Mutter gut aufgehoben, das war etwas völlig anderes. In ein Heim hätte ich weder sie noch dich jemals abgeschoben.«

»Soll ich dir dafür jetzt auch noch dankbar sein?«, versetzte Chloe ungläubig. »Jede Heimbetreuerin hätte mir wohl mehr Liebe geschenkt, als du es getan hast.«

Leanne verschränkte die Finger ineinander und starrte darauf.

»Den Vorwurf muss ich mir wohl gefallen lassen«, flüsterte sie gepeinigt, ehe sie wieder aufsah. »Trotzdem habe ich dich geliebt, Chloe. Ich konnte es nur nicht deutlicher zeigen.«

Chloes Mundwinkel hoben sich spöttisch.

»Das habe ich gemerkt. Vielen Dank auch.«

Chloe erhob sich.

»Ich habe genug gehört«, meinte sie unvermittelt und streckte die Hand nach Ryan aus, der sich sofort erhob und nach ihren Fingern griff.

Leanne stand ebenfalls auf, ihr Gesichtsausdruck zeigte einen enttäuschten Ausdruck. »Chloe, was ... willst du etwa schon gehen?«

Sie sah ihre Mutter an und nickte.

»Ich habe gehört, was ich hören wollte, und muss das erst mal sacken lassen.«

»Denkst du, du kannst mir eines Tages verzeihen?«

Chloe überlegte, gründlich, und fand keine Antwort darauf. Sie hob die Schultern.

»Ich weiß nicht, vielleicht ...«

Sie wandte sich ab und ging mit Ryan zur Tür.

»Warte ...«

Chloe hielt inne, drehte sich um.

»Was denn noch?«

Ihre Mutter lächelte, wenn auch ein wenig zittrig.

»Ich wünsche euch beiden – dir und Ryan – viel Glück, und ich möchte, dass du weißt, dass ich dir die Affäre mit ihm nicht übelnehme. Ich kann sehen, dass ihr euch liebt, und manchmal ist Liebe eben stärker als Vernunft oder Moral. Ich hoffe wirklich, ihr beide werdet glücklich miteinander. Niemand verdient es mehr als du. Und du, Ryan, pass gut auf meine Kleine auf. Sie hat in ihrem Leben schon genug Enttäuschungen erleben müssen.«

Chloe schluckte die Tränen runter und warf einen schnellen Blick auf Ryan, der ebenfalls sichtlich mit seinen Gefühlen zu kämpfen hatte. Seine Augen fanden ihre, und sie nickte ihm unmerklich zu, weil sie ahnte, was in ihm vorging. Er sollte tun, wozu sie noch nicht imstande war.

»Ist schon okay, geh ruhig zu ihr.«

Erleichterung glättete seine Züge, bevor er die paar Schritte zu Leanne überbrückte und vor ihr stehen blieb.

»Es tut mir ehrlich leid, wie alles gekommen ist, Leanne«, erklärte er schließlich mit ernster Stimme.

Sein Kopf drehte sich zurück zu Chloe, und ihr wurde die Kehle eng, als sie seinen liebevollen Blick auf sich spürte. Seine anschließenden Worte gingen ihr durch und durch.

»Chloe hat mich getroffen wie eine Naturgewalt, ich konnte mich nicht dagegen wehren.«

Sie senkte ergriffen die Lider, bis sie die Spitzen ihrer Wimpern auf der dünnen Haut unter ihren Augen fühlen konnte.

»Ryan, mach dir keine Vorwürfe«, erwiderte Leanne in diesem Augenblick. Keine Wut, kein Bedauern war aus ihrer Stimme herauszuhören, nur Verständnis. »Das mit uns war wunderbar, aber auf Dauer hätte es nicht funktioniert. Das ist mir klargeworden, als Ross plötzlich wieder in meinem Leben aufgetaucht ist. Kein Mann hat es dauerhaft geschafft, mich ihn vergessen zu lassen, und obwohl er mich abgrundtief hasst und wir nie wieder zusammenkommen werden, wird es wohl für den Rest meines Lebens so bleiben.«

»Das tut mir leid«, entgegnete Ryan.

Er strich ihr vorsichtig übers Haar, sein Blick drückte Zärtlichkeit aus. Chloe wusste, dass seine Gefühle für Leanne nicht tot und begraben waren, doch sie empfand keine Wut darüber. Nur eine leise Trauer, weil das Leben manchmal furchtbar ungerecht sein konnte.

Er räusperte sich, und Chloe hörte ihm wieder aufmerksam zu.

»Leanne, eines Tages wirst du einen Mann treffen, der dich auf Händen trägt, und Ross vergessen.«

Leanne lachte traurig.

»Ich fürchte, diesen Mann gibt es nicht. Leider gehöre ich zu den Frauen, die jeden Mann mit ihrer ersten Liebe vergleichen, und keiner hat dem standhalten können.« Plötzlich wich die Melancholie in ihren Zügen einem verschmitzten Grinsen, das blitzartig über ihr Gesicht eilte. Sie knuffte ihn spielerisch in die Seite. »Außer dir, du hättest es beinahe geschafft ...«

Chloe war seltsam gerührt von dieser Szene, da Leanne auf einmal ganz natürlich wirkte. Nicht so aufgesetzt und affektiert. Vielleicht steckte doch mehr hinter dieser glamourösen Fassade, als man auf den ersten Blick erkennen konnte. Nachdenklich begutachtete sie ihre Mutter. Sie war noch meilenweit davon entfernt, ihr verzeihen zu können, doch im Gegensatz zu gestern oder heute Morgen schloss sie diese Möglichkeit nicht mehr aus.

Chloe hoffte nur, dass der ewige Kampf, den Leanne gegen sich selbst und gegen Ross führte, nicht eines Tages Opfer von ihr verlangen würde, die sie nicht mehr ausgleichen konnte. Eine Schauspielkarriere hatte sie schon hinter sich, jetzt gab es nichts mehr außer ihrem Stolz und ihrem Seelenfrieden, das sie als Einsatz geltend machen konnte.

Ryan küsste Leanne zum Abschied keusch auf die Stirn, drückte sie noch einmal kurz an sich und verließ mit Chloe die Wohnung.

Leanne sah den beiden hinterher und fühlte wieder jene Leere, die schon so viele Jahre ihr Inneres aushöhlte. Sie wankte auf wackligen Beinen in ihr Schlafzimmer und unterdrückte die Tränen, während sie sich an ihren Sekretär setzte und die Schublade aufzog. Darin befand sich ein schlichtes Kästchen aus Holz mit einem Schloss davor. Sie drehte das quaderförmige Gebilde um und nahm den Schlüssel heraus, der in einer Vertiefung steckte, schloss auf, öffnete die Klappe und holte mit zitternden Fingern zwei alte Fotografien heraus. Mit wehmütigem Lächeln strich sie über das erste Bild. Es zeigte Chloe in einem hübschen Kleid und schicken Schuhen, mit traurigem Gesichtsausdruck. Das Bild hatte nicht sie gemacht, sondern eines der zahllosen Kindermädchen. Sie war damals zu beschäftigt gewesen mit Dreharbeiten, um bei Chloes erstem Schultag dabei zu sein.

Seufzend legte sie das Bild wieder zurück. So oft hatte sie ihre Tochter alleingelassen, sie einfach zur Seite gestellt, als wäre sie ein Spielzeug. Sie nahm die zweite Fotografie zur Hand und fuhr liebevoll über Ross' Gesichtskonturen und über das niedliche Pausbackengesicht des Babys. Ein Schnappschuss aus längst vergangenen Zeiten, der sie, Ross und Paige bei einem Picknick zeigte. Es war einer der wenigen Momente vollkommenen Glücks während ihrer kurzen Ehe gewesen, bis wieder die Dunkelheit in ihrem Herzen Einzug gehalten hatte.

»Ich schwöre, dass ich alles wiedergutmachen werde«, flüsterte sie dem breit lächelnden Gesicht ihres Ehemannes zu und drückte einen Kuss darauf. »Selbst dein Hass wird mich nicht davon abhalten, mir deine Liebe und die unserer Töchter wiederzuholen. Das schwöre ich, so wahr ich hier sitze …«

ENDE

Sein Schmerz ist ihre größte Lust

Kerstin Dirks

WIE DU BEFIEHLST

Erotischer Roman

ISBN 978-3-548-28407-1
www.ullstein-buchverlage.de

Melissa und Andrew wollen ihr Sexleben wieder etwas anheizen. Über eine Partnertauschannonce lernen sie die charismatische Serena und den attraktiven Espen kennen. Dass Andrew sich, ohne zu zögern, von Serena verführen lässt, versetzt Melissa zunächst einen Stich. Doch dann weiht Espen sie in die schmerzhaft-süße Kunst des Sadomaso ein – voller Lust entdeckt sie ihre dominante Seite.

ullstein

UB645